跨度小说文库

Kuadu Fiction Series

跨度小说文库
Kuadu Fiction Series

天作之合

董新芳 著

中国文史出版社

目录

第一章　难解之谜

那年，艾贵生回上海探亲，在火车上遇到一位姑娘，那位姑娘是在德阳上车的。姑娘坐在他对面，他看了一眼，不觉心动。火车开了，他想和姑娘说话，可是姑娘没有看他，从马桶包里抽出一张报纸认真地看了起来。姑娘看报，他看姑娘。当然了，他不能一直这么看，他怕人家说他居心不良。火车进了黄许镇，姑娘放下报纸，他的目光落在了姑娘的脸上。姑娘被看得不好意思，于是又拿起了报纸。就是她，他要找的就是这样的姑娘。可是他如何把他的爱慕之情传递给姑娘呢？他在寻找着与姑娘说话的机会，可是机会太难找了，因为姑娘一直用报纸遮着她俏丽的脸庞。不能错过，错过了以后也许就再也见不到她了。火车跑得越快，他的心里越紧张，因为他不知道姑娘在哪里下车，也许就是前面那个车站……找不到与姑娘说话的机会，他心里火烧似的着急。他站了起来，意在引起姑娘的注意，可是不知姑娘是太专注还是有意躲他，别说抬头了，连目光也未离开报纸。他无奈地又坐下了，两只手不停地搓着。正在他着急的时候，火车突然急刹，姑娘扑到了他身上。姑娘不好意思，脸唰地红了，红得像熟透的番茄，歉意地对他笑了笑，他不失时机地回了姑娘一个笑。

“你到哪儿？”他问。

“绵阳。”姑娘回答。

绵阳，再过一会儿就到了，姑娘一下车，他就无法找到她了，他焦急得六神无主。姑娘又拿起了报纸，把脸遮得严严的，大概是为了掩饰刚才那一幕的尴尬。

“同志，能把报纸借给我看一下吗？”他鼓起勇气说。

姑娘点点头，把报纸递给了他。他接过，起身朝车厢一头走去。他走进厕所，掏出笔，飞快地在报角上写下一段话，回到座位后把报纸还给了姑娘。这时，火车已到绵阳站，姑娘卷起报纸，插进了马桶包里，匆匆朝车厢门口走去。他的目光追随着姑娘的背影，希望姑娘回头看他一眼，可是姑娘没有。

回家之后，他天天盼望着那位不知姓名的姑娘的来信。一个星期之后，信来了，他激动得两手颤抖，急忙拆开，一行行秀丽的字迹争先恐后地跳入他的眼帘：

艾贵生同志：

你好！你写给我的字条我看了，我是怀着激动的心情看的，而且看了好几遍。我躺在床上，手里捏着字条，像捏着你温暖而有力的大手，感觉到了你的力量，感受到了你的真情。我的心跳得很厉害，好像要蹦出来一样。我把字条放在胸口上，让它听我的心跳，让它感受我的心情。我睡不着，坐起来又看……遇到你，是我的幸运，你是上天送给我的最最珍贵的礼物。从现在起，你就是我生命中最重要的人！对了，我还没告诉你呢，我叫陈秀蓉，在绵阳涪城饭店工作，二十四岁，也是单身……我有很多很多的话要对你说，可是我文化水平有限，写不出来，只有等到见面时再跟你说了。记住，你哪天回来，一定要在绵阳下车，到时我去火车站接你，别忘了提前给我来电报，告诉我你几月几日坐哪趟火车……

陈秀蓉

某年某月某日深夜

天意啊，天意！她也是单身！看完信，艾贵生高兴得差点跳起来，他决定提前回川，早点见到他日思夜想的姑娘，于是他给陈秀蓉发了一封电报，不但告诉了他到绵阳的时间、车次，还告诉了他乘坐的车厢。之后，他跑到南京路百货商场，认真地挑选着送给陈秀蓉的礼物。他在商场里转了几圈，也看了商场里很多姑娘身上的衣服，他觉得陈秀蓉穿粉红色好看，于是买了一件粉红色的确良衬衣、一条深蓝色的卡其裤子、一条杭州产的丝巾和一双棕色皮鞋……

火车离开上海，艾贵生的心已飞到了绵阳，他在想象着与陈秀蓉见面时的激动情景……火车飞奔，大地上房屋、树木、庄稼以及奋力奔跑的汽车……一切的一切都被迅速地甩到后面，尽管这样，他还是觉得火车跑得太慢。经过几十个小时的煎熬，火车终于要到绵阳了，他激动异常，早早地提着行包站在了车厢门口，他要第一个下车，第一时间拉住在车厢门口等候他的姑娘。轰隆轰隆，火车飞过涪江，长鸣一声，累了似的放慢了速度，噗噗地喘着大气缓慢地驰进了车站。他第一个走出车厢，可是没看见陈秀蓉，于是将目光投向远处，在人群中搜寻，他相信，不管人再多，只要陈秀蓉在那里，他一眼就能认出来，因为陈秀蓉有着明显的与众不同的地方——漂亮！车站的人太多了，下车的，上车的，人来人往。说话声、脚步声混合在一起，形成了一种杂乱的声响。他找啊找，找了很久也没找到他急于见到的姑娘。他着急了，快步向出站口走去，他想她也许没买到站台票而在站外等他。可是，铁栅栏外也没有陈秀蓉的身影。他不能出站，站内是他们约好的地方，他深知找人不如等人，他怕俩人互相寻找而在哪里错过，所以他一直站在出站口没动。喇叭响起来了，催促没有出站的旅客快点出站。站台上的人越来越少，几乎没有几个人了。丁零零……铃声响过，工作人员手举绿旗，眼望前方，轻轻舞动，火车叫了一声，缓慢地向前移动。喇叭里响起了欢送列车的乐曲——《大海航行靠舵手》。火车加速了，飞也似的奔跑起来，瞬间不见了踪影。

“出站了！出站了！”一个身着铁路制服的男人手持喇叭边走边喊，送客的人随之出站。

站台内只剩两个旅客了，他和一个女人。俩人你望着我，我望着你……拿喇叭的人走了过来，说：“同志，出站了。”

他说：“我在等人，等人来接我。”

拿喇叭的人以为他没买票，说：“我看看你的车票。”

他掏出车票，递给那人，那人说：“到站外去等，下趟火车马上进站了。”

他说：“我马上出去。”他嘴上答应，脚却没动。

拿喇叭的人走到女的面前，嘴上重复着那句他已说了无数遍的话：“同志，出站了。你的票呢?”

姑娘把票交给那人，那人一看是站台票，说：“你是来接人的?”

姑娘点点头。

“接哪里来的客人?”

“上海。”那人心里咯噔了一下，看了一眼墙上的标语：“千万不要忘记阶级斗争!”“提高警惕，严防敌特!”说：“你们两个到这边来，这边有凳子。”

两个人一前一后跟着那人走进站台值班室，那人出去了，不大一会儿又来了，身后跟着一个公安。

“走，你俩跟我走。”公安说。

他莫名其妙，她也莫名其妙，俩人不解地望着公安。

他说：“去哪儿?”

公安说：“派出所。”

他说：“为啥?”

公安说：“到派出所你就知道了。”

他站起身，跟着公安去了，他一点也不心虚，因为他不是坏人。

“走，还有你。”公安对姑娘说。

她也不怕，跟着公安去了。

派出所里，公安一个一个询问了俩人的情况，并查看了艾贵生的工作证。陈秀蓉说了她的工作单位，还拿出了艾贵生发给她的电报。公安看了，一脸蒙相，接着笑了，指着艾贵生说：“他就是你要接的人。”

艾贵生一听，也蒙了，心里暗暗嘀咕：“不对，不对，不是她……”公安见艾贵生愣怔，说：“难道你不认识她?”

艾贵生摇摇头。

公安说：“你看看，这电报是不是你发的?”

艾贵生点点头。

“这就对了，走吧!”公安说。

原来，车站工作人员把俩人当成了接头的特务，公安也觉得奇怪，所以把俩人带到了派出所。

走出派出所，艾贵生对陈秀蓉说了声“对不起”，匆匆地走了。陈秀蓉望着艾贵生的背影，自言自语道：“这到底是咋回事?”

艾贵生走了，陈秀蓉还站在原地，她回头看了一眼，见派出所的墙上贴着一张通缉令，被通缉的人没有照片只有姓名，姓名也叫陈秀蓉……倒霉！怪不得公安听说她叫陈秀蓉时拉开抽屉往里面看了一眼，公安看啥她不知道，她想肯定与这张通缉令有关。陈秀蓉回到饭店，不知啥时候饭店门口也贴了一张通缉令，被通缉的人也是陈秀蓉，她仔细一看，那个陈秀蓉是农村人，跟她年龄一般大，因为不满包办婚姻而给丈夫的饭里下了毒……

“陈秀蓉!”饭店里有人喊她。

吃饭的，过路的，听到她的名字都吃惊地望着她，她想撕下那张通缉令，可是她不敢……

第二章　铁牛街的传说

为了寻找火车上遇到的那位姑娘，艾贵生不知到绵阳来了多少次，大街小巷跑遍了也没找到。那天，天气特别热，他走得口干舌燥，两腿发软，他想找个地方歇歇，于是来到一个茶园里。茶园不大，里面摆满了小方桌、马扎子，因为刚吃过午饭，人还在睡午觉，所以茶客不多。他找了个没人的桌子，一屁股坐在了马扎子上，要了一碗茶。茶碗是带盖的，为了使茶凉得快些，他不停地用碗盖刮着浮在水面的茶叶。邻桌坐着四个人，艾贵生看了一眼，他们年龄差不多，大概都是五十来岁，他们边喝茶边说话。

“老单，今天该你讲故事了。”一个人说。

“好，那我说说铁牛街的故事吧。”老单说。

老单叫单之林，住在铁牛街，所以他爱讲铁牛街的故事。铁牛街不大，街面由大小不一的石块铺成，路面高低不平，大雨之后，低凹处常有积水，像浓缩的湖泊，一个挨一个，多日不干。街两边，大多是木柱泥墙的青瓦房，陈旧得像远古时期的建筑。新中国成立，私有制被消灭，铁牛街的房子和其他地方的房子一样成了公产房。单之林从部队转业，分配到工业局工作，住房安排在铁牛街，房子虽然不怎么样，但单之林还是很满意，他乐意住在这里，因为他的战友唐大树也住在这条街，他们挨得近，可以常见面。单之林的老婆白羽灵也喜欢铁牛街，她觉得房子再差也比他们御营坝的房子好，更重要的是御营坝是他们的伤心地……

“别看铁牛街不咋样，它可是涪城最古老的街道之一。”老单说，“我说一个故事你们就知道了。铁牛街为啥叫铁牛街？旁边的庙为啥叫禹王庙（后来改成了泗王庙）？铁牛街和泗王庙的名字是来自同一个动人的传说。说这条街是这座城最古老的街，是因为这条街住人最早。为什么呢？因为它紧挨着涪江。涪江是一条古老的河流，发源于松潘与平武之间的岷山主峰——雪宝顶。雪宝顶四季都有雪，所以涪江的水不但清澈，而且冰凉。水到这里，虽然没有原来那么凉了，但依然清澈。涪江之水滋润着两岸的土地、两岸的树木、两岸的庄稼，养育着两岸的人们。涪江不但给人们提供了生活所需的水源，而且为人们提供了丰富的食物——鱼虾、螃蟹等。同时，涪江也是人们远行和运输货物的水道，大大小小的船只通过涪江将人们以及人们所需要的货物运送出去。也许是这些原因，涪城的先人们选择了在江边居住。时间久了，在江边居住的人多了，就形成了一条没有名字的街道，它的名字诞生于一场洪水之后。那年，涪江发了一次大水，居住在江边的人家全遭了殃，房屋被冲毁，家畜家禽和生活用品被洪水洗劫一空……重建家园后，人们变得小心了，每到雨季，派人到江边值守，发现江水上涨，立即敲锣，人们听到锣声，迅速跑到洪水淹不到的地方。有一家姓铁的人家，家里只有爷孙俩，小孩的父母是上次发大水时被冲走的。为了防止孙子遭遇不测，爷爷把孙子的名字改为铁牛，因为铁牛沉，洪水不易冲走。一天，轮到他们家值守，爷爷生病了，睡在床上起不来，铁牛说：‘爷爷，我去值守。’爷爷说：‘孙儿，你太小了，看不来水，万一水来了，连你自己也保不住，还是我去。’爷爷说着从床上往起爬，可是怎么爬也爬不起来。铁牛说：‘爷爷我看得来，我是铁牛，再大的水也冲不走我。’铁牛说着往外跑，爷爷拦不住，大声喊道：‘孙儿，小心，一定要小心！’到了江边，铁牛两眼一直盯着竖在岸边测水位的木棍，一刻也不懈怠。天黑了，铁牛困了，身子一歪，睡着了。他做了个梦，梦见江水涨了，涨得很大，眼看就要淹到房子了，他赶忙拿锣，可是锣不见了，他找啊找，找了很久才找到，掂起一敲，没有声音。他使劲敲，连着敲了几十下，锣还是不响。他急了，大声喊叫，可是他的喉咙不知被啥堵住了，发不出一点声音。水越涨越大，他急得大哭。这时，一个骑着黑牛的白胡子老人走到了他身边，说：‘孩子你哭啥？’他说：‘河水涨了，我没法通知大家，急哭了。’老人说：‘孩子，不要怕，我这头牛可以退水。’铁牛不信，以为老人逗他，心想：我都快急死了，你还逗我。可是他没有说，两只眼睛疑惑地望着老人。老人看出来了，从牛背上下来，在牛屁股上拍了一掌，说：‘去！’黑牛点了一下头，甩了一下尾，迈着稳健的步子，噗嗒噗嗒，朝汹涌的江水走去。黑牛还未走近，洪水就开始后退，黑牛继续往前走，洪水就一个劲地往后退。铁牛看呆了，他不明白洪水为啥怕黑牛，心想这头黑牛要是他的就好了，他就可以保护这里的人不被水淹了。他想向老爷爷要黑牛，可是他不敢，他怕老爷爷说他贪心，而且老爷爷肯定也不会给他，因为黑牛是老爷爷的坐骑，给他了，老爷爷就没骑的了。老爷爷这么大年纪了，不知道他还要走多远的路，没有牛，老爷爷咋走？他不能要，就是老爷爷给他，他也不能要。他想大牛是要生小牛的，等老爷爷的大牛生了小牛，他向老爷爷要头小牛，慢慢养着，等小牛长大了，他像老爷爷一样骑着大牛沿着涪江边巡查，哪里涨水了，就叫大牛往哪里走。他说：‘老爷爷，等你的大牛生了小牛，把小牛送给我，我把它养大，让它来吓这水。’老爷爷说：‘恐怕你等不到那一天。’他问为啥，老爷爷说：‘这牛一千年才生一头小牛，你活不到那个时候。’铁牛很失望，说：‘老爷爷……’老爷爷说：‘孩子，别说了，我知道你想说啥，你想要这头大牛。’他点点头，说：‘老爷爷，为了我们这里的人不遭水淹，我给你跪下了。’铁牛说着往下跪，老爷爷说：‘不用跪，孩子，我把牛送给你，只是我这腿……’铁牛看了一眼老爷爷的腿，老爷爷一条腿是瘸的，他说：‘老爷爷你的腿咋啦？’老爷爷说：‘我治理黄河时被石头砸了，刚回家养了几天，现在又要去黄河了。’他说：‘老爷爷，你家在哪里？’老爷爷说在大山里。他说大山啥地方，老爷爷说禹穴沟。他说离这里远不远，老爷爷说：‘远，这里到我家要走三天的路。’他说：‘你走了三天才走到这里？’老爷爷点点头。他问老爷爷这里到黄河要走几天，老爷爷说要走一个多月，他一听，不忍心要老爷爷的牛了，老爷爷没有牛，这么远的路他咋走？他说：‘老爷爷，我不要牛。’老爷爷说为啥，他说：‘我要了你的牛，这么远的路你咋走？’老爷爷说没事，有法。他说：‘老爷爷你有啥法？’老爷爷说：‘你给我当拐棍，有了拐棍我就可以拄着走了。’他说：‘好，我给你当拐棍。’老爷爷说：‘你可要想好，你变成拐棍你的命就没了。’他说：‘我不要命，只要这里的人能过上安稳日子，叫我变成啥都行。’老爷爷说：‘那好，牛留到这里，你回去跟你爹娘说一声。’他说：‘我没有爹娘。’老爷爷说：‘你爹娘呢？’他说：‘我爹娘被大水冲走了。’老爷爷沉默了一会儿，说：‘你家里还有啥人？’他说：‘我有爷爷。’老爷爷说：‘那你去跟你爷爷说一声，明天天黑后你到西山去，我在那里等你。’他说好。老人把缰绳递给铁牛，铁牛去接，牛‘哞’地叫了一声，把铁牛惊醒了。铁牛揉揉眼，往江边一看，朦胧的月光下，江边卧着一头黑牛，他走到黑牛身边，伸手一摸，冰凉冰凉。他跑回家，把他的梦和江边有一头铁牛的事告诉了爷爷，爷爷一听，病一下子好了，说：‘孙儿，走，爷爷跟你一起去看看。’爷爷见了铁牛，用手摸了又摸，从牛头摸到牛尾，一连摸了好几遍，边摸边说：‘好了，好了，这下好了，我们再也不怕发大水了。’说着扑通跪下，对着铁牛磕了三个头，说：‘铁牛啊铁牛，你是上天赐给我们的救星，老天爷，谢谢你，我们一定记住你的大恩大德，今后每年的这一天，我们都要到这里给你烧香，给你磕头，给你上供，让我们的子子孙孙永远记住你的大恩大德！孙儿，走，叫全街的人都来看看！’老人拉着孙子，依依不舍地离开了大铁牛，边走边回头看，生怕大铁牛跑了。老人把消息告诉了街坊，一传十，十传百，霎时传遍了全街，人们不约而同，一窝蜂地朝江边跑去，围在大铁牛身边，眼睛望着大铁牛，议论着这件不可思议的奇事。说啥的都有，但没有一个人不认为这是上天的恩赐，于是有人提议设香案祭拜，大家一致响应。不大一会儿，有人拿来了香蜡，有人拿来了纸钱，有人拿来猪肉，有人拿来了刚杀的鸡鸭……铁牛前跪了一大片人。太阳快落山了，老人的孙子铁牛走了，人们一直把他送到西山脚下。铁牛说：‘爷爷奶奶，叔叔孃孃，姐姐哥哥，你们都回去吧，我爷爷就拜托大家照顾了。’大家都安慰铁牛，叫他放心，铁牛这才朝山上走去。人们看着铁牛走进一片古老的森林，大家还舍不得离去，眼睛一直望着那片森林。‘你们看！你们看！’突然有一个人大声说，‘那里冒出了两股白烟！’大家的眼睛齐刷刷地往森林上方看，只见森林里有两股白色烟雾徐徐升起，人们正在惊讶的时候，烟雾已升至半空中，烟雾中走出两个人，一老一少，大家一眼就认出了那个少年，他是刚才走进森林里的铁牛。铁牛向大家招了下手，跟着老人向北方走去。铁牛走后，再也没有回来。铁牛的爷爷一直被大家供养着。人们为了纪念铁牛这孩子，也为了纪念从天而降的铁牛，将这条街取名铁牛街。自从有了铁牛，铁牛街没有被水淹过，每次发大水，水到铁牛跟前就不往上涨了，人们再也没有遭受过洪水的威胁。铁牛街有一个读书人，说咱们光把街道取名铁牛街还不行，还有一件事得办，不然久了铁牛恐怕会失去灵性。大家问为啥，读书人说：‘骑牛的老人家在禹穴沟，肯定是大禹。大禹路过这里，听铁牛说咱这里常遭水淹，故将坐骑留给咱们镇水，所以咱得给大禹修座庙，叫后人不要忘记大禹。’大家听了，都说有理，大禹有恩于我们，我们不能不报恩。于是，人们纷纷捐银捐物，在铁牛街修了一座庙，叫大禹庙。庙修起不久，铁牛的爷爷梦见了孙子铁牛，铁牛成了大禹治水的帮手。大禹庙香火旺盛，四季不断，到此祭拜的人越来越多，庙小而容纳不下，为了满足人们祭拜的需要，清康熙年间，人们集资扩建了大禹庙，并将扩建后的大禹庙改为泗王庙，至于为什么改，就不知道了。这虽然是传说，但紧挨铁牛街的涪江边确实有一尊铁牛，不过那尊铁牛不是禹王爷留在这里的坐骑，而是清朝康熙年间根据传说由老百姓自愿捐款铸造的（传说中的铁牛没有人见过），目的是为了镇水。每年雨季到来之前，晚上老百姓都会在江边焚香烧纸，祈求铁牛发神威，镇河妖。可是，他们的虔诚没有感动铁牛，洪水照样漫堤，房屋照样被淹。1949 年 12 月，绵阳解放，人民政府成立，政府组织人们修筑了河堤，铁牛街才没遭水淹过……”

单之林说到这里，另一个人说：“老单，说说你梦见涪翁的事，这事我还没听过。”

“单之林，快回来，老唐找你。”单之林的老婆在外面喊。

“好了，我回去了，你们慢慢喝。”单之林说着站起身。

“老单，把你的报纸留下，我看看。”一个人说。

单之林把报纸递给那人，那人接过，说：“你咋把报纸撕了一块？”

“这是旧报纸，我女儿拿回来时就是这样。”

艾贵生瞟了一眼那张报纸，看了一眼姓单的人……

第三章　一夜三梦

单之林梦见涪翁的事，很多人都知道。相传涪翁生于西汉，是位神医，没有人知道他的名字，因为常在涪江边钓鱼，人们称他为涪翁。单之林女儿两岁那年，他老婆得了病，那病有点怪，身上不红不肿，就是疼。单之林到处求医，治了多年，啥办法都用了，仍不见减轻。白羽灵失去了信心，坚持不再治疗，无论单之林咋劝，她啥药都不吃，在单之林万般无奈时，一天夜里他连着做了三个梦，第一个梦梦见涪翁，涪翁给他送了一个处方，处方上写着："稻谷、黄米、高粱、麦子、大豆各五粒，药引子：鱼肚布。煎熬，分三次服用。"药是五谷，单之林懂，但药引子他不懂，问涪翁鱼肚布是啥，涪翁说鱼肚布是鱼肚子里的布。他问在哪里买得到，涪翁说哪里都买不到，必须自己到涪江里去钓。并告诉了他钓鱼的地点，还说肚子里有布的鱼只有一条，而且它在子时才出来。单之林还想问，涪翁拍了他一下，说去吧，快去钓鱼。

单之林醒了，他怕忘了那个梦，躺着不敢动。他老婆说："你刚才在说啥?"他说"我没说啥"，他老婆说："你说了，说鱼肚布……"他说："那是我在做梦，说的梦话。"他老婆问他做的啥梦，他把梦见涪翁的事跟老婆说了。他老婆说："五谷能治病?"他说能治。涪翁说吃五谷生百病，病是吃五谷得的，五谷就能治吃五谷得的病。他老婆问鱼肚布是啥，他说鱼肚布是鱼肚子里的布。他老婆说日有所思，夜有所梦，梦里的事不可信……

不一会儿，单之林睡着了，他又做了一个梦，他到江边去找肚子里有布的鱼，在江边遇到了一个胡子花白、手提竹篮的老人，他问老人姓啥，老人说他姓程，叫程高，是涪翁的徒弟。他问程大夫："你篮子里装的啥?"程大夫说药。他说："你拿去卖?"程大夫说不，是他师父叫他送给一个需要的人。程大夫问他在江边看啥，他说他看这里有没有肚子里有布的鱼。程大夫说有。他说："你咋知道?"程大夫说："这里的鱼吃了我师父的遗体，在肚子里形成了布，但肚里有布的鱼只有一条。"他说："鱼咋能吃到你师父的遗体?"程大夫说他师父去世后是从这里丢进江里的。他一听，吃了一惊，说："你师父的遗体为啥要丢到江里?"程大夫说这是他师父生前交代的。师父说他死后不用埋，把他的遗体丢进江里，而且特意交代把他从他钓鱼的地方丢下去。师父说他吃了一辈子涪江的鱼，鱼的血肉变成了他的血肉，他死了把他的血肉交给鱼的后代，也算是他对鱼们的报答。他说："你师父的心太善良了。"程大夫说："其实我也不忍心，我哭着说师父，别的事弟子都依你，但这件事弟子无法依从。师父一听不高兴了，瞪着眼，撅着胡子，盯着我，说：'你不依我，以后就不要在人前说你是我的徒弟。'我无法，含着泪点了点头。师父笑了，笑着笑着闭上了眼睛。我怕把师父的身子弄疼，买了一领新席，在席子上铺了个新被子，哭着把师父的遗体卷了，夜深人静时扛到江边，系上绳子，轻轻地放进了水里。师父的遗体入水后，汹涌的江水立即平静了，听不到一点水声，好像江水在为师父默哀。师父去世的第二天，老百姓们知道了，他们不约而同地来到这个地方，把馍馍、米饭、面条、水果和肉一股脑儿地抛进江里，他们怕鱼咬师父的遗体……"程大夫正与他说话，这时，江里起了一个漩涡，一条大鱼从漩涡中跳出，跳了好几尺高。他说："程大夫，你看！你看！鱼！鱼!"程大夫说："我看见了，黑头红尾圆肚子，肚里有一块布。"他一听，异常激动，望着江水，希望江水再起一个漩涡，那条鱼再跳出来一次，让他也看看，看能不能看到鱼肚子里的布，可是他望了，别说漩涡，江里连个浪子也没起。他问程大夫篮子里的药能治啥病，程大夫说浑身疼。他说我老婆得的就是这病，身上不红不肿，就是疼。程大夫说："我知道了，你叫单之林。"他说："对，对，我叫单之林。程大夫，你咋知道我名字?"程大夫说："是我师父告诉我的，师父说你们夫妻恩爱，你为了给你妻子治病，吃了很多苦。师父说恩爱的夫妻应该长寿，所以师父给你妻子配了这服药，叫我给你送来。"程大夫把竹篮交给他，他伸手去揭盖在竹篮上的树叶，程大夫挡住了，说："你别在这里看，回家后再看。这药不能见天，见天了药气就跑了。药没了气，也就不能治病了。记住，药引子是鱼肚布。"程大夫话音刚落，人已不见了，他四处寻找也没找到，于是大喊："程大夫，程大夫……"

他老婆被惊醒了，说："你在喊哪个？"他支支吾吾地说："梦，梦，我又做了个梦……"他老婆问他又梦见了啥，他说涪翁的徒弟程高。他老婆说："他跟你说啥了？"他说："他给我送药了。"他老婆说啥药，他说五谷。他老婆说："快睡吧，天快亮了。"不大一会儿，单之林再次睡着……

他到江边去钓鱼，连着钓了二十九天，天天空手而回。第三十天那天，晚上下起了大雨，他老婆说下雨了，别去了，他没听，披着雨衣，戴着草帽，比往日早半小时出门，到那里刚进子时。没多大一会儿，雨停了。他和往常一样，蹲在江边，手握渔竿，两眼注视着水面。约莫过了半个时辰，雨停了，月亮从云层里钻出，把淡淡的银光洒在江面上。突然，钓竿动了一下，他知道鱼儿上钩了，急忙站起，用力拉竿，一条大鱼出现在水面上，挣扎着向他游来。鱼儿越近挣扎得越凶，打得水面啪啪直响。他怕鱼儿脱钩，于是丢下渔竿，手挽渔线，探着身子伸手抓鱼，结果身子失衡，落入水中。他拼命地挣扎……迷迷糊糊中，不知啥东西漂到了他身下，托起他不断下沉的身子，他露出水面，吐出一股浊水，吸了一口新鲜空气，心里没那么难受了，他感到身上麻酥酥地疼……"哦，你醒了。"他耳边传来了一个细微的声音，他想睁眼，可是眼皮太重，无论如何也睁不开。他微微动了一下身子，算作回答。说话的人继续说："你的命真大，要不是那条鱼，也许你已经被冲到大海里去了。"听到鱼，他一下子来了精神，睁开双眼，看到了一位老人，长头发，黑胡须……他问鱼在哪里，老人说已经游走了。他问他钓的那条鱼呢，老人说："你钓的那条鱼我给你养在了盆子里，我知道你为了得到一块鱼肚布，一天不落地连着钓了三十天。为了抓到那条鱼，你掉进了江里，尽管江水威胁到了你的生命，你仍然紧紧地把渔线挽在手里，手勒出了血，你都没松。"他想看看手，抬了抬，没有抬起。老人说："别看了，我已经给你敷了药，伤口很快就会好的。对了，我告诉你一个好消息，你钓的那条鱼，肚子里有一块布。"他问老人是哪个，老人说他叫郭玉，程高是他的师父，涪翁是他的师爷，他是奉师父之命到这里救他的。他问："你师父现在在哪儿？"郭大夫说他师父巡游去了。他问这是哪里，郭大夫说桃花岛。这时忽然有人大声喊："郭大夫，郭大夫，我妈病了，快来救救我妈！"郭玉呼地站起，边跑边说"我就来！我就来！"没跑多远，脚被什么东西绊住了，身子一扑掉进了江里……

单之林一惊，醒了，原来他又做了一个梦。

第四章　好梦成真

单之林醒后，心里老想着那三个梦，三个梦都是梦见的神医，而且还梦见了桃花岛，这是一个吉兆，因为桃花岛有一个美丽的传说。

很久很久以前，桃花岛是一座荒岛，孤零零地蹲在汹涌的涪江中。岛上杂草丛生，灌木遍布，蛇蝎成群，人迹罕至。有一年，久旱无雨，天干地裂，庄稼枯萎，百草死亡，普天之下颗粒无收。逃荒逃难的人成群结队，病死饿死者不绝道旁。逃荒逃难的人们发现涪江中有个小岛，岛上郁郁葱葱，他们像发现了新大陆一样，一窝蜂地拥上了小岛。登上小岛的人原以为他们找到了活路，岂不知他们面临的是更大的威胁。小岛上蛇蝎成群，极其凶猛，一夜之间，不少人中毒身亡，于是有些人又离开了小岛。第二天晚上，小岛上还活着的人们齐刷刷地跪在地上，默默地祈求上苍，保佑他们的性命。霎时间，天上云起，岛上雾罩，一个美丽的天仙从人们的头上飞过，紧接着是一阵噼噼啪啪的响声，如冰雹坠地。之后，云消雾散，星月如初。夜深了，疲惫的人们再也无法抗拒阵阵袭来的睡意，一个个倒在草丛中，呼呼大睡。他们醒时已日上三竿，艳阳高照。他们惊奇地发现，他们所在的地方，一夜之间发生了翻天覆地的变化。岛上长满了桃树，树上挂满了鲜红的桃子，蛇蝎不知跑到哪里去了，连一只也没看到。人们好像进入了童话世界。于是人们又跪下，磕头作揖，朝天再拜，然后摘桃充饥。不几天，大雨普降，旱情解除，人们离开了小岛，归家耕织。一位年老者难忘小岛上的奇遇，他筹资返岛，在岛上竖立一通石碑，上书“桃花仙子施恩处”。后来人们就把小岛称为桃花仙岛。再后来，为了顺口，人们把桃花仙岛改称为桃花岛。由于传说桃花岛上的桃树是桃花仙子所种，吃了桃花岛上的桃子可以长命百岁，所以历朝历代有很多孝子在桃子成熟的季节登岛摘桃，孝敬老人。说起来这里面还有一个故事：南山那边有一位老人得了重病，数月卧床不起，病入膏肓，汤水难咽，在奄奄一息的时候，儿子跪在床前问老人想吃啥，老人说他一辈子没吃过桃花岛上的仙桃，要是现在能吃上一口他死也瞑目了，不然他这口气无法咽下。儿子听了长叹一声，以前自己怎么没想到给老父亲摘两个仙桃回来吃呢？现在父亲想吃仙桃，但如今桃花刚开，哪来的桃子？儿子看着父亲难受的样子，决定到桃花岛上摘一朵桃花，让父亲闻闻桃花的味道，以了父亲之愿。儿子给父亲磕了个头，起身上路。为了尽快摘到桃花，儿子披星戴月，健步如飞，不多时来到了江边。夜深人静，找不到船，儿子不顾寒冷，脱衣跃入江中，奋力游动，登上了桃花岛。朦胧的月光下，他看到了一串串粉红色的桃花。儿子站了很久，不忍心下手。可是想到奄奄一息的父亲，儿子跪在了一棵桃树下，先磕头后作揖，默默地向桃花仙子诉说了他的苦衷，祈求原谅。当他抬头时，一个硕大的桃子吊在枝头，像打秋千的猴子在他眼前晃动。他大吃一惊，以为是在梦中，他抬头看了看天，天色碧蓝，月亮高挂，银星满布。再看眼前，桃花盛开，香味扑鼻，耳际不断传来汩汩的流水声。儿子又摸了一下自己的身上，身上是湿的，方知不是做梦，他想一定是桃花仙子显圣了。儿子再次磕头，然后将桃子摘下，游到岸上，飞也似的跑回家中，但父亲已口不能言，手不能动。昏暗的油灯下，父亲的眼里滚动着泪珠。儿子急忙把桃子送到父亲嘴边，父亲已不能张口。情急之下，儿子抠下一块桃子塞进父亲的嘴里，不大工夫，父亲的嘴角微微抽动了一下，而后慢慢地咀嚼起来。父亲吃完桃子，人也精神了，也能说话了，不大一会儿，父亲感到了饥饿。儿子给父亲煮了一碗面条，父亲吃了，第二天就能下床行走了。仙桃驱走了死神，父亲又活了二十多年，百岁之后才离开人世……

单之林决定到桃花岛看看，看能不能找到郭大夫跟他说的那条鱼，要是找到了，他老婆就有救了。

天刚亮，单之林就起床了，叫了一条渔船，把他送到桃花岛。他到那里时，太阳刚露头。岛上是茂密的树林和青青的野草，偶尔可见散落在草丛中的各色花朵。树林里百鸟鸣叫，叽叽喳喳，欢快异常。美，桃花岛太美了！他钻进了树林，小心翼翼地往前走，不时用手拨着影响他前进的灌木和长得过高的野草。他在岛上转了一个多小时，终于在密林深处的草丛中发现了一个小水坑，坑里积满了水，水里有一条一尺多长的鱼，睡着了似的一动不动。是它，肯定是郭大夫说的那条鱼。他万分惊喜，急忙去抱，手刚触到鱼背，鱼醒了，想跑，可是刚刚能容下身子的小水坑的边缘像监狱牢固的围墙将它囚禁在里面。鱼没处逃，似乎不服气，扳着身子极力挣扎，但它的挣扎是徒劳的。单之林抱着鱼，站在岛边，向不远处一条小船挥起了手，小船很快划到了岛边，单之林一看，还是刚才送他的那位兄弟，说："真好，又遇到了你。"划船的兄弟说："你在哪里逮到这么大一条鱼?"单之林说岛上，岛上的水坑里。船主说："你运气真好，我打了半天还没打到这么大的鱼。"单之林说："走吧，把我送到刚才我上船的地方，我给你双倍价钱。"

不大一会儿，小船划到了目的地，单之林谢过船主，向铁牛街跑去。跑回家，家里没人，问邻居，邻居说他老婆找他去了。他把鱼放进洗澡盆里，打开水龙头，接了大半盆水，转身出门，跑江边，见妻子和女儿站在那里，说："羽灵，英儿，我在这里!"

白羽灵转身一看，见丈夫站在那里，不无抱怨地说："你到哪里去了?天没亮就走了，这阵才回来!"

单之林说："我抓鱼去了，抓到了一条大鱼，走，快回去看!"

回到家，一家人站到洗澡盆前，女儿见到鱼，惊讶地说："哎呀，好大!"

女儿话音刚落，鱼嘴里冒出了一个泡泡，泡泡离开鱼嘴，瞬间变得有拳头那么大，泡泡飘起来了，不停地往上飘，飘着飘着，变成了一个大气球，女儿怕泡泡飘走，用手去抓，手刚触到，泡泡破了，一块滑溜溜的布条落在了她手上。这一幕，单之林和他老婆都看呆了。

"爸爸，你看!"女儿把手上的小布条递到了他手上。

单之林接过，递给他老婆，说："你看看这是啥布?"

他老婆在缝纫社上班，见过的布多，但这种布她还是第一次见到，白羽灵两个手指捏着布边，来回滑了几下，说："这布，我也没见过。布上有暗花。是啥花，看不清。英儿，你看看，上面画的啥?"

单红英接过布，看了一眼，说："这一面画的是粮食，一共五种，每种五颗。这一面纹路太密，画的啥，看不清。"

单之林说："你们看着鱼，我到市场上去。"

白羽灵说："去市场上弄啥?"

单之林说：“买五谷，我去买五谷。”

市场就在铁牛街，出门就是，不大一会儿，单之林回来了，手上捏着几十颗不同的粮食，说：“我去熬。”

单之林把五谷和鱼肚布放进药罐里，没熬多大一会儿，药罐里飘出了一股奇异的香味，又过了几分钟，满屋子都是香的。他把药倒出，五谷已经化成了水，连一点渣子也没有，罐里只剩下了那块布。他取出一看，布上画的五谷不见了，布的另一面出现了一位白胡子老人，头戴斗笠，手执钓竿，面前是一条宽阔的大河。他惊呆了，这不就是他梦见的涪翁吗？

“羽灵，快来看！”单之林叫道。

白羽灵闻声跑来，双手合十，说：“快，挂到墙上！”

单之林把像挂上墙，一家三口跪地叩拜。

白羽灵喝了三道药，病果然好了。他问老婆鱼咋办，老婆说放回江里。

单之林说：“我也这么想。这不是一条普通的鱼，是涪翁派来给咱送药引子的使者，咱要好好待它。”

白羽灵点点头。

女儿听说要放鱼归江，跑过来，说：“爸，妈，我喜欢这条鱼，咱多养几天嘛！”

“好，多养几天。”单之林和老婆答应了女儿的要求。

那天，他们想着法子给鱼弄吃的，捉沙虫，挖蚯蚓，逮蚂蚱，择菜叶……可是，鱼儿啥也不吃。他们看着非常心痛，决定第二天一早把它放回江里。那天夜里，鱼儿特别兴奋，在盆里又蹦又跳，弄得满地是水。女儿蹲在盆子边，用手抚摸着鱼背，说：“睡吧，这么晚了，好好睡一觉，天亮了就送你回家。”鱼儿好像听懂了，很快安静了下来。女儿没有睡，一直守在盆子边，两口子叫女儿快睡，女儿嘴上答应，可是一直没有离开。天快亮了，单之林醒了，见女儿躺在盆子旁边，睡得很香，而且脸上带着笑，他知道女儿在做梦。

天亮了，单之林把鱼儿装在桶里，提着朝涪翁钓鱼的地方走去。他老婆和女儿跟在后面。路上，他们谁也没说话。到了江边，他放下水桶，他老婆和女儿围了过来，见鱼儿一动不动，睡着了似的，他伸手摸了摸鱼头，老婆摸了摸鱼背，女儿摸了摸鱼尾巴，鱼儿才动了一下。

“爸，我来放。”女儿说。

“还是我来放吧，是我把它捉回来的。”

“之林，让女儿放吧。”

“妈，我们三个人一起放。”女儿说，“爸爸托鱼头，你托鱼身，我托鱼尾巴。”

单之林和老婆同时点了点头。单之林把鱼儿从水桶里捞起，三个人按照约定，把鱼儿托在手上，鱼儿没有扳，也没有跳，安静地躺着，大概它在享受着这最后的温暖而美好的时光。

“鱼儿，你马上就要回家了，记住，路上要小心，跑快点，不要被坏人捉住了。”女儿说，“不要吃别人的东西，免得上当。从今天起，我每天到这里给你喂食，你记住哦……”女儿流泪了，说不下去了。

“好了，放吧！”单之林说。

“放吧。”白羽灵说。

三个人一起蹲下身子，轻轻地把鱼儿放入水中。鱼儿游走了，他们默默地站在那儿，呆呆地望着江水。突然，水里起了一个浪子，一条鱼跳出水面，对着他们又摇头又摆尾，连续三次，之后消失了。

“刚才那条鱼就是咱们放的鱼。”单之林说，“它通人性。”

单之林话音刚落，江面上出现了一大群小鱼，它们围在一条大鱼身边，欢快地向涪江上游游去。

第五章　祸起涪翁

1

单之林买了一个相框，把涪翁的像嵌在框里，摆在桌子上，每天焚香上供。这事在铁牛街传开了，一传十，十传百，很快传遍了涪城，人们争相到单之林家里看稀奇。铁牛街的人几乎全去了，其他街的人也往单之林家里拥，人多了，挤不下，这个出去，那个进来，人来人往，持续月余。一天夜里，单之林迷迷糊糊中听到屋里有响动，他以为是老鼠，也没在意，翻了个身，继续睡觉。咣当，桌子上的瓶子倒了，单之林被惊醒，他拉开电灯，见一个人慌慌张张向外跑去。不好！有贼！他一跃而起，向外追去。也许是该小偷倒霉，没跑多远，脚绊在了一块石头上，一个扑爬，摔倒在地。单之林跑过去，小偷还没起身。

“起来！”单之林吼道。

小偷身子动了动，还是没起。

“不起来是不是？”单之林说。

“我、我起、起不来……”小偷说。

单之林知道小偷绊得不轻，伸手去拉，说：“半夜三更，你到我家里偷啥？”

“没、没偷啥。”

“你不说是不是？走，到派出所去！”

小偷一听，心里害怕，说：“我、我偷、偷你家里那、那张像……”

“涪翁？”

小偷点点头。

“在哪儿?”

“在那、那儿。”小偷指着前面说。

单之林走过去，见玻璃已摔碎，十分心痛，捡起相框，拿着涪翁像抖了抖，说:“你偷这干啥?”

“偷、偷去给、给我妈治、治病。”小偷说，“我、我听说用这张像熬、熬水喝，啥、啥病都能治。”

“你听谁说的?”

“很、很多人都、都这么说。”

“你妈有病?”

“嗯。都病了好、好多年了。”

“你说的是真的?”

“叔叔，我要是骗、骗你，我、我就不是人!”

“你家在哪里?”

“御、御营坝。”

“御营坝哪个地方?”

“黄、黄土梁脚下。”

单之林听说这娃的家跟他家挨着，说:“你叫啥?”

“我叫、叫许新。”

“你认不认识单向东?”

“认、认识。”

“走吧，到我家里去。”

“叔叔，求、求求你，放了我，我、我错了。”

“到我家把你的腿包一下。”

许新膝盖上磕掉了一大块皮。单之林倒了点白酒，把伤口擦了擦，用白布包了，说:“你是个孝子，我就不跟你计较了，跟你说实话，这张像熬水治不了病，我是用它做药引子的……要真能治好你妈的病，我就送给你。小许，听大叔一句话，要走正道，不要走歪路，不要不经允许随便拿别人的东西。”

许新见单之林没跟他计较，说话也不结巴了，边点头边说:“我记住了，叔叔。”

单之林说："你要能走就回去，不能走就住在我这里，天亮了再走。"

许新怕天亮后被送进派出所，说："谢谢叔叔，我能走，我得赶快回去，我怕我妈着急。"说完鞠了个躬，走了。

2

唐大树一家三口来到单之林家，他们是来祝贺白羽灵的。单红英拉着纪音团的手，一口一个"干妈"地叫着。

纪音团说："这下好了！这下好了！白妹子的脸色一下子变红润了。"

白羽灵笑着说："好了，好了。这两年没少给她干爹和你添麻烦。"

纪音团说："亲戚家，别说外气话，再说我们也没给你们帮啥忙。"

白羽灵说："还没帮啥忙？之林去山里找医生，你们给他拿钱……"

唐大树说："老单，那条鱼呢？"

单之林说："放了，上前天早晨放到江里。"

唐援朝说："单叔叔，我还没看到呢，你就把它放了。"

单之林说："哎哟，搞忘了，早知道你想看，叔叔就等你看了再放，现在没法了。"

唐援朝说："单叔叔，我到你放它的地方会不会看到？"

单之林说："这就不知道了，你要想去看，叫妹妹带你去。"

单红英说："哥，去不去？要去，这阵儿我带你去。"

唐援朝望着爸爸。

唐大树说："你想去就去，但要小心，离水远点，小心掉到江里。"

纪音团又嘱咐了两句，两个孩子跑着出去了。

唐大树说："老单，鱼肚布呢？"

单之林说："我藏在柜子里的。"说着起身打开柜子，取出一个布包，解了一层又一层，鱼肚布才露出来。

"哎哟，你裹得这么严！"唐大树说。

"不裹严点，我怕被小偷偷了。"单之林说了夜里发生的事。

"你咋不把他送到派出所？"

"我看那娃孝顺，他想拿回去给他妈治病，家又是御营坝的，所以我让他走了。”单之林没有说“偷”而是说“拿”。

“万一他是偷去卖呢？”

“当时我没想那么多。”单之林说，“你这一说，那娃的话是真是假就难说了。”

“你这人就是心软。”唐大树看了看鱼肚布，说，“这布还是块绸子呢，上面的图像是个谜，说不定是件稀世珍宝。”

“放在家不保险，我把它交给派出所。”

“你先拿着，我们刚刚接到通知，要破四旧，立四新，你这阵去交，弄不好还会给你扣个封建迷信的帽子。我看这样，你先收着，藏好，等这一阵过了再交。”

单之林点点头。

唐大树走后，单之林在屋里走了几圈，这里瞧瞧，那里看看，也没找到一个保险的地方。

“之林，你找啥？”白羽灵说。

“找个地方，藏这张像。你说藏到哪里保险？”

“藏到哪里保险？”白羽灵说，“我看藏到哪里都不保险，要想保险，最好埋到地下。”

单之林摇摇头，说：“不行。”

“咋不行？”

“咱这里离涪江近，地势又低，地下潮湿，埋下去，要不了多久就沤烂了。”

“用坛子装起来。”

单之林受到了启发，说：“对，用坛子装起来……坛子太大，不好埋，我把它装在瓶子里。”

单之林把涪翁像装进玻璃瓶，埋在了地下。

3

运动开始了，很多年轻人的胳膊上戴上了红袖套，他们挨家挨户搜查，神像牌位古旧书……一件不落，全部没收。单之林家成了重点，因为很多人都知道他家里有一张涪翁像，而且是从鱼嘴里吐出来的。最先到单之林家搜查的人叫齐步加，他是单之林单位的政工科长，他之所以亲自带队，并不是他与单之林有仇，也不是想得到那张具有传奇色彩的涪翁像，他是要在单之林老婆面前要一下威风，叫她知道他有多大的权力，知道拒绝他的后果有多严重！他想白羽灵好久了，向白羽灵示过好，白羽灵装着不知，他直接向白羽灵表白过，白羽灵一口拒绝。现在机会来了，他要充分利用，说不定白羽灵会屈服在他的淫威之下。齐步加是星期天去的，他要业余闹革命，而且星期天白羽灵也在家里。

当当当，齐步加敲响了单之林家的门，开门的是单之林。

“哎哟，齐科长……”单之林说，“一大早，你这是……”

“老单，不好意思，打扰你了。”齐步加皮笑肉不笑地说，“你知道，破四旧，不管是哪个，家里与四旧沾边的东西都得上缴……”

单之林心里咯噔了一下，很快平静了，说：“知道，知道。可是我家里没有那东西。”

“老单，你是明白人，看你是主动交出来，还是……”

单之林知道齐步加要搜查，笑着说：“不是我不交，是真的没有。我家里很乱，齐科长要是不怕弄脏你的手……”

“老单，那就对不起了。”齐步加对身后的几个人说，“老单叫我们搜，你们还愣着干啥?”

几个年轻人一拥而进，在屋里乱翻。

白羽灵说：“难为你们了，你们慢点，别打烂了我的东西。”

几个年轻人根本不听，把桌子上、抽屉里、箱子柜子床上的东西扔了一地。单红英的书也被踩在了脚下，她伸手去捡，一个人踢了她一脚，说：“滚开！别耽误我们的事！”

单红英从地上爬起，狠了那人一眼，说：“强盗！你们是强盗！”

那个人打了单红英一耳光，骂道：“逼女娃子家，还敢骂人！”

单红英说：“我就是要骂，强盗！强盗！”

那人又抬起了手，在手即将落下时，单之林一把抓住了，他暗暗用力，咬着牙说：“你是大人，她是娃娃，你也下得了手?”

单之林当过兵，而且是侦察兵，受过特殊训练，他用了一下力，那人的嘴已经咧成了柿饼，哎哟了一声，退到了一边。

单之林松开手，说：“羽灵，把女儿带出去。”

白羽灵拉着女儿往外走，齐步加伸手拦住，色眯眯地望着白羽灵，说：“小白，你不能出去。”

“为啥?”白羽灵说。

“我不说你也知道。”齐步加盯着白羽灵的胸部说。

“我不知道。”白羽灵说。

“我怕你把那东西藏到你的衣服里。”齐步加说。

“啥东西?”白羽灵说。

“鱼嘴里吐出来的东西。”齐步加说。

“我身上没有!”白羽灵说。

“你敢不敢叫我搜?”齐步加皮笑肉不笑地说。

白羽灵犹豫了，她怕齐步加要流氓，说：“我再跟你说一遍，我身上没有!”

“这样说你是同意我搜了?”齐步加说。

“搜啥子，齐科长?”一个声音从齐步加身后传来，齐步加扭头一看，说话的人是唐大树。

星期天，唐大树没事，和老婆一起带着儿子唐援朝到单之林家串门，见齐步加要搜白羽灵的身，于是问道。

齐步加有些尴尬，嘿嘿笑了两声，说：“唐所长，搜啥子，我是开玩笑的，嘿嘿，嘿嘿……”

“我想你也不会。”唐大树说，“你是政工科长，不会知法犯法。”

“当然，当然。”齐步加说，“搜身，只有你们公安才有权力。”

“小白，你要去哪儿?”唐大树说。

“他们在搜我们屋里，我也不知道他们在搜啥，老单说他在家里守着，叫我带女儿出去。”白羽灵说。

“可以走了吧，齐科长?”纪音团斜了齐步加一眼，说，“做事，不要违犯法律!”

齐步加没有开腔，他知道纪音团不好惹，点了下头。

“走，我们到公园里去!”纪音团拉住了白羽灵的手。

唐援朝拉住了单红英。

“你们前头走着，我跟老单说句话。”唐大树说。

齐步加望着渐渐远去的白羽灵和纪音团，咬了一下牙。

唐大树说：“老单，我们在公园里等你，等会儿你过来。”

唐大树走了，齐步加又发起了淫威：“快点！快点！别停！”

屋里又响起了叮咚咣唧的声音。

“齐科长，没有找到。”一个年轻人说。

“再搜，不要漏掉任何一个地方！”齐步加不甘心。

又搜了一阵，还是没搜到，一个年轻人拿了几本连环画递给齐步加，齐步加一看是《西游记》，唰地扔了。

“老单，我劝你交出来，如果不交，事情就大了。”齐步加说。

“没有，你叫我交啥？”单之林说。

“你把它弄哪儿去了？”

“我不是已经跟你说了，叫小偷偷走了。”

“你胡说！”门外传来了一个声音。

齐步加一看，说话的是一个戴着红袖套的二十多岁的小伙子，他不认识这个人，他不知道他是哪里的，说：“小伙子，你过来。”

小伙子走了过去。

单之林认出来了，小伙子是偷他东西的那个人，叫许新。

“小伙子，你刚才的话啥意思？”齐步加说。

许新看了一眼齐步加，似乎对刚才的话有些后悔，说：“没啥意思。”

“你认识单之林？”

“认识，扒了他的皮我也认识。”

“你找他干啥？”

“我找他干啥，用得着跟你说吗？”许新指了指自己胳膊上的红袖套说。

“他是我们单位的人，你少掺和。”

“破四旧还分单位？哪里有四旧我们就到哪里破！”许新往身后招了一下手，说，“过来！进去搜！”

齐步加伸手阻拦，许新用力一推，齐步加打了个趔趄，退到了一边。许新带的人多，而且都是毛头小伙子，听到许新的话，一个个争先恐后往屋里挤。单之林的屋子本来就不大，一时间，屋里人挨人，根本没法动。齐步加见许新不好惹，生怕吃亏，加之他们搜了半天也没搜到想要的东西，而且白羽灵也走了，他本来是做给白羽灵看的，白羽灵不在场，他已经没了多大兴趣，早就想走，可是带的那几人正在兴头上，他不好撤，现在机会来了，所以他主动退让。

“小伙子，你我用不着争，我们的目标是一致的，我们让你，我们让你！”齐步加说，“你们好好搜，搜出来了是你们的功劳。走！我们撤！”

齐步加一伙人走了，单之林并没有松气，他不知道许新会咋折腾他。心想这娃真不是个玩意儿，不记恩就算了，还趁火打劫……单之林把脸转到了一边，连看也不看许新。

“单叔叔。”许新喊了一声。

单之林转过脸，说：“搜吧，想要啥你们尽管拿！”

许新说：“单叔叔，我们不搜，我们也不要啥。”

单之林弄不懂了，疑惑地望着许新，说：“那你们来干啥？”

“单叔叔，你误会了。”许新说，“公社红卫兵战斗队叫我们跟他们一起去砸碧水寺，我们从这里路过，见有人搜你的家，我就喊了一些人，想把他们撵走……”

单之林松了一口气，目光中充满了感激，说：“谢谢，谢谢你们！”

“单叔叔，要不要我们帮你把屋里收拾一下？”许新望着被丢在地上的东西说。

“不用了，我慢慢收拾。”单之林说。

“单叔叔，那我们走了。”许新说。

4

单之林被隔离审查了，那是齐步加派人在单之林家里挖出涪翁像的第二天（那天没搜到，后来齐步加听说那个不知叫啥的愣头青也没搜到，于是派人到单之林家里去挖地下，结果挖出来了）。单之林的罪名是：当过国民党的兵，娶了地主的小老婆，散布封建迷信思想，藏匿涪翁像。单之林刚被隔离，白羽灵也被缝纫社开除了。

白羽灵想不通，她出身贫农，给地主当小老婆不是情愿而是被抢去的，不但没人给她申冤，反而成了一条罪状。

白羽灵和单之林都是御营坝的人，俩人恋爱时，绵阳还没有解放。在他们准备结婚时，噩梦突然从天而降，白羽灵被村里一个地主看上了，那个地主六十多岁，身边有一妻二妾，但他还不满足，他要娶白羽灵当小老婆。那天，那个地主找到白羽灵的爹，说他要娶白羽灵，白羽灵的爹像听到了炸雷，吓得差点倒在地上。他望着既有大老婆又有小老婆的老地主，一句话也没说，扑通跪下了。白羽灵的娘也跪下了，俩人又是磕头又是作揖，求老地主放过他们的女儿。白羽灵爹娘的口水说干了，但老地主一点也没动情，冷冷地说："起来吧，别跪了，跪也没用。说吧，你们要啥？"白羽灵的爹缓了缓气，说："大叔，我们啥也不要，求你行行好，放过俺闺女，按辈分你是她的爷爷，你娶了她会坏了你老人家名声……"白羽灵的娘也鼻涕一把泪一把地向老地主求情，可是老地主的心还是没软，说："你们啥也别说了，明天我来迎亲。"老地主丢下这句话，背着手走了。白羽灵的爹娘不敢不答应，他们惹不起老地主，老地主不但养有家丁，而且家里还有枪，在御营坝，凡是不听老地主话的人没有一个活伸展了的，有的被弄得缺胳膊少腿，有的被装进麻袋扔进了安昌河里……

老地主抢走了白羽灵，单之林差点气疯，要不是畏惧老地主身上的枪，他当时就把老地主宰了。单之林气得咬牙切齿，噙着眼泪在石头上磨起了砍刀。刀磨快了，亮晃晃地闪着寒光。

夜深人静，单之林悄悄起床，提着麻绳（准备捆老地主），掂着砍刀，朝老地主家匆匆走去。

老地主家的大门紧闭着，院墙太高没法上，单之林急得团团转。他沿着院墙往前走，寻找可以攀爬的地方。走着走着，他的眼睛忽然一亮，一棵大树出现在他的视线里。那棵大树很高，有一根枝干横在墙上。他为之一振，把砍刀和绳子往腰里一掖，顺着树身爬了上去，然后把绳子拴在树杈上，顺着绳子吱溜溜滑进了老地主的院里。这个院子他并不陌生，他多次随父亲到这个院里给老地主交租、拜年。单之林顺着墙根慢慢地往里溜，一直溜到老地主住的那间屋门口。单之林想听听屋里的动静，没想到他的耳朵刚挨近窗户，就被老地主发现了。

"谁?!"老地主大声喝问。

单之林没有说话，一脚踢向门板。门开了，老地主知道有人要杀他，急忙从枕头下摸出手枪，对着门口扣动了扳机。单之林早有防备，迅速闪到了一边。枪没有打中单之林，却惊醒了家丁，一群家丁提着灯笼举着火把拿着枪跑到了老地主的门口。

家丁头目大声问："老爷，出啥事了？"

老地主声音颤抖地说："有、有刺客！快、快搜！"

家丁头目大声命令："甲二狗，丙三娃，你俩在老爷门口守着，其余的跟我来！快！"

呼啦啦，家丁们散去了。

老地主说："羽、羽灵，把、把灯点着。"

蜷缩在床角的白羽灵听到老地主的话，抖抖索索地爬到桌边，点燃了油灯。白羽灵瞟了老地主一眼，老地主脸色苍白，鸡爪似的手上紧紧地握着一把黑得发亮的手枪。老地主盯着白羽灵，白羽灵的身子不由自主地颤抖了一下。

"你看到刺客了吗？"老地主问。

"没、没有。"白羽灵说。

"没有？"老地主说，"不、不会吧？"

"我、我睡着了，是、是枪、枪声把、把我惊醒的。"

"你、你那么快就睡、睡着了？"

"是，老、老爷。"

其实，白羽灵没睡着。那夜是她与老地主的新婚之夜，老地主兴奋得比白天还精神，麻秆似的胳膊紧紧地搂着她，她害怕得浑身发抖，一句话也不敢说。她越抖，老地主搂得越紧，刀条似的肋骨硌得她身子生疼。老地主折腾了一阵，没再折腾了，她翻过身，装着睡着了，不大一会儿，门被踢开了，接着是枪声……

"报告老爷，凶手没、没有抓到。"家丁头目在门外说。

"院、院里搜遍了？"老地主问。

"搜遍了，老爷，连猪圈狗窝牛棚茅房都搜了。"

"饭桶！他、他长得有翅膀？"老地主骂道。

家丁头目受到老地主的责骂，又点头又哈腰，连声说："老爷，我们再、再搜，一定把刺、刺客抓到！"

家丁们走了，白羽灵的心再次提起。老地主两只魔鬼似的眼睛盯着她……

单之林蹿到树下，拉着绳子逃出了老地主的院子，他不敢回家，他怕老地主派人去抓他。他跑上黄土梁，躲进了小树林。家是不敢回了，他得跑，往哪里跑，一时却没了主意，想了一阵，他想到解放军，投奔解放军，老地主就没法抓他了。解放军在哪里，他不知道，他只听说解放军攻进了广元，于是，顺着大路往北跑。从夜里跑到白天，又从白天跑到夜里，渴了喝河水，饿了啃苞谷。不知跑了多久，黑暗中传来了嚓嚓嚓嚓的脚步声，接着他看到了一群人，可是天太黑，看不清，他以为是解放军，心里一阵惊喜，迎了上去。

“谁？站住！”走在前面的人喝问。“我，我要当兵。”单之林说。说话的人问了他几句话后把他收下了。天亮后，他见那些人戴着“青天白日”帽徽，知道他们不是解放军，他想走，说：“老总，我娘有病，我想回去。”大盖帽眼睛一瞪，给了他一耳光，打得他两眼直冒金花。大盖帽骂道：“妈那个×！想回去？没门！我告诉你，老子现在正到处抓人，补充队伍，你来了还想回去？我跟你说，你老老实实跟着队伍走，要是逃跑，老子一枪崩了你！”他们把他看得很紧，没法，他只有跟着他们走。走了一天，部队进到山里，晚上就睡在半山腰。半夜里，他悄悄起来，顺着山往上爬，他想跑。没爬多远，被哨兵发现了，哨兵叫他站住，他没听，哨兵对着他开了一枪。枪声把所有的人都惊醒了，于是他们一起追，他被抓住了。他们狠狠地打了他一顿，说再跑抓住了枪毙，他就不敢跑了。他发现这支队伍人不多，每天都在赶路，他想他们可能是怕被解放军追上，不然不会天天跑，而且慌里慌张，跑得很急。他盼望解放军追上来，解放军追上来了他就可以参加解放军了。果不其然，第二天解放军就追上来了，把那些人堵在了山沟里。那些人跟解放军对打，没打多久，那些人就扛不住了，往后面撤。他没跟着跑，躺在死人堆里。他成了俘虏。解放军对俘虏很优待，愿意回家的发给路费，愿意留下的编入解放军队伍。首长问他是愿意回家还是愿意参加解放军，他说他本来就是来参加解放军的，误入了国民党部队，他不敢回家，他要当解放军。首长问他为啥不敢回家，他说了他去杀地主的事。首长说你是穷人的孩子，而且苦大仇深，我们欢迎你参加解放军。就这样他成了解放军战士。在后来的作战中，他每一枪都觉得是射向老地主的，每次战斗结束，总结时他总是说这次战斗他打死了几个老地主，惹得大家哈哈大笑。

解放绵阳时，单之林所在的连队最先开进绵阳城，他们是侦察兵，所以成了先锋。单之林很兴奋，他要去杀那个抢走了他恋人的老地主，解救他的心上人。进绵阳城很顺利，因为解放军还没动枪，敌人就投降了。绵阳解放的当天（1949 年 12 月 21 日）晚上，单之林跑回了御营坝，直奔老地主的院子。院门上挂了一把大铁锁，他无法进去，转身跑到白羽灵的家，家里只有白羽灵一个人，他问白羽灵她的父母到哪儿去了，白羽灵说她被老地主抢走后她父母上吊了。他问老地主家咋没人，白羽灵说他逃跑后，老地主在家里折腾了一夜，派人四处搜查，搜遍了御营坝，没找到他，老地主以为他跳河了，叫了几条船，顺着安昌河搜到涪江，又顺着涪江搜到三台，还是没找到他，这才派人去警局报案。报案的人回来说解放军已打到剑阁了，警局里的人都忙着收拾东西，没人搭理。老地主一听脸色大变，浑身哆嗦，哆嗦了一阵，倒在地上死了。老地主死了，家里的人全跑了，她也跑了。单之林说你等着，要不了多久全国就解放了，我很快会回来的，说罢转身跑了。那天之后，白羽灵没再见到单之林，也没有单之林的音信，她在苦苦地等待，等待单之林归来，这一等就是好几年。单之林转业了，安排在城里工作，娶了白羽灵。这时白羽灵才知道单之林与她分别后当了排长，没多久就到朝鲜打美国鬼子去了，志愿军凯旋，他因受过伤而转业。

单之林想不通，白羽灵也想不通，他们根本不承认他们有罪。

第六章　居心不良

1

白羽灵没了工作，天天闷在家里，连门也不出，她怕别人骂她。她的家，除了纪音团一家人，很少有人去。但齐步加却去得很勤。

一天，纪音团去看白羽灵，见齐步加在那里，吃了一惊。

纪音团了解齐步加，知道他是个大老粗，当政工科长，凭的是出身好，给地主当过长工。齐步加的老婆在农村，他一个人在城里，单脚利手，没事了到处找女人。那个年代，人们把男女关系看得很重，有不正当男女关系的人，不但会遭人鄙视，而且得不到重用。齐步加怕遭人鄙视，更怕当不成政工科长，没了这块招牌，他就吃不香了，女人也就不好找了。为了保住这块招牌，找女人的事他做得很隐秘。在这件事上，齐步加很有手腕，勾了几个女人，不但都成功了，而且没有落下任何把柄，所以他的政工科长一直当着。齐步加看上白羽灵不是一天两天了，为了勾到白羽灵，他常到缝纫社门口转悠，可是一直没有找到机会，因为白羽灵老是跟一个女人走在一起，上班一起，下班也一起。那个女人，齐步加打听过，叫纪音团，男人在派出所工作，而且还是所长。纪音团有这个靠山，谁也不怕，啥都敢说，所以齐步加有点怕她，要是纪音团知道他想勾引白羽灵，跑到他的单位一说，他的政工科长想当也当不成了。纪音团成了他勾引白羽灵的一大障碍，他只能远远地望着白羽灵，一口一口地咽口水。他恨纪音团，希望纪音团得病，更希望纪音团快点死，可是纪音团的身体很健康，所以他的希望永远只能是希望……现在好了，单之林被隔离了，白羽灵被开除了，纪音团无法天天与她在一起，就是在一起他也不怕，他是单之林专案组的组长，找白羽灵有的是理由。

纪音团说：“齐科长，你来看我妹妹？”

齐步加略显尴尬，说：“老单被隔离审查，我来找小白谈谈。”

“我妹妹又不是你们单位的，你找她谈啥？”

“小白不是我们单位的，可老单是我们单位的。”

“老单是老单，他的问题跟我妹妹没关系。”

“咋没关系？小白是老单的爱人，而且老单……”齐步加本想说单之林娶地主小老婆的事，话到嘴边忍住了，他觉得那样说太伤白羽灵了，改口说：“老单要想早点解放，需要小白的配合。”

“齐科长，你叫她咋配合？”

“这个……我已经跟小白说了，她知道。”

“那就谢谢你了。”

纪音团在这里，齐步加知道没戏了，说：“小白，我走了，我跟你说的话，你好好考虑考虑。”

白羽灵没有说话。

“呸！”齐步加刚出门，纪音团朝门口吐了一口唾沫，说，“他跟你说啥了？”

白羽灵说：“自从老单被隔离，他三天两头来，头一回说老单的问题很严重，好像老单都够枪毙了。他说了一大堆，我根本没听，老单是啥人，别人不知道我知道。第二回他说他是专案组组长，老单归他管，好像是告诉我他有很大的权力。第三回他说老单不在家，有啥事了跟他说，他会帮忙的。第四回他说……唉，我不说你也想得到。”

“不要脸，简直是不要脸！你千万要小心他！”

白羽灵点点头，说：“我没想到他会是那种人。”

“老单没跟你说过？”

“老单你不是不知道，单位上的事他从来不跟我说。我们结婚这么多年，我只到他们单位去过几次，都是有急事去找他。我从来没注意过姓齐的，但姓齐的见到我总是笑着跟我打招呼，当时我还觉得这人挺好，可是后来他却对我起了歪心，我拒绝了，他再跟我打招呼我就不理他了。那天他带人去搜我们家，我想他是在报复我。唉，之林遭整，也许是因为我……”

“你放心，听老唐（唐大树）说，老单不会有啥事，他叫我告诉你，不要怕，运动就是一阵风，吹过了就平静了。你也不要怄气，风过了，单位也会恢复你的工作。家里有啥事，跟我说。”

单之林被隔离了一个多月，这一个多月，白羽灵没笑过，好像她已经不会笑了，也忘记了啥叫笑。白羽灵天天给丈夫送饭，每次送饭回来，脸上都会多一条皱纹。单之林的工资被扣发了，家里过日子全靠以前省吃俭用省下来的几个钱，为了生活，白羽灵到旅馆帮着洗铺盖，有时也把客人换下来的衣服带到家里洗。那天，白羽灵在家里洗衣服，女儿说：“妈，你歇歇，我来洗。”

单红英刚把手伸进盆子里，白羽灵一把抓住了女儿的手，说：“英儿，这是大人干的活，不是你做的，你的事是学习。”

“妈，学校不上课了。”

“不上课了就自己学，妈不希望你做这些事。”

“妈，我已经长大了，我洗得来。”

“别说你没长大，就是长大了，妈也不希望你做这些事。”

“妈，你累了，洗不动了。”单红英拉着妈妈的胳膊说。

“洗不动也不让你洗，我歇一会儿再洗。再说，你也洗不干净，洗不干净人家是不会给钱的。”

洗完衣服，白羽灵拿着剪刀梳子往外走，单红英不知道妈妈去干啥，说：“妈，你去哪儿?”

“我到你爸爸那里去。你爸的胡子长了，头发也长了，我去给他剪剪。”

“妈，我跟你一起去，我想看爸爸。”

白羽灵没有反对，单红英跟着去了。

看守单之林的是一个头发花白、脸皮粗糙的男人。单红英知道这个人叫齐步加，她爸爸被隔离后，齐步加常到她家里去。有一天晚上，齐步加在她们家里坐到半夜还不走，她实在熬不住了，说“妈我想睡了”。妈拉着她的手，说“英儿，等一会儿再睡，你齐伯伯还在这里”。她听得出妈妈是想撵齐步加走，可是齐步加没有一点要走的意思，说“娃儿瞌睡了，让她先睡吧”。妈妈说“这孩子有个毛病，她睡我就得睡，我不睡她也不睡”。单红英听懂了妈妈的话，说“妈你不睡我也不睡”。妈妈说“你不睡就跟我坐着，妈没催你去睡”。她说“好，我就坐着”。单红英说话时打了个哈欠，心想：这个死老头咋这么能熬夜，咋就不瞌睡？不一会儿，她觉得眼皮特别沉，不知不觉耷拉了下来，她睡着了。迷迷糊糊中，她听见妈妈在说话，妈妈说“齐科长，别这样……”突然，她的屁股像被蝎子蜇了一下，惊了一跳，她睁开眼，望着妈妈，不知妈妈为啥拧她，而且拧得那么狠。妈妈说：“你睡得好好的咋醒了？”她说“我梦见坏蛋要打我”。妈妈说“我说呢，刚才你身子颤了一下，原来你在做梦”。她坐直身子，使劲把眼睛睁大。齐步加见她醒了，很不情愿地站起身，说“我走了”。妈妈没有起身，说“不送了”。齐步加刚出门，妈妈就把门关上了，妈妈这次关门比哪次都用劲。妈妈说：“英儿，以后这个人再来，你就坐在妈妈身边，不要离开，也不准睡。懂吗？”她似懂非懂地点了点头。那晚之后，妈妈变得十分小心，每天天不黑就关门，连电灯也不开。妈妈说“英儿，睡吧，早点睡”。她说“妈，天还没黑，我不想睡，我想看书”。妈妈说“不看了，开灯太费电了”。妈妈话音刚落，有人敲她们家的门。妈妈对着她摇摇头，她没再说话。门又响了，响声比刚才大，响了一阵，没再响了，她听到了外面的脚步声。妈妈说：“以后晚上有人敲门，我不开腔，你就不要说话。”妈妈说这句话时，神情严肃，她不知道妈妈为啥怕门外那个人。

齐步加见白羽灵和女儿来了，笑着跟白羽灵打招呼，白羽灵没有看他，径直走进了丈夫被隔离的那间小屋。单红英也跟着进去了，这是爸爸被隔离审查后她第一次见到爸爸。爸爸瘦了，头发很长，长得都搭在耳朵上了。爸爸的胡子也很长，每根胡子都像他的脾气一样倔强，一根是一根，谁也不挨谁。单红英没有想到，爸爸被隔离不到两个月就变成这样了。

单之林很兴奋，把女儿拉到跟前，单红英靠在爸爸怀里，爸爸屁股下的椅子吱呀吱呀地叫了两声。单红英看了一眼屋里，屋里有一张桌子、一张床，还有爸爸屁股下坐的那把会叫的椅子。爸爸的被子叠得很整齐，方方正正，有棱有角，她第一次看到叠得这样好的被子。她想，大概爸爸闲着没事，叠被子耍，就像娃儿没事耍玩具一样，不然时间没法打发。单红英看了一阵，把视线从床上移到桌子上，桌子上放着纸，纸上放着钢笔，那是爸爸的钢笔，爸爸在家里经常用。她想看看爸爸写的啥。

恰在这时，妈妈说话了，说：“英儿，让一下，我给你爸剪头发。”

单之林舍不得女儿离开他的怀抱，摇摇头说：“现在不剪，等他们审查完了再剪。”

妈妈说：“用不着跟他们斗气，来，剪。”

单红英离开了爸爸的怀抱，走到桌前一看，洁白的纸上连一个字也没写。

白羽灵的手很巧，不大工夫，单之林的头发和胡子都变短了。单之林摸了摸头，又摸了一下下巴，笑着说：“英儿，你看爸爸变没变年轻？”

单红英说：“爸爸变年轻了。”

单之林好像忽然想起什么，说：“英儿，你今天咋不上学？”

单红英说：“学校停课了，同学们都没去。”

单之林说：“学校停课了，你的学习不能停，没有老师教，就自己学。”

单红英点了点头。

单之林说：“羽灵，你们回去吧。”

白羽灵说：“我去打盆水，给你洗一下头。”

单之林说：“你走吧，我自己洗。”

白羽灵没听丈夫的，拿起脸盆朝锅炉房走去，那里有热水。

齐步加跟去了，他假装洗手，问白羽灵：“晚上你们家的门咋关得那么早？”

白羽灵说：“我女儿睡得早，门就关得早。”

齐步加说：“我知道你的意思，你是闭门谢客。”

白羽灵说：“我们家都成这样了，别人躲都躲不赢，哪还有客？”

齐步加说：“别人躲我不躲，可是你不欢迎。”

白羽灵说：“齐科长，你是领导，俺老单的专案组组长，你到俺家来多了就不怕对你有影响？”

齐步加说：“我不怕。我们家八辈子贫农，怕啥？”

白羽灵说：“你不怕我怕。”

齐步加说：“怕啥？”

白羽灵说：“怕你。”

齐步加说：“我有啥可怕？”

白羽灵说：“我不说你也知道。”

齐步加说：“我又不是老虎，有啥可怕？”

白羽灵没接话，端着盆子走了。

齐步加的目光追随着白羽灵的身影。

2

太阳笑眯眯地向人们说再见的时候，齐步加悄悄地溜进了白羽灵的家。那时单红英还没回来，门是虚掩着的。白羽灵在厨房里煮饭，听见有人进来，以为是女儿回来了，大声说：“红英，咋这阵儿才回来？”白羽灵高兴时总是叫女儿“英儿”，不高兴时才喊“红英”。

齐步加听了，知道单红英没在家，暗自窃喜，随手关上门，直接走进厨房。白羽灵见齐步加来了，吃了一惊，还没来得及说话，就被抱住了，齐步加的麻布脸使劲地在她脸上蹭。白羽灵气得浑身发抖，想喊又怕邻居听见。

“齐科长，快松开，我女儿马上就回来了。”

“你答应我，我就松开，不然我不松。”

“你要我答应啥？”

“那个。”

“不行。”

“只要你答应我，你男人的事情好说。”

“我男人不是坏人。”

“你男人当过国民党的兵。”

“我知道。”

“你知道就对了。只要你答应我……”

“别说了！他犯了哪一条，该咋处治就咋处治！”

齐步加见吓不到白羽灵，说：“小白，我是怕老单被戴上历史反革命分子帽子……”

“只要他够，该戴就戴。”

“够不够是我一句话，就看这句话我咋说了。”

“你想咋说就咋说！是白的说不黑，是黑的说不白。”

“那不一定。这两年把白说黑、把黑说白的事多了，只不过你不知道罢了。何况你男人还真在国民党部队干过。所以你好好想想，到底救不救你男人？”

白羽灵没有说话。

齐步加以为白羽灵动心了，继续说：“帽子戴上容易取下来难。”

白羽灵仍然没有说话。

齐步加的胆子大了起来，把手往白羽灵的衣服里伸，白羽灵气得浑身颤抖，本想给齐步加一个耳光，然后再吐一口唾沫，可是她没有，她想到丈夫还被他捏着，于是拉住齐步加的手，说：“齐科长，别这样。”

齐步加失望地望着白羽灵，他没有发火，他知道他发火后路就彻底断了，他就没有理由再来找白羽灵了。于是说：“你该给老单送饭了。我还是那句话，你有啥事跟我说，不要不好意思。”齐步加拉开门，见单红英站在门口，先是一愣，而后麻布脸上挤出一丝笑，说：“你回来了？”

单红英没理他。

很多人还在吃午饭，单红英就出门了，她见远处有个人，眼睛望着她家门口。她仔细一看，那人是齐步加。单红英心里直嘀咕。她退回家里，把门关上，说：“妈，齐步加在外面，眼睛望着我们家。”白羽灵以为女儿害怕齐步加，说你上你的学，别怕他。单红英说：“我没有怕他。”白羽灵说不怕他就去上学，别去晚了。单红英第二次拉开门，齐步加不在了。她顺着街往前走，没走多远，齐步加突然出现在她面前，她心里咯噔了一下，想转身回去，可是已经来不及了。她低着头往前走，她不想看齐步加那张麻布脸，更不想跟他说话。

“红英，上学了？”齐步加说。

单红英没搭理他。

单红英走了，齐步加进了白羽灵的家。

白羽灵正在收拾碗筷，见齐步加悄无声息地进来了，心里很不高兴，冷冷地问：“齐科长，有啥事？”

“来说说你男人的事。”

“上午你已经说了。”

“说是说了，可是，我问你的话你还没回答我。”

“我不是说了，老单犯了哪一条，该咋处治你们就咋处治吗?”

“小白，我知道你说的是气话。你和老单是夫妻，能救不救你心里过得去吗？我已经跟你说了，要是真的给他扣上历史反革命分子的帽子，那可就成了孙悟空头上的紧箍咒，戴上就取不下来了，到时你后悔也没法。”

听到“历史反革命分子”几个字，白羽灵心里还是有些害怕。历史反革命分子就是阶级敌人，家属都要划入另类打入另册的。白羽灵自己倒不怕，她已经被划入另类打入另册了（地主的小老婆），她担心的是她的女儿，她怕女儿受牵连。

“我救不了他，我没那本事。”

“你有那本事，就看你用不用。”

白羽灵见齐步加又把话往那上面扯，说：“齐科长，下午我有事，要出去。”

齐步加以为白羽灵答应了，说：“用不了多大一会儿，不会耽误你出去。”说着去拉白羽灵。

白羽灵眼睛一瞪，说：“你要干啥?!”

齐步加嬉皮笑脸地说：“我想干啥你又不是不知道，来吧。”

齐步加把白羽灵往床上拉，白羽灵拼命反抗，就在齐步加快要得手的时候，有人敲门。齐步加松开手，示意白羽灵不要说话。白羽灵是个爱面子的人，她怕别人看见齐步加在她家里坏了她的名声。白羽灵用手指了一下里屋，齐步加急忙躲了进去。

“白妹子，白妹子!”敲门的人喊道。

敲门的人是纪音团，白羽灵开了门。纪音团手上拿着一件毛衣。

“快进来。”白羽灵说。

纪音团坐在凳子上，把手上的毛衣放在一边。

“大白天你别着门干啥?”

“睡觉。”

“你不舒服?”

“没有。”

纪音团看了白羽灵一眼，说：“你脸上的气色不太好。”

“我身体倒没啥，就是心里难受。”

“你心放宽点，他们不会把老单怎么样。我听老唐说，老单的问题主要是那个‘齐不死’在使坏，不然早就结案了。”

“我知道他们把老单怎么不了，因为老单本来就不是坏人，更没做过坏事。”

“老单得罪过那个‘齐不死’?”

“没有，他说齐科长挺好的。”

“‘齐不死’是个笑面虎，你可别相信他。他见人都是笑嘻嘻的，其实一肚子坏水，你千万要当心。”纪音团说，“这个人，很多人都知道，他专占女人的便宜，凡是有求于他的女人没有哪个逃过他的手心。他要不是出身好，说不定早被弄进（监狱）去了。”

“哦。”

“他流得很，连当兵的老婆都敢弄，你说他是个啥东西!”

“他有那么大的胆子?”白羽灵话一出口就后悔了，她这样问不就是在收集齐步加的罪证吗?

“他手下那个女人，男人就是当兵的，他跟那女人明里来暗里去，鬼混了好多年，只不过没人告他罢了。”

白羽灵睁大了眼睛，她不敢再接话了。

“白妹子，叫我看，‘齐不死’来找你，百分之百是黄鼠狼给鸡拜年!”

“纪大姐，我看齐科长不是那种人，他每次来都是规规矩矩的，劝我多做老单的思想工作，叫他老实交代，争取宽大处理，别的他没说啥。”

“白妹子，我是提醒你，小心没大错。一旦他说起那种事，你好对付他。”

说到这里，纪音团仍然没有走的意思，白羽灵不禁焦急起来，放学的时间快到了，要是女儿这阵回来，她的戏就没法演了。她虽然没做什么，但屋里藏着一个男人，而且是被纪音团称作老流氓的男人，她浑身是嘴也说不清。她得赶紧把纪音团支走。

“你拿毛衣弄啥?”

“老唐的毛衣烂了，我补不来，你给补一下。”

纪音团把毛衣递给白羽灵。

白羽灵看了看，说：“你没拿毛线?”

“哎呀，搞忘了。”

“我家里没有这种颜色的线，你拿来了我才好补。”

“我这就去拿。”纪音团说着站起身。

纪音团走了，白羽灵松了一口气。齐步加像躲在洞里的老鼠忽然听见守在洞口的猫走了，急忙从里屋出来，慌里慌张地跑了。

3

白羽灵心里难受，流了很多泪，她怕女儿看出来，进厨房洗了个脸。可是，无论咋洗，发红的眼睛是无法洗掉的。白羽灵正在擦眼睛的时候，女儿回来了。

“妈，你在干啥？”单红英问。

白羽灵不敢看女儿，她在想着如何回答女儿的话。过了一会儿，她说：“我眼里不知落了个啥。”

“弄出来没有？”

“没有。”

“妈，我来给你吹吹。”

“不用吹，我再擦一下。”

单红英坚持要给妈妈吹眼睛，白羽灵死活不让，单红英无法，说：“妈，那咱到医院去看看。”

“用不着，一会儿就好了。”

白羽灵不想叫丈夫看出她哭过，叫女儿去给她爸送饭。

“红英，你妈呢？”齐步加说。

单红英没理他。

齐步加一步跨到单红英面前，说：“你妈咋不来？”

单红英仍没说话，径直走进爸爸住的那间屋。

“英儿，你妈没来？”单之林说。

“我妈眼里落了个渣子。”

“回去跟你妈说，叫她去医院看一下。”

回到家，单红英把爸爸的话告诉了妈妈，妈妈摇了摇头。

那晚，白羽灵像往常一样老早就把门关了。

单红英睡不着。

白羽灵突然惊叫了一声。

“妈，你咋了?”

“我做了个梦，没啥，睡吧。”

单红英更睡不着了，她在想着妈妈到底做的啥梦，把她吓成那样。

天亮之后，单红英再次问妈妈：“妈，昨晚你做了个啥梦?”

白羽灵说：“我梦见了一个人，那人说‘我说的事你要是不答应，从明天起我叫你见不到你男人!’那人说着向我扑来，所以我惊叫了一声。”

单红英说：“那人是谁?”

白羽灵说：“没见过。”

单红英说：“那人说的啥事?”

白羽灵说：“不知道。”

白羽灵拒绝了齐步加，她担心的事情终于发生了。

那天早上，白羽灵早早把饭做好，梳了一下头，提着篮子去给丈夫送饭。刚出门，她看见齐步加站在不远处伸头探脑地向她家门口张望，然后故意迎着她走来。

齐步加笑着说：“小白，今天的早饭好早啊!”

白羽灵没说话。

齐步加有些不快，但脸上依然笑着，说：“小白，你不舒服?”

“没有。”

“那你怎么不高兴?”

“我高兴得起来吗?”

“下午我到你家里，叫你高兴高兴。”

白羽灵愤怒了，说：“我再跟你说一遍，你快死了那条心，我死也不会答应你!”

白羽灵送饭出来，齐步加拦住她，说：“白羽灵，从现在起，以后不准给你男人送饭。”

白羽灵说：“为啥?”

齐步加说：“为啥? 你男人升级了!”

白羽灵没听懂，说：“升啥级了?”

齐步加得意地说：“组织决定，从今天起对你男人实行‘三不准’：不准见亲属，不准出屋门，不准对外联系。懂了吧？”

白羽灵说：“刚才我来时你咋没说？”

齐步加说：“刚才跟你说了你不是连早饭也送不成了？”

中午，白羽灵带着女儿去给丈夫送饭。

门口换了人，那人长得五大三粗，白羽灵从来没见过，单红英更没见过。那人见白羽灵和单红英来了，起身拦住，问她们干啥。白羽灵说她是来给丈夫送饭的。那人说不行。白羽灵问为啥，那人说不知道，是齐科长交代的，他说没有他的同意，任何人不准去见单之林。白羽灵说：“那这样吧，我不进去，麻烦你把饭交给老单。”那人说：“我不敢，要是叫齐科长知道了，我是要受处分的。”白羽灵见那人那样害怕齐步加，也就没难为他了，问不准给老单送饭老单吃啥，那人说饭由食堂给送。白羽灵无奈，只好走了。

那天晚上，白羽灵又没睡着，她反复想着如何才能使丈夫得到解脱，想来想去，她觉得丈夫遭整是因为她……

半夜，单红英隐隐约约听见妈妈在哭，哭了一阵，妈妈下床了，来到她床边，默默地站着，而且一点声音也没有。后来上床躺在她身边，轻轻搂着她，把脸贴在她的脸上。妈妈落泪了，泪水滴在她的脸上，像虫子一样在她脸上爬。单红英也落泪了，她的眼泪和妈妈的眼泪混在一起流到了她的脖子上。过了一会儿，妈妈下床了，走到自己床边，不知在枕头下拿了个啥，开门朝外走。

“妈！”单红英叫了一声。

白羽灵吓了一跳，她没有答应，她以为女儿在做梦。

单红英见妈妈没答应，又喊了一声：“妈！”

“叫啥？快睡！”

“你到哪儿去？”

“上厕所。”

“我也要去。”单红英知道妈妈说的是假话，自她记事起，夜里爸爸妈妈解手都是用的马桶，从来不到外面的公厕里去。

白羽灵听见女儿下床的声音，慌了，转身走到自己床边把手上的东西放在了枕头下。

“妈，你在干啥？”单红英觉得妈妈有些异常，问道。

“我忘拿手纸了。”白羽灵搪塞道。

从厕所回来，单红英睡到了妈妈的床上，用手攀着妈妈的脖子，一会儿就睡着了。白羽灵睡不着，老想着丈夫的事，突然，女儿说：“妈妈，你不要离开我……”

白羽灵知道女儿在说梦话，把女儿紧紧地搂在怀里，眼泪跟着流了下来。

第七章　并蒂莲

1

“英儿，放假了，你咋不出去要？”白羽灵说。

“我不去，我在家里陪妈妈。”单红英说。

“英儿，妈妈有事，你作业做完了就出去要，等一会儿妈妈也要出去。”

作业做完了，单红英没有出去，她搬了个凳子坐在妈妈面前，手托下巴，望着妈妈。妈妈在给爸爸做鞋垫。妈妈的手很巧，像蝴蝶一样上下飞舞，不大一会儿，鞋垫上出现了两朵花，虽然颜色是白的，但白得好看。

“妈，你绣的啥花？”

“莲花。”

“一根秆上能开两朵？”

“能，这叫并蒂莲。”

白羽灵说这句话时脸上掠过一丝笑意，但很快消失了。妈妈表情的变化，单红英看在眼里，她知道妈妈绣的并蒂莲里隐藏着妈妈内心的秘密。

单红英没有猜错。

那是初夏的一个早晨，她在荷塘边割草，他也去了。她见他来了，心里咚咚直跳。她只顾看他，镰刀割到了手上，她哎哟了一声，他立即跑到她跟前，问她咋了，她说手被镰刀割了。他一把抓住了她的手，说：“你呀，咋搞的？”她说她也不知道。他按着她的伤口，问疼吗，她点了点头。他说：“你也不小心点，镰刀这么快。”她噘着嘴，望着他。他说：“我给你包一下。”她说用啥包，他说荷叶。她看了一眼荷塘，说我不用荷叶包，我要用荷花。他挽起裤脚，走进荷塘，采了一朵荷花，举在手上。她说不要那一朵，要那一朵。他问哪一朵，她说并蒂莲。他问为啥，她说并蒂莲药性大。他走到荷塘中央，采下了那株并蒂莲。他扯花瓣时她挡住了，叫他别扯，他说为啥，她说扯它它会疼的。他笑了，说：“你怕它疼，你就得疼。”她说：“我的手已经好了，不疼了。”他不信，把她的手拉到面前，说不疼也得包。她说用不着。他坚持要给她包，她说要包就用荷叶。他说：“刚才你说用荷花，现在为啥要用荷叶？”她说刚才疼，现在不疼了。他说：“不是，我知道你为啥不用这荷花。”她说为啥，他说因为它是并蒂莲……她说并蒂莲咋啦，他说它们像两个人。她问像哪两个人，他说：“我不说你也知道。”她坚持叫他说，他就是不说，她假装生气，他才说像他们两个。她一听，脸上发热，说：“我不让你扯它们，就是要让它们永远在一起……”

白羽灵想着往事，久久没有说话。她的手指被针扎破了，可是她没有察觉，仍然一针一线地缝着。白色的鞋垫上出现了一团隐隐的血红，单红英见了，惊叫了一声：“妈！”

白羽灵好像没听见一样，仍然一针一线地做着。

“妈！”单红英提高了声音。

白羽灵听见了，仿佛从梦中惊醒，愣了一下，说：“英儿，你叫我？”

“我叫你两声了。妈，你的手……”

白羽灵停下针，这时她才发现她绣的并蒂莲变成了红色，与单之林在荷塘里采下的那株并蒂莲的颜色一模一样。白羽灵感到吃惊，她明明用的是白线，怎么会绣出红色的花朵？莫非是她的真情感动了神灵？想到神灵，白羽灵心里有些紧张，情不自禁地抬头张望，好像神灵就在她们屋里，她要祈求神灵保佑她的丈夫，保佑她的女儿。

单红英见妈妈到处看，不解地问：“妈，你找啥？”

白羽灵一时不知如何回答，她不能把她内心所思所想告诉女儿，她怕女儿害怕。

“不找啥。”白羽灵说。

“妈，你的手流血了。”

“啊？我的手流血了？”白羽灵这才明白，原来鞋垫上的荷花由白变红不是神灵显圣，而是被她手指上流出的血染红的。白羽灵失望了，此时此刻，她多么希望那是神灵的杰作！如果世界上真的有神灵该多好啊！遭了冤枉可以向神灵诉说，遇到自己解决不了的问题可以求助于神灵……可是，女儿的话告诉她，鞋垫上的荷花实实在在是她手指上流出的血染红的。白羽灵看了一下手指，手指还在向外冒血。单红英心疼极了，扯了一块棉花往妈妈的手指上按。白羽灵挡住了，不慌不忙地把出血的手指按在鞋垫上，直到那不够红的花瓣全部变红。

“妈！”单红英不解地大声喊着去拉妈妈的手，然而她的手再次被妈妈挡住。

单红英扑在妈妈的怀里，身子微微抽动。白羽灵的泪水流了出来，一滴一滴落在女儿的头上。

良久，白羽灵说：“英儿，你饿了，床下有几个瓶子，你拿去卖了，买个饼子吃。”

单红英不想去，她想陪着妈妈，说：“妈，我不饿。”

白羽灵见女儿这样说，知道女儿的心思，她为有这样懂事的女儿而高兴。于是假装生气，说：“你不饿我饿。”

单红英听说妈妈饿了，说：“妈，我去。”

单红英趴在地上，胳膊伸进床下，掏出了三个灰扑扑的酒瓶。单红英不知道这酒瓶是哪里来的，妈妈又是什么时候藏在床下的。单红英想，三个酒瓶只能卖三分钱，可是一个饼子得一毛……

白羽灵说：“床下还有一个。”

单红英再次跪在地上，伸手往床下摸，摸来摸去，啥也没摸到，说：“妈，没有了。”

“你再找找，妈不会记错。”

单红英从厨房里拿来烧火棍，在床下扒拉。当，床下响了一声，单红英这才相信了妈妈的话。四个酒瓶全找出来了，但卖了还是不够一个饼子钱。单红英把四个酒瓶装在竹篮里，站在妈妈面前，两眼望着妈妈。白羽灵走到桌前，拉开抽屉，取出一个牛皮纸钱包，这是丈夫给她做的，虽然是纸叠的，但也是她的心爱之物，她总是把它藏在抽屉里，里面装着她最珍贵的东西。白羽灵打开钱包，抽出二两粮票和六分钱交给女儿，说：“英儿，去吧。”

单红英去了，几乎是跑着去的，先把酒瓶卖了，而后跑到饼子店。

饼子店门前站了很多人，单红英一看，急了，要这样排下去不知要排多长时间！单红英站在队伍的尾巴上，足足过了十分钟，前面的人连脚也没挪一下。单红英等不及了，决定到前面看看，她刚向前走了两步，就有人说话了："排队！排队！不准加塞！"

单红英没有往队伍里插，直接走到窗口，伸着脖子向店里张望。她看见笸箕里有一个烤煳的饼子，心里暗暗惊喜，这饼子没人要，她要。

单红英说："叔叔，我买饼子。"烤饼子的师父只顾忙，没有理她。

排在最前面的那个人说："还没烤好，快去后面排队。"

单红英指着笸箕说："那里面不是有一个？叔叔，你不买我买。"

"那个烤煳了，没人要。"

"我要。"单红英提高声音说，"叔叔，我买那个饼子。"

烤饼子的师傅看了单红英一眼，说："小妹妹，那个煳了，你等一下。"

"不，我就要那个。"

烤饼子的师傅把那个烤煳了的饼子递给了单红英。

饼子虽然是煳的，单红英心里还是很高兴，因为她妈妈饿了。单红英走得很快，不一会儿到了家门口。

"妈妈！"单红英未进门先喊了一声。

"英儿，这么快？"白羽灵停下针线，抬头望着女儿。

"妈，吃饼子，还是热的。"单红英把饼子递到妈妈面前。

"你咋买个煳的？"

"买饼子的人太多，"单红英说，"我怕妈妈饿……"

白羽灵说："英儿，跟妈说，是不是卖饼子的欺负你了？"

"没有。"

"说实话。要是卖饼子的欺负你了，妈妈去找他！"

"妈，没有，真的没有。"

白羽灵不信，拉着女儿往外走。

"妈，去哪儿？"

"去找卖饼子的！"

"找卖饼子的干啥？"单红英急了。

“我去问问，他为啥把煳饼子卖给你？”

“妈，不是他要卖给我，是我自己要买的。”

单红英越是这样说，白羽灵越觉得女儿受的委屈大，她要去找那个卖饼子的理论一下。

“我不信你有那么傻！放着好饼子不买去买煳的？”

“真的，妈，是我要买这个煳的，因为买饼子的人太多了，我不想等。”

单红英叹了一口气。

2

夜晚，风突然睡醒了，呼呼地刮个不停。屋顶上的灰尘不住地往下落。

“英儿，上床吧。”白羽灵说，“早点睡。”

白羽灵上床了，单红英也上床了。忽然，有人敲门，她们的瞌睡被吓跑了。

白羽灵大声问：“谁?!”

“我。”

白羽灵急忙开门，见丈夫站在门口，激动得说不出话来。单之林刚进屋，白羽灵就扑进了丈夫的怀里。

“他们放你回来了？”白羽灵轻声问。

“没有，是我自己跑回来的。”

单红英的身子动了一下，她想起来抱一下爸爸，可是又忍住了，她知道此时妈妈一定依偎在爸爸的怀里，这宝贵的时间是妈妈的，她不能打扰。

门被擂响了，声音不但大而且急。

单之林知道是那些人找他来了，慢慢地松开妻子，说：“羽灵，保重身体!”

单之林走到女儿床边，见女儿没有说话，以为女儿睡着了，在他即将离开时，忍不住把颤抖的手伸向了女儿的脸，他触到了女儿脸上的泪水。

“单之林，开门！”门外传来了吼声。

就在单之林转身的时候，单红英一把拉住了爸爸的手，喊了一声“爸爸”。

单之林没有回答，转身冲向门口，拉开门走了出去。单红英没有看见爸爸是怎么走出去的，但白羽灵是看清楚了的。丈夫拉开门，两个黑影扑向他，他两手一甩，两个黑影退到了一边。

“单之林，放老实点！”一个黑影吼道。那人好像在向白羽灵示威，故意把声音提得很高。白羽灵听清楚了，是齐步加的声音。

单之林没有理睬，大步朝前走去。

那夜，白羽灵一直没有睡着，一闭上眼，齐步加那副丑恶的嘴脸就出现在她大脑里……

那也是一个夜晚，女儿到她干妈家去了，齐步加来了，嬉皮笑脸地纠缠她。

“小白，你丈夫的事说大就大，说小就小，大小全在我一句话，问题是你让我怎么说。”

“良心长在你肚里，只要你说话对得起自己的良心，你咋说都行。”

“小白，只要你答应我，管保你丈夫没事。”

“不可能！”

“小白……”

她拒绝了，齐步加现出了本相。

“小白，我给你机会你不要，这可不能怪我了。实话跟你说，你拒绝了我就是拒绝了你男人的自由。你以为你不得了了，弄清楚，你只不过是地主的小老婆！那么老的地主你都可以跟他睡，我该是比老地主年轻，比老地主受看吧?”

齐步加伸手去捏她的脸，她实在无法忍受，推开齐步加的手说：“你的样子是比老地主受看，但你的良心连老地主都不如！”

齐步加火了：“你说什么？我的良心连老地主都不如？那好，既然你这样认为，我想好也好不了了！”

齐步加扑向她，像一只饿狼，又凶又猛，她急了，从枕头下摸出早已准备好的剪刀对准了齐步加的胸膛。

“你要强迫我，不是你死就是我亡！”

“好！好！你会后悔的！你会后悔的……”

天亮了，吹了一夜的风疲倦了，睡着了，灰白色的光亮从窗户上透进屋里，黑暗的小屋里慢慢地变亮了。

星期天，单红英不上学，但白羽灵还是按往常的时间起床，她没有叫女儿，想让女儿多睡一会儿，她站在床边，望着睡梦中的女儿，女儿长得像她，邻居们都说女儿是个美人坯子，长大了会成为像秦怡一样的电影明星。邻居们这样说，她听了高兴，但心里有一种隐隐的担忧。红颜薄命，这句千古老话在很多漂亮女人身上得到了印证。秦怡不是被揪出来了吗？也许已经关进了大牢里。自己不也是一样吗？人生的路上遭遇了那么多的坎坷！联想到自己的命运，她为女儿长得像她而懊悔。白羽灵总想在女儿脸上找出点缺陷，以此来安慰自己不安的心灵。可是她费了很大劲也没有发现女儿哪里长得不好。女儿长得漂亮，就是脾气太犟，跟她爸爸一样。她爸爸被隔离后，有一次她带她去看她爸爸，齐步加笑着说："红英，看你爸爸来了？"

女儿把脸扭向一边，没有理齐步加。白羽灵怕齐步加尴尬，急忙说："英儿，叫齐伯伯。"

听到这句话，女儿把脸贴在了她的身上。

齐步加从裤包里掏出一把水果糖，说："红英，给，吃糖。"

女儿连看也没看。

她说："英儿，拿着，伯伯给你糖。"

女儿说："不要！不要！不要！"

女儿很少吃水果糖，她爸爸被隔离前她还在她爸爸面前撒娇，闹着要吃糖，她爸爸牵着她跑到街上买了一把，她没先吃，拿了一颗塞进爸爸的嘴里，又拿了一颗塞进妈妈的嘴里……现在齐步加给她水果糖，她像没看见一样。

单红英不接水果糖，齐步加又不好意思再装进口袋，对白羽灵说："小白，娃儿不好意思，你帮她拿着。"说着把糖塞进了白羽灵的手里。

白羽灵说："英儿，谢谢齐伯伯。"

单红英什么也没说，拽着妈妈的手走了。

回到家，白羽灵把水果糖放在桌子上，单红英一见，"呸"地吐了一口唾沫，转身扑到了床上。白羽灵进厨房做饭去了，单红英从床上起来，抓起糖往外跑，白羽灵连喊几声，女儿都没开腔。女儿回来了，她见女儿两手空着，问她把水果糖弄哪儿去了，女儿说丢进厕所里了。她听了，没有说话。

丈夫被实行“三不准”后，有一天，女儿想爸爸了，一个人悄悄地往关着她爸爸的那个院子里溜，不料被齐步加看见了。

“单红英，你偷偷摸摸到这里干啥?”

“不干啥。”

“不干啥?”齐步加盯着单红英说，“单红英，把头抬起来!”单红英没有抬头。齐步加提高了声音，“说！你是不是想进去看你爸爸?”

单红英没有回答。

“你说了我就让你进去。”

听到这句话，单红英抬起头，说：“你不骗我?”

“不骗你。”

“我想看我爸爸。”

“你说你爸是坏蛋，你妈是地主小老婆，我就让你进去。”

“你爸才是坏蛋！你妈才是地主小老婆!”单红英不知道地主小老婆是啥意思，但她知道肯定不是好话，所以用这话回敬齐步加。

啪！齐步加打了单红英一耳光，单红英没有哭，回家后才哭的。她问女儿哭啥，女儿跟她说了……

女儿的倔脾气，加重了白羽灵的担忧。她看过戏，看过电影，里面很多人物的命运悲剧都是由性格造成的。白羽灵在心里暗暗地为女儿祈祷，上帝啊，保佑我的女儿，让她一辈子顺顺当当……

第八章　游　　江

1

齐步加失望了，失望得很彻底，因为白羽灵把他当敌人了。他要整一下单之林，让白羽灵看看拒绝他的代价。一切安排妥当之后，他跑到了白羽灵的家。

“小白，你这么久没见你男人了，明天叫你见见。”齐步加说。

白羽灵不相信，她知道齐步加在戏弄她，所以没有说话。

“怎么？你不想见你男人？”

“无所谓。”

“明天你可以去看看你男人，不是在隔离他的地方，而是在涪江。”齐步加得意地说，“你上午九点到储木场，站在江堤上就可以看见了。”

白羽灵心里扑腾扑腾直跳，她不知道齐步加要咋整她男人。

“记住，你想看，上午九点准时到那里。我走了。”

齐步加抬了抬屁股，没起身，两眼望着白羽灵，他希望白羽灵挽留他。白羽灵没看他，也没开腔，齐步加没趣地走了。出门之后，又回头看了一眼，见白羽灵在抹眼泪，他犹豫了一下，失望地迈开了沉重的脚步。

那夜，白羽灵又是一夜未睡，她为丈夫担心。

天终于亮了。早饭之后，女儿上学了，白羽灵收拾了一下，换了一身干净的衣服，对着镜子照了照，朝外走去。铁牛街离储木场不远，她没有走到街上，街上人多，而且有戴红袖套的人，她不想看到这些人，所以出门后直接上了河堤。那天的天气挺好，太阳照在江面上，撒下了一层跳跃的波光。江边的柳树一棵比一棵绿，细长的枝条如少女的秀发在微风中微微飘荡。河堤上人不多，白羽灵走得很快，她要早点到那里，早点看到她的丈夫。昨天到现在，她一直在想，齐步加的心太狠了，把她丈夫弄到储木场劳动，储木场的活很重，她丈夫虽然身体不错，但打仗时受过伤，而且在腰上，他咋个抬得动那么粗的木头？还没到储木场，嘿咗嘿咗的声音已传进了她的耳朵，那是工人们抬木头时发出的号子声。白羽灵加快了脚步，大老远，她的目光已飞到了那些工人们的身上，在劳动的人群中搜寻着她熟悉的身影。人群里没有她丈夫，她松了口气。她看了一下表，九点过了，她没看到丈夫，也没看到那个整她丈夫的人。齐步加真的在耍她？她正想着，忽然听到了锣鼓声，她循声望去，见一长串人敲着锣打着鼓向这边走来。这些，她已见惯了，批判走资派，揪斗坏人，没有不敲锣打鼓的，这是他们招揽路人的手段。那些人走近了，白羽灵看清楚了，走在最前面的是她的丈夫，她丈夫的脖子上挂了一块纸板，纸板上有字，还贴了一张什么东西。她想跟丈夫说句话，往前挤了挤，还未挤近，就有人吼了："离远点！"她看了一眼吼她的人，那人是齐步加。她丈夫听到吼声，抬头看了一眼，不知丈夫看没看到她。

路边有人说话："爸，你看，那人脖子上挂的啥？"

"你小，不懂，挂的是涪翁。"

"涪翁是啥？"

"涪翁是在涪江边钓鱼的老人。"

"钓鱼的老人是坏人吗？"

"不是，是好人，是专门为老百姓治病的大夫。"

"钓鱼的老人还在吗？"

"早不在了，那是两千年前的事了。"

"那为啥把钓鱼老人的像挂在那人的脖子上？"

"这个，爸爸也不知道，大概是那个人为钓鱼老人说了好话。"

"好人就应该说好话。"

"儿子，他们下河堤了，咱不下去了。"

"我想去看。"

"那好，爸爸带你去。"

白羽灵跟着围观的人走下了河堤。

“上船!”齐步加推了单之林一把，说，“老实点，今天我倒要看看涪翁会不会来救你?”

单之林上船了，齐步加也上去了，另外还上了两个年轻人。敲锣打鼓的人上了另一条船。

“开船!”齐步加命令道。

船开了，锣鼓声随之响起。

看热闹的人沿着江边往前走，白羽灵也跟着往前走……船过江心，到了小岛（中脊岛）的另一面，岛上的树木挡住了小船，江边上的人看不清了，有些人开始离去。就在这时，齐步加手持喇叭，高声喊：“涪翁！你要真的存在，快出来看看为你歌功颂德的这个人，你不出来就证明这个人是在制造谣言，是封建迷信分子!”齐步加话音刚落，一阵狂风突然吹来，小船被吹出几丈远，歪歪斜斜地跑到了小岛前面，江边的人能看到小船了。

“快看！小船斜了。”有人说。

看热闹的人把目光投向了小船。恰在这时，小船边冒出一个惊天巨浪，高数丈，而且伴有巨大的水声。

“快看！快看！船翻了！船翻了！前面那个!”有人惊呼。

“糟了！糟了！人全掉水里了!”有人接话。

走了的人听到喊声，全都回来了。

锣鼓不响了，敲锣打鼓的人掉进了水里。

白羽灵的心一下子紧了，手紧紧地揪着胸口，为丈夫捏了一把汗。

齐步加被救上了船，另外几个人不知去向。

公安来了，白羽灵看到了唐大树，他带了几个人。他们坐着橡皮船，沿江搜救。橡皮船到了桃花岛，唐大树命令停下，他登岛寻找，果不其然，单之林在岛上，他见唐大树来了，挣扎着往起爬。

“别动，休息一下。”唐大树说，“我就知道你在这里。”

跟在唐大树身边的一个公安说：“所长，你咋知道他在这里?”

唐大树本想说他在岛上捉到了肚里有布的鱼，所以他会到这里，可是他没有说，笑了笑，说：“我俩在一起当兵时，部队为了提高武装泅渡技能，全团开展游泳比赛，在近千名官兵中，他夺得第一，获武装泅渡冠军，大家送了他一个绰号叫单鲤鱼，涪江的水根本淹不到他，顶多把他冲到这里。”

“哦，原来你的战友水性这么好!”那个公安说。

“走吧，上船!”唐大树说。

单之林上了船，不多时到了岸边。一直站在岸边的白羽灵见丈夫坐在橡皮船上，提着的心才落了下去。她大声喊着“之林！之林!”向橡皮船跑去。她的喊声引来了看热闹的人的目光，那些目光随着她飞奔的脚步来到了橡皮船上。唐大树扶着单之林走上岸，看热闹的人围了过来，他们不再关注身后那几个人。白羽灵看了一眼那几个人，一个人躺在地上，四个人坐在他身边。躺着的那个人是齐步加，肚子圆溜溜的像个快生娃的女人。那四人不停地喘着大气，他们救齐步加时被水呛了，一直没有缓过气。

“哎呀，这个人的命真大!”

“还不是公安来得快，不然他肯定活不了了。”

“哎，他脖子上挂的那个老头像呢?”

单之林一听，摸了一下脖子，脖子上的绳子不见了，又摸了一下胸口，胸口上啥也没有。他叹了口气，眼睛望着躺在不远处的齐步加，心想他脖子上的涪翁像会不会是他扯走了……

“小李，去，把齐步加送到医院。”唐大树对一个公安说。

小李走到齐步加跟前，说：“齐科长，走，我送你到医院。”

“我肚子难受，等一会儿，等一会儿。”齐步加喃喃地说。

另一个公安过来了，说：“齐科长，涪翁像呢?”

“涪翁像?”齐步加说，“挂在单之林脖子上的。”

“没有。”公安说，“有人说被你吞到肚子里了。”

“啊?”齐步加睁大两眼，摸着肚子，说，“没有，没有，我没有吞。”

“那到哪里去了?”公安说。

“问单之林，他……”齐步加的话还没说完，肚子突然疼了起来，他捂着肚子哎哟哎哟地叫着在地上打滚，他觉得他的肠子被人拽着，把心都要扯落了，会不会是涪翁在他肚子里作怪……“快，快把我送到医院!”

“来，你们几个，轮流背，把你们齐科长背到医院。”公安员小李说。

一个人刚把齐步加背起，齐步加就吆喝了起来：“哎哟，不行不行，快放下。”

另一个人说："齐科长，咋啦？"

"肚子，肚子，挤不得，挤不得，抬，抬着走。"

那人把齐步加放在地上，见齐步加的肚子比刚才还圆，急忙跑到储木场借了一块木板，把齐步加抬到了医院。医生敲了敲了齐步加的肚子，接着轻轻按了一下，齐步加叫了起来："医生，轻点，轻点，疼，疼……"医生用听诊器听了听，说肚里好像有啥东西。齐步加听了，更加紧张，他想到了孙悟空在铁扇公主肚子里踢腾的事，说会不会是孙悟空，医生一听，愣了，问他说的啥，齐步加支支吾吾，说疼，疼……医生出去了，一会儿又进来了，身后还跟来了两个医生，他们又对齐步加做了一次检查，而且还抽了血，量了血压……那天，齐步加啥也没吃，肚子不但没小，反而大了，一个劲地吆喝疼，医生给他开了泻药，可是没管用，既屙不出尿，也拉不出便，于是医生决定给齐步加做手术。齐步加的家属没在绵阳，迟副局长在手术单上签了字，齐步加被推进了手术室。医生用手术刀在齐步加的肚子上轻轻一划，一股黑水箭一般从刀口里飙出，弄得医生护士满脸都是，瞬间，刺鼻的臭味充满了手术室。坏水，护士说，这人一肚子坏水，臭，真臭！坏水流出来后，齐步加的肚子变小了。医生给齐步加缝合伤口时，齐步加突然说："医生，别忙缝，你再看看，看涪翁在没在里面？"

医生没听懂齐步加的话，说："啥涪翁？"

齐步加说："钓鱼的那个老头。"

医生以为齐步加疼糊涂了，没再搭话，把伤口给缝上了。

2

单之林回到了隔离他的那间房子里，不大一会儿，白羽灵拿着衣服去了，她要给丈夫换一下衣服。

单之林说："你回去吧，不用管我。"

白羽灵说："我回去煮饭，煮好了给你送来。"

单之林说："不用送，他们不会叫你送。"

白羽灵说："不管，我送来再说。"

白羽灵走了。

单之林躺在床上，两眼望着天花板。他被折腾了大半天，实在太累了，一会儿就睡着了。

……船翻了，他掉进了河里，落在一条大鱼的背上，大鱼驮着他向前游去。他问鱼："你要把我驮到哪里去？"鱼说："把你驮到上次去的那个地方。"他问上次去的哪个地方，鱼说桃花岛。他"哦"了一声，说："我脖子上挂的那张像呢？"鱼说："在我的肚子里。"他说："那就好，那就好。那张像本来就是你的，我早想还给你，可是不知道到哪里找你，我到涪江边找了好多次，没找到你，后来这张像被没收了。"鱼说："你没法找我，只有我找你。"他说："那你为啥不早点来找我？"鱼说："任何事情都有个时机，时机没到，找你也没用。"他又"哦"了一声，说："我知道了，我没到江里来，你没法到岸上去。"鱼说不光是这，主要是没接到玉皇大帝的旨意，现在接到了。他问玉皇大帝给了它啥旨意，鱼说送涪翁上天。他说涪翁要上天，鱼说是，涪翁要到天上当神仙了，他被玉皇大帝封为医圣。他再次"哦"了一声。桃花岛到了，鱼说："你上去吧，在岛上等着，过一会儿有人来接你。"他说："哪个来接我？"鱼说："到时候你就知道了。"他上岛了，鱼游走了。他站在那里，望着江面，他想再看一眼那条鱼。忽然哗的一声响，江面上冒出一个大水柱，水柱顶端有一条鱼，嘴里噙着涪翁像，他以为眼花了，眨了一下，鱼变成了一条大青龙，背上坐着一位白胡子老人，青龙驮着老人在涪城上空转了三圈，然后在他头顶上空停下，老人说："单之林，回去吧，你可以回家了，你妻子在家里等着你呢！"这时，云中传来一个声音："医圣！医圣！玉帝派我来接你！"他想跟涪翁再说句话，于是大声喊："涪翁！涪翁！"涪翁没有答应，青龙钻进了白云里……

"老单！老单！"门外的叫声把他喊醒，他揉了一下眼，见迟副局长站在门口。

"迟局长……"单之林急忙坐起。

"起来，回家吧。"迟副局长说。

单之林不敢相信，他以为听错了，走到迟副局长面前，说："迟局长，你说啥？"

迟副局长说："我叫你回家，明天放你一天假，后天到局里上班。"

“真的？迟局长？”单之林还是不敢相信，因为他的案子还没了结。

“回去吧，该吃饭了。”迟副局长说。

单之林落泪了，上次落泪是因为他母亲去世，再上次是因为他父亲去世，除此之外，他没有落过泪。单之林走到铁牛街口，看到手提竹篮的妻子，大喊一声：“羽灵！羽灵！”

白羽灵一看，又惊又喜，说：“他们放你回来了？”

单之林点点头，拉住了妻子的手……

第九章　各怀心思

1

单红英下乡了，和唐援朝下到一个地方，那地方是革命老区，红军曾在那里驻扎过，虽然偏僻，但民风淳朴，虽然贫穷，但百姓厚道，他们都很心疼这些远离爹娘的城里娃。单红英被安排在支书家里，支书姓李，有一儿一女，儿子叫李天寿，比单红英大两岁，在供销社工作；女儿叫李天香，与单红英一般大，是大队的赤脚医生。李支书全家都很喜欢单红英，各方面都很照顾她，特别是重体力活，从来不叫她干。这些，知青们都看在眼里，还有人心里不平衡。唐援朝跟别人不一样，心里很高兴，他觉得李支书是个大好人。可是没多久，唐援朝对李支书的看法变了，那是他听到两个农民的对话后变的。

"李天寿真有福气。"

"你这话啥意思？"

"你还没看出来？那个叫单红英的女娃子就是李天寿未来的老婆。"

"你咋看出来的？"

"他们来的那天，我接到通知，单红英是安排在我们家的，我妹妹把床都给她铺好了，可是单红英到了支书家里。"

"就凭这？"

"还有，你没看到李支书家对单红英好得那个样子，连队长都不敢给她派重活。李天香与单红英形影不离，走哪儿跟哪儿，啥意思？还不是怕哪个男娃子沾惹她。"

“我看不可能。”

“咋不可能？”

“单红英肯定不会同意。”

“单红英要是不同意，李支书肯定不会让她走。”

“他有啥办法把单红英留下？”

“李支书有的是办法。”

唐援朝听了，心里明白了，原来李支书没起好心，在悄悄地打单红英的主意。

唐援朝把两个农民的话对单红英说了，单红英一听，吃了一惊。李支书一家对她是好，但说啥她也想不到那上面去。他们来的那天，是李支书去公社接的，李支书对他们很热情，把他们带到大队部后照名单点了一次名，每个人答应时，李支书都看了一眼。她答应时，李支书的目光在她脸上多停留了几秒钟。接着李支书把大家分到了各家各户。知青们一个个被社员们领走了，大队部里只剩下了她一个人，她望着李支书，李支书望着她。

“李支书，我……”

“你住俺家。”单红英的话还没说完，李支书笑着接上了话。

“那俺家呢？”站在大队部门口的一个社员问。

“你们家这次就不安排了，下次再说吧。”李支书对那个社员说。

李支书帮单红英提着行李，单红英跟在李支书身后，不一会儿到了李支书的家。

“天香！快来接一下。”李支书喊道。

李支书话音刚落，一老一少两个女人从屋里走了出来。

李支书说：“她叫单红英，住咱家。”然后对单红英说：“这是我女儿天香，这是她妈。”

“李妈好。”单红英向李支书的老婆问好之后，对天香笑了笑。

天香接过父亲手上的行李，李妈拉着单红英的手。

“天香，把你屋里收拾一下，单红英跟你住在一起。”李支书吩咐道，说完，出门去了。

李天香把单红英的行李拿进屋，李妈陪单红英在院里坐下。单红英的目光在院里扫了一遍，这个院子不算大，两排房子，都是泥巴墙，屋顶上盖的是小青瓦。院里，地面是不规则的大小不一的石板，跟他们铁牛街差不多，只是石板没有铁牛街的石板大，但比铁牛街平整。围墙边有一棵大树，树下有一口井，一根竹竿斜靠在离井不远的墙上，竹竿旁边放着两个白铁桶。

李妈见单红英打量她家，说："闺女，咱农村不比你们城里，各方面条件都很差，你才来肯定不习惯。"

"比我想象的好多了。"

"天香，倒茶。"

天香端来一杯茶。

李妈说："先喝口茶，走了这么远的路也累了。"

单红英说："不累，不累。"

李妈说："到咱家了就不要客气，有啥只管说。咱家里就我和你李叔叔，还有这个疯丫头。她有一个哥哥叫天寿，在公社供销社上班。"

李天香见妈妈没完没了地只管说话，提醒道："妈，中午吃啥？"

"煮干饭。你陪红英耍，我去煮。"李妈煮饭去了。

天香拉着单红英的手说："走，进屋去。"

单红英跟着天香进屋。屋里一张床一张桌子，墙上贴着毛主席去安源的油画，画下面挂着一面小镜子，圆圆的像天香的脸。

"你多大了？"天香问。

"十六。"单红英说。

"嘿，没想到咱俩一般大。你几月生？"

"五月。"

"俺六月，你比俺大，那俺叫你姐姐，你叫俺妹妹，行吗？"

单红英见天香性格开朗，模样儿也乖，心里挺喜欢。

"行，你叫我姐姐，我叫你妹妹。"单红英说，"你这屋收拾得不错。"

"俺农村就这样，没法跟城里比。"

"你到城里去过？"

"没有，俺只去过县上。"

"你想不想到城里去？"

"想，做梦都想。"

"等以后我回去了，你跟我到城里去。"

“红英姐，你还要走啊？”

“我家在城里，不走怎么行？”

“不是说你们要扎根农村吗？扎根就是不走了，走了就没法扎根。”

“毛主席号召我们上山下乡，扎根农村，可是前几年下乡的知青不是都回去了？所以我想过几年我们肯定是要回去的。”

天香不说话了，她在想象着单红英回去时她跟单红英到城里的情景。

单红英在李支书家里住下后，李支书两口子对单红英确实好。单红英以为各家各户对知青都是这样，也没在意。唐援朝过来看她，李支书对唐援朝也很热情，给唐援朝倒开水，还留唐援朝吃饭。唐援朝觉得李支书一家对人好，来得也勤了。可是没多久，李支书对唐援朝就没那么热情了，后来慢慢冷淡了，有时还作脸作色。唐援朝不知原因，悄悄问单红英，说他们家好像不欢迎我。单红英说我也看出来了，为啥我也不知道。李支书两口子不欢迎唐援朝，但天香对唐援朝还是和以前一样。由于天香的热情，唐援朝依然常来。直到有一天，天香的热情也退了，唐援朝到李支书家的次数慢慢减少了。

单红英悄悄问天香：“妹儿，你不喜欢唐援朝到家里来？”

“喜欢。”

“那你咋不理他？”

“俺爸不叫俺理他。”

“你爸不喜欢他？”

“俺爸说叫俺少跟他来往。”

“为啥？”

“不知道。”

单红英没再问。

转眼间，到了深秋，树叶由青变黄，不断地往下落，单红英望着落叶，一种伤感油然而生，她想到了自己。

她不就是一片树叶吗？树叶离开了树枝，四处飘零，她离开了父母，孤孤单单，连心里话也无人可说。下乡一年多了，尽管李支书全家对她很好，但她无时无刻不思念父母。这次她下乡，被子是爸爸给她拆洗的。那天，爸爸做这事时，她站在爸爸身边，心里说不出是一种啥滋味。她说，爸，我来缝吧。爸爸说，英儿，你还小，爸爸给你缝。她望着爸爸宽大厚实稍显笨拙的手，心里很不是滋味，爸爸的手不是做针线的，是拿枪的。她看过爸爸的照片，爸爸穿着军装，握着钢枪，身子站得笔直，样子可威风啦。可现在爸爸却跪在地上一针一线地为她缝被子……

单红英从地上捡起一片落叶，捏着叶柄翻来覆去地看，然后又看了一眼那棵参天大树，深深地叹了口气。树身再粗再高，也无法留住这轻飘飘的叶子。

“红英姐，吃饭了。”天香在大门口喊道。

单红英转过身，向家里走去，她的手上还捏着那片树叶。

“你在外面站那么久，冷不冷啊？”天香关心地问。

单红英摇摇头，没有说话。

单红英情绪的变化，天香感觉到了，她仔细看了一眼单红英的脸，发现了她脸上的泪痕。

单红英走进卧室，把那片落叶夹在了书里。

没几天，树叶落光了，光秃秃的树身像脱了衣服的老人，露出了瘦骨嶙峋的身躯。寒风中，树枝不停地相互摩擦，发出沙啦沙啦的响声，像站在冰天雪地的人一样冻得上牙磕下牙。尽管天冷，全大队的人还是集中在一起，举着红旗，扛着工具，唱着《学习大寨赶大寨》的歌曲，蚂蚁似的涌上山坡，开山凿石，挖土填方。嗨哟，嗨哟，叮当，叮当……人声、铁锤与石头的撞击声交织在一起，在空旷的山谷中回响。知青和农民们一样，挥着工具，战天斗地。单红英手中的工具比别人的轻巧，一个本子，一支钢笔，她和李支书用皮尺验收着各小队砸下来的石料和挖出的土方。

“哎哟！”半山腰传来一声痛苦的叫喊，人们一窝蜂地往那里跑，单红英也去了。她一看，顿时傻了。唐援朝坐在地上，双手抱脚，脸色铁青。天香赶来了，她是赤脚医生。天香拉开唐援朝的手，唐援朝的袜子已被鲜血浸红。天香脱下唐援朝的袜子，为他包扎伤口。

“来，快把他送到公社卫生院！”天香对站在周围的人说。

“大友，发奇，你俩去！”李支书不知什么时候也站在了人群中。

李大友和李发奇应声来到唐援朝身边，一个人背，一个人扶，小心翼翼地朝山下走去，天香紧紧地跟在后面。

“李支书，我去一下。”单红英望着满脸严肃的李支书说。

“你去了谁来收方？你又不是医生！”李支书很不高兴。然后对大家说："好了，好了，快干活!"

李支书虽然不高兴，单红英还是朝唐援朝追去，她不放心，她得问一下唐援朝的伤情。

"援朝，你伤得咋样?"单红英关心地问。

"没什么。"唐援朝满不在乎地说。

"你先到医院去，收工后我就来。"单红英说。

"用不着。"唐援朝说。

唐援朝用六个字回答了单红英两句话，单红英心里很不是滋味，她知道唐援朝对她有气，他不喜欢她跟在李支书的屁股后头跑。

"天香，"单红英说，"我回去了，等一会儿我来。"

"放心吧，有我呢。"天香说。

单红英走了两步，转身回望，恰与唐援朝的目光相遇，单红英的眼泪夺眶而出。

唐援朝刚从医院回来，屋里就挤满了人，很多人还站在外面。他们连家也没回就直接来了，他们心里放不下唐援朝。单红英是第一个来的，她没有说话，她知道她一开口眼泪就会流出来。天香告诉大家，唐援朝受的是外伤，没伤着骨头，他现在需要的是休息。大家听了，松了口气。

李支书来了，端着一个大碗，碗里不住地向上冒着腾腾热气。李支书慢慢地走进来，把碗放在桌子上，甩了甩手，俯身问道："援朝，还疼吗?"

唐援朝本不想搭理李支书，见李支书对他这样好，心里感动，他摇了摇头。

"不疼就好。"李支书说，"天香跟我说了，没伤着骨头，这是不幸中的大幸。"李支书站直身子，把手背在身后，"你爸妈不在这儿，我们就是你爸妈，会像你爸妈一样照顾你。现在你需要营养，天香她妈把老母鸡杀了，给你炖的汤，起来趁热喝了。"

唐援朝望着李支书，眼睛潮湿了。

2

李天寿在供销社上班，平时很少回家，单红英住到他家后，他回来得勤了，几乎每天都摸黑往家里跑。不但村里的人觉得怪，就连他妹妹李天香也觉得怪。哥哥是个不恋家的人，怎么忽然恋起家来了？而且回来后不爱出门。以前他可不是这样，节假日回来了，家里他也待不住，吃了饭，碗一丢，四脚猫似的一溜就出去了，在外面耍一大夜才归屋。现在回来了，有人请他他也不去。他对家里的事比以前关心了，肥皂、牙膏没用完他就买回来了，这是过去从来没有过的。

星期天，农民是不休息的，他们没有星期天。李天寿是供销社的职工，是享受国家星期天的，所以星期天他就在家里。那天，单红英和李天香以及李支书和他的老婆都下地去了，李天寿闲着没事，进了单红英和妹妹的屋，他想看看女娃子的屋，说穿了，是想看看城里的女娃子是咋个生活的。李天寿推开门，闻到了一股味道，淡淡的，挺好闻，但他说不出那是什么味道。以前他也到妹妹的屋里去过，但从来没闻到过这种味道。他想这味道可能是单红英留下的，于是深深地吸了一口气，慢慢地品味着，品味着城里女娃子的味道。好闻，城里女娃子的味道比农村女娃子的味道好闻，农村女娃子的身上有一股土腥气，城里的女娃子没有。妹妹的屋子比以前收拾得舒气了，妹妹一个人住时，屋里没有现在这么整洁。李天寿仔细看了一下，墙上挂了两件衣服，那是单红英的，地上多了一个瓷盆，也是单红英的。床上的被子叠得方方正正，鞋子也塞进了床下。桌子上放了两本书和一个本子。城里的女娃子就是不一样，干活那么累，回来还看书写日记。他想看看单红英写的啥，可是手刚伸出去又缩回来了，他觉得偷看别人的日记是一种不道德的行为，说不好听点，跟小偷一个样。

李天寿想帮单红英做点事，他的眼睛在屋里到处看，最后落到了墙上挂的两件衣服上。他取下衣服，放在盆里，端到井边，做起了他有生以来从未做过的事。他长这么大，还没洗过衣服，小时候他的衣服是妈妈给他洗的，长大了不但妈妈给他洗，妹妹也给他洗。李天寿把衣服放进盆里，打了一桶水，把衣服浸湿，拿着肥皂往上抹，他觉得手上滑溜溜的，仿佛触摸到了单红英的肌肤。他想象着城里女娃子肌肤的样子以及城里女娃子肌肤与农村女娃子肌肤的区别。他想了半天还是想不出来，因为他从来没有看过更没有摸过农村女娃子的肌肤，更不用说城里女娃子的肌肤了。手上滑溜溜的是什么？他低头一看，原来手上捏着一块肥皂，因涂抹过久，厚厚的肥皂变成了饼干，化成了一堆白色的泡沫。太阳告诉他，单红英快回来了，于是他加快了速度，刚把衣服晾在衣杆上，大门外传来了妹妹和单红英的声音。

“你猜我哥在家里干啥?”

“睡懒觉。”

“你不觉得我哥变勤快了吗?”

“我没说你哥懒，我是说今天他休息，该他睡懒觉。”

“我想不会。”

“那你说他在干啥?”

“我也说不清，反正不是睡懒觉。”

推开院门，二人进家，天香用手指了一下晾衣竿上还在滴水的衣服，轻声说：“你看。”

单红英看见了，那是她的衣服，一种由衷的感动涌上心头。她长这么大，除了援朝，还没有和男娃子亲近过，更没有哪个男娃子帮她洗过衣服。尽管她不乐意别人尤其是男娃子为她做这事，但她还是对李天寿产生了好感。

“哥，我们都收工了，你还没起床?”李天香故意这样说。

李天寿答应了一声，从厨房里出来，看了单红英一眼，不觉有些脸红，说：“你们累了，快进屋休息，我来煮饭。”

天香说：“哥，你没睡昏头吧？太阳可还是从东边出来的啊!”

妹妹说的是实话，以前李天寿从未进过厨房，直到现在，他还没弄清做饭的程序，是冷水下米还是开水下米。

“死丫头！你以为我做不来饭嗦？我今天偏给你做顿饭看看!”

“哥，我没说你做不来饭，我是觉得今天的事情有些新鲜。”

“不跟你斗嘴了，我做饭去了。”李天寿看了一眼单红英，转身进了灶房。

李天寿毕竟没做过饭，灶房里的烟雾呛得他不住地咳嗽，连眼泪都流出来了。

“天香，快去，看你哥咳嗽的，肯定是被烟呛着了。”

“我才不去呢，谁叫他逞能!”天香故意这样说，她想让单红英接近她哥哥。

李天寿的咳嗽声又传来了，而且比刚才大。

“天香，你哥煮不来饭，快去帮一下他。”

“哎呀，不知咋了，今天我特别累。”天香伸了一下腰，一头扑到床上。

“算了，你不去我去。”单红英说着往厨房走，李天香捂着嘴偷偷地笑。

厨房门像一张巨大的嘴巴向外喷吐着浓重的烟雾，单红英刚进去就咳嗽了起来。

“快出去，你来弄啥？”李天寿急忙劝道。

“咋这么大的烟？”

“柴火有点湿，烧不着。”

单红英蹲下一看，灶膛里没有火焰只有烟雾，说：“你起来，我来烧。”

李天寿起身，单红英坐下，她曾多次坐在这里帮李大妈烧火。她第一次烧火时，以为柴多火就大，没想到柴火放得太多反而把火给压死了。李大妈蹲在她身边，接过烧火棍，在灶膛里三挑两挑，火一下子就燃起来了。李大妈说，闺女，柴火不能放得太多，多了就把火压死了。人心要实，火心要虚。我把柴火挑虚了，火就着了。李大妈的话使她明白了烧火的道理。单红英把灶膛里的柴火抽出来了一些，用烧火棍轻轻一挑，火燃了。恰在这时李大妈回来了，见厨房里狼烟直冒，边喊天香边往厨房里走。天香从屋里出来，见妈进厨房也就停住了脚步。李大妈见烧火的不是天香是单红英，十分心疼地说：“红英，你咋又进厨房了？”

单红英说：“大妈，天寿哥他……咳咳……”单红英边说边咳嗽。

李大妈见单红英和儿子两个人在厨房，心里暗喜，这是一个好兆头。李大妈心疼单红英，更心疼儿子，说：“你俩都出来，我来。”

李天寿本想在单红英面前露一手，没想到反而出了丑，听到妈妈的话，急忙走了。单红英没有走，坚持要烧火，李大妈叫来天香，说：“天香，来烧火，叫你姐出去歇歇，她哪里受得了这烟？”

天香说：“姐，快出去吧，你再不出去我就要挨骂了。”李天香硬把单红英从凳子上拽起推到门外。

李天寿坐在院里，不住地揉着眼睛，见单红英出来了，不好意思地说：“单红英，把你呛安逸了吧？”

“没的啥。”单红英的眼睛有些发红。

“我以前没做过饭，今天是头一回，让你见笑了。”

“看得出来。”

“你在城里肯定也没做过饭。”

“做过。”单红英说，“只不过城里不烧柴，烧蜂窝煤。”

李天寿不知道啥叫蜂窝煤，他想问又怕单红英笑话，顺口说：“那当然，蜂窝煤比柴火好烧多了。”

李支书回来了，见儿子和单红英坐在一起说话，心里很高兴，说：“院里热，你们咋不坐屋里？”

李天寿站起身，单红英坐着没动，李天寿又坐下了。

李支书望着单红英，说：“你不怕热？”

单红英不想和李天寿单独坐在屋里，说：“院里虽然有太阳，但也有风，不像屋里闷。”

一阵微风吹来，掠过单红英的发梢，搭在晾衣杆上的衣服在风中轻轻地摆动。

3

知青陆续回城了，李支书心里有些着急，说不定哪天单红英也要走了，他不能让她走，得想法把她留下。单红英要是走了，他这几年来的心血就白费了。李支书很清楚，要留住单红英就得给她安排个工作，有了工作她想走也走不成。可是，给单红英安排工作不是件容易的事，远了不能去，如果到了县上，县上的天大了，人多了，比他儿子长得好，比他儿子能干的小青年围着她一转，她的心就花了，就看不起他的儿子了。公社是最好的地方，离他儿子近，离家也近，她要是有个啥响动，一家人很快就会知道。李支书打定主意把单红英安到公社，他找过革委会主任，也找过别的领导，可是几个月过去了，连一点眉目也没有。李支书正在发愁的时候，忽然想起了他们大队的小学，叫单红英在那里当老师，不一样可以拴住她？李支书找到公社中心校校长，校长说，你们大队小学的教师是满的，没法安。李支书说能不能增加一个，校长说一个学校几个教师，是编制管着的，要增加，得通过县文教局。李支书听了，很失望地走了。夜里，李支书睡不着，他老婆问他想啥，他对老婆说了。老婆说，这么简单的事就把你难成这样，还当什么支书。他问老婆有啥办法，老婆说，现在是满的，下掉一个不就不满了？李支书拍了一下脑门，嘿了一声，说，我咋没想到这个。李支书又找到校长说了他的想法，校长考虑到他是支书，不便得罪，于是说，李支书，学校是你们大队的，民办教师是你们给的工分，要下哪个你看着办就是了。校长同意了，李支书开始做单红英的工作，他以为单红英会高兴，没想到单红英谢绝了。

原来李支书要下的那个老师找了单红英，那个老师也是个女的，而且是两个娃儿的妈妈。她跟单红英说，单妹子，你是知青，迟早都是要回城的，俺在农村，找个事不容易，俺拖儿带女的，叫俺下地干活，两个娃就苦了，你何必跟俺争这口饭吃？那个老师边说边流泪，弄得单红英一头雾水。单红英说，大姐，你这话是从何说起啊？我可从来没想过要在这里当老师，更不会去挤对你。那个老师就把校长找她谈话的事一五一十地跟单红英说了，用一句话综总，就是单红英要当老师，就得在现有的老师中下掉一个，考虑到她带着两个孩子上课不方便，所以下她。校长的话还没说完她就流泪了，校长同情她，但也没办法，只好实话实说。校长说，这是李支书定的，要想改变，只有一个办法，就是去求单红英，只要单红英答应不当老师也就不会下你了。那个老师说完，单红英笑了，说，大姐，你放心，我决不会去跟你争这口饭吃。那个老师听了，对单红英千恩万谢，并求单红英千万不要把她找她的事告诉李支书，她怕李支书报复她。单红英答应了。

那个老师找单红英在前，李支书找单红英在后，所以单红英连想都没想就谢绝了。

李支书说："单红英，你再考虑一下，学校缺老师，孩子没人教，你作为知识青年，应该贡献出你的知识。"

单红英说："李支书，我啥都愿意干，就怕教书，我有个毛病，一见粉笔就头晕，为这我还找医生看过，医生说这是一种过敏性反应，叫粉笔过敏症，治疗的最好办法不是吃药打针，是避开它。所以，尽管我个儿不是很高，读书时总是坐在最后一排。"

李支书听单红英这样说也就没办法了。

天香听说她爸叫单红英当老师而遭到单红英拒绝，十分不解。为这事她埋怨单红英，说，俺爸是一片好心，怕你受不了日晒雨淋，千方百计在学校给你挤了个位置，没想到你会拒绝。单红英自然没法说那个老师找她的事，她把粉笔过敏的事对天香说了，天香这才理解了她。

单红英的爸爸病了，她回城看爸爸去了。

李天寿回来了，见单红英还没回来，他在家里坐不住，吃了饭碗一丢，到外面打牌去了。

李支书望着儿子的背影，说："单红英不在家，他在家里也待不住。"

李妈说："人家是城里人，城里人总不会一辈子待在这里。"

李支书说："只要咱天寿愿意，随便哪门也要把她拴在这里。"

李妈说："你说得容易，你费了那么大的周折，她不干还是不干。"

李支书说："那是因为她有粉笔过敏症。"

李妈说："现在你还有啥法？"

李支书说："我正在想，反正不会叫她顺顺当当地回去。"

李妈说："要是人家来招工呢？"

李支书说："走得成走不成还不是我一句话。"

李妈听丈夫这样说，怕工厂招工时丈夫说单红英的坏话，于是说："单红英这闺女不赖，真要有那一天，咱也不能昧着良心说话。"

李支书说："你呀，女人见识！"

李天香听了爸爸的话，心里扑通扑通直跳。爸爸喜欢单红英，这她知道，但她没想到爸爸却另有企图，打一个只身来到乡下的城里姑娘的主意，而且采取不正当的手段，不管咋说都很卑鄙。天香在心里有些鄙视爸爸，她决定把这个信息透露给单红英，使她提高警惕。

单红英从城里回来的那天，李天香悄悄地把她爸爸的话告诉了单红英，单红英听后惊出了一身冷汗。原来李支书关心她是别有用心，要不是那位女老师先找了她，说不定她就钻进了李支书的圈套里。

"天香，难道你不愿意我做你的嫂子吗？"

"红英姐，难道你愿意做我的嫂子吗？"

"天香，谢谢你，你要不跟我说，我说啥也想不到你爸妈会有那种想法。"

"我只是觉得我爸妈对你好，我哥喜欢你，但他们敢想我可不敢想，你毕竟是城里人，而且长得这么漂亮！如果把你留到山沟里那就是老天爷没长眼。”李天香望着单红英的脸说，“不过也不能全怪我爸妈，更不能怪我哥，要怪还得怪你自己。”

单红英睁大了眼睛，不解地问：“怎么能怪我自己？难道我做错了啥？”

“你倒没做错啥，是老天爷，老天爷做错了，他不该给你一张这么好看的脸！你这张脸太招人爱了，我要是个男娃子早就打你的主意了。”

单红英打了天香一巴掌，说：“死丫头，你要是有这种坏心眼，下辈子你还得变女人！”

“变女人就变女人，但要变漂亮的，像你这样，有人追，我高兴还来不及呢！”

“那咱俩说定，下辈子你变成一个漂亮的女人，我可就要变男人了。”

“你变男人可以，但不能长丑了，丑了，你再追，我也不会嫁给你。”

“那我要是有钱呢？”

“人丑了，再有钱我也不干。”

“真的？”

“真的。”

“为啥？”

“看着恶心！”李天香说，“天天跟一个丑八怪在一起，不把人恶心死才怪！”

“我知道了，那我一定要变成一个英俊的男人，你一见就能把你的魂勾走。”单红英说，“哎，天香，我问你，现在你看上哪个男人没有？”

李天香嘟起了嘴，拨浪鼓似的摇着头。

“不会吧，这么多男人你一个也没看起？”

“没有。”

“你眼光也太高了。”

“我眼光一点也不高。”

“援朝怎么样？”

李天香又摇头。

“还说你眼光不高，连援朝这样的人你都看不起，还不高？”

“红英姐，你不要拿我开心了，援朝跟你一样，是城里人，他咋会看得起俺?”

“你不觉得援朝喜欢你吗?”

“你又乱说了。”

“援朝不喜欢你他咋老往这里跑?”

“他往这里跑是因为你在这里，他是来看你的，你以为我不知道?”

“我觉得他是来看你的，他来看我是借口，来看你才是真的。”

“你咋知道?”

“他看你的眼神与看别人的眼神不一样。”

“有啥不一样?”

“发光。”

“发啥光?”

“绿光。”

“那是狼。”

“他就是想一口把你吃了。”

“他恨我?”

“他爱你。”

“爱我还要吃我?”

“他把你吃到肚子里，你俩就变成一个人了。”

“红英姐，不对吧，”李天香摸着脑袋说，“叫我看他倒是想吃你。”

“他不会吃我。”

“为啥?”

“我是他妹妹。”

“你骗我，你姓单他姓唐，不是一个姓，你咋是他妹妹?”

“他爸是我的干爹，他妈是我的干娘。”

“这样说来你是他的干妹妹。”

“你总算明白了。”

“现在有很多表兄表妹结婚的，何况你们只是干哥干妹呢!”

“表兄表妹是近亲，不能结婚，婚姻法里有规定，他们结婚那是愚昧。至于干哥干妹，是可以结婚，因为他们没有血缘关系，但这要看谁跟谁了。”

“你跟援朝。”

“永远不可能。”

“为什么？”

“我不喜欢他。”

“我看他长得蛮好的，你咋不喜欢？”

“他人是长得不错，可是我没有那种感觉。”

“啥感觉？”

“心跳。”

“你的心不跳？”

“我的心在跳，不跳不就死了？只是这种跳与那种跳不一样。”

李天香弄不明白单红英说的那种心跳。

4

李支书笑哈哈地从公社出来，边走边唱，他虽然不能把一支歌完整地唱下来，但他还是嘴不停口不闲地东一句西一句地唱着，因为他高兴，不唱就无法表达他兴奋的心情。李支书走进家门，嘴巴还未合拢。

“爸，有啥好事把你高兴得这样？”李天香很少看到她爸这样高兴过，她知道只要她爸一高兴准有好事。那次她爸也像今天这样高兴，结果她哥哥到供销社当了工人。李天香急于知道爸爸为啥这么高兴，所以迫不及待地问。

“单红英呢？”李支书问。他没看到单红英，所以没有回答女儿的话。要是单红英这样问，他马上就会说出他高兴的原因。

“出去了。”李天香说。

李支书收住了笑容，说：“到哪儿去了？”

“到唐援朝那儿去了。”李天香说。

李支书一听，本来阳光灿烂的脸立时阴了下来，说：“去，把她叫回来！”

李天香不知道爸爸为什么高兴，但知道爸爸为什么不高兴，于是说：“她刚去，她收到了一封信，说拿去给她干哥哥看看。”

“干哥哥？谁是她干哥哥？”

“唐援朝。”

“唐援朝是她干哥哥?”李支书怀疑地望着女儿。

李天香点了点头。

“以前咋没听你说过?”

“我也是才听她说的。”

李支书脸上的阴云没有化作雷雨，也没有消散。李天香见她爸仍然黑着脸，也不敢问，转身进屋了。

李妈给丈夫搬了一个凳子，又端来一杯开水递到丈夫手上。这是她多年来养成的习惯，每次丈夫从外面回来，这是她首先要做的一件事。她之所以这样关心丈夫，是因为丈夫值得她关心，这个家能过上比别人好的日子全靠她丈夫。她丈夫比别人精明，比别人有能耐，在方圆几十里的山沟里，没有哪家的娃能当上工人，他们的娃当上了。现在丈夫又在谋划着给娃找一个城里的媳妇，这事要是成了，她这个家就半城市化了。李支书坐在凳子上，手上端着茶杯，心里想着好事。

李天香在屋里没听见爸爸发气了，从屋里走了出来，她打算到外面转转。

李支书本来是低着头的，他没有说话并不等于他的气消了，听见天香的脚步声立即抬起头，说:“你要出去?”

李天香望着爸爸不满的表情和审视的目光，心里很不舒服。她敬畏爸爸，不敢对爸爸说实话，随机应变道:“你不是叫我去喊红英姐吗?”

李支书又看了女儿一眼，好像要从女儿的表情上分辨出她话的真假。李支书没有看出女儿有骗他的意思，口气也就没有刚才那么硬了，说:“去吧，就说我有事找她，叫她快点回来。”

李天香点点头，向外走去。李支书望着女儿渐渐丰满的脊背，觉得女儿长大了，联想到最近女儿总爱收拾打扮，而且喜欢接触男娃，他知道该给女儿找婆家了。想到给女儿找婆家，一股淡淡的愁绪涌上心头。李支书发愁的不是女儿找不到婆家，而是怕找不到好的婆家。已经有好几个人来提亲了，给儿子介绍对象的，给女儿说婆家的，他都谢绝了。李支书有他的打算，向城里人攀亲，给儿子找个城里的媳妇，给女儿找个城里的女婿。儿子看上了单红英，他也看上了单红英，一家人都看上了单红英，但能不能把单红英留住，他心里没底。女儿的事他也有打算，找个知青，把婚一结，女儿就被带到城里了。他相中了唐援朝。

“李叔叔，你找我?”单红英进门问道。

李支书正低头想心事，被单红英的喊声打断了，说：“来，坐这儿。”李支书指了指身边的凳子。

单红英坐下。

“天香呢?”

“在援朝那里。”

李支书点点头。

“李叔叔……”单红英望着李支书，不知李支书要对她说啥。

“是这样的，今天公社开会，王书记说选一个知青到公社当妇女干部，我推荐了你。”公社选这个妇女干部是临时的，这一点，李支书没有说。

“我?”

“对。”

单红英并不想去，但她还是有些激动。

“王书记同意了?”

“同意了。”

李支书满以为单红英会高兴，结果单红英没有说话。

李支书心里有些不高兴，这可是他费了九牛二虎之力争取来的。如果单红英不去，他的计划就没法实现了。李支书想发火，但忍住了，装出笑脸，和蔼地说：“对你来说，这事可能太突然了。这样吧，你考虑一下再说。不过，我希望你不要错过这次机会，因为想去的人很多。”

太阳落山，夜幕降临。

“红英姐。”天香回来了，在门口喊道。

单红英在屋里答应了一声。

“你怎么不点灯?我还以为你不在家呢。”天香说着走进了屋里。

“节约嘛!”

“谁叫你节约了?”

“毛主席。”

“毛主席?”李天香笑了，她没想到单红英会这样回答。

“是毛主席。”单红英没有笑。

“毛主席跟你说了?”

“不但跟我说了，也跟你说了。”

“毛主席咋说?”

“‘要节约闹革命’，你忘了?”

“照你这样说连饭也可以不吃了。”

“不吃就不吃。”

“那可不行。身体是革命的本钱，把你的本钱弄坏了，不但影响你革命，而且会有人心疼。”李天香跟单红英开起了玩笑。

“当然会有人心疼，我妈和我爸。”单红英说。

“我不是说你爸你妈，我是说你爸你妈以外的人。”李天香说。

“那就多了。除了你们全家，还有那么多知青，还有你们队上的全体社员……”单红英说。

“天香，叫你红英姐出来吃饭。”李妈在窗外说，“你俩咋连灯也不点?”

“红英姐说要节约闹革命。”李天香笑着说，“红英姐，走，吃饭，这个‘约’可不能节。”

那夜单红英睡不着，李天香也睡不着，俩人在床上你翻过来她翻过去，各想各的心事。

“红英姐，我还没问你，我爸心急火燎地把你叫回来，跟你说的啥?”李天香突然问道。

“你爸给我找了个工作。”单红英把李支书跟她说的话说了一遍。

“这么好的事，你咋不早点告诉我?”

“我还没想好到底去不去。”

“去啊，咋不去?”李天香一下子来了精神。

“我不打算去。”

“为啥?”李天香不解。

“我不说你也知道。”

李天香明白了，单红英害怕这又是她爸的圈套，到了公社还是挣工分，但是要走就没那么容易了，因为单红英成了临时干部。不过，李天香还是想叫单红英去，单红英去了，对她有好处。

“叫我说，你还是应该去。”

“我要是不去呢?”

“那就太可惜了。这种好事，别人想去也去不成。”

“你说我要是不去你爸会怎样?”

“我不知道。我想最多他发一顿气。”

“发一顿气倒没啥，他就是骂我一顿我伸伸脖子咽了就是了，我是怕……”单红英没有往下说。

“他不敢怎么你。”

“我总觉得有点对不起你爸，他是一片好心。”单红英尽量把话说得委婉些，她怕说得太直了伤害天香，“我的爱情观已经跟你说了，你爸的想法我确实无法接受。”

“我知道。”天香说，“那天我听到我爸妈的话后，就对我爸的做法感到恶心，我认为那是一种阴谋，是在算计你。我最讨厌算计别人的人了，所以我告诉了你。现在如果你认为这又是圈套，你可以不去。”

“那我咋跟你爸说呢?”

“你觉得不好说我跟我爸说。”

“谢谢你，我的好妹妹。”单红英如释重负，隔着被子把李天香紧紧地抱住。

第十章　假　　酒

1

唐援朝参军了，走的头天晚上，几个知青聚在一起为他饯行。那年头，酒肉是凭票供应的，他们的酒票肉票早用完了，想买这些东西，没票是不行的，几个人犯难了。既为饯行，总不能没有酒肉，无酒哪成席？方永亮是唐援朝的好朋友，他对单红英说："单红英，你去找一下李天寿，叫他帮咱弄点酒肉，外加两包烟。"

单红英不想去，她不想见李天寿，更不想欠李天寿的情。她说："方永亮，恐怕不行，那东西都是凭票供应，找李天寿，那不是给人家出难题吗？"

"别人去不行，你去准行，说不定连钱都免了。"

"我不去。"

"你不去我去，我就说是你叫我去的。"

俩人正说着，唐援朝来了，说："你俩在说啥？"

方永亮说："我俩在筹划给你饯行的事。我叫她去找李天寿……"

"别去！"方永亮的话还没说完，就被唐援朝打断了。

方永亮看得很清楚，唐援朝说话时脸色很难看，连脖子上的青筋都蹦起来了。方永亮不知道唐援朝为什么发那么大的火。

方永亮说："你不叫单红英去，我去。"

"谁也别去！"

"那……"

“那什么？离了酒肉就不能吃饭了？煮两碗花生，找老乡买几斤核桃不就行了？”

“酒呢？”

“不要酒，用水。”

方永亮从唐援朝的话里得到了启发，他去找老乡买核桃时顺便买了两只鸡。肉有了，他觉得没酒还是不行。

“单红英，肉有了，酒还是得要，不然就不热闹了。酒，李支书家里肯定有，你看能不能……”方永亮说。

单红英知道李支书家里有酒，而且有不少好酒，李支书舍不得喝，都藏在柜子里。可是她得罪了李支书，没法向李支书开口。单红英去找李天香。李天香在地里干活，闷着头，谁也不理，单红英走到她身边她都没看见。单红英轻轻拍了一下李天香的肩膀，“嘿”了一声，李天香吓了一跳，抬头一看，见是单红英，脸上毫无表情，说：“你请了假咋又来了？”

单红英说：“我见不到你，心里发慌，所以来了。”

李天香见单红英没拿工具，知道她不是来干活的，说：“别哄我了，有啥就直说吧。”李天香的脸上仍然没有表情。

单红英见李天香心情不好，知道她是为什么，为了使李天香高兴，单红英说：“他叫我来找你。”

李天香知道单红英说的“他”是哪个，说：“他这两天高兴还来不及呢，哪里还想得到我？”

单红英说：“他这两天是高兴，但是也没有忘记你。他明天就要走了，今天晚上我们给他饯行，请你跟我们一起。”

李天香说：“是他的意思还是你的意思？”

单红英说：“当然是他的意思了。”

李天香见单红英一脸的认真，心里好受了些，说：“需要我帮忙吗？”

单红英说：“方永亮在操办，啥都弄好了，现在只差酒，他想去买，可是没有酒票。”

李天香说：“酒好办，我们家里有。你跟方永亮说一声，收工后我给他送去。”

单红英说：“那好，收工了你过来，我们等你。”

单红英走后，李天香一直拄着锄把站着，地里的人都望着她，不知她在想啥。收工了，李天香一个人走在前面，走得很快，到家了她爸爸妈妈还没有回去。李天香打开柜子，一股酒香扑面而来。李天香没喝过酒，也闻不来那味道，但她知道哪种酒好。她看了看她爸藏的酒，品种不少，有些酒她连见都没见过。五粮液名气大，她选名气大的拿，可是她不敢多拿，拿多了她爸会发现的，她拿了一瓶五粮液，又拿了一瓶老白干。

天还没大黑，单红英就把煤油灯点上了，而且是两盏。方永亮在厨房里忙活，他喜欢弄吃的也会弄吃的，仅花生就弄出了几个花样：煮了一碗，炒了一碗，鸡汤里炖了一碗。核桃仁是炒的，另外还炒了一碗萝卜丝、一碗莲花白，这些菜是他从地里扯的。

菜弄好了，摆上了桌。

单红英问："方永亮，先喝啥酒？"

方永亮说："先喝老白干，再喝五粮液，这叫先苦后甜，就像咱们当知青一样，先苦其心志，劳其筋骨，然后进城当工人当干部，吃香喝辣。你们看如何？"

唐援朝说："方永亮说得有理，倒酒！"

单红英倒酒。

轮到天香面前，天香说："我不会喝。"

方永亮说："不会喝少给你倒点，表示一下意思。"

天香说："我真的不喝。"然后把目光投向唐援朝。

唐援朝说："李天香，喝一点，下乡几年来你没少照顾我们，哪个头疼脑热没找过你？我的脚被石头砸了，你三天两头给我换药，照顾了那么久，这事我永远不会忘记。这杯酒算我敬你的！"

李天香听了，心里热乎乎的，她无法拒绝，只好用碗接住。

酒倒起了，只有单红英的碗还空着。

方永亮说："单红英，你学习得太好了，专做毫不利己专门利人的事。叫我说，今天你就不要亏待自己了，该利己时也得利己，倒上。"

单红英一再说她不会喝酒，方永亮就是不依，二人僵持了一阵，方永亮让步了，说："今天是给唐援朝饯行，只要唐援朝同意，你不喝也行。"

单红英还没说话，唐援朝说："一切从实际出发，单红英能喝就喝，不能喝就不喝。"

唐援朝话一出口，李天香不依了，说："唐援朝，你不公平，对红英姐从实际出发是对的，但对我也应该从实际出发。”

唐援朝说：“李天香，你与单红英不一样，她可没给我包过脚。”

李天香说：“我是没穿鞋（赤脚）的医生，给你包脚是我应该做的，红英姐可没有这个责任。”

唐援朝说：“还是那句话，你少喝点，就算我敬没穿鞋的医生。”

唐援朝把话说到这个份上，李天香无话可说，只好接受。大家正要举碗，方永亮突然说：“哎呀，错错错！有件大事搞忘了。”

大家的手全都离开了碗，望着方永亮。

唐援朝说：“啥大事，惊诧诧的。”

方永亮说：“你看看咱这里还缺谁？”

唐援朝想了想，说：“该来的都来了，谁也不缺。”

方永亮说：“你们说呢？是不是该来的都来了？”

单红英说：“我们想不起来，你快说还缺谁，好去请，免得菜凉了。”

方永亮说：“李支书，都怪我大意了。”

大家一听都不说话，眼睛望着李天香。李天香低着头，也不说话。

方永亮打破了沉默，说：“咱们下到这里几年了，李支书对咱们很关心，特别是唐援朝脚被砸那次，李支书把他家下蛋的老母鸡杀了给唐援朝熬汤，这事特别感人，当时我见唐援朝的眼睛红了，我也差点掉泪。现在唐援朝要离开这里了，给李支书敬杯酒也算对他的报答。”

唐援朝没有说话，他没有忘记李支书给他熬鸡汤的事，但是他记恨李支书算计单红英，这件事方永亮不知道。方永亮见唐援朝不说话，不知唐援朝在想啥，是不是觉得天香在这里不方便？

方永亮说：“唐援朝，你走了，我们还在这里。”方永亮把目光移向天香，“天香，我不怕你生气，我们走得早走得晚，走得成走不成，你爸是关键，所以今天必须把你爸请来。你们说是不是？”

多数人点头，认为方永亮说得有理。

唐援朝说：“请请请，请李支书，杀母鸡炖鸡汤我终生难忘，走了不向李支书告别那就大错特错了。走，方永亮，我俩去请。”

唐援朝说着拉起方永亮就走，其他人坐在那里等候。两个男知青跟单红英聊起了天。李天香插不上嘴，悄悄对单红英说：“我去解个手。”

李天香出去后，单红英又添了一个凳子，并给李支书准备了碗筷，倒上酒，静候李支书到来。不大一会儿，李支书来了，单红英等人起身表示欢迎。唐援朝和方永亮坐在李支书两边，落座后，天香还没回来。

李支书见还有一个空位子，问："还有哪个？"

唐援朝说："天香。"

李支书说："今下午收工后她出去了，没在家。"

单红英说："她来了，刚才出去的。"

唐援朝说："等等她。"

单红英说："我去找。"

李支书是聪明人，他知道女儿是有意躲他的，不会来了，于是说："不等她了，咱们先吃着。"

"那好，按李支书的指示办。"唐援朝站起身，端着碗，说，"李支书，我们下乡以来，在你的领导下，提高了思想觉悟，锻炼了革命意志，学到了很多东西。明天我就要离开这里了，今晚请你来，一杯薄酒表示谢意。来，我们大家共同敬李支书一杯。"

大家站起身，把碗举到李支书面前，并分别与李支书的碗碰了一下，然后一饮而尽。方永亮又挨个儿倒酒，只有单红英例外。大家吃了几口菜，方永亮提议向李支书敬酒，他先把李支书赞美了一番，然后说："唐援朝走了，我们几个还在这里，希望你老人家一如既往地关照我们。"

大家又喝了一碗。说是一碗，其实，除了李支书多点，其他人碗里的酒刚刚盖住碗底儿。

方永亮又给大家倒酒。

单红英说："你们喝着，我去找天香。"

单红英出去了，先到天香家，天香不在，问李妈，李妈说天香没回去。单红英又跑了几家，都是天香爱去的地方，结果还是没找着。单红英回来后，他们刚把那瓶老白干喝完，方永亮正在开五粮液。

唐援朝见单红英一个人进来，说："没找着？"

单红英说："没找着。"

李支书说："找她弄啥，不管她。"

方永亮打开酒瓶，一股异味直冲脸面，他没喝过五粮液，不知道五粮液的味道，只是觉得这酒的味道有些冲，不但刺鼻而且刺眼。他想大概好酒都有与众不同的地方，不然咋叫好酒？方永亮还是从李支书面前倒起，酒刚倒出，李支书就觉得不对，他啥酒都喝过，不管啥酒，他用不着尝，只要闻一下就能准确地说出酒的名字。可是现在他却不知道这是啥酒，但他敢肯定不是五粮液。李支书大脑里闪过一个念头，这几个小子在骗他。五粮液不是真的，他敢肯定，这酒里没有毒，他也敢肯定，不然这几个小子敢陪他喝？

新开的一瓶酒，仍然该唐援朝说话。唐援朝端起碗，面向李支书，说："李支书，你亲自给我炖鸡汤的事我没齿难忘，我们知青无一不为这件事而感动，现在我们几个，代表已回城的知青向你敬一杯！"

李支书早被这五粮液熏得头晕，唐援朝几个人虽然也觉得这酒的味道有点怪，但毕竟没亲口尝，所以没有理由怀疑这五粮液是否正宗。唐援朝一声"干"，大家举起碗一饮而尽，酒刚下肚，一个个感到嘴里难受，胃里也难受。李支书没有真喝，他只抿了一点，因为他已经知道这不是酒。在大家还被"酒"味折磨着的时候，李支书问这酒是在哪里买的，唐援朝望着方永亮，方永亮望着唐援朝，而后把目光投向单红英。单红英从大家的表情上知道这酒有问题，而且都希望她来回答，她不敢说酒是天香拿来的，要那样说，不但李支书面子上过不去，天香还要挨骂。

单红英说："这酒是我在火车上买的，准备带回去过年，今天我把它拿这里了。"

李支书说："单红英，你上当了，这酒是假的！"

大家一听，一个个目瞪口呆，因为他们都知道这酒的来历。

李支书见大家不说话，站起身，说："不喝这酒了，我叫你们品尝一下真正的五粮液。"

李支书说罢，回家取酒，他之所以这样做，一来是要在大家面前显示一下自己的大方和富有，二来也想跟这几个知青套套近乎，他们今后都是要走的，说不定哪一天他还要求他们帮什么忙呢。李支书很快把酒拿来了，不是一瓶，而是两瓶，而且都是五粮液。

"方永亮，开酒！"李支书说。

方永亮把瓶盖拧开，一股味道冲了出来。方永亮闻出来了，这瓶"五粮液"与刚才那瓶"五粮液"的味道是一样的。刚才那瓶"五粮液"，李支书说是假的，现在这瓶"五粮液"是李支书亲自拿来的，因此，方永亮不敢说这瓶"五粮液"也是假的。方永亮还是先给李支书倒酒。李支书闻到“酒”味，差点呕吐，他伸手去捂鼻子，但很快放下了，他不能捂，这酒可是从他家里拿来的啊！李支书蹙起了眉头。

“换一瓶，这酒跟刚才那一瓶味道一样，可能是遇到了同一批假货。”李支书不好意思地说。

大家倒掉了碗里的酒，单红英把碗挨个儿洗了，这时，方永亮已经打开了另一瓶五粮液。方永亮拧开瓶盖，酒瓶里没有散发出任何味道。纯，这酒的味道纯。方永亮想。方永亮仍然从李支书面前倒起，李支书低头闻了一下，他害怕又是刚才那种“酒”，那样他就不好下台了。还好，李支书没有闻到异味，鼻子里吸进去的空气与在其他地方吸进去的空气是一样的。李支书放心了，即如这酒不真，但它没有怪味，只要他不说，量这几个毛头小伙子也品不出来。

“来来来，你们大家都敬过了，该我给你们敬了。”李支书说。

几个知青唰地站了起来。

“坐下，坐下，大家都坐下。”李支书说。

几个知青又一同坐下。

“我先给大家敬一杯，赔个不是，刚才那瓶酒遇到了假家伙。”

李支书先喝了，大家也都跟着喝了。大家都品出了这酒的味道。

方永亮提起酒瓶，说：“嘿，这酒好喝，味道纯正！”

唐援朝说：“好酒不醉人，我第一次喝这样好的酒，喝下去没有什么感觉。”

李支书笑了，但笑得不那么自然。

方永亮把酒倒好，对单红英说：“你也尝尝，错过了你就喝不到了。”

单红英推辞。

唐援朝说：“单红英，你就尝一点，莫辜负了李支书的一片心意，尝一点，保证你不难受。”

单红英的碗里也倒了一口。

李支书说：“这第二杯酒我敬唐援朝，祝贺唐援朝光荣参军。大家作陪。”

其他人都一饮而尽，单红英只抿了一点，她害怕酒的辣味。单红英没有喝过酒，但她感觉这酒跟白水一样。单红英想，原来好酒是这种味道，难怪那些人都喜欢喝好酒。

方永亮说：“单红英，把它喝了，好酒不醉人。”

单红英说：“你莫骗我，我知道，好酒是过后醉。”

另一个知青说：“喝了吧，单红英，这杯酒是祝贺唐援朝的，说啥你也得喝了。”

单红英被劝不过，鼓起勇气，一口吞下。

“怎么样？好喝吧！”方永亮问。

单红英点点头，说：“好喝，好喝。”

李支书敬第三杯酒，他说：“第三杯酒是敬大家的，由于我性情急躁，在过去的几年里，有得罪各位的地方，还望人家原谅。”

李支书三杯敬过，大家又共饮了一杯，酒席也就散了。

李支书回到家，第一件事是打开酒柜，他要查一查今晚喝的酒是哪个送的。李支书有个习惯，这也是他的精明之处，谁送给他东西他都要记个账，而且还要写一张字条放在那东西的下面。他这样做，不是为了给别人还礼，而是防止有人害他。一旦他吃了别人送的东西或喝了别人送的酒，引起头疼脑热或肠胃不适，或中毒住院，他是要去找人家的。李支书从他拿酒的地方摸出字条，凑在灯下一看，顿时气得脸青面黑，牙齿咯嘣响了一声，“呸”地在字条上吐了一口唾沫。原来送给李支书酒的人也是知青，叫赵大年，前不久才被招走的。招走前，赵大年送了他两瓶五粮液。

看见赵大年的名字，想着刚刚喝的“酒”，李支书的肠胃又翻腾起来，一个干呕，接着“哗”地吐了一摊秽物。他这一吐不打紧，他老婆被惊醒了。他老婆急忙起床来到跟前，闻到那股味道，差点呕吐。她以为她男人喝醉了，想说他两句，可是又不敢。她给她男人搬了个凳子叫她男人坐下，她站在男人背后，用拳头轻轻地捶着她男人宽厚的脊梁。她男人又干呕了几次，没吐出来。她给她男人舀水漱口后，又把地上的秽物打扫了。她说老头子，睡吧，也许睡下心里会好受些。她男人说，要睡你去睡，我不睡。她知道她男人的脾气，没敢多说，悄悄地离开了。她不放心，敲响了女儿的门。

“天香！天香！”

天香醒了，单红英也醒了。

“妈，啥事？”天香揉着眼问。

“快去看看你爸，他吐了。”

天香去了，单红英没有去，她怕李支书尴尬。

“爸，你不舒服？”天香见爸爸坐在凳子上，脑袋耷拉着，问道。

“你把酒都拿出来！”李支书抬起头，指着柜子说。

天香不知道爸爸的意思，以为她拿酒的事被爸爸发现了，心里有些紧张。酒可是爸爸的心爱之物，特别是那些好酒，平时爸爸是舍不得喝的，她没有告诉爸爸就悄悄地拿了两瓶，爸爸发现了，这一顿骂是无法逃脱的。天香虽然不理解爸爸的意思，但她还是按照爸爸的意思做了，把酒一瓶一瓶地从柜子里往外拿。酒全部拿出来了，摆了一地，李支书起身，一瓶一瓶地数着，数完了，蹙了一下眉头。

“谁在这里边拿酒了？”

天香怕挨骂，不敢承认，只摇头不说话。

“不知道？还是你没拿？”李支书的眼睛盯着女儿。

“不知道。”天香说。

“这就怪了。”李支书想，儿子不在家，老婆是不敢动他的酒的，女儿又没拿，那两瓶酒未必飞了？

“爸，你的酒少了？”

“不但少了，而且是两瓶。”

“是不是你记错了？”

“我咋会记错？我有账。”

“反正我没拿，也没见谁拿。”天香说，“爸，你要那么多酒弄啥？”

“弄啥？这是我多年当支书积攒下来的，里面含有人们对我的敬意。”李支书对女儿的话很不满意。

想到“敬意”二字，李支书的心情好些了，那些人如果不敬重他，能给他送烟送酒？这烟酒代表着他们的心意，而且每一瓶酒里都有一个故事。他望着面前的酒，回想着每瓶酒的来历，一种自豪感油然而生。他的目光落在了仅有的几瓶“五粮液”上，大脑里立即出现了赵大年的面孔。这臭小子，竟敢耍老子！没有“五粮液”，你在瓶子里装点啥不行，竟然把你的尿装在里面，你说你缺德不缺德！李支书气得浑身颤抖，脑袋直晃，突然那几瓶“五粮液”全变成了赵大年的脑袋，一个个得意地向他微笑。李支书赶忙闭上眼，他不愿意看到赵大年那张讨厌的脸。可是，一会儿赵大年的脑袋又变了，变成了一个个骷髅，雪白雪白的，像一个个水瓢，被水托着慢慢地往上漂，而后围着他的身子飞速地旋转。李支书吓坏了，身子坐得笔直，头不停地左躲右闪，生怕哪个飞旋的骷髅偏离了轨道撞在他的头上。

天香看着爸爸的样子，以为爸爸犯了啥病，连声叫道："爸爸！爸爸！"

李支书听到女儿的叫声，睁开眼，惊恐地四处搜寻，可是那些围着他飞旋的骷髅头一个也不见了。

李支书用手指着那几瓶"五粮液"，说："快，拿出去扔了！"

李支书的声音很大，李天香吓了一跳，她以为爸爸醉意未消，说："爸，明天再说吧，该睡了。"

李支书说："不，现在就把它拿出去扔了！"

天香说："爸，这可是顶好的酒啊，扔了可惜了。"

李支书说："好个屁！扔！"

天香无奈，拿着那几瓶"五粮液"出去了。李天香没有扔，她拿进了自己的屋里。李天香空着手回来了，李支书满意地笑了。

李支书睡了，天香回屋。单红英一直坐在床上。

"天香，李叔叔刚才在干吗？"

"没干吗。"

"那他在吼啥？"

"醉了。"

单红英很清楚，李支书今晚上根本没喝多少酒，哪里会醉？单红英问天香只不过是明知故问罢了，她不想把刚才喝酒的情形告诉天香，她怕天香承受不了那不洁之酒的打击。

"你拿这么多酒进来干啥？"单红英不解。

"我爸叫我把这些酒拿去扔了。"

"为啥？"

"不知道。"

单红英没有说话。

"你知道为什么吗？"李天香望着单红英，想从单红英那里得到答案，因为他爸喝酒时单红英在场。

单红英摇头。

“你不要瞒我了，你肯定知道，一定是这‘五粮液’不对头。告诉我，是不是？”李天香说。

单红英被问不过，只好把刚才喝酒的情况告诉了李天香。

李天香愣了。难怪爸爸发那么大的气，原来这“五粮液”是假酒。这酒是怎么来的，李天香不知道。

“红英姐，来，我们把这几瓶打开看看。”

“我又不懂酒。”

“我们分不出酒的好坏，酒和水我们总还闻得出来吧？”

“好。”

单红英和李天香一瓶一瓶地开，一瓶一瓶地闻，结果只有一瓶没有味道，其余几瓶都有酒味。

天香说：“没有味道这一瓶肯定是水。”

单红英说：“晚上喝了一瓶也是没有味道的，他们没说是水，全喝了，我也喝了一口。”

“你喝了，难道酒和水都分不出来？”

“我从来不喝酒，只闻到过酒的味道。可是，‘五粮液’我既没喝过也没闻过，我以为好酒是没有味道的。”

“我虽然也不喝酒，但我觉得不管啥酒都应该有味道。不然假酒就好造了，拿着瓶子到井边灌水就行了。”

“照你这么说，这一瓶肯定是水了。”

天香要把那一瓶倒掉，单红英劝她留着，万一真的是一瓶好酒倒掉了可惜，等李叔叔亲自鉴定一下再倒也不迟。

天香依了单红英。

时间是淡化剂，睡了一夜，李支书的情绪好多了，天香叫他看一下那几瓶酒的真假，他边闻边说这一瓶是老白干，这一瓶是红薯酒，这一瓶是苞谷酒，这一瓶是水……李支书拿着那瓶水看了很久，他想，这到底是送酒人的恶作剧，还是送酒人上当受骗买到了假酒？李支书不敢肯定，因为确实有人造假酒。但是赵大年送给他的那瓶“假酒”他敢肯定是赵大年对他的报复，因为赵大年偷王婆婆的鸡他处理过他。赵大年送的是两瓶，那一瓶呢？他不愿意多想，对天香说把这瓶水倒掉。

2

赵大年的生日到了，他没有钱，不想做生，知青们不依，他们想吃肉，非要赵大年办招待，在一起吃一顿肉，打打牙祭。

赵大年说：“不是我不办，我说实话，也不怕你们笑话，我包里连一个子儿也没有。”

赵大年怕大家不相信，把包包的里子翻出来给大家看，大家见他确实没有钱，也就没再说啥了。

赵大年满以为说脱了，不料一个女知青走到他跟前，说：“过生日，大家都办了招待，你也去吃了，而且没有忍嘴，轮到你了大家就只有望你兴叹喽！”

赵大年听了，有些不好意思，脸一红一红的没有说话。女知青说的是真话，他无法开腔。

方永亮说：“赵大年，还是办吧，要是我，没有钱就是把自己大腿上的肉割下来也要办。”

赵大年一听，咬了咬牙，说：“办！”

单红英说：“算了算了，没有钱用不着硬充好汉。赵大年，你别听方永亮瞎说，干出傻事！”

单红英的话，使赵大年感动，他不能干傻事，不过，割自己腿上的肉，他压根儿也没这么想过。

赵大年说：“你们放心，我不会割自己腿上的肉，我不是怕疼，是怕你们吃不下去，但是我一定要让你们吃上肉！”

赵大年话音刚落，掌声随之响起。

赵大年许诺给大家吃肉，他就得想法去弄肉，肉到哪儿弄，他已经想好了，不然他也不敢当着大家的面拍胸脯说硬话。他要偷农民伯伯的鸡了。怎么偷，赵大年很是动了一番脑筋。捉，肯定不行，他还没走拢，鸡就跑了，鸡一跑，他得去撵，撵急了，鸡要叫，鸡一叫就被发现了。不行不行，这办法不行。赵大年摇摇头，抠了一下脑壳，这一抠，还真抠出了个办法，钓！鱼可以钓，鸡也可以钓。赵大年找了一个别针，弯成钩，拴上线，挂上玉米，兴冲冲地跑到村外，那里不但有鸡，而且没人，不用担心被发现。他蹲在田埂上，眼睛望着庄稼地。不大一会儿，一只大红公鸡从庄稼地里走出，身后跟着一群母鸡，它们走得很慢，边走边寻觅着可以吃的东西。突然，草丛里蹦出一只蚂蚱，大红公鸡挓开翅膀咯咯地叫着向前冲去，一群母鸡像它的妻妾一样紧紧跟在后面。说来也怪，那只蚂蚱不往东也不往西，竟一蹦一跳地向赵大年面前奔来，赵大年不失时机地抛出了手中的钓钩。蚂蚱跑累了，躲到了草丛里。公鸡失去了目标，很失望地站着，母鸡们站在它身边，瞪着眼望着大红公鸡。大红公鸡咯咯地叫了两声，在草丛中寻找，母鸡们也学着公鸡的样子把头扎进了草丛里。突然，赵大年感到手上的钓线动了一下，他知道“鱼儿”上钩了，于是拉线，被钓住的鸡拼命地挣扎，扑棱、扑棱不停地扇着翅膀。鸡们一见，一个个吓得伸着脖子惊恐地望着那只挣扎的鸡，它们以为它们的同伴遇到了它们的天敌黄鼠狼，有的站在那里观望，有的慢慢向后退去。大红公鸡没有退，它要在母鸡们面前显示一下雄性的英勇，于是慢慢地向那只被钓住的母鸡跟前走去。大红公鸡靠近了被钓住的母鸡，仔细一看并未发现它们的天敌，壮着胆子叫了一声，那些母鸡们应答似的跟着叫了一声。大红公鸡又叫了一声，那些母鸡们才小心翼翼地向它靠近。正当它们准备营救那只被钓住的母鸡时，那只母鸡身不由己地吱溜溜向前滑去。鸡们意识到了问题的严重，但不知遇到了啥怪物，它们不再向前进而是向后退了。赵大年把钓住的鸡拉到跟前，顺手把钓线缠在了鸡的脖子上，那只鸡连叫也没叫便一命呜呼了，赵大年顺利地完成了他的壮举。

晚上，知青们围着一盆香喷喷的鸡汤不住地称赞赵大年时，村里传来了吆喝声：“我的鸡，谁偷了我的鸡——”声音颤巍巍地拖得很长。他们听出来了，那是五保户王婆婆的声音。单红英放下筷子，借故头痛离开了。单红英回到家，天香问她咋这么早就回来了，她说头痛。天香给她拿了两颗去痛片，她说用不着，她是过敏性头痛，过一会儿就好了。无论天香咋劝，她就是不吃，天香犟不过，也就算了。

王婆婆没有找到自己的鸡，找到了李支书，说她吃盐点灯全靠这只母鸡，它隔一天下一个蛋，十天八天凑在一起就能换一斤盐，再过十天八天就能换半斤点灯的油。现在鸡被人偷了，往后她吃盐点灯就断了来路，反正她是五保户，无儿无女无靠头，只有靠队上了。王婆婆说到无儿无女时，不觉伤起心来，两行老泪顺着核桃似的脸往下流。李支书见王婆婆流泪，心里有些难受，这么大年纪了，确实可怜。李支书劝慰道，王婆婆，你放心，你的鸡我帮你找，找到了啥都不说了，要是找不到，队上就给你买一只。王婆婆说，李支书，你是不知道，那只鸡我养了好几年，跟我有很深的感情，它通人性，见我这么大一把年纪，身边没人照顾，夜里总卧在我的床边，我一翻身，它就咯地叫一声，告诉我它在与我做伴。它下蛋也勤，有时一天下一个，有时隔一天下一个。李支书，母鸡下蛋跟女人生娃是一个道理，也是很伤身子的。我怕把它累着了，只要它一下蛋我就用玉米喂它，给它补身子。我闲着没事时，常常抱着它，抚摸着它的羽毛，这时它总是把头扎进我的怀里。李支书，说实话，我跟它就像婆孙俩一样，亲亲热热，相依为命。可现在……王婆婆说着说着喉咙哽咽了。

王婆婆的诉说，单红英全都听见了。王婆婆落泪时单红英也暗暗落泪。

李支书找到了赵大年，说："赵大年，你的生日过得不错吧？"

赵大年支支吾吾地说："生日……过得……简单，简单，很简单。"

李支书说："鸡肉的味道不错吧？"

赵大年心里咯噔了一下，说："鸡肉，我、我没吃鸡肉。"赵大年矢口否认，他不敢说吃了鸡肉，说吃了鸡肉也就等于承认偷了王婆婆的鸡。

赵大年不承认，李支书是想到了的，这批知青中就他和方永亮最调皮，但方永亮比赵大年规矩。李支书决定教育教育赵大年。

"没吃鸡肉？"李支书很严肃地说，"那你昨晚上吃的啥？"

"昨晚上？没吃啥呀。"赵大年低着头，他不敢看李支书的脸。

"赵大年，你用不着怕，就算你吃了王婆婆的鸡也是一时糊涂，去给王婆婆赔个不是就算了。"李支书为了使赵大年承认错误故意轻描淡写地说。

"李支书，吃就是吃了，没吃就是没吃，我总不能没吃也说吃了吧？"赵大年见李支书跟他软说，估计李支书没有抓到把柄，只是怀疑罢了，所以他说话的口气软中带硬。

其实，李支书已经拿到了赵大年的把柄，只不过不想叫他难堪，不愿意把证据摆到他面前罢了。昨天晚上，王婆婆离开李支书家后，李支书出去了，他想在村里转转，看能不能闻到鸡肉的味道，然后来个顺藤摸瓜，抓住偷鸡的人。李支书走到赵大年住的地方，刚好赵大年和几个知青往外走，赵大年手上拿着一包东西走在最后。李支书见了，闪身躲在一堵墙的后面，但他们的对话李支书全听到了。

唐援朝说："赵大年，不用送了，你快回去休息吧。"

赵大年说："送送，送送。"

方永亮说："赵大年，算了吧，别说得那么好听，送我们是假，做善后工作是真。"

唐援朝不解地问："做啥善后工作？"

方永亮说："你看看他手上拿的啥就知道了。"

唐援朝明白了，没再说话。

赵大年说："方永亮，还不是你闹着要吃肉，不然我也不会去做那种缺德事。"

方永亮说："我是说了要吃肉，但我没说要吃鸡肉，更没叫你去偷王婆婆的鸡。"

赵大年说："你明明知道我没有钱，却硬闹着要吃肉，我可是被逼上梁山的。"

方永亮说："赵大年，你可真会推卸责任，现在没有人说你，更没有人追究你的责任，你就往我身上推，要是当年你被抓进渣滓洞，出卖江姐的就不是甫志高而是你了。"

赵大年说："这不是我推卸责任，是实话。"

方永亮说："看得出你现在后悔了，这是好事，证明你的心并没有那么坏。"

赵大年说："我的心本来就不坏。你们不知道，刚才我听到王婆婆在外面吆喝时，真想去向她认错，她要是给我两巴掌我心里反倒好受些。"

方永亮说："那你咋不去？"

赵大年说："我不是怕王婆婆那两巴掌，我是怕李支书知道了今后招工时我走不成。"

方永亮听了这句话，心里沉甸甸的，他有些后悔，他不该闹着叫赵大年办招待。

唐援朝见方永亮和赵大年都不说话了，说："赵大年，事已至此，你把善后的事处理好，等今后回城了，挣了钱，再来给王婆婆补偿。"

另外两个知青一直没说话，现在也说话了。

一个说：“唐援朝说得对，就当先借了王婆婆的鸡，以后还她。”

另一个说：“事已至此，也只有这样了。”

几个知青说着说着走到了岔路口，大家分手了。李支书悄悄地跟在赵大年的身后……

李支书见赵大年不承认，而且语气也不中听，不免有些生气，说：“赵大年，你没吃我没硬说你吃，但你吃了，你也不能硬说你没吃。不过，也不能全怪你，我知道你是被逼上梁山的。”

赵大年听到这话，心里又咯噔了一下，本来像时钟一样有节奏的心跳突然乱了。难道李支书听到了他与方永亮说的话？不可能。但李支书后面这句话明明是昨晚他对方永亮说的，李支书又是怎么知道的？难道内部出了叛徒，有人向李支书告密？赵大年点着人头把昨晚上吃饭的人想了一遍，他认为不会有人去告。肉是他们闹着要吃的，吃了又去告，这对他们有啥好处？赵大年不解的是，他们没去告，李支书怎么能说出和他一模一样的话？赵大年估计是巧合。

“李支书，我吃了就是吃了，没吃就是没吃，我不能说假话。”

“那你到底吃了没吃？”

“没吃。”

“有骨气。要是当年你被抓进渣滓洞，你肯定不会当甫志高出卖江姐。”

赵大年的心又狂跳起来，比刚才跳得还厉害，他的肋巴骨已明显地感觉到了。真是遇到鬼了，李支书的话咋句句抵到他的肋巴上？但他还是不相信李支书拿到了他的把柄，这件事他做得干净利落，没有留下任何蛛丝马迹。肉他们吃了，骨头、鸡毛和肠肠肚肚被他扔进了村外的大河里，现在即使没被冲进大海也被哗哗的河水带走了几百里，李支书就是有天大的本事也无法找到证据。

“李支书，我不懂你话的意思。”

“你好好想想就懂了。”

“我不懂。”

李支书把话说得如此明白，赵大年还是一个劲地装糊涂，李支书更加生气了，给你台阶你不下可就别怪我老李了。

“赵大年，你以为你做得天衣无缝？你没听说过隔墙有耳，蠓虫有影？”李支书突然问道，“昨晚那么晚了你跑到河边干什么？”

赵大年被这突如其来的话问得目瞪口呆，嘴张了张无法回答。昨晚他是一个人到河边去的，这件事除了他本人就只有天知地知了，李支书又是怎么知道的？

“你不说，那我就帮你说吧，你到河边做善后工作去了。”李支书说，“大概你以为鸡毛鸡骨头被水冲进了大海，就永远不会有人知道了，是吧？你看看这是啥？”李支书从口袋里掏出了两根鸡毛，“这是你落在河边的，今早晨我捡回来给王婆婆看了，王婆婆说这是她的鸡身上的毛。赵大年，你还有啥话说？”

“李支书，你凭啥说这鸡毛是我丢的？”

“那你到河边去弄啥？”

“屙尿，不可以吗？”赵大年心一横，和李支书顶了起来。

“胡说！我看你连一点悔改的意思也没有，还说什么以后你挣了钱再来赔偿王婆婆，谁相信你的鬼话！我告诉你，这件事你必须在全体社员大会上做检讨，然后赔王婆婆的鸡！”李支书说完，拍拍屁股走了。

赵大年做了检讨，但没赔王婆婆的鸡，他没有钱。年终分红时，李支书扣了赵大年的口粮，用赵大年的口粮抵王婆婆的鸡钱，王婆婆没有要。

赵大年父亲的单位来招工，赵大年怕李支书说他的坏话，给李支书送了两瓶“五粮液”。

第十一章　回　城

中央下文件了，落实干部政策，平反冤假错案。一大批老干部迅速地得到解放，重新走上了领导岗位，一批又一批冤假错案得到平反和纠正。单之林的案子也结了，他没有历史问题，他的历史是清楚的，至于散布封建迷信、娶地主小老婆的事，结论上没有提，没有提也就是那不算事儿。白羽灵为丈夫高兴，也期盼着组织上给她落实政策。单之林与别人平等了，他的腰杆也伸直了。与别人平等之后，他首先想到的是他的女儿，别人的子女都回城了，她的女儿还在农村。为了女儿，他曾经找过齐步加，问啥时招他女儿回城，齐步加说你女儿还早。他说，齐科长，咱们单位上与我女儿同时下乡的孩子全都回来了，而且比我女儿下得晚的也回来了，啥事都有个先来后到，轮也该轮到我女儿了。齐步加说，老单，你跟别人不一样，你……他明白了，他女儿没有被招回来的原因是因为他政治上还有问题。自那以后，单之林再也没去找过齐步加，也没去找过别的领导。现在他的政策落实了，政治上是清白的，他又来找齐步加了。

齐步加说："老单，有啥事？"

单之林说："找你麻烦来了。"

听到这话，齐步加心里咯噔了一下，他以为单之林为冤枉遭整的事找他说事来了。他怕单之林知道他调戏他老婆的事，真那样，他就麻烦了。一个为了心爱的女人敢拿刀去杀抢他女人的人（老地主），岂能容忍别人对他的女人有非分之想？

"啥事？你说吧。"齐步加问。

"还是我女儿的事。"单之林说。

齐步加松了一口气，说："你是说你女儿工作的事？"

"是。"单之林说，"我来问问，啥时招我女儿回来？"

“啥时……”齐步加说，“你女儿的事是该解决了。”

“齐科长，你看啥时候能给解决?”

“这个，得有指标。”

“啥时有指标?”

“啥时有指标，我也说不清，就看劳动局啥时给了。”

“齐科长，你看能不能想想别的办法?”

齐步加想了想，说：“我尽快给劳动局打报告，但啥时批得下来就不知道了，你要是等不得，咱采取两条腿走路，一边找你爱人单位，一边等这边的指标，哪边快就走哪边，你看行不行?”

“行是行，可我爱人那么久没上班了，他们会管吗?”

“肯定要管。按现在的政策，他们开除你爱人是不对的，不但应该管你女儿的事，而且应该恢复你爱人的工作。”

单之林一听，心里明白了，齐步加到底是政工科长，不但懂政策，而且考虑问题也周全。

“齐科长，谢谢你，那我先去找一下缝纫厂再说。”

“你先去找，有什么需要单位协助的，我们出面，反正尽快把你女儿的事情解决好。”

单之林到缝纫厂跑了一趟，问题就解决了。缝纫厂领导的态度好得使单之林出乎意料。袁厂长说，老单，你爱人的事我到厂里后就听说了，我虽然不认识你爱人，但知道当时厂里对她的处理是错误的，你爱人没来厂里要求给她落实政策，不等于本人没要求就不给落实。前天我们已经研究过了，还没来得及通知你爱人。当时受极“左”路线影响，你爱人被错误地停止了工作，现在厂里给她恢复名誉，恢复工作，并全额补发以前的工资。她如果不想来上班，可以提前办理退休手续。别的你看还有啥要求?单之林一听，感动得眼泪都流出来了，说，我女儿还在乡下，看能不能给招回来。袁厂长说，招工得要指标，厂里现在没有，如果你爱人办理退休，你女儿马上就可以顶替。单之林说，我回去跟我爱人商量商量再说。

单之林跟老婆商量的结果是老婆提前退休，由女儿顶替。

单红英要走了，李支书本想阻拦，怎奈单红英是顶替性招工，用不着支书推荐，所以他只有干瞪眼。李天香心里很矛盾，她舍不得单红英走，同时又为单红英高兴。舍不得单红英走，是她与单红英有着深厚的感情，为单红英高兴，是因为单红英实现了自己的愿望。这段时间，单红英一直愁眉苦脸，别的知青都走了，只有她一个人孤零零地在这里，单红英心里的苦，天香是知道的。

单红英要走了，心里很高兴，可是有件事她很焦心，那就是卖口粮。她要把当年剩下几个月的口粮卖给粮站，才能把粮食关系办进城。她下的那个村，离公社十多里，要把一百多斤红薯、七八十斤玉米送到粮站，那可不是一件容易的事。要担要背，她没有那么大的力气，她想借辆自行车往粮站送，可是全村只有李支书一家有自行车，而且自行车的钥匙拴在李支书的裤腰带上，她要借必须得找李支书。李支书这两天老躲着她，一大早出门，天黑了才回家，连午饭也不在家里吃。李天香到她外婆家去了，说她外婆病了她去经由，走时把自行车骑走了。李天香头天走，第二天李支书的老婆也回娘家了，连招呼都没跟她打。

李天寿回来了，见院里堆着红薯和玉米，说："单红英，你把这些东西堆在院里干啥?"

单红英说："卖口粮。"

李天寿说："别卖了。"

"不卖咋行？这是我的口粮。"

"我去给你借点粮票，你拿到粮站去顶。"

单红英听了，很感动，她不敢看李天寿，她怕眼泪流出来。那些年，吃商品粮的人，除了干体力活的，每月的定量只有二十七斤，她要交三个月的口粮，得八十多斤粮票啊！

单红英把脸扭到一边，说："谢谢你，不用了，还是把这些东西卖了。"

李天寿知道单红英不愿意欠他的人情，说："你一定要卖，我帮你弄到粮站去。"

单红英见李天寿如此真诚，也就答应了，说："那好吧，只是要耽误你上班。"

李天寿说："没关系，最多也就一天时间。你走了，今后想给你做点事还没有机会呢。你等着，我去借辆板板车。"

单红英点点头。

李天寿走了，单红英一个人在院里坐着，两个多小时过去了，李天寿还没回来，单红英到大门外望了几次，老不见李天寿的身影。单红英失望了，自己动手了，她要一口袋一口袋地把粮食背到粮站，她压根儿就没指望别人。但她心里对李天寿还是有些抱怨，不帮忙就算了，何必骗人？耽误了我这么长时间！中午到了，单红英没有煮饭，啃了一根生红薯，背着玉米往外走。刚出村，李天寿拉着一辆板板车回来了，而且走得满身大汗。

“对不起，叫你等久了。”李天寿见单红英背着口袋站在路上，说，“社里的板板车被别人借走了，我到别处借了一辆，所以耽误了时间。来，快放到车上。”

“我还以为你不来了呢。”单红英说。

“咋会不来？我说来就肯定要来。”

“我想你们单位可能有事。”

“我跟你说过今天我请了假。”

李支书回来了，他的老婆跟在后面，见单红英把饭煮好摆在桌子上，不禁有些吃惊。他以为他不帮忙，单红英就没法把粮食弄到粮站。现在单红英不但把粮食卖了，而且还煮好了饭，急忙换了一副表情，说：“实在对不起，这几天天香的外婆病了，我们只顾忙那头，没时间给你帮忙，今天我特意把你李妈叫回来，看你有啥事帮着做做。”

单红英说：“谢谢李叔叔，该做的事我都做完了，我还在想李妈要是今天不回来，明天我就到外婆家去跟李妈和天香告个别，也顺便看看外婆。我在这里几年了，你们全家对我这么好，我总不能一声不吭就走了。现在李妈回来了，只是我没法跟天香告别了。”

李支书说：“你不要着急，明儿天香就回来了，你俩见得着面。”

单红英只提天香而未提天寿，李支书心里还是有些不快。

李支书说：“这两天天寿没回来？”

单红英说：“回来过，我的粮食就是他帮我拉到粮站去的，要不是他我还真没办法呢。”单红英的话中充满了感激。

李支书一听，心里笑了，脸上也笑了，他为儿子的聪明而高兴。年轻人容易动感情，一旦哪件事或哪句话触动了她的心弦，说不定她会改变主意做出他期望的决定。

李支书夸赞起了儿子，说：“天寿这孩子诚实，重感情，他话不多，啥事都在心里。”

李支书的老婆也趁机把儿子夸赞了一番，说：“别看我儿子是个大男人，不但心细而且心善……”

单红英听着，一句话也没说，她知道李支书和他老婆的意思。

第二天一大早，天香回来了，单红英听见自行车响，急忙冲出屋，刚拉住天香的手，眼泪就流了下来。

单红英说：“这两天我特别想你，昨晚一夜都在做梦，梦里全是你。”

天香说：“我也是。自从听到你要走的消息，我连饭都吃不下去，要不是外婆有病我才不在那里呢。昨天一早我要回来，想帮你卖口粮，可是我外婆还在打吊针，我妈不准我走。昨晚我梦见你坐飞机……”

单红英和天香说话时，李支书的老婆给单红英煮了几个鸡蛋，预备着路上吃。李支书给单红英拿了两瓶酒，让单红英带给她爸。

天香说：“爸，算了吧，别又是白水，惹人笑话。”

李支书说：“这酒肯定不会假，是你哥专门给单红英她爸买的，你哥是供销社的，要是他买的也是假酒，就没有人能买到真酒了。”

天香说：“我还以为是你柜子里的酒呢，要是我哥买的那肯定不会假。”

其实，李支书没说实话，那酒就是他柜子里的，他之所以这么说，是想增加单红英对他儿子的好感。

单红英说：“李叔叔的心意我收下，这酒我就不带了，我爸不喝酒。”

李支书说：“你爸喝不喝酒你都得带回去，这又不是我给你爸买的，是天寿买的，这是晚辈对长辈的一点心意。”

单红英推让不过，只好收下。

李天香帮单红英背着行李，李支书和他老婆跟在后面，单红英走出大门又回头看了一眼她和天香住的那间屋，看了一眼她生活了几年的那个院子。

走到村口，单红英说：“李叔，李妈，你们回去吧。”

李支书说：“那好吧，让天香送送你，记住，有空别忘了到这里看看，这里也是你的家。”

单红英说：“知道了，有空了我一定来。”

李天香和单红英默默地走着，很少说话。

汽车站到了。天香说：“红英姐，你走了还会不会再到我们这里来?”

“会来，肯定会来。”

“我想你不会来了。”

“为啥?”

“这里给你留下了太多的不愉快。”

“我不觉得。我心里记下的都是愉快的事，不愉快的事刚发生我就把它丢进你们村外的河里了。”

天香笑了，说：“没想到你还有这种本事，早知道该叫你教教我。”

“现在你要我教也不晚，我还没走呢。”

“你教我怎样忘掉不愉快的事。”

单红英把嘴凑近天香的耳朵，悄声说：“在你遇到不愉快的事时别老想它，专拣愉快的事想，用愉快的事盖住不愉快的事，你就不会不愉快了。”

“我还以为你有啥高招呢，做得这么神秘，原来是这么简单个办法。”

“你别看简单，管用着呢。”

“现在你要走了，我就不愉快，你说我怎么才能高兴得起来?”

“这个简单，你就想红英姐走了，等我去看她时就可以看到另一个人（唐援朝）了，你这样想就肯定高兴了。”

天香的脸红了，说：“人家早把我给忘了，这么久了连封信都没来。”

“上个月他还给你来了信，怎么说这么久没给你来信?”

“那哪是给我来信？是给你来信顺便给我捎带了几句，又不是专门给我寄的信。”

“咱俩住在一起，他用不着用两个信封，那还得多用一张邮票，浪费。”

“他信封上写的是你的名字又不是我的名字。”

“这正是他的聪明之处，写我的名字才不会引起你们村里人的注意。”

天香想想也是。

天香往唐援朝身上一想，果然心里没那么难受了。

第十二章　天下无人不爱美

1

单红英跟着干妈走进缝纫厂——白羽灵不想见厂里的人，所以没去送女儿——厂里的人见了，无论男女，一个个都望着她们，特别是那些男工们，恨不得眼珠子上长出翅膀，飞到单红英的脸上。

“纪阿姨，这是哪个?”一个男工问。

“我女儿。”纪音团说。

问话的人蒙了，所有在场的人都蒙了，他们跟纪音团在一起工作了这么多年，只知道她有个儿子，从来没听说过她有女儿，她女儿是哪里来的呢？也许是她儿子的对象吧，她儿子太有福气了，找了个这么漂亮的姑娘。

“你女儿真漂亮!”一个女工说。

单红英有些不好意思，纪音团笑着点点头。

“纪阿姨，你女儿是来……”一个男工问。

“她来上班，今天报到。”纪音团说。

“好！好！你女儿是真正的厂花!”男工说。

纪音团把单红英带到厂长办公室，说：“袁厂长，单红英报到来了。”

袁厂长点点头，眼睛落在了单红英的脸上，说：“坐吧。”

单红英不好意思坐，说：“干妈，你坐。”

纪音团说：“你坐，我走了。”

纪音团出门后，单红英才坐下。

袁厂长没说话，眼睛一直没离开单红英的脸，单红英被看得不好意思，低着头揉着搭在胸前的辫梢。像，太像她妈了。她妈到厂里办退休手续时，袁世绍从她妈的身材、脸型和五官上看到了她妈年轻时的模样，心想怪不得那个地主要抢她，怪不得单之林会为她拼命。袁世绍望着单红英，似乎看到了两颗不一样的葡萄，一颗是被风吹得半干的略带了点灰尘，一颗是沾满雨露刚刚成熟。后者是他离婚后见到的最美丽的一位姑娘，他不禁为之心动，明知他比单红英大十八九岁，心里还是拨拉起了小算盘。

“你下了几年乡？”

“五年多。”

“时间不短。”袁厂长说，“你妈提前办了退休，你来顶替你妈，你妈是缝纫工，你想做什么工作？”

“服从领导安排。”单红英回答。

“服从领导安排，好。我就喜欢你这样的年轻人。”袁厂长顿了一下，说，“前天领导研究，安排你到车间当缝纫工，刚才我想了一下，到车间你得从头学，而且车间的工作很辛苦……这样吧，你安排在办公室工作。”

“办公室？”单红英不敢相信，她以为听错了。

“你不愿意？”

“不是，我怕干不好。”

“我相信你能干好。”

袁世绍没说假话，安排单红英到车间当缝纫工，是厂领导集体研究决定的，说是研究，实际上是他的意见，当单红英出现在他面前时，他改变了他那天的决定。

单红英在办公室上班了，她的工作是收集班组的生产数据，传达袁厂长的指示，负责厂长办公室的卫生……说穿了就是袁厂长的秘书。很多人羡慕单红英的工作，可单红英并不觉得她的岗位比车间的姐妹们好。车间的姐妹们，上下班时可以三三两两地走在一起，想说啥说啥，而她却不能。她得上班于人前，下班于人后。上班前她得先把厂长的办公室打扫干净，并打好开水，下班时厂长不走她不能走。那天她爸过生日，下班铃声响了，工人们一窝蜂地拥出了厂，而袁厂长却像没听见一样仍然坐在办公室里。单红英想走又不敢，她站在袁厂长办公室门口，说袁厂长下班了。

袁厂长说，再等一会儿，我还有点事。单红英又等了一会儿，还不见袁厂长出来，她实在等不及了，悄悄地走了。第二天，袁厂长的脸色就有点不好看了，说，单红英，以后领导没下班，你不能走。从那天起，单红英一直跟袁厂长一起下班。

方永亮回城早，在汽修厂上班，由于他能说会道，善拉关系而当上了采购员。采购员在外面跑得时间多，有很多是长差，所以单红英回城后他一直没见过单红英。那天，方永亮出差回来，匆匆地去找单红英，到缝纫厂门口时工人还没有下班，他在门口站了一会儿，觉得有些显眼，何况工人们走在一起，他也没机会与单红英单独说话，于是跑到铁牛街口，站在那里，望着单红英回来的方向。单红英出现了，他快步朝单红英走去，突然他看见单红英身边有个男人，于是停下脚步，揣摩着单红英与那男人的关系。恰在此时，那男人对单红英说了句什么，单红英笑着点了下头，方永亮心里泛起了一股酸水。好在，没走多远，单红英与那男人分手了，那男人朝另一条街走去，方永亮心里好受了些。

“单红英!”方永亮喊了一声。

“方永亮!”只顾走路的单红英这时才看到方永亮，说，“你到哪儿去?”

“我来找你。”方永亮说。

“有啥事?”

“看看你。”

单红英脸上一阵发热，说：“看我？你真会开玩笑!”

“没跟你开玩笑，真的，这么久没见你了。”

“走吧，到家里坐坐。”

进屋后，方永亮发现单红英变白了，比以前更好看了。好看的女人追的人多，说不定刚才那个男人就是其中的一个……

“红英，刚才那个人是谁?”

“刚才？哪个?”

“跟你走在一起的那个。”

单红英笑了，说：“他是我们厂的，怎么了?”

“我随便问问。”

“不会吧，我看你话中有话。”单红英仍然笑着。

“我想知道是不是你……”

方永亮和单红英正说着话，单红英的爸妈回来了。方永亮急忙起身，笑着喊了声单叔叔白阿姨，单之林点了下头，白羽灵笑着说你坐，你坐。白羽灵进厨房了，单之林搬了凳子坐在屋檐下。

方永亮不敢再说刚才的话题了，他问起了唐援朝的情况，而后又问起了天香，从李天香说到李支书，最后把话扯到那晚与李支书喝酒的事上。

“红英，你知不知道那晚喝的酒（尿）是谁送给李支书的?”

“不知道。”

“是赵大年。”

“你怎么知道?”

“是赵大年跟我说的。赵大年说他偷鸡被李支书处罚，他恨李支书，丝厂去招工，他怕李支书说他的坏话，所以才给李支书送礼的，因为没有钱……”

“那他也太下作了，瓶里灌点啥不行，去灌尿。”

“赵大年是有意报复李支书的，他说李支书叫他丢脸他就叫李支书喝尿。”

两人正东拉西扯地说着，白羽灵从厨房里出来，说：“红英，叫你爸吃饭。”

方永亮起身要走。

单红英说：“走啥？就在这里吃。”

方永亮说：“不了，我改天再来。”

方永亮对单红英追得很紧，有空就去找单红英，天天到单红英家里去，单红英的父母虽然没说啥，他还是有些不好意思，于是隔几天去一次。方永亮没到单红英家里去，就去缝纫厂，站在厂对面，望着厂门口，等单红英下班。有一天，方永亮看见一个人，和他一样站在远处，和他一样望着厂门口，他仔细一看，那人是赵大年。

单红英从厂里出来，身边跟着袁厂长。方永亮不认识袁厂长，笑着迎了上去。

“红英，”方永亮叫了一声，“这阵才下班?”

“是。我们厂长也是这阵才下班。”单红英说，“这是我们袁厂长。袁厂长，这是我的同学方永亮，大修厂的采购员。”

方永亮喊单红英时袁厂长看了他一眼，单红英给袁厂长介绍方永亮时袁厂长连看也没看。袁厂长这样对他，他并没有生气，他当采购员，在外面经常遇到这种情况，求人家供货，人家的脸色再不好看，他都是笑着跟人家说话。现在袁厂长也是这种脸色，他也像对待那些人一样对待袁厂长。

“哦，袁厂长，你好!”方永亮没等袁厂长说话，就跑到袁厂长面前，一把抓住袁厂长的手，说，“红英经常在我面前说起你，说你是一个好领导，特别关心职工，每天下班都跟她一起走路。像你这样的好领导，少。”

袁厂长本来不愿意搭理方永亮，但方永亮是单红英的同学，不搭理方永亮也就没给单红英面子，在方永亮喊他时他用鼻子哼了一声，当他听到方永亮后面的话，心里很滋润，于是问道：“你是单红英的同学?”

“是的，我俩从小在一起读书，而且还是朋友。”方永亮说。

“朋友？你是单红英的朋友？”袁厂长疑惑地望着方永亮。

袁厂长之所以用那种眼神看方永亮，是因为“朋友”二字对未婚男女来说有着特殊的含义，所以他才用那种眼神。

单红英没有说话，她没想到方永亮会说出这种话，心里虽然不爽，但也没有否认，她想用这种方式摆脱袁厂长的纠缠。

方永亮见单红英没有否认，胆子更大了，说：“是。我是红英的朋友。”

方永亮刚把话说完，袁厂长像要证实方永亮话的真假，侧脸问单红英：“他说的是真的?”

单红英不便回答，脸红了红，点了下头。

袁厂长说：“单红英，我前面走了。”说着加快了脚步。

单红英也加快了脚步，方永亮追上去扯了一下单红英的衣服，单红英的脚步才放慢的。

单红英说：“袁厂长，你慢走啊。”

袁厂长没有回头，没有说话，脚步也没有放慢。

单红英说：“方永亮，你刚才咋那样说话?”

方永亮说：“我不想叫他跟你走在一起。”

“我跟我们厂长走在一起咋啦?”

“我看着难受。”

“你难受啥?”

“我说不出来，就是难受。”方永亮平时说话嘴巴很利索，此时他的舌头却不那么听使唤。过了一会儿，方永亮见单红英不说话，问道：“你不愿意?”

“愿意啥?”

“做我的朋友。”

“这事……”单红英没有说下去，虽然她心里喜欢方永亮，但她还是觉得有些突然，说，“我没想过。”

“刚才你可是当着你们厂长的面点了头的。”

“那是我不想给你难堪。”

“反正你是答应了的。”

“我想想再说。”

“好。”

方永亮连着接了单红英几天，袁厂长就不好意思跟单红英走在一起了。单红英松了一口气。

2

天香背着铺盖卷来到单红英家，一见单红英就笑得合不拢嘴。单红英见天香如此高兴，知道一定有好事，急忙接过天香的行李，和天香拥抱在一起。

“红英姐，我考上卫校了!”

“你考上卫校了?”单红英高兴得又把天香抱住。

天香一个劲地点头。

“这下好了！这下好了!”单红英比天香还激动，“你咋不早点写信告诉我，我好到车站接你。”

“我给你写了信，可能信走得太慢了。”

单红英详细询问了她离开农村后天香家里的情况，天香一一告知。说起她考卫校的事，天香更加兴奋，说卫校到各县招生，县上把指标分到各公社，由公社推荐。他们公社把各大队年龄符合招生条件的赤脚医生召集在一起考试，她顺利过关。天香并不知道她爸从中做了很多工作。

单红英说：“啥时候报到？”

天香说：“明天。”

当晚，天香与单红英睡在一个床上。

“红英姐，你这床比我那床睡着安逸。”

“哪一点比你那床安逸？”

“软和，睡在上面像睡在棉花堆上一样，不像我那床硬邦邦的硌身子。”

“软有软的好处，硬有硬的好处，我倒觉得你那床睡着舒服，我夜夜都睡得很香。”

“那是你太累了，所以睡得香。你们城里人细皮嫩肉的，从来没干过活，突然把你们弄到农村，跟锄头扁担打交道，太阳没出来就得下地，太阳落山了才能回家，我们行，你们哪受得了？”

“刚去时是受不了，久了也不觉得了。你莫说，干活真的锻炼人，几年下来，我的筋骨比原来硬了，手脚也比先前有劲了。我还挺怀念那段生活，特别是和你在一起的那些日子。”

“你们那批知青回城后怎么样？”

“各忙各的，我基本上没有和他们来往。我知道方永亮在大修厂，赵大年在丝绸厂……回来后我还没见过赵大年。唐援朝回来过一次，他妈病了，回来看他妈，他见到我时还问了你的。他给你写信没有？”

“写了，他说他要去北京学习，后来就没收到他的信了，不知他去没去。”

“去了，是在北京一所军事院校学习，他没给我写信，我也是从干妈那里知道的。这下你进城了，你也是城里人了，你该给他去封信叫他也高兴高兴。”

“给他去信，连地址都没有，咋去？”

“这个好办，我去他家给你抄一个。”

“听说读了军校的人毕业后都要当军官，他当了军官眼光肯定更高了……”

“你未必就低。你毕业后是医生，医生的地位高得很。你没听说？一是权，二是钱，三是听诊器，四是方向盘。听诊器可不得了啊！”

单红英几句话说得天香美滋滋的，她在心里憧憬着美好的未来。

星期天，天香没事，到单红英家里耍。单红英是她在这座城里唯一的朋友，下到他们那里的几个男知青她虽然都熟，但毕竟接触不多，特别是他们回城后，就再也没有联系了，她自然没法去找他们，何况她是一个女娃子，也不好意思去找人家。星期天她没别的地方去，只有找单红英耍。单红英也喜欢她来，俩人在一起总有说不完的话。天香一进屋，两个人就天南海北地扯起来了，扯了一会儿，单红英把话扯到了唐援朝身上。

单红英说："你到城里这么久了还没到唐援朝家里去过，今天我带你去见见未来的老人婆怎么样？"

天香脸一红，在单红英身上拍了一巴掌，说："你又在瞎说，我不去。"

天香嘴上这样说，心里还是想去，她知道儿女的婚事父母还是很起作用的，她应该去见见唐援朝的父母，要是唐援朝的父母喜欢她，她与唐援朝的事至少就有五成了。

"你不去就不去，打我弄啥？"

"谁叫你瞎说？本来该打嘴的。"

"这样说来你还是手下留情了？"

"那当然。"

"为了感谢你手下留情，我带你到公园里去耍，怎么样？"

"我不去。"天香嘴一噘说。

"又怎么了？"

"公园我去过好几回了，闭着眼也能在里面转上一百圈，还用得着你带？"

"那你说去哪儿？"

"去没有去过的地方。"

"没有去过的地方就是我干妈家了，你又不去。"

"去就去，你干妈又不吃人！"

"我干妈不吃丑人，像你这样水灵的，难说。"

"只要你干妈喜欢，我就让她吃。"

"我敢保证，我干妈喜欢。"

俩人又斗了一会儿嘴，到唐援朝家里去了。

唐援朝的爸爸没在家，家里只有唐援朝妈妈一个人。唐援朝的妈妈见干女儿身后跟着一个姑娘，忍不住多看了一眼。这个姑娘她没见过，也许是缘分吧，她一见就喜欢上了。

唐妈笑着说：“闺女，快进来！”

单红英说：“干妈，你猜她是谁？”

唐妈说：“我干闺女的同学，对不对？”

单红英说：“不对。”

唐妈说：“那你还不赶快给干妈介绍一下？”

单红英说：“她可是个远客啊！”

唐妈听说是远客，望着天香，说：“快坐，快坐。”

单红英和天香坐下后，唐妈忙着倒茶。

单红英急忙起身，说：“干妈，别客气，她也不是外人，还是我来倒吧。”

唐妈说：“你坐吧，还是我来倒。”

唐妈端来茶，天香欠了欠身，笑着双手接住。

“闺女，你把我说糊涂了。”唐妈对单红英说，“你一会儿说这闺女是远客，一会儿又说她不是外人……”

“干妈，我的话并不矛盾。”单红英说，“说她是远客，她真的还不近，是从我和援朝下乡的地方来的。说她不是外人，确实也不是外人。下乡时我住在她家里，跟她睡在一个床上，援朝的脚砸伤了是她亲手给治好的。干妈，你说我说得对不对？”

“对，对。我闺女说的话哪有不对的？”

“干妈，我还一直没跟你说她的名字呢，她的名字可好听了，叫天香。好听吧？”

“不但名字好听，人也长得好看。多俊啊！”

天香有些不好意思，两只手搓着杯子。

“还有叫你更吃惊的我还没说，她还是卫校的高才生呢。”

“怪不得呢，我第一眼看到她就觉得她聪明。”

天香拉了一下单红英，示意她不要乱说。

单红英装着不懂天香的意思，继续说她的话。单红英说到李天香爸妈杀母鸡给唐援朝炖鸡汤时，唐妈被感动了。

“援朝脚受伤那些日子多亏了天香一家人，天香天天晚上给援朝换药，而且换药前还用热水把援朝的脚洗得干干净净。”单红英说。

“看得出来，这姑娘心善。”唐妈说。

“干妈，你是从哪里看出来的？”

“从这姑娘的脸上。”

“干妈还会看相，我今天才知道。”

“面由心生。这姑娘面善，自然心也善。”

“干妈，我面善不？”

“你面善是面善，但没有这姑娘面善。”唐妈跟单红英开起了玩笑。

单红英假装生气，嘴撇了一下，说：“干妈偏心！”

“你说偏心就偏心，干妈就喜欢这姑娘。”

天香听了，心里暗暗高兴。

“干妈，喜欢了你也把她认成干闺女。”

“只要这姑娘愿意，我就认。”

“天香，还不赶快叫干妈！”

天香脸红了，拉着唐妈的手，腼腆地笑了笑，嘴唇动了一下，没出声。

“天香，叫啊，干妈等着呢！”

“看你这闺女，等天香想一下再说，何必难为她？”

“我是急着想要干妹妹。天香，你愿意吗？”

天香点点头，脸又红了。

唐妈把天香拉到身边，手轻轻地抚摸着天香的背。

两年时间，一晃过去了。天香毕业了，而且在学校里入了党，优秀学生自然分配得好，她分配到了人民医院当护士。

天香高兴，单红英也高兴，唐妈更高兴。

唐妈想叫天香给她做儿媳妇，但这话她无法对天香说，她怕天香不愿意而难为了她。唐妈找到单红英，叫单红英试探一下天香，看天香有没有那个意思。

唐妈说：“闺女，你可不要把话说得太直了，万一天香心里有人，就为难她了。”

单红英听了，心里暗笑，脸上却一本正经，说：“干妈，你放心，只要你喜欢，这事包在我身上，我绝对不会难为她。”

当晚，单红英找到天香，把这个好消息告诉了她，没想到天香不相信，说：“红英姐，别逗了，我咋一点没看出干妈有这个意思？”

“我逗你干啥？这是干妈亲口对我说的，叫我当月下老人。你要不愿意就直说，干妈叫我不要难为你。”

“干妈愿意，不知援朝愿不愿意。”

“这个你甭管，这是干妈的事。”

“儿女的婚事爸妈不一定做得了主，何况援朝远天远地又不在家……”天香有些担心。

“援朝是个孝子，特别听干妈的话，干妈同意的事，他都不会反对。所以，你用不着担心。”

3

纪音团给儿子写了封信，叫儿子回来相亲。相哪个，信上没说。信寄出后，纪音团天天盼着儿子的回信。那天儿子回信了，说婚姻的事爸妈不要操心，到时候他会给爸妈一个惊喜。接着问起了单红英的情况，并叫妈妈告诉单红英给他回信。看了信，纪音团有点生气，儿子竟不叫她管他的婚事！

唐援朝不同意妈妈给他介绍对象，是因为他的心一直在单红英身上，他写信试探单红英，单红英一味装傻。唐援朝急了，直接问单红英要没要朋友，单红英说没要。唐援朝问为啥不要，单红英说没遇到合适的。单红英的回答，坚定了唐援朝的信心，他写信直接向单红英表白。单红英接到信后没有给唐援朝回信，她以沉默的方式表示拒绝。

唐援朝说叫单红英给他回信指的就是他的求爱信。

纪音团把唐援朝的来信拿给单红英看，单红英看后知道唐援朝没有理解她不回信的意思，可是又不便跟干妈说，她把信递给干妈，笑着说：“干妈，我给援朝回了信，他说我没给他回信可是冤枉我了。”

纪音团笑了，说：“你别在意，我给你看信的意思不在这里，我弄不明白，援朝要给我和你干爹一个什么样的惊喜？”

“干妈，从哥的语气上看，我估计他是找好了。”单红英虽然知道唐援朝那句话指的什么，但她不能跟干妈说。

“你说什么？他找好了？”

“我估计。”

纪音团听说儿子自己找对象，心里有些不快，一是儿子没把她这个当妈的放在眼里，二是她无法向天香交代。天香是她看中的，而且是她托单红英做的媒，弄得单红英也下不了台。

纪音团说：“不行！他的对象得由我定，不能由着他！我不同意，他找谁都不行！”

纪音团生气了，单红英不但没劝，反而火上浇油，说：“对！干妈，哥实在不像话，这么大的事不跟干爹和你商量，自己就想定了，那哪行？要是依了他，我咋向天香交代？”

“就是嘛，他一句话就想把我打发了，眼里哪还有我这个妈？不行！天香是我相中的，这么好的姑娘，我可不能伤她的心。”

“干妈，那哥要是硬不同意呢？”

“他不同意我就不认他，哪怕他找个仙女我也不准她进我的家门！”

单红英见干妈把话说到这个份上，觉得差不多了，说：“干妈，你也不要生气，身体要紧，看把你气不好了。依我看，再给哥写封信，劝劝他，就说这闺女是你相中的，你已经把她认成干女儿了，看哥咋说。”

纪音团说：“好，就照你的意思给他写信。”

这封信唐援朝回得很快，信中说，妈妈，既然你给我找的对象是你的干女儿，为什么不早说？上封信我可能得罪了你的干女儿，在这里我向她赔礼道歉。妈妈，请您放心，我最近就请假回去。看了信，纪音团十分高兴，儿子毕竟还是听她话的，心里还装着她这个妈。

火车还未进站，唐援朝的眼睛早已飞向窗外，一座座新建的高楼，一辆辆穿梭的汽车，他都觉得分外亲切。火车长鸣一声，缓缓停下，唐援朝的目光在站台上到处搜寻，终于在闹哄哄的人群中看见了东张西望的爸爸妈妈，但是没找到他想找的那个人。难道她没来？唐援朝有些失望，急匆匆地向父母走去。

纪音团看见了儿子，大老远就叫了起来：“援朝，援朝！”

唐援朝丢下提包，扑向妈妈。

“妈，红英怎么没来?”

“红英本想来接你，但上班走不开，下班她就过来了。”

唐大树拎着提包，唐援朝拉着妈妈的手一同朝站外走去。回到家，唐援朝期待着单红英的到来。

夜幕刚刚降下，唐援朝的家门被敲响了。唐援朝知道是单红英来了，急忙开门。单红英站在门口，他刚想给单红英一个亲昵的动作，忽然发现单红英身后站着一个人，由于光线暗淡，他一时没认出站在单红英身后的那人是谁。

“进来，快进来!”唐援朝语气亲切。

单红英拉着天香一同走进屋里。

“你看这是谁?”单红英把天香推到了前面。

唐援朝看了一眼，一时没有想起，他觉得这人面熟，很像天香，但他又不敢肯定是天香，因为天香没有这么洋气，也没有这么漂亮。在他的印象中，天香虽然五官秀丽，但没有城里姑娘那种扑面而来的洋气。现在站在他面前的这位姑娘身材匀称，衣着得体，相貌并不亚于单红英，只是皮肤比单红英略黑一些。难道真的是天香?想到天香，唐援朝有些激动，这个曾经为他细心疗伤的姑娘，他已经好几年没见到她了。

“天香!”唐援朝确信站在他面前的就是天香之后，情不自禁地握住了天香的手。

“援朝!”天香的手第一次被异性紧紧地握着，而且是她暗恋多年的男子，心里油然升起一种幸福之感。

唐援朝和天香的目光互相对视着，也许他们都在对方的脸上寻找着自己最熟悉的地方。

唐妈见儿子对天香如此热情，心里很高兴，说:“闺女，都坐吧!坐下说。”

于是，大家坐下。

唐妈拉着天香的手对儿子说:“援朝，我信上跟你说的干女儿就是她。”

唐援朝愣了，她怎么也成了妈妈的干女儿?这到底是咋回事?唐援朝表情的变化，红英、天香和唐妈都看出来了，特别是天香。唐妈和单红英都对她说唐援朝同意这桩婚事，但唐援朝那惊讶的表情和随之消失的笑容却明明白白地告诉她这桩婚事他事先并不知道。想到这儿，天香低下了头。

单红英见唐援朝和天香都没说话，为了打破尴尬的局面，她说：“哥，你没想到吧？天香是干妈新认的干女儿，干妈可喜欢她了。”

从单红英的话里，唐援朝知道天香的的确确是妈妈的干女儿，为了挽回自己刚才的失态，说：“刚才妈妈不说我真的不知道，真好，真好，我一下子有了两个干妹妹，而且都这么漂亮。”

唐援朝这句话本来没错，但天香听着却很别扭，因为她今天不是以干妹妹的身份而是以唐援朝对象的身份出现在这里的，所以她听了唐援朝的话仍然没有抬头。

单红英说：“哥，我补充一下你的话，我和天香虽然都是你的干妹妹，但天香的身份是双重的，不光是你的干妹妹，而且是干妈给你订的对象。”单红英说这句话时特别强调了“订”和“对象”三个字，而且在“订”字上加重了语气。

唐妈抚摸着天香的背说：“红英说得对，天香就要由我的干女儿变成我的儿媳妇了。”

单红英说：“今后我见到干妈就只能叫干妈，而天香就得叫两次了，看天香是先叫妈再叫干妈，还是先叫干妈再叫妈。”

唐妈说：“不必那么麻烦，天香想咋叫就咋叫。”

单红英说：“那可不行，那样就太便宜她了，她还没过门你就这样护着她，干妈，你不觉得你太偏心吗?”

唐妈说：“那你说该咋叫?”

单红英说：“叫我说，干妈，干脆一步到位，从现在起，天香就叫你‘妈’，怎么样？天香?”

天香抬起头，说：“干妈喜欢我咋叫我就咋叫。”

唐妈说：“那就按红英说的，一步到位!”

天香笑了。

单红英说：“你别笑，现在先实习一下，你叫一声。”

天香说：“这还用得着实习吗?”

单红英说：“我知道你聪明，但你必须实习一次。”

天香说：“我实习一次不打紧，你可就变小了。”

单红英一时没弄明白天香的话，怔了一下，笑着说："干妈，天香想叫我给她叫嫂子了。"

三个人同时大笑起来。

唐援朝既没有笑也没有说话。

天香说："我说的是实话，并不是想占你的便宜。"

单红英说："这是事实，谁也无法改变，你先叫妈，然后我就给你叫嫂子。"

"妈——"天香甜甜地叫了一声。

"哎——"唐妈长长地答应了一声。

"嫂……"单红英还没有叫出来，却忍不住笑了。

天香却认真地答应了一声。

三个人又说又笑，唐援朝一言不发。

单红英逗唐援朝，说："哥，这里可是我最小了，我现在嘴有点馋，想吃糖。"

唐援朝指着装满水果糖的盘子说："里面有几种，想吃啥糖自己拿。"

单红英说："不，我要你给我拿。"

唐援朝懂得单红英的意思，单红英是要他给她发喜糖，他不想给她拿，但他太爱单红英了，所以给单红英拿了。

唐援朝拿起一颗糖，说："你小，干脆我喂到你嘴里。"

单红英说："喂就免了。"她接过水果糖，重复了他俩小时候在一起做游戏时唱的儿歌，"我们都有一双手，谁也不做木头人。"

单红英把糖含在嘴里，说："嫂子，哥给我发了糖，你这个嫂子也不能白当，也得给我发一颗，好事成双，我要吃两颗。"

天香也给单红英拿了一颗糖。

唐妈望着单红英，会心地笑了。

唐援朝回部队了，天香天天盼着唐援朝的来信，可是，一个月过去了，唐援朝还没来信，天香的情绪有些低落，她隐隐感到唐援朝另有所爱，她想到了单红英。那晚她俩到唐援朝家去，唐援朝开门时，她看见唐援朝眼里放射出的火花。唐援朝抬了抬手，也许是想拉单红英的手，也许是想摸单红英的脸，因为她在单红英的身后，唐援朝才不得不放弃最初的打算。坐在唐援朝家里，唐援朝心事重重，整个晚上几乎没有说话，要不是单红英打圆场，不知那天晚上她会有多么尴尬。接下来的几天里，唐援朝不是会朋友就是访老师，很少和她在一起。即使是和她在一起，唐援朝都是和她聊下乡时的往事，连一句情话也没说。

单红英接到了唐援朝的来信，信中说，红英，你不该欺骗我。妈妈的干女儿明明是你，没想到突然钻出个天香来，真叫我哭笑不得。为了不伤妈妈的心，不伤天香的自尊，我答应了。天香虽然无可挑剔，但我确实爱不起来……

第十三章　阴谋得逞

1

那天，单红英在上班，突然接到天香打来的电话，说红英她爸被自行车撞了，叫她赶快到医院。她丢下电话，没跟袁厂长打招呼，出门向医院跑去。

“红英，你可来了!”赵大年站在抢救室门口，见单红英来了，急忙迎了上去。

“你咋在这里?”单红英问。

“单叔叔被自行车撞了，骑车的人跑了，我把单叔叔背到了这里。”

“谢谢你。”单红英十分感动。

“谢啥子?”赵大年说，“别说咱俩是同学，就是没这层关系，我也会这样做的。”

赵大年的话使单红英更加感动。

单红英和赵大年是同学，读书在一起，下乡在一起，可是单红英很少接触赵大年，在学校时她觉得赵大年太匪，经常欺负弱小的同学，对此，她很反感。在农村，赵大年偷鸡的事，给她留下了很不好的印象，加上后来得知他用尿冒充五粮液报复天香她爸，就更不想理他了。下乡几年，她单独与赵大年接触也只有一次，那次她回城，赵大年说他也要回城，于是俩人一起坐了一次火车，但位子还没挨着。火车到绵阳，已错过吃饭时间，赵大年说回家也吃不到饭了，干脆到馆子里吃碗面，她想想也是，就答应了。除此之外，她没跟赵大年单独接触过。她参加工作不久，赵大年到厂里找过她，给她送了一块丝绸，当时她很惊讶，觉得这样俏的货，商店里都不好买，他咋舍得送给她，她意识到了赵大年的意思，她不要。赵大年说这是他们厂的新产品，每个工人都发了一块。他们一家人都在厂里上班，发了几块，多了也没用。赵大年这样说，她再不接就太不给赵大年面子了，于是接下了那块料子。她给赵大年拿钱，赵大年不要，她说你不要钱我也不要料子，赵大年这才把钱收下。她用那块丝绸给她爸做了一件短袖衬衫……

单红英正想着往事，抢救室的门开了，单红英的爸爸躺在车上，天香推着走了出来，还有一个护士举着装满血浆的袋子。她急忙走过去，天香示意她不要说话。她爸被推进病房后，天香把她拉到了门外，说单叔叔失血过多，刚到医院就昏迷了，现在已经脱离了危险。她听了，脸吓得煞白。

天香说："多亏了赵大年，要不是他，单叔叔就危险了。现在你用不着担心，补充血液后单叔叔就会好的。"

单红英点了点头，问起了住院费。

天香说："交了，是赵大年交的，具体交了多少，我不知道，你问问赵大年，要不等一会儿我去收费处查一下。"

单红英向站在病房里的赵大年点了下头，赵大年出来了。

单红英说："大恩不言谢，我就不说了。我爸的住院费是你交的，我身上没带钱，明天给你。"

赵大年说："照顾单叔叔要紧，现在先别说这些，有啥需要我帮忙，尽管说。"

单红英说："你在这里累了半天，赶快回去休息。"

赵大年说："我不累，一点也不累，今晚我在这里守着，你回去休息。"

单红英不依，赵大年才走的。

单之林出院后，心里一直记挂着送他去医院的那个小伙子，要不是那个小伙子，说不定他的命就没了。那个小伙子救了他，可他还不知道那个小伙子的名字。

"红英，那天把我背到医院的那个人叫啥?"单之林说。

单红英说："叫赵大年，是我的同学。"

"赵大年这孩子不错。"单之林说，"他在哪里工作?"

单红英说：“在丝厂。”

“不错，不错，单位也不错。”单之林说，“什么工种？”

单红英说：“汽车司机。”

“这个工作好。”单之林看了一眼妻子，说，“开汽车，是技术工作。”

白羽灵点点头，说：“这娃心好。”

单红英见爸妈老说赵大年，怕把话往她身上扯，找了个借口，到外面去了。单红英刚出门，老两口就商量起了女儿的婚事。

“把红英说给他？”单之林说。

“红英好像喜欢方永亮。”

“我也看出来了，不然那娃也不会经常来。”单之林说，“你觉得哪个好？”

“两个都不错。”白羽灵说。

“我觉得赵大年好，关键时刻才能看出一个人……”

“你的意思是选赵大年？”

单之林点了点头。

两口子正说着话，赵大年提着一只大肥母鸡来了，说：“单叔叔，白阿姨，我买了只鸡，给单叔叔补一下身子。”

单之林说：“要不得，要不得。”

“有啥要不得？做晚辈的应该的。”赵大年说，“我早就想来看单叔叔，可是这几天老跑长途，天没亮就出车，一大夜才回来。今天跑了短途，回来得早……”

“羽灵，给小赵拿钱。”单之林说。

白羽灵给赵大年钱，赵大年死活不要，说：“一只鸡，要啥子钱？”

“拿着，拿着，这钱必须得收！”单之林说。

赵大年没法，只好收下。赵大年见单红英没在家，说：“红英呢？”

单之林说：“刚出去。”

赵大年说：“去哪儿了？”

单之林说：“去哪儿她没说。”

赵大年说：“我好久没见她了，有同学在问她。”

单之林说：“你就在这里耍，叫你阿姨去找她。羽灵，你到她干妈家去看一下，看她在不在她干妈家里。”

白羽灵说："小赵，你坐，我去看看。"

白羽灵出去了，不大一会儿就回来了，而且纪音团跟在身后。

"咋这么快?"单之林说。

白羽灵说："我还没走到，碰到了她干妈，她干妈正好要到咱家里来，我就回来了。"

"红英在没在那边?"单之林说。

"没有，"纪音团说，"她好几天都没到我那里去了。老单，老唐叫你过去一下。"

"小赵，你坐，我到你唐叔叔那里去一下。"单之林走了。

"这是……"纪音团望着赵大年说。

"哎哟，我以为你认识。"白羽灵说，"他叫赵大年，是红英和援朝的同学。"

赵大年听到援朝的名字，知道面前这位阿姨是唐援朝的妈妈，急忙站起，说："阿姨你坐。"

纪音团说："哦，我听援朝说过，就是没见过面，小赵，你坐，你坐。"

赵大年知道没戏了，说："两位阿姨，你们说话，我有事，先走了。"

"你不等一下红英?"白羽灵说。

"我抽空再来。"赵大年说。

"那好，空了来耍哦。"白羽灵说。

赵大年走了。

"你觉得这娃咋样?"白羽灵说。

"没接触过，说不出来。"纪音团说，"看样子不错，很懂礼貌。"

"老单被撞，是他把老单背到医院去的，"白羽灵说，"还帮老单垫了住院费。"

"他认识老单?"

"不认识。"

"这娃的心肠挺好。"

"这不，这阵又给老单买了只鸡，说叫老单补补身子，给他钱他不要，老单说你不要钱我就不要鸡，他才把钱收了。"白羽灵看了一眼凳子，说，"哎呀，你看这娃，他把钱又放这里了。"

"是个好娃。"

“老单看上了这娃。”

“把红英说给他?”

“老单有那个意思，说这娃救了他的命。”

“那得问问红英，看红英愿不愿意。”纪音团忘记了她给儿子订婚的事。

“我也是这个意思，毕竟是一辈子的事。”

“干妈!”单红英回来了，说，“我好几天都没见到你了!”

“这不见到了?”纪音团拉着单红英的手，说，“去哪儿耍了？你妈到处找你。”

“我到天香那里去了，”单红英说，“我俩到公园里溜达了一圈。”

“你咋不叫她过来?”白羽灵说。

“我叫她来，她不来。”单红英说。

“为啥?”白羽灵说。

“她说她们要考试，她回去复习。”单红英说。

“考啥?”纪音团说。

“业务。”单红英说，“她们医院经常考试。”

“哦。”纪音团说，“这几年不是那几年了，有了工作也不是万事大吉，不提高自己就会掉队。”

“干妈说得对，我也要好好学习。”单红英说，“听说现在大城市里都在办夜校，北京、上海还办了函大、电大。”

“啥叫函大、电大?”白羽灵说。

“函大就是函授大学，电大就是广播电视大学，是一种新的教学方式，在本地就可以上。”单红英说，“我和天香商量了，今后这里办了，我们也要上。”

“你们不要工作了?”白羽灵和纪音团同时说。

“咋不要？一边上班一边学习。”

“单位会同意?”白羽灵不无担心地问。

“现在还说不上单位同不同意，关键是自己考得上考不上。”

“还要考?”纪音团说。

“听天香说，不但要考，而且很严。”

“她咋知道?”白羽灵说。

“她听她们单位的人说的。”三个人正说着话，单之林回来了。

纪音团说：“我走了，该煮饭了。”

“走啥，就在这里吃。”单之林说。

“不行，我不回去老唐吃啥？”

“红英，去把你干爹叫过来。”单之林说。

“要得，我去煮。”白羽灵往厨房走。

单红英刚抬脚，被纪音团一把拉住，说：“我走了！改天来吃。”

白羽灵从厨房出来，纪音团已经走了。

晚饭之后，单红英去厨房洗碗，刚进门，突然听到“咯”的一声惨叫，她吓了一跳，低头一看，地上有一只老母鸡，双腿绑着，她正好踩到了鸡腿上。

“妈，哪来的鸡？”

“你的同学买的。”白羽灵忘记了赵大年的名字。

“哪个同学？”

“丝厂那个。”单之林接过话，说，“赵大年。”

“给他钱没有？”

“给了。”单之林说，“人家辛辛苦苦给咱送来，咋能不给钱？”

白羽灵拉了一下丈夫的衣角，示意他不要再说。

“刚才我回来时，你们说要考啥？”单之林说。

“考电大，”单红英说，“广播电视大学。”

“哪个要去考？”

“我和天香都要去考。”单红英说，“我去看书了。”说着进了自己的屋。

“你刚才拉我干啥？”单之林说。

白羽灵把嘴凑到丈夫耳边，悄声说：“那娃走时悄悄把钱放到了凳子上，我只顾跟她干妈说话，没注意，他走后我才发现的。这事别叫红英知道，她知道了又要说咱。”

单之林点点头，说：“哪天那娃来，把钱还给他就是了。”

单之林认准了赵大年，白羽灵也觉得赵大年是个好娃，两口子一合计，决定把女儿许配给赵大年，但他们不知道赵大年有无对象，家境如何，正想着找人打听，媒人上门了。媒人叫何大玉，是他们的老街坊，何大玉在铁牛街居住时，两家相处得十分融洽。何大玉的男人是川粮汽车队的，前年单位给分了套房子，他们从铁牛街搬走了。何大玉搬走之后，两口子很少到铁牛街来，所以两家人一直没见过面。单之林两口子见何大玉来了，像见到久别的亲人，互相询问对方这两年的情况。之后，何大玉把话扯上正题，说她是受人之托来给红英提亲的，托他的人叫赵大年，她不知道红英有没对象。两口子一听，对视了一眼，单之林说红英还没找，接着问起了赵大年家里的情况。何大玉说赵大年家一共四口人，爸爸、妈妈和一个姐姐，爸爸妈妈在丝厂上班，姐姐在川粮车队工作，已经出嫁了。单之林点了下头，这事就这样定下来了。

单之林跟女儿一说，单红英没有说话。

单之林说："我跟你妈都看上赵大年了，赵大年心好，家境也不错，你跟他，我和你妈放心。"

单红英仍不说话。

单之林给妻子使了个眼色，白羽灵知其意，说："英儿，找对象就是要找心好的，跟心好的人在一起，过日子放心。赵大年心肠好，他不认识你爸，见你爸被自行车撞了，把你爸背到医院，还垫付了住院费，他对陌生人这样，对亲人肯定更好，跟他不会有错……"

单红英知道爸妈是铁了心要把她嫁给赵大年，她不同意，爸爸不高兴，妈妈也不高兴，爸爸妈妈为她吃了那么多苦，她不能惹爸妈生气，说："等我想想再说。"

单之林知道女儿心里放不下方永亮，说："你是不是喜欢方永亮？"

单红英摇摇头。

单之林说："那就好。方永亮虽然不错，但他比不上赵大年，赵大年比他实在。"

白羽灵说："你爸的话是对的，你好好想想。"

单红英点点头，出去了。她想去找方永亮，跟方永亮说一下，看方永亮咋说，可是方永亮不在家，到长春出差去了，走前跟她说，这次去催货，可能时间有点长，厂长说供货方不发货叫他在那里等，早晚发货早晚回来，究竟要等多久他不知道。她走上河堤，沿着江边慢慢地走着，她的心情像江水一样无法平静。找方永亮有啥用，又不是方永亮不同意，是她没答应人家……她边走边想，忽然听到有人唱歌，她站住了，朝江里一看，见一艘渔船顺流而下，歌声是从那里传来的，打鱼人唱的啥她没听清。渔船渐近，一只鱼鹰一个猛子扎进水里，霎时叼上一条鱼来。渔船靠岸，打鱼人问她买不买鱼，她摇了摇头。她反复想着爸爸那句话：要不是他把我背到医院，我的命就没了，遇到一个好人不容易，错过了要后悔一辈子……她心里很乱，于是去找天香，说了赵大年的事，天香一听，暗暗吃惊，她想打破锣，但终于没有，她心里很矛盾。作为朋友，她不赞成单红英嫁给赵大年，她觉得单红英嫁给赵大年太亏了。作为情敌，她又赞成单红英与赵大年的婚事，只有单红英订了婚，唐援朝才会一心扑到她身上。

单红英说："天香，你觉得呢？"

天香迟疑了一下，说："相貌上，他配不上你，但正如单叔叔和白阿姨说的，赵大年心肠好，人实在。"

"他救我爸的事我很感动。"

"那天我也挺感动的，要不是他，单叔叔就危险了。当时你没在那里，他跑上跑下，浑身都被汗水打湿了，就是亲生儿子也不过如此。"

"他那天的举动深深地感动了我爸我妈，我爸我妈很喜欢他。"

"你的意思是依单叔叔和白阿姨……"

"唉。"单红英叹了口气，说，"爸妈要报答赵大年，我不依，万一把爸妈气下病……"

"也是。对老人的最大孝敬莫过于顺老人的心，听老人的话……"

方永亮出差回来，已经是一个多月以后了，他急匆匆地跑到单红英家，单之林见到他，不那么热情了，白羽灵还像以前那么招呼他。他问单红英哪儿去了，白羽灵说跟赵大年看电影去了，俩人才订婚……

方永亮的头嗡地响了一声，他不知道这一个多月到底发生了啥，于是去找天香，天香说了赵大年救单叔叔的事。

2

新婚那天，单红英喝了酒，头重脚轻地回到家，上床就睡着了，赵大年咋个弄她的她都不知道，她清醒后，赵大年还抱着她。

"红英，我终于得到你了！"

“你的目的达到了。”单红英说。

“难道这不是你想要的结果?”

“我……”单红英推开赵大年，“你不觉得你得到得太容易了吗?”

“容易?”赵大年说，“你知道我费了多少心思吗?”

“你费啥心思了?”

“费啥心思?”赵大年不敢说他雇人撞单之林的事，“那天，要不是我动了个脑筋，你就成别人的老婆了。”

“你说的哪个?”单红英不知道赵大年说的是方永亮还是唐援朝，说，“我咋个不知道?”

“你当然不知道，我不说你一辈子也不会知道。”

“哪个?”

“我不认识，你也不认识。”

“瞎扯!”单红英说，“你不认识，你咋知道我会嫁给人家?我不认识，我咋会嫁给人家?纯粹瞎扯!”

“你记得那次我俩坐火车的事吗?”

“记得，我俩一起只坐过一次火车。”

“你记得在火车上向你借报纸的那个人吗?”

“记不得。”

“不会吧?那么漂亮一个男人坐在你对面，还向你借了报纸，你都忘了?”

“记不得，”单红英摇摇头，“没有一点印象。”

“你没印象，我有印象，而且很深，像刀刻在大脑里一样，永远不会忘。想听不?”

“不想。”

赵大年本以为单红英会说“想”，没想到单红英却说出了相反的话，他有些失望，那件事是他有生以来做得最绝的一件事，绝到神不知鬼不觉，当事人一辈子都被他装在葫芦里，弄不明白他们遇到的事。他想说，又怕单红英说他卑鄙，说：“算了吧，不说了，免得耽误我们的时间……”赵大年说着又折腾起来了。

娶了单红英，赵大年脸上天天挂着笑，除了上班，就守在单红英身边。新婚嘛，单红英也有一种新鲜感，两人夜夜黏在一起。不久，单红英怀孕了，她对赵大年强烈的欲望日渐反感，可是赵大年一点也不顾她的感受，想啥时候来就啥时候来。为了逃避，单红英回到了娘家，第二天，赵大年就撵去了。赵大年很会做人，在单红英父母面前，他的一言一行都很得体，单红英的父母自然喜欢。

那天下午，刚下班，赵大年就去了，手上掂着肉和菜，对单红英的父母说："爸，妈，红英住在这里给你们添麻烦了，我心里过意不去，以后每天晚上我过来煮饭，你们也好休息休息。"

单之林说："大年，你天天出车，比我辛苦，饭还是我来做。"

"你俩坐那里说话，我来做。"白羽灵说。

赵大年不依，坚持要做。

单红英说："爸，妈，他要做就等他做。"

老两口没再说啥。

赵大年把饭菜端上桌，单红英拿来了筷子。

赵大年说："爸，妈，吃吧。"

单之林吃了一口菜。

赵大年说："爸，味道咋样？"

单之林说："不错，不错，比我做的好吃。说实话我还没想到你能炒出这么好吃的菜。"

白羽灵说："别说比你炒的好吃，比我炒的都好吃。"

赵大年受到岳父岳母的夸赞，脸上露出了得意的表情："爸妈要是喜欢吃我炒的菜，我天天来炒。"

单之林说："那倒不必，你有这份心就行了，这段时间你要多照顾一下红英。"

赵大年说："爸，你放心，我会好好照顾她的。"

白羽灵说："红英身子越来越笨，要时时小心，凡事你要多操点心。"

赵大年说："我知道了，妈。"

单红英说："大年对我照顾得很好，爸妈放心。"

晚饭之后，赵大年要单红英跟他回去。

单红英说："你回去吧，我明天回去。"

赵大年说："你在这里，爸妈麻烦。"

单之林知道女婿想让女儿回去，但他也想叫女儿多在这里住一晚，说：“明天回去就明天回去，大年，今晚你也住在这里，明天一起回去。”

赵大年一听，心里自然高兴，笑着说：“好，好。”

单红英白了赵大年一眼。赵大年趁岳父母不注意，向单红英挤了一下眼睛。那夜，赵大年就在单红英家里住下了。这是赵大年第一次在单红英家里过夜，他虽然对这个家十分熟悉，但他还是觉得有一种陌生感，在这个房间里，赵大年最熟悉的就是躺在他身边的妻子，妻子怀孕了，脸还像刚结婚时那么好看，和那时比，只是少了些笑容。赵大年弄不明白，最近老婆的脾气变得有些古怪，不愿和他多说话，晚上睡觉也躲着他。以前两个人盖一个被子，他只要钻进被窝，一闻到老婆身上的味道就热血沸腾，浑身是劲，无法自持。单红英没有拒绝过他，尽管有时答应得有些勉强，但毕竟是答应了。可现在，单红英不愿意与他盖一个被子，他心里有点不爽，说不盖一个被子叫啥两口子。单红英说两口子未必非要盖一条被子。他说不盖一条被子不就成了分居，单红英说，你乱说，“居”指的是“居室”而不是指被子，分居就是不睡在一个屋里。我还没听说过住在一个屋里睡在一个床上不盖一条被子叫分居。无论单红英咋说，赵大年还是钻进了她的被窝里……

夜深了，单之林发出了鼾声。赵大年知道岳父岳母睡着了，轻轻地推醒了单红英……

3

单红英生了个胖小子，比赵大年长得好看，毕竟他不仅仅是赵大年的儿子，也是单红英的儿子。一碗白面和一碗黑面搅在一起，白面虽然没有原来那么白，但黑面同样也没有原来那么黑。有了儿子，赵大年既兴奋又新鲜，每天下班总是按时回家，抱着儿子左瞧瞧右看看，笑得合不拢嘴。

赵大年说：“红英，咱这儿子长得漂亮，长大了一定很帅，给他取个名字叫赵帅，怎么样？”

单红英说：“好，叫赵帅，就叫赵帅。”

赵帅还未满月，一天夜里，赵大年要那个，单红英没答应，赵大年很不高兴，把脸扭到了一边，一句话也不说。赵大年以为他这样做单红英会心软，可是直到天亮单红英也没理他。赵大年和单红英赌气，每天下班后在外面耍，直到深夜才回家。单红英心里明白却装着不知。赵大年见单红英没有说他，越耍胆子越大，干脆连夜也在外面过了。

赵大年连续三天没回家了。第一天，单红英没有问，她知道赵大年为啥不回来。第二天单红英仍然没有问。第三天，赵大年还没回来，单红英生气了，她觉得赵大年跟她赌气但不该跟儿子赌气，儿子还没满月呢。那天夜里，单红英失眠了，她莫名其妙地感到心慌。难道赵大年出事了？回想起老人婆这两天的表情，单红英愈加怀疑。这两天老人婆的脸色有点不对劲，见她时虽然脸上带着笑，但她觉得笑容里带有一种无法言说的苦涩。老人公也有些反常，老躲着不与她见面。单红英越想越觉得不对劲，决定天亮后问一下老人婆，赵大年到底到哪儿去了？

天终于亮了。一大早，老人婆把一碗热气腾腾的荷包蛋端到了单红英面前，单红英望着老人婆，发现老人婆一下子老了很多。面对老人婆慈祥的面孔和不无苦涩的笑，单红英心软了，她怕难为老人婆，把爬上舌尖的话又咽到了肚里。

单红英端着碗，吃不下。

老人婆说："红英，你咋不吃？"

单红英说："我心里堵得慌，不想吃。"

老人婆不敢再问，她怕单红英问起儿子的事。

老人婆说："吃吧，一会儿我来拿碗。"

老人婆边说边往外走，这时赵帅突然哇地哭了，赵帅的哭声止住了老人婆的脚步，老人婆转来了，抱着小孙儿一悠一晃地在屋里走动，可是赵帅的小嘴仍然不停地发出哇哇的哭声。

单红英说："妈，抱给我，他饿了。"

老人婆把小孙儿交给单红英，单红英把乳头塞进了儿子的嘴里，儿子立即停止了哭叫。

老人婆坐在单红英身边。

单红英终于忍不住了，说："妈，大年这几天到哪儿去了？"

老人婆不敢看单红英的脸，眼睛望着一边，说："出差去了，他没跟你说？"

"没有。"

“我还以为他跟你说了。大年是不是跟你闹别扭了？”

单红英没法把她与赵大年闹别扭的事告诉老人婆，说：“没有。”

老人婆假装生气，说：“不像话，回来了我要狠狠地说说他。”

单红英说：“他到哪儿出差了？”

老人婆说：“东北，听说去拉啥设备。”

单红英没再问。她觉得赵大年的心太狠了，出这么远的差也不跟她说一声。

赵帅睡着了，老人婆走了。出门后，老人婆长长地出了一口气，这是她想了几天才编出的一套假话，终于把儿媳妇给瞒住了。再过几天，小孙儿满月了，到那时再把实情告诉她，她哭也好闹也罢，但对她的身体就不会有那么大伤害了。

赵帅满月的那天，赵大妈按照通常的习惯准备了饭菜，为小孙儿办了满月席。一家人坐在一起吃饭，少了一个重要人物——赵大年。由于单红英对赵大年行踪的怀疑，心里一直高兴不起来，赵大年的爸妈对小孙儿说了两句祝福的话之后，大家再也找不到什么话了。那顿饭吃得时间很短，气氛很沉闷。饭后，赵大年的妈拿来了事先准备好的钢笔、书和玩具，放在桌子上，叫小孙儿抓，她用这种办法预测小孙儿长大后会干什么。赵帅的小眼睛看了看，伸手抓住了钢笔，然后又叫他去抓，他抓了小人书。赵大妈可高兴了，说，我的小孙儿是个爱学习的娃，将来一定有出息。单红英心里也高兴，微微地笑了一下，那笑容几乎没在脸上停留。

单红英的表情，赵大年的爸妈看在眼里，他们知道儿媳妇在想啥。

赵大年的爸说：“我该上班了。”说着起身走了。

赵大妈说：“红英，我带娃娃，你去休息一会儿。”

单红英说：“妈，你累了半天，还是你去休息吧，我带娃儿去照张相。”

孩子满月，照满月相是一件不可少的事。赵大妈确实也累了，为了这顿饭，她从早上一直忙到现在，她真的想歇一会儿了，可是听儿媳妇说要去照相馆，心里不免有些紧张。

“哎呀，看我多糊涂，这么大的事我都给忘了。走，我和你一起去，小孙儿照满月相我不能不去。”

赵大妈说着抱起赵帅往外走，单红英只好让老人婆跟她一起去。这是单红英一个月来第一次出门，她梳了一下头，换了件衣服，对着镜子看了看，然后才出的门。

院里坐了几个老太婆，见赵大妈抱着娃儿出来，一起围了过去。

“咦，满月了？”

赵大妈点点头。

“这娃儿长得乖！”

赵大妈又点点头。

“取名字没有？”

赵大妈说：“取了，取了，叫赵帅。”

“这个名字取得好。”

老太婆们你一言她一语地夸赞赵帅，夸赞单红英，但没有一个人提赵大年。赵大妈害怕哪个突然提到她的儿子，说：“你们坐吧，我们去给娃儿照相。”

赵大妈边说边走，单红英对老太婆们笑了笑，跟着走了。没走多远，老太婆们就议论开了，声音虽小，单红英还是听到了一句：“多好的媳妇啊，可是……”

听到这句话，单红英肯定了自己的判断：赵大年出事了。

单红英本来就不太好的心情一下子变得更坏了。

走出照相馆，单红英一句话也不说，她决定回家后向老人婆问个明白。

刚到家，单红英就忍不住了，说：“妈，你跟我说实话，大年到底去哪儿了？”单红英说这句话时脸色很难看。

老人婆还未开口，泪水先流了出来，说：“红英，我们的命苦啊。这事本来是不该瞒你的，可是你还没满月，怕把你气下病，月子里得的病是治不断根的，所以我和你爸（老人公）商量，先瞒着你，等你满月了再跟你说。现在你满月了，就是你不问我也会跟你说的，纸无论如何也包不住火。只是我跟你说了你不要生气，事情出都出了……”

单红英点点头。

老人婆说：“大年叫公安局弄走了。”

尽管单红英思想上早有准备，但老人婆的话还是像炸雷一样从她头上滚过……

第十四章　贼心不死

1

赵大年被判刑了，单红英成了劳改犯的家属，她像做了见不得人的事，天天低着头。虽然她是一个受害者，但周围的目光并不完全是同情，有鄙视的目光，有幸灾乐祸的眼神……袁厂长与众不同，一改往日不冷不热的态度，对单红英倍加关心。

单红英刚到工厂时，袁世绍把她留在身边，心里拨拉着如意算盘，尽管他付出了巨大努力，单红英的神经却仍然像木头一样。后来他给单红英写了一张字条，说他喜欢她，单红英给他回了一张字条，说，工作上你是我的领导，年龄上你可以给我当叔叔，请你不要跟我开这种玩笑……袁世绍看了字条，对单红英说他不是开玩笑，是真心的，叫单红英考虑一下，单红英说用不着考虑，这是不可能的事。单红英的拒绝使袁世绍感到苦恼，他想到了方永亮，可是方永亮这么久都没来接单红英了……

没多久，单红英与赵大年订婚的消息传进了袁厂长的耳朵里，他听说后专门去打听过赵大年，当得知赵大年是个二球货时，他退缩了，他不能拿他的职务开玩笑，更不能拿他的生命开玩笑。他知道，他如果死乞白赖地缠磨单红英，赵大年知道了，到局里一告，他的厂长就当不成了，还落下一个生活作风不好的名声，到那时，再想抬头就难了。还有，万一赵大年哪根神经短路了，拿把菜刀在他脖子上一抹，他就到阎王爷那里报到了。袁世绍退缩了，但他的心并没有死，烈火遇到阵雨，明火熄了，暗火仍存，风一吹，即可复燃。

现在，赵大年进了班房，豺狼被囚牢笼，袁世绍再也用不着害怕了，他再次向单红英发起进攻。这次进攻，不是想和单红英结婚（因为单红英没有离婚），而是想和单红英那个。

那天下班时，袁世绍说："单红英，你等一下，我有话跟你说。"

单红英见袁世绍的眼睛色眯眯地盯着她，赶忙装着收拾办公桌上的东西而把脸扭到了一边。单红英明白袁世绍的意思，心里扑通扑通直跳。现在要走是不可能的，厂长有事跟她说她不敢不听，特别是工作上的事情。单红英正在想着如何对付袁厂长时，副厂长凌志峰走了，隔壁的办公室没人了，单红英心里一阵紧张。突然，凌副厂长的脚步停止了，她以为凌副厂长要转来，心里松了一口气，说："袁厂长，有啥事?"

袁世绍看了单红英一眼，说："不急，你收拾吧，收拾完再说。"

袁世绍想等凌志峰走远了再说，单红英却盼着凌志峰回来，可是凌志峰没有回来。

"袁厂长，你说吧，我急着回去给娃儿喂奶。"

"喂奶？你还有奶?"袁世绍盯着单红英的胸部说，"你的奶早被赵大年气回了。"

单红英的奶是被赵大年气回了。赵大年被关进班房，单红英气得夜夜睡不着，那天早上孩子要吃奶，她把乳头喂进孩子的嘴里，孩子吸了几口就吐出来了，接着哇哇大哭。她不知道为什么，急忙又把乳头塞进孩子的嘴里，孩子吸了几口又吐出来了，仍然大哭。老人婆问孩子咋啦，单红英说不知道，喂他奶他不吃。老人婆说你看一下，是不是没奶了。单红英觉得不可能，她的奶孩子从来没吃完过，有时她胀得难受，把奶水往外挤，轻轻一按乳房，奶水像水枪里的水飙得老远。后来她觉得挤掉了可惜，就接在碗里给孩子洗脸，现在咋可能没有奶？单红英再次把乳头喂进孩子的嘴里，孩子很快又吐了出来。老人婆说你看看有没有奶，单红英挤了一下，一点奶水也没挤出。单红英愣了，她不知道是咋回事，半夜里孩子还吃过，现在咋说没就没了？老人婆知道可怕的事情发生了——单红英的奶回了。孩子的哭声刺痛了单红英的心，她抱着孩子，泪水不住地往外流。赵大妈看着单红英伤心的样子，说，红英，别难过，我去买奶粉。单红英擦了一下眼泪，说，我不明白，夜里还是好好的，怎么天一亮说没就没了？老人婆说那天我就跟你说叫你不要生气，我就怕……不过不要紧，孩子满月了，可以吃牛奶。有的孩子生下来没吃过一天娘奶，不也长得好好的？单红英明白了，她之所以没奶了，是她生气气回的。她有些后悔，可是这事搁在谁身上都无法做到不生气。

单红英没奶了，这事很多人都知道，可是怎么没的她谁也没说，袁厂长又是怎么知道的？

袁世绍见单红英不说话，说："我说的没错吧？"

单红英说："有啥错的？大家都知道我娃在吃牛奶。"

袁世绍说："那后半截话呢？"

单红英没有回答，她不愿意提赵大年，更不愿意提她身上敏感的部位——乳房。

袁世绍目不转睛地盯着单红英的胸部，追问道："你说我后半截话说得对不对？"

单红英说："不对。"

袁世绍嬉皮笑脸地说："不对？我敢肯定我说的没错！"

单红英不想跟袁世绍说这些，说："袁厂长，有啥事你快说，我真的急着回去。"

"急着回去干啥？赵大年又不在家。"

"袁厂长，我是急着回去喂孩子。"

单红英避开了"奶"字，那个字太敏感了，他怕袁世绍把话往她身上扯。可是单红英想错了，她越回避，袁世绍越要说。

"刚才不是说了吗，孩子吃的是牛奶，对不？"

单红英没说话。

"既然吃的是牛奶，你回去干啥？"

"我回去喂她。"

"喂她？赵大年的妈难道不会喂？"

"不是俺妈不会喂，是俺想看孩子。"

"你还没有回答我的话，回答了你就走。"

"啥话？"

"你的奶是不是叫赵大年给气回的？"

单红英想早点走，说："就是。"说着站起身。

"慢。"袁世绍说。

“还有啥事?”

“难道你就不想把它治好?”

“治啥?”

“治你的奶子。”

单红英脸红了，本想离开，但她不敢，忍着气说:“俺妈啥办法都想了，治不好。”

单红英说的是实话，奶水断的当天，赵大妈就去找老中医开了服药，熬给她喝，然后又炖猪蹄又炖花生，她连着吃了好多天，一点用也没有。

“你妈都想了些啥法?”

“吃药，吃补品。”

“啥补品?”

“猪蹄，花生。”

袁世绍哈哈一笑，说:“就这?我告诉你，不行!”

“为啥?”

“得补那里。”

单红英莫名其妙，问:“补哪里?”

话刚出口，单红英就后悔了，这不是自己把话往袁世绍嘴里喂吗?

果不其然，单红英话音刚落，袁世绍指着她的下身说:“补那里。”

单红英明白了，气得转身就走。刚出办公室，袁世绍大吼一声:“回来!”

单红英没有回去，而且连头也没回，咚咚咚地跑了。

袁世绍站在窗前，望着单红英渐渐远去的身影，长长地叹了口气，他没想到今天会是这样的结局。

2

单红英提着两瓶开水走进凌副厂长办公室，凌副厂长说:“单红英，袁厂长叫你到他办公室去一下。”

“我不去!”单红英话一出口又觉不妥，马上补充道:“凌厂长，你知道袁厂长找我什么事吗?”

凌志峰说：“大概是给你安排工作。”

单红英一听，心里很高兴，把她调出办公室，这是她求之不得的，于是提着另一个水瓶走进了袁世绍的办公室，说：“袁厂长，你找我?”

袁世绍抬起头，望着单红英，说：“你去通知业务科，叫他们赶快造进货计划，今天就拿出来。”

“就这?”单红英以为还有下文。

“就这。”

单红英有些失望。

单红英一直等待着袁世绍调整她的工作，可是，左等右等不见动静。不过还好，这几天袁世绍没有纠缠她，对她还像以前一样，该招呼她时一样招呼，好像他俩之间什么事也没发生过。那天之后，单红英的警惕性比以前更高了，她对袁世绍采取了回避的办法，袁世绍不叫她她是不会到袁世绍办公室去的。为了避免与袁世绍碰面，单红英每天都提前半个小时上班，在袁世绍到来之前收拾好袁世绍的办公室。

守门的张大爷见单红英每天都来这么早，有些心疼，说：“小单，你来得太早了。”

“张大爷，我来晚了打开水要排队。”

“开水打早点晚点有啥要紧?”

“我要在厂长来之前把开水送进他的办公室。”

单红英为什么这么做，张大爷不便问，也许这闺女想当先进。年轻人想当先进，追求进步是好事，没有上进心的青年不是好青年。不过这姑娘太辛苦了，家里还有吃奶的娃，她来早了，娃就遭罪了。

“小单，你用不着这么早来，下午下班时你把水瓶放在我这儿，一大早我帮你把开水灌好，你来时直接带到办公室。”

“谢谢张大爷。”

单红英按张大爷说的，下午袁世绍走后，她把空水瓶交给张大爷，第二天上班，她把灌了水的水瓶提走。

那天，单红英提着水瓶走到袁世绍办公室门口，见袁世绍已经在办公室里，她走进去，水瓶还未放下，袁世绍说话了：“单红英，把这个月的报表给我拿来。”

单红英给袁世绍送报表时，袁世绍突然抓住了她的手，单红英的脸一下子红了，她使劲挣脱，气呼呼地走了。在过道上她碰到了凌副厂长，凌副厂长见她脸色不好，问：“单红英，你病了？”

单红英摇摇头。

凌副厂长说：“那你的脸色咋那么难看？”

单红英说：“我有点反胃。”

单红英一语双关，既回答了凌副厂长的话，也回敬了袁世绍，她对袁世绍的举动感到恶心。

凌副厂长说：“那你赶快去医院看一下，吃点药。”

单红英说：“谢谢凌厂长，没啥，一会儿就好了。”

袁世绍听到凌志峰与单红英的对话，心里很不舒服，你凌志峰充什么好人？你不就是个副厂长吗？单红英给你叫“厂长”你就成厂长了？袁世绍忽地站起，走出办公室，大声喊道：“老凌，过来一下。”

凌志峰走过去，说：“袁厂长，有事？”

袁世绍说：“这个月的报表你看过没有？”

凌志峰说：“看过。”

袁世绍把报表往凌志峰面前一摔，说：“这个数字是怎么回事？”

凌志峰接过一看，说：“没错，上个月的销售是这么多。”

“还没错！一个月才销售五万元？”

凌志峰愣了一下，又看了看报表，说：“五万元是本城区的销售，你看错格了。”

袁世绍接过报表，有点不好意思，但他并没有表示歉意，说：“今后做报表把合计数字写大点，有个区别嘛！”

统计工作是凌志峰主管，袁世绍说报表没搞对就等于批评凌志峰，凌志峰如果默认就等于他承认错误，所以，凌志峰说：“以往都是这么写的。”

袁世绍听着很不舒服，提高声音说：“以往是这么写的，我知道！现在我让改就改。”然后转向单红英，“单红英，以后把合计数字写大点。”

单红英说：“知道了。”

“凌厂长，”单红英走进凌志峰的办公室，说，“对不起，为了统计上的事让你挨批评。”

“没关系，本来你就没错。”凌志峰安慰道。

“凌厂长，我想调一下工作。”

“调工作?”凌志峰似乎不相信自己的耳朵，这个岗位可是全厂女工们都向往的，单红英为啥提这样的要求呢?

“是，我想调一下工作。”单红英重复道。

“为什么?”

“不为什么。”

“总该有个原因吧。”

单红英摇摇头。

“是不是因为昨天袁厂长批评了你?”

单红英又摇摇头。

“是不是我哪里没做好?”

单红英还是摇摇头。

“算了吧，单红英，不管啥原因，我劝你放弃这个想法，安心工作，好吧?”

“凌厂长，求求你了，我真的不愿意在这个岗位上待下去了。”

凌志峰见单红英说得如此坚决，知道其中必有隐情，只不过她不愿说罢了。

“你可要想好啊!”

“我想好了。”

“想这个岗位的人很多，一旦你调出去想再回来就难了。”凌志峰提醒道，“你一定要慎重考虑。”

“凌厂长，谢谢你的关心。”单红英说，“我是经过认真考虑的，既然决定调出去就没打算再调回来。”

单红英说的是实话，她为调动工作曾彻夜未眠。现在的工作岗位是好，和车间工人比，不说是一个天上一个地下，也说得上是一个城市一个农村。人往高处走，水往低处流。叫别人看，单红英要求调动工作是不合常理的，让人无法理解，但单红英为了摆脱袁世绍的纠缠，宁愿放弃优越的工作岗位。

凌志峰知道单红英是铁了心的，但他还是想说服她，让她留下。几年了，单红英在这个岗位上干得不错，不但是统计员，也是收发员和服务员，平时外面来人了，不管是局里的领导还是业务上的客户，倒个茶递个水，用不着领导吩咐，她都做得妥妥帖帖。有一次，局长来了，见单红英如此机灵，想把她调到局里，袁世绍哪里舍得？说，局长，单红英是工人，进局里不都得是干部吗？局长说，哎呀，我还以为她是干部呢。袁世绍说，局长要是能给她转成干部就好了。局长说，我还没有这个权力，这个权力在组织部。袁世绍说，早晚解决了，你就把她调过去。局长笑着说，到那时恐怕你又舍不得了。袁世绍说，只要局长发话，我就是舍不得也不敢不答应。局长拍了一下袁世绍的肩膀，说，到时你可不要后悔啊！后来也确实说过单红英转干的事，局政工科来人了解单红英的情况，袁世绍说单红英的父亲历史上有问题，母亲历史上也有污点。袁世绍还说了些什么，别人不得而知。再后来，单红英转干的事就石沉大海了。干未转成，单红英并未背思想包袱，工作上仍然和以往一样。凌志峰作为分管领导，对单红英十分满意，所以他舍不得单红英调离这个岗位。

“就是你考虑好了，我也做不了主，这得由袁厂长决定，所以你最好去找袁厂长。”

“你是分管领导，我只找你。这是我的申请。”单红英从口袋里掏出早已写好的调动申请交给凌志峰。

凌志峰接过申请，瞟了一眼，申请写得很简单，就一句话：“厂领导：因我不适应现在的工作岗位，特申请调动工作。”调到哪个岗位，申请上没有写。

“你想搞什么工作？”凌志峰问。

“随便什么都行。”

“车间里可是辛苦得很哟。”

“别人干得了我就干得了。”

“这我知道，可是你根本没有学过缝纫技术。”

“我当学徒就是了。”

“算了，单红英，那得一切从头学起。”

“无所谓。”

凌志峰见劝不下单红英，说：“这样吧，你再考虑考虑，冷静地想想，然后再说。”

单红英见凌志峰对她如此关心，不觉眼圈发红，说：“凌厂长，你的好意我领了，但是我确实不想干这个工作。”

“两天后我们再谈一次，好吗？这个，你先拿着。”凌志峰把申请退给了单红英。

两天后，单红英再次找到凌志峰，说：“凌厂长，我考虑好了，不变。”

“这就对了，你们年轻人就爱冲动。”凌志峰以为单红英回心转意了。

单红英把申请递到凌志峰面前。

“你不是说不变吗？”凌志峰不解地望着单红英。

“我是说我调动工作的要求不变。”

凌志峰明白了，说：“我只能给你转递。”

单红英说：“凌厂长，请你给我打个圆场。”

单红英把调动申请交给凌志峰后，心里轻松了很多，她还是上班于人前下班于人后，工作照样干，但她心里却急切地盼望着领导的决定。可是，一个星期过去了，她没有听到任何消息，想问，又忍住了。调动工作，这是大事，总得给领导时间，让领导调人来接替她，她这样一想，没有催问。两个星期过去了，单红英仍没得到任何消息，她终于忍不住了，找到凌志峰，说：“凌厂长，我的事研究了吗？”

“我把你的申请交给袁厂长了，他什么也没说。他是厂长，他不说研究我是没法说的。”

“求求你帮我催一下。”

“催，恐怕只有你自己去了。”

单红英有些为难，她不愿意去找袁世绍。

3

一天，袁世绍叫单红英到他办公室去，单红英以为她的调动申请有了结果，心里暗暗高兴。她离开办公室，再也不会天天看到那双色眯眯的眼睛和那副垂涎欲滴的嘴脸了。至于叫她干什么，她不在乎，她心里早有准备，到没有人愿意干的岗位上去，大不了去当清洁工。单红英笑着向袁世绍的办公室走去。

“袁厂长。”单红英在门口喊了一声。

袁世绍见单红英高兴的样子，心想：世界上没有谁能免俗，没有谁能拒绝得了权力和异性的诱惑。单红英，你也别假正经了，你也是凡人，不然怎么也想当官呢？只要你接受了我的委任，你就向我靠近了一步。袁世绍这样想着，掩饰不住内心的喜悦，不觉脸上浮出了笑容。他妈的，讨好女人的事你们比我跑得还快！他弄不清是哪个副厂长把消息告诉单红英的，所以他在心里骂了一句。

“进来吧。”袁世绍笑着说。

单红英笑着走了进去。

袁世绍说：“坐吧。”

单红英坐下，两眼望着袁世绍，等待着袁世绍向她宣布结果。

“单红英，可能你听说了吧？”

“听说什么？”

“你的工作。”

“没有。”

“凌副厂长没告诉你？”

“没有。”

“范副厂长呢？”

“也没有。”

“既然他们都没告诉你，那我就告诉你吧。你的申请交了一个多月了，因为太忙，没顾得上研究。今天上午研究了，决定调整一下你的工作。”袁世绍停顿了一下，说，“你要有个思想准备哟。”

“我思想上早有准备。”

“你知道了？”

“打扫厕所。”

“哈哈哈！”袁世绍忍不住大笑起来。

“我想我没猜错。”单红英一脸的认真。

“想争那个岗位？老实告诉你，还轮不到你呢！”

单红英心里没底了，她在搜寻着哪个岗位比打扫厕所还恼火，说：“无论叫我干什么，我都会服从。”

“办公室副主任。”袁世绍说。

单红英愣了一下，以为袁世绍戏弄她。办公室只有两个人，一个管文件、档案，她负责杂七杂八的事情，主任由凌厂长兼任，还用得着安副主任吗？再说了，安副主任也轮不到她……袁厂长不是要她是干啥？

袁世绍接着说："这是党支部的决定。"

单红英傻了，她不想干，因为当了办公室副主任，不是离袁世绍远了，而是离袁世绍更近了，袁世绍想什么时候叫她就什么时候叫她，那是不需要理由的。

"我干不了。"单红英说。

袁世绍原以为单红英会高兴，会说句感谢他的话，没想到单红英不但不领情，反而用了"干不了"三个字予以拒绝。袁世绍有点不高兴了。

"你不是干不了，而是不想干，这我知道。但是，"袁世绍加重了语气，"这是党组织的决定，你必须服从，干不了也得干，更何况你是干得了的。"袁世绍眼睛盯着单红英。

单红英说："袁厂长，就打说我干得了，可我的身份是工人，到干部岗位上恐怕不合乎政策。"

"这不是你考虑的问题，是组织考虑的，合不合乎政策，不是你说了算，是组织上说了算。"

单红英没有说话，她知道说得再多也是枉然。

"那就这样吧，好好工作。"

单红英走了，袁世绍望着她的背影，脸上露出了一丝得意的笑。

单红英当了办公室副主任，说什么她也高兴不起来，她最怕袁世绍叫她。还好，这段时间袁世绍没有找过她，她照样每天给袁世绍打扫办公室，照样每天给袁世绍送开水，她名义上是办公室副主任，而实际上干的还是原来的工作。但是，自从她当了办公室副主任后，袁世绍对她尊重多了，再也没有在她面前说过出格的话。她想，大概袁世绍意识到了他以前的不检点，任命她当办公室副主任对她是一种歉意的表达。有了这种想法，单红英慢慢地放松了对袁世绍的警惕。

半年过去了。一天，袁世绍对单红英说省上有个订货会，叫单红英去参加。单红英问都是谁去，袁世绍说，凌副厂长，还有业务科苏科长，你跟苏科长住一个房间，我们两男两女两个房间，正好。苏科长是个女的，年龄比单红英大，老成持重，性情温和，单红英喜欢她，敬重她，叫她苏大姐。单红英听说苏科长要去，愉快地答应了，而且很高兴，这是她参加工作以来第一次到省城出差，省城她从来没去过。不知什么原因，凌志峰没有参加订货会。单红英与苏科长住在一起，袁世绍一个人住一个房间。苏科长的老家在省城，订货会接近尾声那天下午，苏科长回家看望父母，说好了吃晚饭前赶回宾馆，可是，直到天黑苏科长还没回来。那个年代没有手机，苏科长父母家里也没有电话，单红英左等右等不见苏科长回来，不免心里着急，她怕苏科长遇到什么麻烦或出什么事情，于是问袁世绍要不要到苏科长父母家里去一趟。袁世绍说没有必要，苏科长从小在这里长大，也许在路上被哪个同学或熟人绊住了脚，拉到哪里吃饭也难说，咱们先去吃饭，说不定咱没吃完她就回来了。单红英依了袁世绍，俩人来到一家饭店，袁世绍点了几个菜，要了一瓶酒。

“袁厂长，你的菜点多了，吃不完，少要两个。”

“这几天只顾忙工作，没顾上吃一顿饱饭，你也累了，今晚多要几个菜，咱们自己慰劳自己，美美地吃一顿。”

“厂长的话虽然有理，但我觉得吃不完浪费了可惜。”

“点都点了，再去退，人家会小看咱们的。算了，不退。”

“你是厂长，你不好意思去退我去退，反正他们又不认识我。”

“不退了，咱给苏科长带点回去，叫她吃夜宵。”

袁世绍这样一说，单红英就不好再说啥了。

菜端上来了，五六个盘子摆上桌，肉味鱼味虾蟹味随着蒸腾的热气扑面而来。有些菜单红英还是第一次见到，她结婚那天，饭菜虽然丰盛，但也没有虾蟹。

袁世绍拧开酒瓶盖，倒了两杯酒。

单红英说：“袁厂长，我喝不来。”

单红英没说假话，她长这么大，只喝过两次酒。第一次是下乡当知青，唐援朝去当兵的前夜，几个知青为唐援朝饯行时她喝了一杯，而且还是假酒（白水）。第二次是她结婚那天，婚宴上她与赵大年挨个儿敬酒时喝的，这是万不得已。婚宴结束，她头重脚轻地回到家，昏昏沉沉地睡了一觉，说实话，赵大年是咋弄她的她都不知道。现在，袁世绍把酒摆到她面前，她心里不由得有些紧张。

“先吃菜。”袁世绍没劝酒而是拿起了筷子。

单红英也拿起了筷子。

单红英第一次见到虾蟹，不知如何下口，她用筷子夹起了家常菜。

“来，先吃这个。”袁世绍拿起一只螃蟹递给单红英。

单红英接过，捏在手上，仔细地看着那只被油炸得黄亮亮的横行之物。

袁世绍又拿起一只，问单红英：“以前吃过没有？”

单红英摇摇头。

袁世绍揭下蟹盖丢在桌上，边做示范边说：“这样吃。”

单红英学着袁世绍的样子艰难地吃完了一只螃蟹。

“怎么样？”袁世绍问。

“不怎么样。”单红英说。

袁世绍又给单红英递了一只，单红英摆摆手，她觉得螃蟹实在没啥吃头。

“吃吧，螃蟹是专门为你点的。”袁世绍说。

单红英听了，不知道袁世绍的话是什么意思，说：“我又没说我喜欢吃螃蟹。”

袁世绍笑了笑说：“我也不知道你喜不喜欢吃螃蟹，但这螃蟹确实是为你点的。”

单红英更加不解，说：“我不懂你的意思。”

袁世绍说：“你没听说‘男虾女蟹’吗？”

单红英摇摇头。

袁世绍说：“螃蟹滋补女人，虾子滋补男人。”

单红英不语。

二人吃了一会儿菜，也就是单红英吃了两只螃蟹之后，袁世绍举起了酒杯。

“来，咱俩喝一杯。”

“袁厂长，我真的不会喝。”

“你这是假话。”

“我没说假话，真的不会喝。”

“真的不会喝？”

“你啥时见我喝过酒？”

“你说你到底喝过没有？”

“没有。”
“你要是喝过咋说?”
“只要你说得出我啥时喝过，我就喝。”
“一言为定?”
“一言为定。”
“不反悔?”
“不反悔。”单红英说，“那你要是说不出来呢?”
“我要是说不出来，今天你可以滴酒不沾。”
“那好，你说吧。”
“你结婚那天敢说你没喝酒? 我可是你请去的客人，而且你敬了我的酒。”
单红英后悔不已。她怎么忘记了结婚时还请了袁世绍，而且她确实给袁世绍敬了酒。
“这下没说的了吧?”袁世绍得意地笑了起来，“把杯子端起，喝!”
单红英无奈，只好把酒杯端起，袁世绍的酒杯在单红英的酒杯上碰了一下，说:“干!”袁世绍一饮而尽。
“我分两口喝。”单红英说。
“第一杯酒，必须一口干。”袁世绍不依。
单红英只好一口喝了，她觉得像喝了一口辣椒水，喉咙里烧烘烘的难受，她急忙捂住嘴，生怕咳嗽，虽然极力忍着，但还是没忍住，轻轻咳了两声。
“吃菜，吃菜。”袁世绍边说边给单红英夹菜。
“我自己来。”单红英伸手挡住。
“我没有病。”袁世绍见单红英挡住他的手，心里顿生不快，说，“你放心。”
“我没说你有病。”单红英见袁世绍不高兴，连忙说，“我是怕耽误你吃菜。”单红英夹了一只虾子放在袁世绍的碟子里，“我也没有病，这是你的菜。”
单红英这一举动果然奏效，袁世绍笑了。
“我俩都是健康的。”袁世绍边说边剥虾子，然后在放着调料的碟子里蘸了一下，熟练地送到他那张吃香喝辣的嘴里，“你也吃嘛，说是‘男虾’，但也不是男人的专利，刚才我不也吃了螃蟹吗？”

单红英拈了一只虾子，学着袁世绍的样子吃了下去。

“怎么样这味道？”

“挺好。”

袁世绍又把两个酒杯倒满，说：“来，咱们喝第二杯。”

“袁厂长，我还是不喝了吧。”

“那怎么行？这次订货会，你为咱们厂立了功，我代表全厂职工敬你，喝！”袁世绍举起了酒杯。

袁世绍这话，单红英摸不着头脑，她参加订货会，实际上是个联络员，组委会有什么事了，她去一下，然后把信息带回来，组委会要收集各代表团的成交情况，她把报表送去，谈业务主要是袁厂长和苏科长，她根本上没有参与。

“袁厂长，这次订货上取得的成绩，是你和苏科长的功劳，我只是个跑腿的。”

“你错了，这次咱们最大的一笔合同是你签下的。”

“我？”单红英笑着说，“我根本没参加过业务谈判，没有一笔合同与我有关，我知道你是在找理由叫我喝酒。”

“要是我说出与你有关的合同呢？”

“说出来我就喝。”

“好！这可是你说的！”

“你要说不出来呢？”

“说不出来，决不让你再端杯子！”

“好！你说！”

“我问你，你认不认识一个叫李天寿的人？”

“认识。”

“那就对了，咱那笔最大的合同就是与他签的。他来找你时你不在，你到组委会开会去了。”袁世绍说，“签合同时他还说了一句话，叫我多多关照你。”袁世绍说这句话时心里酸溜溜的，“你是咋认识他的？”

“当知青时我住在他们家，那时他在公社供销社工作。”

“哦。”袁世绍摸着下巴说，“要不是你，他是不会跟我们签这份合同的。”袁世绍从口袋里掏出一张名片，“这是他留给你的，昨天忘交给你了。”

单红英看了名片，才知道李天寿当了县百货公司经理。此前她听天香说她哥调到县百货公司工作了，没想到他这么快当上了经理。她心里暗暗埋怨袁世绍，为什么不早点把李天寿的名片交给她，她好去感谢一下李天寿那次帮她卖口粮的事，可是订货会已经散了。

袁世绍看出了单红英的心思，心里越发酸了，说：“真可惜，这次你没能见到他，他昨天跟我们签合同后就走了，说公司有急事。”

袁世绍说的是真话还是假话，单红英不知道，现在李天寿走都走了，再说也是枉然，于是说：“见不见他都没啥。袁厂长，快吃菜。”

“不忙，你说这杯酒你该不该喝？”

单红英没法，只好喝了。

袁世绍又给单红英倒了一杯。

单红英说：“不喝了，我真的不敢喝了。”

袁世绍说：“哪有不喝的道理？就冲这份合同，就该敬你三杯，哪有一杯就了事的？喝！”

单红英想已经喝了两杯了，于是咬着牙喝下了第三杯。

“吃菜吃菜。”袁世绍说。

两人吃了一阵菜，袁世绍又给单红英倒了一杯，说：“来，第三杯！”

单红英说：“已经喝了三杯了。”

袁世绍说：“哪有三杯？第一杯酒不在我说的三杯酒之内，那一杯是另外一码事，为你庆功这三杯必须得喝，庆功酒都是三杯！”

单红英喝下了第四杯酒后，头有些晕乎乎轻飘飘的，说话时舌头也不听使唤了，说：“袁、袁厂、厂长，我、我再也、也不喝了。”

“这样吧，往后我喝你随意。”袁世绍说着又给单红英倒了一杯，说，“来，喝。”

单红英说：“你、你说了，你、你喝，我、我随意。”

“喝。”袁世绍举杯一饮而尽，把酒杯在单红英面前一晃，“随意并不是不喝，而是可以不干。”

单红英已经二麻二麻的了，在袁世绍的劝说下，又喝了半杯，再后来，随着不停的“随意”，单红英醉了，她只记得走出饭店，坐上汽车，怎么回的宾馆进的房间就记不大清了。她觉得口干舌燥，喉咙冒烟，袁世绍不失时机地把一杯温热的白开水递到她的手上，咕咚咕咚，她一口气喝了。她觉得嘴里的火焰被扑灭了，心里也舒服了些。她看了看手表，已近十点，苏科长怎么还不回来？单红英心里有些紧张，醉意消失了一半。她想，要是苏科长这时突然回来，看见她和袁世绍在一个房间，心里会怎么想？要是苏科长往一边想，她浑身是嘴也说不清。想到这里，单红英害怕了，她不敢再往下想。

"袁、袁厂长，不、不早了，你、你去休、休息吧。"单红英望着丝毫没有打算离开的袁世绍说。

"还早，再坐坐，反正回去也睡不着。"袁世绍赖着不走。

单红英见撵不走袁世绍，为了安全，她打开了房门。

"开门干啥？"袁世绍对单红英的这一举动很是不满。

"放、放点空、空气进、进来，屋里酒、酒气太、太重了。"单红英说。

一个男人从门前走过，向屋里瞟了一眼。

屋里的空气流动了，浓重的酒味变淡了。

"门打开，空气是要好点。"袁世绍只好这样说。

过了一个小时，苏科长还没回来，单红英心里暗暗着急。

"苏、苏科长怎么还、还不回来？"单红英说着打了个哈欠。

"反正苏科长还没回来，你一个人坐着也是坐着，我在这里陪你，等苏科长回来了我就走。"

又过了一个小时，苏科长仍没回来，单红英哈欠连天，实在支持不住了。

"袁厂、厂长，你、你回、回去吧，我、我瞌睡来、来了。"单红英直截了当地说。

"你瞌睡来了你先睡。"

"你、你在这、这里，我、我咋睡？"

"那我到楼下看看苏科长。"

袁世绍刚出门，单红英把门关了，但她没有睡，她知道袁世绍还会来。

袁世绍走到楼梯口就转来了，他是去侦察去了，当他看到所有的房间的灯都灭了，他轻轻地敲响了单红英的门。

单红英以为苏科长回来了，把门打开，她还没反应过来，袁世绍已经钻进了屋里，一把抱住了她。

单红英的酒醒了，舌头也不僵了，说："袁厂长，你喝醉了。"

"我没醉。"

"你不要胡来！"

"啥叫胡来？我喜欢你。"

"你就不怕苏科长回来？"

"实话跟你说，她今晚上不回来了。"

"你咋知道？"

"吃晚饭前她给我打了电话。"

单红英一听，心里明白了，原来袁世绍早有预谋。单红英感觉到了问题的严重性，但她不想和袁世绍撕破脸，她想说服袁世绍，叫他自己放弃。

"袁厂长，你冷静些，这样是要犯错误的。"

"管他犯不犯错误，只要得到你。"

"袁厂长，你这么年轻，一时冲动，断送了前程，到那时你会后悔的。"

"只要得到你，我永远不会后悔。"袁世绍说着去解单红英的腰带。

单红英死死地护着腰，拼命地反抗。在袁世绍即将得手的时候，门被敲响了。

袁世绍像受惊的小偷突然住手，他以为治安人员查房来了，轻声说："你不要说话，听我的。"

单红英已经被吓得说不出话了，不停地点头。

门又被敲了两下。

袁世绍悄悄地对单红英说："你问是谁。"

因为住宿登记簿上写的是两个女人，故而袁世绍不敢发问，如果真的是治安人员查房，那不就不打自招了？

单红英会意，问道："哪个？"

"我。"门外传来了一个女人的声音。

袁世绍一听不禁手忙脚乱，因为这个声音比治安人员的声音还可怕。好在袁世绍的衣服没有脱，他立即钻到了床下。单红英扎好皮带，理了一下头发，而后打开屋门。

“睡着了吧？”苏科长有些歉意地说，“实在对不起，把你吵醒了。”

“没有，我还没睡着。”单红英说。

苏科长刚进屋，就闻到了一股酒气，她知道单红英是不喝酒的，瞅了单红英一眼，将目光落在床上，见单红英床上零乱，而且神色慌张，已知刚才发生了什么事情。苏科长是个聪明人，加之耳闻和经见的事情多，她知道此时单红英的床下藏着一个男人，而且这个男人是她们的厂长。

“哎呀！”苏科长摸了一下口袋，“你看我多大意，进大门时门卫查验房卡，我交给他后竟忘收回了。”

苏科长出去了，袁世绍急忙从床下钻出，逃也似的走了。

单红英松了一口气，一直悬在喉咙里的心落进了肚里。

苏科长在院里转了一会儿，才慢腾腾地回到房间。

“房卡找到了吗，苏科长？”单红英躲避着苏科长的目光。

“找到了。门卫刚刚换班，接班的门卫说是有一个房卡，但他要问清楚了才给我，所以耽误得久了点。”苏科长解释道。

“快睡吧，你今天肯定累了，这么晚，”单红英说，“我还以为你不回来了。”

“是没打算回来。”苏科长说，“吃晚饭前我给袁厂长打了个电话，说今晚不回来了。可是，晚饭后我小弟一家三口从双流县赶来看我，见面的时间少，要说的话就多，我小弟又健谈，说起话来没完没了，不知不觉已十点过了，到双流县的汽车收车了，小弟一家没法回去，我爸那里又住不下，所以只好把我撵出来了。实在对不起，把你吵醒了。”

“苏科长，我还没睡着。”单红英见苏科长向她表示歉意而有些不好意思。

“这么晚了你还没睡着？”

“没有。”

“为什么？”苏科长为了表示自己什么都不知道，所以这么问。

“大概是喝了酒。”

“你喝酒了？”

“袁厂长鼓捣我喝的。”一提到袁世绍，单红英又有点不自然了。

“难怪我进屋时闻到了点酒味。”

“不好意思，熏到你了。”

“没啥没啥，酒味我还是闻得来的。”

“苏科长，你喝不喝酒？”

“喝，”苏科长说，“不过大多是被逼的。你想嘛，跟着领导出差，喝酒也是工作。”

“苏科长，这我就不明白了，喝酒就是喝酒，咋会是工作？”

“你跟领导出差的时间少，领导喝酒，都说是工作。不过，也有一定的道理。”

“啥道理？”

“比如拉生意，就得给人家敬酒……”

4

从省城回来，袁世绍见到单红英，神情总是不那么自然。但袁世绍对单红英并没有多少担心，他知道单红英不会对别人说他俩的那场不愉快，因为单红英是很要面子的人。袁世绍对苏科长倒是有些担心，他害怕苏科长管不住她的嘴。一个月过去了，袁世绍没有听到任何议论，也未发现别人看他的目光有什么异样，这时他悬了一个多月的心才算落地。他的心刚刚恢复平静，突然接到局里的电话，鲁局长找他。鲁局长是一把手，一把手找他，肯定有重要事情。袁世绍不敢怠慢，放下电话，骑着自行车匆匆赶到局里，直奔鲁局长的办公室。

“你来得好快哟！”鲁局长笑着说，“坐吧。”

“局长召见，怎敢怠慢，不知局长有何指示？”袁世绍说完后坐下。

“是关于你的工作问题。”

袁世绍愣了一下，他不知道他的工作出了什么问题。两眼望着局长，等待着局长的下文。

“是这样的，经局党组研究，报上级批准，把你调到局里任生产科科长，看你有什么意见？”

袁世绍感到突然，他不知道为什么调动他的工作，但又不好问，也不敢不服从，于是带着试探的口气说：“鲁局长，我对厂里的工作熟悉，又天生好动，坐机关怕不习惯。”

“不习惯不要紧，什么工作都是由不习惯到习惯的。”

袁世绍见鲁局长没有考虑他意见的意思，说：“鲁局长，我不理解组织的安排，我是不是犯了什么错误？”

“犯什么错误？难道调动工作就一定是犯了错误？我从参加革命到现在，几十年，调动了十几次工作，有一次还是降职安排，可我什么错误也没犯，我不还是服从了？一个共产党员，任何时候，对组织只有服从，而不能瞻前顾后。战争年代，共产党员没有一个不是组织叫干啥就干啥，可是现在，我们有的党员干部学会了跟组织讨价还价，调动工作要合自己的心，岗位只能越调越好，安排职务要合自己的意，职务只能越安越高，否则，就认为自己犯了什么错误，不然就说组织对自己不公，是不是？当然，我这话不是针对你的，我说的是一种普遍现象。”

袁世绍想，不是针对我的，这不是此地无银三百两吗？对鲁局长的话，他心里虽然不舒服，但也只能点头。鲁局长抗战时期就拿起了枪，那时他还不到十五岁，打了无数次仗，身上受了十几处伤，这些袁世绍是知道的。以前，全市进行传统教育，鲁局长受市委安排做巡回报告，鲁局长讲着讲着，当众撩起上衣，让大家看他身上的伤疤。鲁局长说，这都是日本兵给打的。不过，我还是划得着，虽然我身上落了十几个伤疤，但我要了二十多个日本兵的命。鲁局长说这句话时，台下响起了一片掌声。现在比鲁局长参加革命晚的，功劳没有鲁局长大的人都当了比他大的官，但鲁局长从未说过啥，他认为那是革命的需要。面对这样的领导，他敢说什么吗？

鲁局长见袁世绍不说话，问：“小袁，这次组织上对你的安排你想不通？”

“鲁局长，说实话，我是有点想不通。本来干得好好的，如果没有犯错误，干吗这样安排我？”袁世绍想到了他和单红英的事。

“小袁，我郑重地告诉你，错误你没犯，组织上也没说你犯错误，还是我刚才说的话，调动你，这是工作需要。再说，组织上对你的安排也没有哪里不合适，是平级调动嘛！”

袁世绍本想说我知道是平级调动，但你削去了我的权力，这叫暗降。他见鲁局长满脸严肃就没敢开口。

鲁局长说：“一个人在一个岗位上待久了不好，交流一下有好处，而且市委也有这个要求。考虑到你当厂长时间不短了，所以才调你出来的，不要东想西想了，生产科的工作同样重要，好好干，就这样吧。”

袁世绍从鲁局长办公室出来，下了楼就往外走，连自行车也忘记骑了，回到厂里已到下班时间，很多人跟他打招呼，他只是点头，连一句话也不说。走到办公室过道口，正好碰到苏科长，苏科长笑吟吟地说：“袁厂长，都下班了你还到办公室去？”

袁世绍看到苏科长的笑脸本来就有气，说不定就是她告的状，不然她怎么笑得那么开心，那么得意？听到苏科长的问话，袁世绍忍不住了，说：“下班了就不能进办公室？这是你规定的？”

苏科长听袁世绍的口气不对，边走边说：“我没有这个权力，这个权力是厂长的。”

袁世绍听了更不高兴，她为什么不说这个权力是他的而说是厂长的？看来她已经知道他的厂长被免了，才说这话气他。袁世绍回头看了一眼苏科长，声音很小，但是恶狠狠的，说，得了怪病，活该！话刚出口，单红英走到了他面前，他想改变表情，可是已经来不及了，他没有川剧变脸的绝技，因而脸上的那种愤怒依然停留在脸上。单红英见他恶狠狠的样子，没有理他，径直往外走。

“单红英！”袁世绍喊道。

单红英停住脚步，说：“啥事？”从省城回来后，单红英对袁世绍一直很冷淡。

“你能不能等一下再走？”

袁世绍虽然对单红英刚才的举动有些不满，但他对单红英却恨不起来，在省城那晚，单红英拒绝了他，他虽然生气，却不恨。袁世绍想叫单红英留下，把他调走的事告诉她。

“有啥事？”

“我有个事想跟你说。”

“你说吧。”

“到办公室去。”

单红英不想单独与袁世绍接触，现在，办公室的人都走了，她不愿意进袁世绍的办公室。

“我家里有事，得回去。”

袁世绍还想挽留单红英，这时，凌志峰从车间里出来，他主动招呼袁世绍，说：“袁厂长，才回来？”

袁世绍哼了一声，算作回答。他走了，凌志峰升任厂长，他怀疑他被调走是凌志峰做了文章。刚才单红英敢对他冷言冷语，说不定凌志峰已经把他调走的事告诉了单红英。凌志峰招呼袁世绍时，单红英不哼不哈地走了。袁世绍更加生气，他连与单红英谈一次话的机会也没有了，他的免职通知很快就要下来，那时单红英肯定不会再理他了，想到这儿，袁世绍更恨凌志峰了。

凌志峰见袁世绍不想搭理他，没有与他计较，他知道袁世绍心情不好。调走袁世绍，由他接任厂长，鲁局长已经找他谈过了，如果他不接任厂长，袁世绍就不会用这种态度对待他。凌志峰没有生气，大度地笑了笑，说：“袁厂长，我先走了。”

袁世绍连哼也没哼一声，埋着头走进了办公室。

第十五章　酒店打工

1

赵大年犯的罪，单红英一辈子都无法原谅，二十几的人了，去害人家一个小姑娘，良心太坏了！恨归恨，她还是去看望了赵大年。赵大年在煤矿服刑，煤矿在偏僻的大山里，通往煤矿只有一条路，不但窄，而且弯弯曲曲。离煤矿不远的地方有一条隧道，隧道口站着持枪的武警。穿过隧道，前面是水泥路，路上有一层厚厚的煤尘。单红英下车时，遇到了一阵大风，风卷煤尘，雾一样向她扑来，她急忙捂脸，还是弄得满脸是灰。

“你……恨我吗？”过了一阵，赵大年说。

单红英擦了一下眼睛，没有回答。

“对不起。”赵大年把头埋下。

“不说这些了，现在说也晚了。”单红英说。

“爸妈身体好吗？”

“好。”

“儿子呢？”

“也好。”

探视中，单红英与赵大年没说几句话，大量的时间是在沉默中度过的。

探望赵大年回来，天香劝单红英离婚，这是天香第二次劝单红英离婚。赵大年出事时，单红英还在月子里，大家都瞒着单红英，怕她知道了气下病，所以天香好几天没敢去看她，她怕单红英问赵大年的事。真问起，她就难办了，实话实说，她不敢，说了实话单红英肯定生气，月子里气下病，那不得了。她要说假话，又不忍心欺骗朋友，所以她不得不躲着单红英。单红英满月了，一出门，要不了几天就会知道赵大年的去向，想瞒也瞒不住，所以天香到单红英家里去了。天香还未进门，赵大妈就迎了上去，陪着天香走进单红英的屋。天香看到单红英，心里有些疼。几天没见，单红英瘦了，脸变黄了，眼窝也陷下去了。天香估计单红英已经知道了赵大年的事，不然她咋会突然变成这样？天香还未开口，单红英就紧紧地拉住了她的手，说，天香，我还以为你把我忘了。天香说，咋会呢？我就是把我自己忘了也不会把你忘了。单红英说，那你咋这么多天不来看我？天香说，我下乡去了，走得很突然，没来得及告诉你，没想到这一去就是一个多星期。天香编了一套假话。单红英拉着天香坐下，两人的手还舍不得松开。赵大妈见儿媳妇和天香如此亲热，知道儿媳妇有一肚子话要对天香说，她不能待在这里，说，红英，我抱孙儿出去走走，你俩好久没见面了，好好白话白话。赵大妈也希望儿媳妇把积压在心里的话说出来，免得怄出病。赵大妈抱着小孙子出去了，把单红英的笑容也带走了，单红英落泪了。天香没说话，用手绢轻轻地擦着单红英的泪水，说红英，你哭吧，哭出来也许会好些。人在痛苦的时候，向知心朋友倾诉一下，或者放声大哭一场，把心里的苦水吐出来，也就轻松了。单红英知道赵大年的事后，她想哭，可是她怕吓着孩子，又怕惊动老人，还有那些邻居们，所以她不能哭也不敢哭。她想倾诉，把肚子里的苦水倒出来，但又没有倾诉的对象。说实话，她心里曾埋怨过天香，别人瞒我，你不该瞒我。后来她想起了老人婆的话，心里的怨气才消了。也许天香不知道赵大年出事了，也许天香知道了但和老人婆有着一样的想法，怕她在月子里气下病而故意瞒着她。如果是这样，那是一片好心，她没有理由责怪天香。可是她满月三天了，天香还没来，她就有点生气了，她是多么需要向人倾诉啊！她最想倾诉的人就是天香。天香话音刚落，单红英哇的一声哭了。天香没有劝，让她哭，哭得越痛越好。单红英哭了一阵，心里好受些了，慢慢也就不哭了。天香说，我也知道没几天，当时想来跟你说，你在月子里，怕你怄出病……单红英说，我没想到他会做出那种猪狗不如的事。天香说，你不要怄气了，注意身体，要是你的身体垮了，孩子就遭罪了。单红英说，咋会不怄气，他把一家人的脸都丢尽了，以后我还咋有脸见人？天香说，你咋没脸见人？这是他做出的事，自作自受，与你何干？单红英说，话可以这么说，但别人还是会另眼看我的，因为我成了劳改犯的家属。天香说，你不要想那么多，打起精神，像以往一样生活。看你瘦的。单红英说，自从老人婆告诉我之后，我夜夜睡不着。刚合上眼，噩梦就来了，惊醒之后，就再也睡不着了，老想着今后的日子咋过。天香说，想那么多弄啥？难道离了他就不过日子了？就当他死了。单红英说他死了倒好了，可是他没有死。天香说没有死就把他离了。单红英说，这事我想过，可是为了孩子，我不能走这一步。天香说，叫我说，为了孩子，应该走这一步。单红英说离了，孩子就没有完整的家了，没爹的孩子会受人欺负的。天香说你不离婚，孩子长大了，知道他爸劳改过，在同学面前同样抬不起头。孩子要入团要入党要进好单位，政审这一关就不好过，这不是害了孩子？单红英说，你这话也对，但眼下我还是不能这样做。天香问为啥，单红英说她怕老人受不了。天香说，你是说单叔叔和白阿姨？单红英说，不光是我爸妈，还有他爸妈。他已经把他爸妈气坏了，我再跟他离婚，那不是要老人的命吗？所以我不能那样做……

那次，天香没劝下单红英，现在又开始劝了，说："红英，赵大年不值得留恋，不如趁早跟他离了，你也好考虑自己今后的生活。"

"他有恩于我爸，我不忍心。"单红英还记着赵大年救她父亲的事。

"那件事你已经报答他了，难道你要报答他一辈子？"

"我啥时报答他了？"

"你嫁给他不就是报答他？"

单红英无言。她嫁给赵大年，确实是为了报答他。

天香见单红英不说话，继续说："赵大年根本就配不上你，要是我，报答他，情愿给他钱，打死我我也不会嫁给他。说实话，当时我就不赞成你俩的婚事。"天香忘记了当年她是把单红英视为情敌而支持单红英嫁给赵大年的。

"他配不起我，这我知道。可是我已经嫁给他了，而且还生了孩子，现在他进班房了，我跟他离婚他受得了吗？"

"自作自受，管他受得了受不了。"

"万一他想不开自杀呢？"

"他要自杀那是他的事，与你何干？"

“他因我而自杀，这个包袱我背不起。再说，儿子没了爸。”

单红英说着，大脑里出现了一个画面，一个男孩孤零零地站在坟前哭喊着叫爸爸……

“难道你就这样跟他过一辈子?”天香从单红英的眼里看出了她不打算离婚。

“为了孩子。”

“为了孩子，这我理解，我们都是女人，孩子是咱身上掉下来的肉，哪个做妈的不心疼?可是，红英，你还年轻，后面的日子还长，不能为了孩子而牺牲自己。再说，今后孩子长大了，可以把他爸的事告诉他，孩子知道了事情的原委，绝对不会怪罪你。何况，像赵大年这种人，他也不会自杀。”

“不管他会不会自杀，孩子总归是失去了爸爸。”

天香苦口婆心地劝了很久，单红英还是没同意离婚。

2

服装行业放开了，市场行情瞬息万变。香港、广州、深圳、福建、江浙一带的服装潮水般地涌向内地，不但面料新颖、款式时髦，而且价格也便宜。一时间，内地人把穿沿海地区生产的服装当作时尚。单红英所在的服装厂（大办工业时由缝纫厂改为服装厂）原本就艰难，沿海地区的服装潮流袭来之后，对单红英他们厂来说无异于雪上加霜。他们没有自己的品牌，仅靠来料加工维持着工人们的基本工资。没过多久，厂里基本上没有生产任务了，工资发不出，很多技术工人悄悄地离开了工厂，在小巷里摆摊设点，以缝补为生。

凌志峰心急如焚，四处奔走，企图挽回企业的厄运。但市场经济是无情的，他的努力没能使工厂起死回生，工厂倒闭了。

凌志峰南下打工去了，凭着他的技术和工作经验，很快站稳了脚跟，工资收入也比内地高。凌志峰想起了单红英，想起了服装厂的工人，他感到愧疚。工厂是在他手上倒闭的，工人们的饭碗是在他手上破碎的，作为一厂之长，他负有不可推卸的责任。凌志峰决定介绍年轻工人到他所在的厂里打工，重新给他们一个饭碗，以此减轻他的负疚感。凌志峰给单红英写了一封信，希望她把年轻工人组织起来，一同到沿海。单红英通知了条件符合对方要求的熟练工，并把他们送上了火车，但她没有去，因为她没有技术，不符合厂方的招工条件，她不愿意给凌志峰添麻烦。

单红英在家里闲着，无聊像影子一样缠着她，她觉得这样下去不是办法，想出去找点事做，可是老人婆不让，说红英，算了，孩子也需要人照顾，你就在家里照看孩子吧。老人要买菜，她煮饭带孩子，时间倒也不难打发，只是她觉得这种日子太没味道，白开水喝一天可以，天天喝，无止境地喝下去，哪个人受得了？还有一件她无法启齿的事，女人家，月月都有那几天，纸是少不了的，她没钱买，又不好意思向老人婆开口，无奈，只好用旧报纸。她焦虑，忍耐，度日如年。正在她熬不下去的时候，丝厂开始减员，赵大年的父亲下岗了，工资减少了，一家人原本就紧巴的日子更紧巴了，两位老人的脸上失去了笑容，虽然他们不是做给单红英看的，但单红英却不愿面对那两张天天都阴得可以揪出水的脸。

单红英出去找事做，赵大妈没有阻拦。单红英跑了几天，终于在一个小酒店里找了一份工作。酒店的工作，上午去得晚，晚上下班也晚，因为只要有客人吃饭，员工是无法下班的。单红英夜夜迟归，引起了赵大妈的怀疑。一天晚上，单红英比往常回家晚，赵大妈的脸色就不那么好看了。

赵大妈说："红英，今天咋回来得这么晚？"

单红英说："总有人到那里喝酒，下不到班。"

赵大妈说："上下班都有个时间，下班时间到了就该下班。"

单红英听了，心里很不高兴，她知道老人婆话里有话，说："老板不关门，我哪敢走？给私人打工可不像在国有企业，有个钟点。"

赵大妈见单红英不高兴，说："现在社会上乱，我怕你回来晚了不安全。你不回来，我和你爸都睡不着。"

单红英说："妈，你放心，不会出事的。"

单红英嘴上这么说，可她心里明白，天有不测风云，出不出事是由不着她的。就说酒店的那个厨师吧，那双色眯眯的小眼睛无时无刻不在她身上转溜。还有那几个常到酒店喝酒的食客，眼睛从来都是饥饿的。想到那几个食客，单红英还真的有点害怕，要不是范老板暗中保护，恐怕她早就被那几个食客生吞了。

想起范老板，单红英心里充满了感激。

早先，单红英并不认识范老板，是她找工作时碰上的。那时她急着找事做，没门路，盲人骑瞎马到处乱碰，最后碰进了范老板的酒店。单红英第一次见到范老板也就是她去酒店问要不要人的那次，范老板眼睛眯缝着把她浑身上下打量了一遍，而后问她叫啥名字，她说叫单红英。范老板眼睛一亮，又问她家住哪里，她说铁牛街（是她爸的家）。范老板的眼睛又一次发亮，因为他在铁牛街口曾做下了一件他终生难忘的亏心事，虽然过去多年了，但这件事常常折磨着他，使他内心不安。范老板说，在酒店上班很累，你愿意来？单红英点了点头。范老板答应了。单红英虽然讨厌范老板那审视的目光，但她还是急切地问范老板她啥时可以上班。范老板说明天，明天你就来。第二天，她去了，她走到范老板办公室门口，听见里面有人说话，她看了一眼，见一个姑娘站在范老板面前，带着哭腔说，范总，我到底犯了啥错？范老板说，谁说你犯错了？姑娘说，那你为啥辞退我？范老板说这里用不了那么多人。姑娘说，我是站吧台的，吧台就我一个人。范老板站起身，说，小麦，不说了，我给你多发一个月工钱，你另外去找个事做。至于辞退你的原因你就不要问了，你没有做错什么。你先去找，如果实在找不到事，你再回来。姑娘听了这句话，哭着走了。

姑娘走出来，见单红英站在那里，她虽然不认识单红英，但她感觉到单红英就是取代她的人。姑娘白了单红英一眼，单红英也看了姑娘一眼，她不知道姑娘为什么用这种眼神看她。

范老板见单红英来了，热情地说："请坐。"

单红英在范老板对面坐下，范老板向单红英介绍酒店的情况。

这时有人进来了，说："范老板，小麦走了，谁顶她的工作？"

范老板指着单红英说："这不，人已经来了。我给你介绍一下，她姓单，叫红英。"然后对单红英说："这位是大堂经理陈佳。"

单红英喊了一声陈经理。

陈佳打量了一眼单红英，见单红英长得漂亮，心里一下明白了范老板为什么要辞退小麦。虽然小麦比单红英年轻，但小麦的样子却赶不上这位叫单红英的女人。她虽然穿着朴素，但恰恰是那不起眼的衣服将她衬托得更有味道。陈佳突然想起了《红楼梦》里的妙玉，穿一身出家人的衣服，灰扑扑的颜色，但她那种动人的美丽却没因此而减色，反而使人感到她有一种明珠扑尘的美，朦胧而不艳丽，似雾中花、水中月。眼前的单红英给人的感觉不正是人们对妙玉的感觉？从对单红英的感觉上，陈佳忽然明白了人们常说的那句“好看不过素打扮”的话。女人就像花，玫瑰艳丽，但有很多人不喜欢，牡丹华贵，仍不能赢得所有人的青睐，而兰草淡雅，人们反倒觉得它名贵。由此，陈佳得出了一个结论，人们喜欢素淡，素淡使人感到清新和自然。人最重要的是味道，单红英就很有味道。陈佳为自己缺乏单红英的味道而顿生妒意，她隐隐感到一种无形的威胁正悄悄向她走来。

“你好！欢迎你。”陈佳礼貌地向单红英伸出了手。

单红英握住了陈佳的手，并认真地打量着这位年轻的经理。

陈佳相貌不凡，鹅蛋脸，皮肤白皙，下巴微圆。特别是那双眼睛，充满灵气，整个五官中唯一可挑剔的是那张嘴略大了些。都说嘴大舌笨，但这句话在陈佳身上却变得荒谬不堪。陈佳的嘴巴很巧，很会说话。她与单红英握手时态度温和而热情，单红英感到了她的亲和力。

“谢谢！”单红英说。

“去吧，具体工作由陈经理给你交代。”范老板对单红英说。

单红英跟着陈佳到了大堂。单红英看了一眼，大堂里有十几张餐桌，摆放整齐，洁净如洗。大堂的左角有一个不大的吧台，壁柜里摆着白酒、啤酒、红酒；酒之外，是各种饮料和香烟。在琳琅满目的烟酒中，一尊财神端坐其间，神像前摆有香烛，而且闪着亮光。单红英感到新鲜，她仔细一看，原来香烛都是假的，光亮来自电源。

“你在吧台上班。”单红英在观看吧台时，陈佳说。

“我站吧台？”单红英有些意外，她知道站吧台远比在大堂倒茶递水、端菜送饭、收盘子拣碗轻松得多，也干净得多，这个岗位，一般都是安排老板的亲戚或老板特别信任的人。她初来乍到，而且与老板素不相识，叫她站吧台，她感到意外。

“这是范老板的意见。”陈佳说，“货物清单在里面，你按清单清点一下，如果没错，把你的名字签上。”

单红英按照陈佳的要求，照清单数点过货物，并签上了自己的名字。

单红英签字时发现清单的尾部写着三个字：阎小麦。阎小麦，单红英没有想到就是刚才在范老板办公室陈佳提到的而且她也碰到的那个姑娘，她被辞退了。单红英的手颤抖了，本来一手流利的钢笔字此时变得歪歪斜斜。

清单一式两份，单红英签字后，陈佳拿走了一份。

“小单，”由于陈佳弄不清单红英与范老板的关系，所以对单红英非常尊重，不喊名字，而称小单，“货物你清点过了，以后多了少了都是自己的事，客人拿了，你要记清楚，让客人签上字，结账时一起收钱。”

单红英点点头，说：“谢谢你，陈经理，以后还请你多多关照。”

“不用客气，以后我们互相关照。”

互相关照？我能关照她什么？单红英心里这么想，但她还是点了点头。

十一点过，食客们陆续来了，不到十二点，十几张桌子已经坐满。大堂里人声鼎沸，尤其是那些喝酒的男人，端着酒杯，高一声低一声，你劝我我劝你，一个个喝得红脸关公似的，嘴里还不停地吆喝，有一桌客人光是白酒就喝了五瓶。

范老板来了，笑着走过去，点头哈腰地跟那些食客们打着招呼，不住地说张局长李经理，感谢关照，谢谢光临之类的话，那样子就像太监见到了皇上。单红英见范老板在那些大腹便便的食客们（当然不是一般的食客）面前卑躬屈膝的样子不觉有些可怜。范老板在她们面前是主人，在食客们面前却变成了奴才，他每天除了睡觉就是不断地在这两个角色中转换。单红英想，范老板挺累的，这样活着也不容易。可是转念一想，人不都是这样吗？有做主人的时候也有做奴才的时候。单红英正想着，范老板走到了她面前，和蔼地向她点了点头，她笑了一下，算作回应。

晚上，生意更加火爆，十几张桌子，座无虚席。大堂里灯火通明，食客们有的狼吞虎咽，有的谈笑风生。酒杯相碰，碗筷撞击，不时发出叮当之声。范老板在大堂里，和大堂经理陈佳共同照顾着食客们。陈佳很精明，跟在范老板身后，凡是范老板的熟人，她一个不落地敬酒，反正酒是客人的，喝得越多范老板越高兴。范老板曾对陈佳说，对待客人一定要热情，一个也不能得罪，谁得罪客人就辞退谁。要知道，客人是我们的衣食父母，没有他们，我们就没法挣钱。说白了，得罪客人就是得罪钱。对客人不热情，不是跟客人过不去，而是跟钱过不去。范老板是这样说的也是这样做的，陈佳当大堂经理后，有两个服务员因与客人发生争执而被辞退，这不包括小麦。小麦被辞退的原因陈佳不清楚，但那两个被辞退的服务员，陈佳是明白的。从内心里说，陈佳是不愿意的，因为她知道那两个服务员没有错。至今她还清楚地记得事情的经过：那天晚上，客人没有今天晚上多，吃完饭，陆续离开了餐厅，很晚了，还有四个人在喝酒，范老板走过去，笑着给他们敬了酒，说，你们慢慢喝，我有点事，先走一步，陈经理在这里照顾你们。那几个人说没事没事，你走你走，有美女在这里就行。这些话陈佳听惯了，也没在意，说，范老板，你放心，我会照顾好的。十点过了，四个客人还没有走的意思，一个个喝得脸红筋涨，说话颠三倒四。陈佳、小麦，还有两个服务员在大堂里，只要有一个客人在，她们谁也没法下班。她们从下午五点一直站到现在，一个个累得腰酸腿疼，皮塌嘴歪，心里暗暗抱怨，一大夜了还在喝……她们希望这几个人快点走，她们好下班。可是，抱怨也好，希望也罢，那四个人没有一点走的意思。这时有一个留长头发的男人说，把那几个女的叫来，给我们助助兴。一个剃光头的男人说，大哥，老四说得对，把她们喊过来，给咱们助兴。被称作大哥的那人点头之后，老四手一招，说你们几个过来。陈佳和两个服务员走过去问他们还需要啥，老四斜着眼，流里流气地说，需要啥？需要花菜。陈佳对一个服务员说，小商，去，上花菜。小商正要转身，那四个人突然一起哈哈大笑。陈佳莫名其妙。老四说，就要你们四个，刚好我们一人一碟。陈佳明白了，气得脸色煞白，她想发作，但想到范老板的话，她强压心头怒火，说各位，需要啥尽管说，但不能侮辱我们。老四一听，在桌子上“啪”地拍了一掌，震得桌子上的酒杯跳了起来。老四说，少废话！我今天偏偏要那两个小的来陪一下我们大哥。说着，老四起身去拉那两个服务员。陈佳见势不妙，急忙阻拦，说有话好好说，不要动手。老四白了陈佳一眼，说，走开！少管闲事！说着推了陈佳一掌，陈佳打了个趔趄，倒退了几步，要不是身后有桌子挡着，陈佳就倒在地上了。这时，老四一只手抓一个服务员，迅速拉到了他们身边，说，给我大哥陪酒。两个服务员都说不会喝。老四以为她俩不想陪，端起酒杯就往一个服务员的嘴里灌。那个服务员紧咬牙关，并不住地向外喷吐。酒溅到了老四的脸上，老四火了，照着那个服务员就是一个耳光，嘴上骂骂咧咧：给脸不要！那个服务员挨了一耳光，哭着跑了。陈佳见状，示意另一个服务员赶快离开。那个服务员趁老四不注意，也跑了。老四见两个服务员跑了，破口大骂：扫兴！真他妈的扫兴！老二见老四过分了，起身说，算了，老四，咱们喝咱们的，她们陪着反倒别扭。来，大哥，我再敬你一杯。老二一圆场，老四的气才慢慢消退，他们又喝了一阵，终于走了。走时，老四对陈佳说，明天我找你们老板。第三天，那两个服务员被辞退了。陈佳说范老板，她俩没有错。范老板说，我知道她俩没有错，没有错也不要她们了，那四个人三天两头来照顾我们的生意，有她俩在，那四个人就不来了。原来老四对范老板说只要那两个服务员在，从此他们就不踏这里半步。在正义和利益面前，范老板选择了利益。

范老板在一个桌子前敬酒时，陈佳发现那一桌坐着老四他们，她不想过去，虽然他们常在这里吃饭，但陈佳总是躲着他们，不想跟他们打招呼。范老板见陈佳没过去，喊道：“陈经理，过来。”

陈佳只好过去。

范老板说：“来，给于大哥他们敬酒。”

这时陈佳才知道这四个人中的老大姓于。陈佳拿着酒瓶给于大哥他们杯中斟满，说：“于大哥，我敬四位一杯。”

于大哥端起酒杯。

老四说：“陈经理，没见过你这么敬酒的，你也太不尊重我们大哥了，来，要敬一个一个敬。”

陈佳无奈，只好从老大开始，挨个儿敬。

老四喝了陈佳敬的酒，但仍然不依不饶，说：“陈经理，你敬一杯酒就想把我们打整了？不行，至少给我们每人敬三杯。”说到这里，老四摸了一下脑袋，“我没说对，我没说对，我不能与我的哥哥们平起平坐，这样吧，你敬我哥哥们每人三杯，我两杯。”

老四话音刚落，老三说：“我也不能与大哥二哥平起平坐，敬我三杯，敬大哥二哥每人四杯。”

老二接过话，说：“三弟的话也没说对，你们不敢与大哥平起平坐，难道我敢？敬我四杯，必须敬大哥五杯。”

老大说：“兄弟之间虽有大小之分，但喝酒就不要分大小了，要喝好多都喝好多，干脆都喝五杯。”

老二老三老四坚持少数服从多数，按照五四三二，从大到小一个一个敬。

老大说："既然你们尊我为大哥，就得听我的，每人五杯，谁也不能少。"

范老板见他们争执不下，又怕陈佳喝醉，急忙说："于大哥，我说一句不该说的话，其实几位弟弟的话是对的，他们与你拉开档次，是对你的敬重，就按弟弟们说的敬吧。"

老大听范老板也这么说，就没有再坚持自己的意见了，说："那好，开始吧。"

陈佳算了算，五四三二加起来是十四，十四杯酒，对她来说也算不了啥，但她答应得很勉强，说："各位哥，我酒量有限，怕把这十四杯酒喝下去在哥哥们面前出丑，如果倒在地下，那是对哥哥们的不敬。但是我又不能少喝，更不能不喝，恭敬不如从命，我豁出去了，喝！"

陈佳拿了五个喝茶的玻璃杯，五个人面前各放一个，先用小杯给老大的玻璃杯里斟了五杯，然后给自己的玻璃杯里也倒了五杯，举起杯子说："于大哥，小妹敬你！感谢你对我们酒店的关照！"说完一饮而尽。

老大也很痛快，一口干了。

接着陈佳又依次给老二老三老四敬酒。十四杯酒下肚，陈佳脸色微红，老四盼着她快点倒下，看一下陈佳的丑态，可是陈佳站得稳稳当当，身子连斜也没斜一下。

老四不服气，站起身说："陈经理，我敬你。"说着就给陈佳倒酒。

老二见老四有意要灌醉陈佳，说："小陈，你吃点菜。"

陈佳说："不了。"因为酒店有规定，工作人员不准在客人们的桌子上拈菜。陈佳没有推杯，喝下了老四给她倒的酒，说了句对不起，捂着嘴走了，她到卫生间把酒吐了，很快又走了出来，她听见了老四与范老板的对话。

老四说："范老板，吧台那个小娘们挺受看，叫她也来陪几杯。"

范老板说："她不会喝酒。"

老四听范老板这样说，心里有些不高兴，问："她叫啥名字，我去叫她。"

范老板说："她叫单红英，她真的不会喝。"

老四说："你这样护着她，她是你的啥人？"

范老板说："四弟想到哪里去了，实话跟你说，她是我的表妹。"

老四说："什么表妹不表妹，这年头，不都是把缭家称表妹，以此来堵别人的嘴。"

范老板说："我不骗你，她是我小姨的闺女。"

老四说："范老板，用不着遮遮掩掩，这年头，哪个当老板的没有三五个缭家？尤其是服务行业的老板，整天生活在花丛里，缭家就更多了，像你这样的老板有十个八个缭家也不算多。"

范老板说："你说的这种情况有，但不是普遍现象。据我所知，有很多老板生活上是很检点的。"

"你是说你很检点？"老四望着范老板，摇摇头说，"我看你不像。"

老四的话说得还算准确，范老板确实也有缭家，但不在他这个酒店。范老板是个聪明人，他知道当老板最忌讳的就是与属下的女人乱来，如果与属下的女人有了那种关系，他的企业迟早是要败的。为了不影响酒店的发展，范老板始终与下属保持着距离，特别是女下属。

"你凭什么说我不像？"

"你的相貌告诉我的。"

范老板想，难道这狗日的会相面？不然他怎么会说出这样的话？但范老板仍然不承认他有相好的。其实，老四是在诈他，老四没有那个本事，相面虽然不是一门科学，但那也是要有一定学问的，老四没有学问。

"范老板，别嘴硬了，有缭家是你的光荣，没缭家是你的耻辱。"老四说。

老二说："算了吧，老四，不说了，范老板有缭家是他的艳福，没缭家是他命无桃花。不管有没有，与我们兄弟无关。"

老二在他们四个人中算得上是有智慧的，而且心肠比较软，他喜欢息事宁人，不愿惹事。老大很看重他这一点，他说出的话，即如是不合老大的意，老大也只是笑笑，从不当着别人的面驳斥。何况现在老二说的话也符合他的意思，所以老大表示赞同，说："你们二哥说得对，有没有缭家那是范老板个人的事，是属于个人隐私，用不着我们说三道四。"

老大一句话，封住了老四的嘴，老四也就不再说了。

范老板又给他们敬了一杯酒，说："于大哥，你们慢慢喝，我到那边照应一下。"

下班了，人都走了，单红英在核对当天卖出去的烟酒，这时陈佳走了过来，说：“小单，你的嘴真严，要不是范老板说，我还真不知道你是范老板的表妹。”

单红英愣了一下，说：“我与范老板素不相识，哪来的什么表妹？”

“这可是范老板亲口说的，难道还会有假？”

“范老板啥时说的？”

陈佳说：“老四想把你拉去陪他们喝酒，范老板不同意，他们不依，问范老板你是他的啥人，范老板说你是他的表妹，是他小姨的闺女，他们这才算了。”

单红英说：“没有的事，范老板是瞎编的，他是怕我过去喝酒吧台没人照看。”

陈佳见单红英一脸的认真，也不知单红英和范老板谁的话是真的。

3

范老板关照单红英是有原因的。这么多年了，范老板的心里一直遭受着折磨，他对不起单红英，要不是他，单红英不会走到今天这一步。想起往事，范老板愈发觉得自己愚蠢，赵大年卑鄙。

范老板叫范老大，家在丰谷那边的农村，不但偏僻，而且很穷，一家五口人，父母、他和一个弟弟一个妹妹，一年四季，起早贪黑也顾不住五张嘴。弟弟妹妹上学，无钱交学费，父亲想停妹妹的学，找了个理由，说女娃子学好针线学会操持家务就行了，用不着去读书。妹妹听了，一头扎进屋里，两天没有吃饭。范老大心里很不是滋味，他心疼妹妹，妹妹心里难受，他心里也难受。可是他不能责怪父亲，父亲这样做实属无奈。母亲身体不好，病了老拖着，实在没法了才去赤脚医生那里拿几颗药，或者按赤脚医生说的到山上挖些草药熬水喝。这样的家庭，要供三个孩子上学，确实难。这一点，他作为长子是理解的。他虽然理解父亲，但还是对父亲有一些看法，他觉得父亲重男轻女，从小到大就没把妹妹放在心上，有一件事在他幼小的心灵中留下了无法磨灭的印记，就像刀刻在石碑上的字一样。

那时他还小，妹妹的下巴上长了疮，开始只有一个，父母没在意。农村的娃儿都这样，生了疮，等它长，长到化脓，把脓挤出来就好了，就像树上的柿子成熟后自然落地一样。这在农村是再平常不过的事，大人们有经验，所以见惯不惊。可妹妹这次长的疮有些不同，过了几天不但没好，反而从大疮边上长出了几个小疮，就像一棵树从根部又发出了几棵树芽。这下母亲急了，对父亲说快把闺女带去找医生看看，女娃子家脸上落了疤长大了不好找婆家。父亲说找医生有啥用，明明长的是羊胡子疮，到时候自然就好了。又过了几天，弟弟的下巴上也长出了和妹妹下巴上一样的疮，这下父亲急了，埋怨母亲不该用给妹妹洗脸的手帕给弟弟洗脸，把弟弟也传染上了。母亲说，咱一家人就一根洗脸帕，咋没给老大传染上？母亲这句话把父亲噎住了，父亲瞪了瞪眼没再说话。

吃过早饭，父亲出门了，中午饭煮好了父亲还没回来，一家人等着父亲回来吃午饭。晌午过了父亲才回来，母亲说你到哪里去了也不言一声，孩子们都饿了，眼巴巴地看着锅不敢舀饭。父亲说，我去找羊胡子去了，跑了好几个村才找到一只山羊，我跟那家人说孩子长了羊胡子疮，到他们家找点羊胡子，那家人一听，二话没说拿了一把剪刀给我，说你剪吧。父亲说着从口袋里掏出一撮灰色的山羊胡子。吃过饭后，父亲把山羊胡子烧成灰，母亲拿出藏在柜子里舍不得吃的一点香油，和羊胡子灰拌在一起。父亲把弟弟下巴上的疮糊了，然后给妹妹糊。弟弟下巴上糊了厚厚一层，而妹妹下巴上的疮还露在外面。连着糊了三天，弟弟妹妹下巴上的疮还是老样子。父亲去医院买了一小瓶紫药水，进门就把弟弟拉到怀里，说乖，来，爸给你搽药。父亲用棉签在瓶子里蘸了一下，轻轻地涂抹在弟弟的下巴上，接着又蘸了一下，直到弟弟的下巴变成紫色。父亲说，医生说这药管用，很快就会好的。一直站在旁边的妹妹说，爸，给我也搽一点。父亲看了妹妹一眼，犹豫了一下，还是给妹妹搽了，只搽了一次。妹妹以为父亲还要给她搽，伸着下巴等着。父亲说，好了，不用搽了，妹妹才把下巴收回去。站在一旁的范老大看着父亲的举动心里很不是滋味。

父亲不让妹妹上学，他见妹妹伤心的样子也忍不住暗暗流泪。范老大一夜没睡着，他不能让妹妹停学。

第二天，村里的人下地干活去了，范老大一直在村边转悠，终于有几只鸡从村里走出来，范老大一阵惊喜，看看左右无人，一下子向那几只鸡扑去。鸡们受到惊吓，咯咯地叫着四下逃窜。范老大用力猛追，一只跑在最后的母鸡被他捉住了。范老大脱下外衣把鸡裹住，抱着向县城跑去。他不敢在丰谷街上卖，他怕被熟人看见。

范老大跑到城里，大西门的集市已经散了，他蹲在街边，眼巴巴地望着稀少的行人，希望有人把他的鸡买去。太阳要落山了，他的鸡还没有卖出去，丢了吧，舍不得，带回去，又不敢。范老大急得要哭了。这时，一个人走了过来，看了范老大一眼，范老大以为那人要买鸡。可是，那人并没有说话，而且连脚也没停。范老大急了，鼓起勇气喊了一声，大哥，买不买鸡？我便宜卖了。那人停住脚步，转身问，多少钱？范老大见那人问价，心里暗喜，但他报不出价，因为他压根儿不知道这只鸡值多少钱。范老大说，大哥，你给好多？那人说，你卖东西不说价我就没法给你还价。范老大生怕那人走了，说，你随便给多少都行，我家里急着用钱。那人说，你家里有啥事？把你急得连价也不喊了。范老大哭丧着脸，说给妹妹交学费，明天不交她就上不成学了。那人见范老大愁眉苦脸的样子还是有些同情，说，你妹妹要多少学费？范老大说三块。那人说，我给三块五，卖不卖？范老大边点头边说卖卖卖。那人给了钱，拎着鸡走了。范老大忽然发现地上掉了十块钱，急忙喊，大哥！大哥！那人止住了脚步，以为范老大后悔了，说啥事？范老大说你的钱掉了。那人从范老大手上接过钱，说兄弟，谢谢你，说着拉范老大去吃饭。范老大望着快落山的太阳，说不了，大哥，天快黑了，我家离这里还有二十多里路，我得赶紧赶路。那人说，咱就去吃碗面，吃了我送你回去。范老大说，大哥，你送我回去，天黑了你咋回来？那人指了指前面，范老大看见不远处停着一辆解放牌大汽车，不由心里暗喜，说，大哥，那是你开的车？那人点点头。有汽车，范老大就不担心了，虽然他们村不通公路，但公路离他们村只有三四里，只要大哥开车送他，那三四里路就不在话下了。那人把鸡放在车上，带着范老大进了餐馆，要了两碗面，三下两下吃了。坐上汽车，范老大非常兴奋，说大哥，今天我运气好，遇到了你这个大好人，可我还不知道你的名字呢。那人说他叫赵大年，在丝厂开车，经常到三台、射洪、遂宁拉蚕茧，丰谷是去那几个县的必经之路。不大一会儿，到了丰谷，范老大下了车，往右边一指说，大年哥，俺家在山那边，你到俺家里坐坐吧。赵大年说今天就不去了，以后有机会一定去，你走吧。赵大年把汽车掉过头，向刚才来的路上开去，范老大在路边站着，直到赵大年的汽车在他的视线里消失。范老大走到家，太阳还剩半个脸。

妹妹上学了，不但妹妹高兴，全家人都高兴。范老大更高兴，因为他认识了一个城里人，而且还是开汽车的。范老大天天盼着赵大年到他们家里来，可是，过了好几个月，赵大年也没到他们家里来。那段时间，他空了就跑到公路边，坐在地上望着来来往往的汽车，一连去了十几次，也没看见赵大年的汽车。范老大很想赵大年，想得吃不下饭，睡不着觉，而且夜夜做梦。一天夜里，他梦见赵大年来看他，到他们村的路太窄，汽车不好过，赵大年凭着高超的技术和过人的胆量，把汽车开上了狭窄的板车道，眼看就要开到村边了，汽车翻了，翻到了一条沟里，全村的人都跑出来看，有的站在沟沿边，有的跑到沟底下。汽车烂了，驾驶室扁了，大家都说司机死了。范老大哭着求大家把汽车翻过来，救救他的好哥哥。大家正在用力抬汽车时，赵大年从驾驶室里爬了出来，浑身血淋淋的，脸上的血道道像一条条蚯蚓在慢慢地爬动。赵大年说，范老弟，快救救我，说着把一只血手伸给他。范老大伸手去抓，可怎么也抓不到，他一急，醒了，一摸身上，浑身是汗。范老大再也睡不着了，他睁着眼回想着那个可怕的梦。这时鸡叫了，范老大更害怕了，因为五更做梦是很准的。天没亮，范老大就起来了，站在父母的窗外说，爸，妈，我进城去。父亲问他进城干啥，他说他去看大年哥。母亲说那你也得等天亮了再去。他说，我现在就走，走到丰谷井天就亮了。母亲说你可别空着手去，把咱家的鸡逮一只带上。范老大在鸡窝里捉了一只最大的母鸡，提着上路了，走到城里，太阳刚刚升起。范老大对城里的路不熟，他不知道丝厂在哪里。他在他那次卖鸡的地方站着，想找人问问，可是他张不开嘴，他怕人家不理他。这时一个老大娘从他面前路过，他鼓起勇气问老大娘去丝厂咋走，老大娘说，小路不好找，我跟你说大路，老大娘用手指着前方说顺着这条路一直往前走，到东方红旅馆往左拐，然后又一直往前走，到邮电大楼往右拐，再一直往前走就到了。老大娘怕他不相信，说她是丝厂的退休工人，家住在这边。他问大娘认不认识赵大年，大娘摇摇头，说，年轻人我都不认识，你到厂里去问，一准找得到。范老大按照大娘说的路往前走，终于找到了丝厂汽车队。范老大问守门的大叔赵大年在不在，守门的说这几天没见到赵师傅，听说他病了，你到他家里去问问。守门的大叔很热情，告诉范老大到赵大年家怎么走。范老大很快找到了赵大年的家。

赵大年睡在床上，听说范老大来了，一下子来了精神，从床上坐起，既惊讶又高兴，说："哎哟，你来了，快坐，快坐！"

范老大说："大哥，快躺下，快躺下。"

赵大年说："没事没事，快坐，快坐！"

范老大这才在凳子上坐下，说："大哥哪里不好？"

赵大年叹了一口气，久久没有说话。他没有病，他是在为单红英的事着急。自从他喜欢上单红英后，心里就再也装不进别的女娃子了。丝厂的女娃子多，有好几个人给他提亲，他一个也没有答应。这两天爸妈又在催他，说，昨天又有人来给你说亲了，你倒是同不同意？他说，爸，妈，不着急，不着急，我觉得不太合适。妈妈说，一个不合适，两个不合适，已经说了五六个了，就没一个合适的？他说没有。妈妈有点不高兴，说，我看个个都不赖，也不知道你是咋想的。别眼光太高了，咱这家……他说，妈，我再想想，我再想想……

下乡时，赵大年就喜欢上了单红英，李支书的儿子李天寿追单红英时，他没往心里去，他知道李天寿搞不成，一个山沟里的男人想娶城里的女娃子当老婆，特别是像单红英这样漂亮的，不说是癞蛤蟆想吃天鹅肉，但完全可以说是白日做梦，所以他没在意。后来听说唐援朝喜欢单红英，他心里就紧张了，唐援朝不光家庭条件比他好，人也比他长得伸展，但他还是暗暗地和唐援朝进行竞争。他运气好，先回城，而且当上了汽车司机，那年头，汽车司机是很吃香的，他觉得他只要向单红英开口，单红英一准答应。可是，单红英还在农村，他见不到她，所以一直没机会向单红英表白。唐援朝当兵了，他听到这个消息，心里打了个冷战，军婚是不能碰的，碰了弄不好是要坐牢的。他不敢找单红英，但他并没有放弃，只要单红英没有结婚，他就一直等下去，在漫长的等待中，他拒绝了好几个钟情于他或钟情于方向盘的姑娘。就在他苦苦遭受煎熬的时候，听到了一个好消息，唐援朝与李天香订婚了！他急匆匆地去找单红英，还未到服装厂门口，一个熟悉的身影出现在了他的视线里，那人是方永亮。他心里咯噔了一下，原来这小子也在追单红英！不行，他不能让方永亮抢在他前面，他必须采取非常手段……他想了很久，终于想出了一个办法，可是要实施他的计谋必须得有一个铁哥们帮忙，可是这个人他一直没有找到。赵大年不是没有铁哥们，而是给他帮忙的这个铁哥们不能是城里人……范老大的到来，赵大年又惊又喜，这不就是他要找的那个人吗？

赵大年没有回答范老大的问话，说：“老弟，你怎么想起看我来了？”

范老大说了他夜里做的梦。

“大年哥，那个梦可把我吓坏了！我见到你时悬着的心才落下去的。”

赵大年一听，心想这一定是神助，范老大就是上帝派来帮助他的人。

赵大年说：“原来是这么回事！”

范老大再次问起赵大年的病情。

赵大年说：“没啥大毛病，心里有点堵。”

范老大说：“你没到医院去看看？”

赵大年说：“用不着，我的病我知道。”

范老大说：“你也不要大意，该看还是去看，别耽误了。”

赵大年说：“其实我这病你就能治。”

范老大说：“我？……”

赵大年从床上下来，拉住了范老大的手，说：“我这病，有一个人给我帮忙，自然就好了。”

“大年哥，我能帮上忙？”

“老天爷不是让你来给我帮忙的吗？”

范老大望着赵大年，不知赵大年说的什么。

赵大年接着说：“你做的那个梦说得很清楚，我遇到难了在向你求救，指的恐怕就是这件事。”

“大年哥，你说吧，要我做啥？”

“你会不会骑自行车？”

“会，但骑得不好。”

那年范老大在水库工地上当伙夫时用别人的自行车学过，而且骑得还可以。

“会骑就行，用不着骑得太好。”

范老大以为赵大年叫他用自行车去驮东西，他怕赵大年不放心，说：“搭人我没有把握，驮三五十斤东西还行。”

“不驮东西也不搭人，就你自个儿骑。”

“我自个儿骑？”范老大更加不解。

“是你自个儿骑。”

“那我能帮你什么忙？”

“撞人。”

“撞人？”范老大吃惊地望着赵大年。

“没错，撞人。”

范老大犹豫了，这可是伤天害理的事，平白无故，无冤无仇，干吗去撞人家？

“你不愿意帮忙？”赵大年见范老大不说话，问道。

“大年哥，不是我不愿意帮忙，而是我不明白，那个人是你的仇人？”

“仇人倒不是，是我想接近的人。”

“想接近的人，用得着去撞他吗？”

“不撞他我就没法接近。”

“你接近他干吗？”

“老弟，我知道你不弄明白是不会答应的，你又不是外人，我就跟你明说了吧，我想他的闺女。”

“想他的闺女？”范老大更不明白了。

赵大年见范老大一脸蒙相，于是全盘托出了他的计划，说：“这个人的闺女叫单红英，想她的人太多了。我想托人去说媒，又怕碰到南墙上，碰到南墙上就没有回旋的余地了。单红英很孝顺，最听她爸妈的话，只要她爸妈答应了，这事就有希望，所以我必须争取她爸她妈。”

“哦——，原来是这么回事。”范老大还有一点不明白，说，“你争取她爸妈，怎么去撞人家？”

“你去扮恶人，我去当好人。”

“你的意思是我把他撞倒，你把我逮住？”

“不，不。把你逮住要得个啥？你把他撞倒了你只管跑，后面的事你就别管了。”

“我明白了。我把他撞倒后我只管跑，你去把他扶起来……”

“对，对。”

“要是我被别人逮住了咋办？”

“你骑快点，没人逮你。”

“要是我把她爸撞凶了咋办？”

“这个，你可要注意，绝对不能撞凶。你骑慢点，把他撞倒就行。但一定要撞倒，不然我就不好办了。”

赵大年和范老大商量了半天，决定第二天下午下班时实施他的计划。

“今天你就不走了，晚上住到这里。”赵大年说。

那夜，范老大住在赵大年的家里。

第二天上午，赵大年带范老大去看了一下地点，说单红英她爸每天上下班都是准时的，而且总是走这条路。下班前，我俩先到这里，站远点，他过来时我指给你看，你就骑上自行车冲过去。

范老大点点头。

午饭后，赵大年叫范老大好好休息，由于夜里没睡好，上床后俩人很快睡着了。下午五点，赵大年推着自行车和范老大一起向铁牛街走去。

赵大年说：“你先骑一下我看看。”

范老大骑上自行车，车龙头甩了两下，很快就稳了。

赵大年说：“行，骑得还可以。不过，再慢点更好。”

范老大又试了一次，赵大年很满意，说：“快下班了，到时看我的手势行事，一定把人看清楚，千万不能撞错。”

赵大年说了单红英父亲的模样。

离下班时间越近，范老大的心跳得越快，他有些害怕。在城里干这种事，而且是伤天害理的事，一旦被人抓住，弄进公安局，他这辈子就完了。范老大想打退堂鼓，又说不出口，因为他已经答应了，答应人家的事又反悔那叫啥男人？

范老大正想着，赵大年用手一指，说：“来了，看清楚，那个高个子。”

范老大顺着赵大年手指的方向一看，见一个高个子向这边走来，身后还有两个人。

范老大说：“还有人跟他一路。”

赵大年说：“那些人不是跟他一路的，你看他们之间的距离，而且他们没有说话。”

说话间，单红英的父亲已经走近了。

赵大年见范老大还在犹豫，说：“范老大，快！”

范老大骑上自行车向单红英的父亲冲去……

范老大慌慌张张地回到赵大年的家，心里一直平静不下来，坐在屋里焦急地等待着赵大年。

夜深了，赵大年才回来。

范老大急切地问："大年哥，人撞得凶吗？"

赵大年叹了口气，话也没说就扑到了床上。

范老大见赵大年神情疲惫，没再说话。过了一会儿，赵大年从床上坐起，望着满脸惊恐的范老大，说："没想到他倒在地下冒起的一根钢筋上。"

范老大一听，脸色惨白，他以为出人命了。

赵大年说："不过还好，没伤着脑壳，但把腿上的一根血管戳破了。"

范老大松了口气，说："现在咋样？"

赵大年说："没啥大问题，在输血。"

那夜，范老大又是一夜未眠。

第十六章　结拜姊妹

单红英嫁给赵大年后，赵大年一直不让范老大与单红英见面，为了使那件事永远不露马脚，他恨不得范老大突然暴死，那样他就再也用不着担心了。可是范老大却一直没有死，而且活得好好的。赵大年害怕范老大到他家里来，所以对范老大就没那么热情了。范老大是个识趣的人，赵大年不想理他，他就没再去找赵大年了，他不愿意低三下四地去高攀别人。人与人的关系就像一碗热稀饭，放不了多久就凉了。

改革开放，土地承包，农村人也可以进城打工了，很多农村人到城里找事做。范老大的父亲说，老大，你去城里找一下赵大年，看他能不能给你找点事，你老在家闲着也不是办法。范老大不好跟父亲说他与赵大年的关系，于是进了一趟城，结果这一趟却改变了他的命运。

范老大来到城里，下了汽车，见汽车站门口站了很多人，他凑过去一看，原来那些人在看墙上的小广告，广告很多，都是招临时工的。有建筑公司的，有餐馆酒店的……范老大挨个儿看了一遍，觉得餐馆的工作比较实惠，钱虽然给得不多，但管吃管住这一条特别诱人。他人高马大，吃得多，到餐馆去，吃住不愁，不管挣钱多少，肚子是不会受罪的。管他的，挣钱不挣钱，先落个肚儿圆再说。于是他东问西问，找到了那家餐馆，老板问他干过餐饮没有，他说以前在水库工地上煮过饭。老板看他憨厚，又听说他以前煮过饭，就把他收了。范老大当的是勤杂工，事情干完了就主动到厨房里去帮忙，没事了，站在灶台边看厨师炒菜。久而久之，耳濡目染，他也学了两手。后来那个厨师与老板闹了别扭，领了工钱，连招呼也没打就走了。面对客人，老板急得团团转。范老大说，老板，让我来试试。老板看了范老大一眼，说，你会炒菜？范老大说，我先炒两个你尝尝。老板一时找不到厨师，说，你先炒个回锅肉，再炒个木耳肉片和鱼香茄子。范老大备好料，围上围裙，拿起锅铲，往灶台前一站还蛮像那么回事。范老大动作很麻利，不一会儿三个菜端上了桌。老板尝了菜，点点头，说不错不错。就这样范老大当上了厨师。厨师比勤杂工挣钱多，范老大又买了几本烹饪方面的书，边学边干，手艺提高得很快。范老大脑瓜子聪明，不全照书本做，他不断摸索，改进配料，炒出的菜别具一格，不但颜色好看，而且味道也好。来吃的人多了，餐馆的生意比以前还好。老板知道范老大的价值，多次给范老大加工资。范老大感激老板，也越发卖劲了。过了几年，老板受朋友之邀南下广东发展，把餐馆转给了范老大，范老大成了老板。当了老板之后，范老大打听过赵大年，想请赵大年吃顿饭，让赵大年看看，农村人并不弱，也能当老板。谁知这一打听，把他吓了一跳，赵大年进班房了。范老大想，赵大年落难了，单红英的日子肯定不好过，他想帮帮单红英。可是他没见过单红英，单红英也不认识他，他贸然去找，怕单红英说他居心不良，所以他没去。后来因生意忙，范老大把这事丢在了脑后。

范老大做生意，心口子不厚，把利看得很薄，所以生意越做越红火。他隔壁的餐馆经营不走了，要转让，范老大把它接了，把中间的隔墙一拆，两个店变成了一个店。装修之后，名字也由餐馆变成了酒店。档次比以前高了，单位在这里招待客人的也多了。有重要客人来，范老大总是亲自下厨，客人们吃得高兴，他也高兴。那天，一个女人来求职，范老大一见，不觉心动，这个女人长得太好看了。要是一般女人，范老大一句话就打发了，因为他那里确实不需要人。可是这个女人，范老大不忍心拒绝，就是拒绝，话也要说得委婉些，他不想伤害这个女人。于是他开始询问，问这个女人叫什么名字，家住在哪里，当听说这个女人叫单红英时，范老大愣了一下，难道她是赵大年的老婆？可是转念一想，这么大个城，同名同姓的人有的是，于是问她家住在哪里，单红英说住在铁牛街，范老大心中的冲动一下子没了，因为这个单红英确确实实是赵大年的老婆。狗日的，赵大年，娶了这么好看的老婆还不知足，还去做那些下作事，真不是个东西！他心疼单红英，也为了减轻自己的负罪感，他狠了狠心，把阎小麦辞退了，给单红英安了个最好的岗位。

三八节，范老板与女工们共进晚餐，他安排了一桌丰盛的菜肴，拿了一瓶五粮液，说：“今天是你们的节日，我招待大家喝酒。”

陈佳说：“算了吧，范老板，过节有那么个意思就行了，何必要喝这么贵的酒？你是丰谷人，咱就喝丰谷酒，这比喝五粮液还有意义。”

范老板说：“妇女是半边天，在我这个小酒店里，你们就不只半边天了，要不是你们撑着，我这酒店恐怕早就开不下去了，为了给你们过节，也为了感谢你们，今晚就喝这酒。”

单红英说：“范老板，陈姐说得对，都是自家人，就喝你家乡的酒。”

陈佳听了，心想：单红英今天终于说实话了。都是自家人，谁跟你是自家人？我们都是打工的，只有你们两个才是自家人！陈佳望着范老板，看范老板说什么。

范老板看了大家一眼，说：“单红英说得对，咱们都是自家人，但自家人在一起更应该喝好酒。”

陈佳说：“范老板，你表妹的话是对的，咱们还是喝你家乡的酒吧。”

陈佳的话一出口，在座的人都有些惊讶，原来范老板和单红英是表兄妹！于是她们看看范老板，又看看单红英，在他俩脸上寻找着血缘留下的印记。范老板微笑着望着单红英，单红英吃惊地望着陈佳，怪陈佳不该在这种场合说出这种毫无根据的话。而且“表妹”这两个字，单红英无论如何也无法接受，因为它除了字面上的含义之外还有另外一层意思，即男人的缭家。现在有很多男人，走到哪里，总喜欢带着缭家，遇到熟人了，都说是自己的“表妹”。单红英不是范老板的表妹，那就意味着她是范老板的缭家。单红英听到陈佳的话，感到自己受到了侮辱，脸上一阵儿红一阵儿白，在她即将发作的时候范老板说话了。

“各位，单红英不是我的表妹。”

听到范老板的话，大家的眼睛比刚才睁得还大，她们望着范老板，等待着他下面的话。

“但这话确实我说过。”范老板说，“那天，我和陈佳给几个客人敬酒，后来陈佳走了，那几个客人要单红英给他们敬，单红英站吧台，她一走那里就没人了，我对那几个客人说单红英不会喝酒，我不说这句话还好，一说这话他们更来劲了，非要单红英给他们敬酒不可，我说单红英真的不会喝，请大家不要难为她。那几个客人说，单红英是你啥人，你这么护着她？情急之下，我说单红英是我的表妹，我小姨的闺女，那些人也就没再闹着叫单红英给他们敬酒了。”

听了范老板的话，单红英才知道陈佳那句话的来历，尽管她对“表妹”二字很敏感，但她内心深处还是感激范老板的，范老板毕竟是好意。

陈佳说：“哦，原来是这么回事，我还以为单红英真的是你的表妹呢。”

范老板说：“我倒想有这么个表妹，可惜没有。”

陈佳说：“我还想有这么个表妹呢。”

陈佳说这句话时眼睛望着单红英。

单红英说：“我早就是你的表妹了，我天天都在喊你‘陈姐’。”

“你们两个认了姊妹，来，咱们喝酒祝贺。”范老板拧开瓶盖，给每个人斟了一杯酒，说，“为祝贺陈佳和单红英结为姊妹，干杯！”

大家举杯共饮，只有单红英抿了一小口。

范老板说：“单红英，不行，这杯酒无论如何你得干了。”

除了陈佳，大家都劝单红英喝，单红英无奈，只好干了。

范老板又给大家斟满杯，说：“这第二杯酒，为庆祝你们的节日，干杯！”

这杯酒大家都干了，单红英也只有干了。

范老板斟上第三杯酒，说：“各位，感谢大家对我的支持，我诚心诚意敬大家一杯感谢酒，干！”

单红英抿了一口，把酒杯放下。

范老板说：“单红英，你如果看得起我，就干了。”

单红英说：“范老板，我真的不能再喝了。”

陈佳说：“范老板，这杯酒我代了。”

范老板说：“这杯酒，单红英必须喝，过后的酒我不管。”

陈佳说：“范老板，你不是要保护单红英吗？算了吧，我代她喝了。”

范老板说：“我没说不保护她，对外我绝对保护她，包括在座的每一位。今天是我们内部，情况不同。”

单红英屏气喝了。三杯酒下肚，单红英已有些晕了，只觉得头轻飘飘的，有点欲仙的感觉。接下来是互相敬酒，每次单红英只作表示，酒由陈佳代劳。

一瓶酒喝完了，范老板说：“还喝不？”

大家一个劲地摇头。于是收场，各自回家。

陈佳不放心单红英，决意送单红英回家，单红英推让不过，只好答应。

单红英住在服装厂单身宿舍，这是凌志峰当厂长后给她分的。之前，她住在赵大年家里，有时下班晚了，老人婆的眼睛老是盯着她，一盯就是多久，盯得她心里难受，她受不了那种眼神。这还不说，进了家就出不去了，要想出去就必须有一个老人婆认可的理由，否则老人婆就不会答应。那天，她父亲病了，她要回去看父亲，老人婆不信，说大年不在家，你晚上不要出去……单红英受不了这句话，回敬了老人婆一句，说，我又没做见不得人的事，你像防贼一样防我，没见过你这样的老人！单红英跟老人婆争吵后，老人婆看她不顺眼，她看老人婆也不顺眼，为了不看到老人婆，她决定搬出这个家。搬到爸妈那里住，又怕爸妈生气，于是找凌厂长要房子，凌厂长同情她的处境，给她解决了一个单间。后来服装厂破产了，工人们依旧住在这里，单红英自然也住在这里。

“你住在这里？”走近院落，堆在门口的垃圾散发出一股扑鼻的臭味，陈佳似乎不大相信地问道。

“是，我住在这里。”单红英在前面带路，并不时地提醒道：“小心，这里堆有柴火，这里有个小坑……”

弯弯拐拐，拐拐弯弯，走了很长一段，单红英在一幢灰扑扑的房子前停下，借着另一间房里透出的灯光，陈佳看清了这幢房子，这是一幢烂朽朽的平房，每个门口都摆着一个蜂窝煤炉子，煤烟味直钻鼻子，呛得人难受。单红英打开门，喊了一声姐（这是她第一次把“陈姐”的陈字省略了），说：“进来吧。”

陈佳没有犹豫，这是她干妹妹的家，咋说她也得进去。

单红英的房子不大，最多也就十来个平方。屋里除了床，还有一张桌子，一个木箱，两个小凳。墙上挂着儿子的相片。

“姐，坐。”单红英指着小凳子说。

陈佳坐下。

“这是哪个单位的房子？”

“服装厂。”

“你以前在服装厂上班？”

单红英点点头。

“你一个人？”

“我一个人。”

“他呢？”

陈佳问起赵大年，单红英心里一阵疼痛，她直接回答了陈佳的话，而且语气平静：“在班房里。”

陈佳有些后悔，她觉得不该问这句话，这句话会把单红英的伤口刺痛的。陈佳不再说话，望着单红英，也许是喝了酒的缘故，单红英略带忧郁的脸上飘着淡红。

单红英对陈佳说了她不幸的婚姻，陈佳叹了一口气。

“你没想过离婚？”

“想过。可是那样做我又不忍心。”

“为什么？”

“受伤害的人太多，包括我的父母。”

“你父母不同意你离婚？”陈佳不解。

“我父母是自由恋爱走到一起的，他们恋爱时还没解放，那时农村很封建，但为了爱情，我父亲连命都不要……可是，现在他们却变了，变成了非常传统的老人，觉得离婚名声不好，所以赵大年进班房后，父母立即给我打预防针，说赵大年心地不坏（他曾救过我父亲），只不过一时糊涂做了错事（父亲没有说赵大年犯罪），叫我不要胡思乱想。父亲说，我的小外孙那么小，你们离婚了，他咋办？他要么失去父亲，要么失去母亲，不管失去哪个，对他的心理成长都是不利的。父母是儿子车子上的两个轮子，失去一个车就没法跑了……我懂父亲的意思，他一直把赵大年当成他的救命恩人，我要离婚自然就伤害了我父亲。还有他，在班房里，也许已经对生活失去了信心，我再跟他离婚，他的精神也许会崩溃，所以我没提出离婚。”

“妹妹，你的心太好了。”陈佳说，“儿子呢？”

“儿子在他奶奶家里，爷爷奶奶很喜欢他。”

“你怎么不跟他们住在一起？”

“房子窄，不方便。”单红英没说她与老人婆吵架的事。

“那是，跟老人婆住在一起总有些不便，有时还会磕磕绊绊，自己单住，想哪门就哪门。”

“你跟没跟老人婆住在一起?”单红英问。

“老人婆?我没有老人婆。”

“不在了?”

“不是不在了，我根本就没有。”

单红英被弄糊涂了，说：“咋回事，姐?”

“我没嫁人。”

单红英不解，说：“为啥你不结婚?”

“没遇到合适的，或者说没遇到我喜欢的。”陈佳说，“如果嫁给一个自己不喜欢的人，我宁可不嫁。”

“你一直没遇到过?”

“说没遇到过，那是假的。”陈佳说，“好不容易遇到一个，可我不认识他，他也不认识我……”

“咋回事?”

“不说了，过去的事懒得说。”

陈佳不说，单红英也不便问，她怕陈佳伤心就转换了话题。

“姐，你以前在哪个单位?”

“涪城饭店。”

“那么好的单位你舍得离开?”

“唉——”陈佳叹了一口气，“我去火车站接一个人，弄错了，后来传出我是去跟特务接头没对上暗号……还有，我们单位门口贴了一张通缉令，被通缉的人也是个女的，跟我同名同姓，而且年龄跟我一般大，有人见了我就指指戳戳，我把通缉令撕了，领导批评了我，有人还举报了我……我受不了那些异样的目光，一气之下把职辞了，把名字也改了，后来就到范老板的酒店了。”

第十七章　摆脱不幸

1

赵大年回来了，从班房里。赵大妈很高兴，炒了几个菜，单红英请了假，一家人坐在一起吃饭。饭桌上的气氛很沉闷，除了赵大妈，谁也不说话。赵大妈想把这潭死水搅活，说："孙儿，叫爸爸吃菜。"

赵帅不解地望着奶奶，他不知道家里怎么突然来了个陌生人，而且要当他的爸爸。赵帅没有喊。

赵大妈指着赵大年说："孙儿，他是你爸爸，快喊。"

赵帅看了一眼赵大年，还是不喊。

赵大妈对小孙儿的表现很不满意，说："你爸没回来，你一天都在想，现在你爸回来了你又不喊。"

赵帅说："他不是我爸爸。"

单红英说："儿子，他是你爸爸。"

赵帅说："我爸爸不是这样的，比他长得好看。"

赵大年心里咯噔了一下，难道单红英……不然儿子咋会说出这种话？赵大年看了一眼单红英，单红英比以前更好看了，无论脸上还是身上都比以前丰满，而且比以前更有味道了。一种不祥的感觉爬上了他的心头。

单红英没在意儿子的话，吃完饭上班去了。单红英下班已是晚上十点多，她不能再到她的小屋里去，她得回赵大年的家，因为赵大年回来了。单红英进门，拉开电灯，见赵大年面向墙壁躺着，以为他睡着了。为了不影响赵大年休息，单红英不声不响地洗了脚，轻手轻脚地上了床，和衣而睡。几年了，她一个人睡惯了，身边突然睡了个男人，虽然这个男人是她的丈夫，但她还是觉得别扭。单红英睡不着。这时，赵大年翻了个身，说："你咋这么晚才回来？"

"才下班。"

"下这么晚？"赵大年想到儿子的话，心里有些不快。

单红英无法接受赵大年这句带有质问性的话，说："你以为还是国营企业？这是私营，钱没那么好挣！"

赵大年在班房里蹲久了，不了解社会的发展变化。当他从妈妈的嘴里得知单红英所在的服装厂倒闭了，单红英在一个酒店打工时，他一是不解，二是心里不是滋味。他问妈妈见过单红英的老板没有，妈妈说见过，叫范老大。赵大年听到范老大三个字，愣了一下，难道是他？赵大年问范老大多大年龄，赵大妈说不知道，看长相跟你差不多。赵大年无法确定这个范老大是不是那个范老大。赵大妈说，不过范老大那人不错，对单红英挺好。听到这句话，赵大年心里敲起了小鼓，他把妈妈的话与儿子的话联系在一起，仔细一想，觉得不对头，说不定两个人早搅在一起了。想起范老大，赵大年不免担起心来，要真是那个范老大，他会不会把多年前的秘密告诉她？想到这里，赵大年改变了态度。

"红英，我没有别的意思，你不要多心。我是说私营企业老板心黑，下班太晚。"

"他还算好的了。"

"好在哪里？"

"他起码没有像有的老板那样克扣工人的工资。"

"你们的老板是哪里人？"

"丰谷井。"

赵大年听说范老大是丰谷井的人，知道这个范老大就是那个范老大了。为了弄实在，第二天，赵大年悄悄地站在范老大酒店的对面，眼睛望着酒店，他看到了范老大，就是他，就是他认识的那个范老大！回到家，赵大年老想着单红英与范老大，越想心里越烦，他想出去走走，可是刚出班房，不好意思见人，于是打消了外出的念头。他天天待在家里，日子久了，脾气变了，像关在铁笼里的狮子，暴躁不安。他看这不顺眼，看那不顺眼，连儿子也看不顺眼。那天，儿子闹着要买《孙悟空》，他没有钱，眼睛一瞪，说：“买什么书？娃娃家你看得来？”

赵帅说：“看得来，小五有，我看了。”小五是他们隔壁那家的娃。

赵大年说：“看了你还买？”

赵帅小嘴一噘，说：“那是小五的，我要自己买。”

赵大年说：“我不去，有本事你自己去。”

赵大年的父亲听不下去了，说：“大年，有你这样说话的？他还是个娃儿。你是他爸，他不找你找谁？”

赵大年不开腔了，窝着一肚子气，想出没地方出。赵大年不去买书，赵帅不依不饶，睡在地上又哭又闹。赵大年肚子一鼓一鼓的，终于没忍住，照着赵帅的屁股打了两下，赵帅瘪啦啦地叫唤。

赵大年的父亲火了，说：“要打出去打，别在我屋里打！”

赵大妈走过去把赵帅拉走了。

赵大年关上门，直到吃饭也不开。

一家人磕磕碰碰，日子过得很不舒坦。

赵大年对单红英说：“我不想在家里住了，我想出去住。”

单红英也觉得在家里住着不是长法，一家人天天打肚皮官司，心里难受。她早有这种想法，但不好开口。现在赵大年提出来了，她顺口说：“出去住，就只有到那间小屋里去。”

赵大年说：“小屋就小屋，总比窝在这里强。”

赵大年和单红英搬进了那间小屋。单红英照常上班，赵大年没事，东转转西转转，时间一长，结识了一伙混混，加上和他一起坐过班房的那几个，整天聚在一起，不是喝酒就是打牌。单红英怕赵大年要出毛病，劝他找点事做，赵大年说，下岗工人那么多，往哪里找事？单红英知道赵大年不想做事，做事就没有那么自由了，哪像现在，想东东，想西西，想干什么干什么。

一天，夜很深了，赵大年还没回来，单红英有些担心，睡不着，几次出门张望也不见赵大年的身影。单红英实在太困了，和衣倒在床上，刚迷糊着，赵大年回来了，走到床边，边打饱嗝边扯单红英的衣服。单红英醒了，闻到一股酒味，胃马上就不舒服了，她翻了个身，用被子把头蒙住。

赵大年去扯被子，说：“这么早就睡了？”

单红英使劲拽着被子，说：“天天一大夜，你不睡别影响我睡。”

赵大年很兴奋，哪里肯依，说：“快来，我有好事跟你说。”

单红英知道赵大年想干啥，说：“有啥明天说，我瞌睡得很。”

赵大年死皮赖脸，钻进了单红英的被子里，说：“老婆，我今天手气特别好，赢了一百多。”

赵大年以为单红英会高兴，没想到单红英把他推到了一边，说：“这就是你说的好事？”

“赢到钱了难道不是好事？”

“钱是靠挣而不是靠赌。赌博算好事？”

赵大年被呛了一句，心里很不高兴，但他没有反驳，他知道自己理亏。

“今后你最好不要去干这种事，找点正经事做。”

“事情不好找。”

“你去找过？”

“找过。为了找事我腿都跑断了。”赵大年说的是假话。

单红英托人在一个工地上给赵大年找了份临时工，赵大年去了一天就不干了，他嫌累。单红英又给他联系到环卫队，赵大年嫌脏，连去也没去。再后来单红英给他找了个不累也不脏的守门差事，赵大年说这活太绑人，他干不了。单红英知道赵大年不想干正事，对赵大年失去了信心，也就不再过问赵大年的事了。

一天，赵大年一进门就扑通跪下了，对赵大年早已麻木的单红英还是吃了一惊，她以为她帮赵大年还了赌债，他被感动了，要改邪归正了，于是弯腰拉着赵大年，说：“你这是干啥？起来！”

赵大年没有起来，抬起头，眼泪汪汪地说：“红英，我对不起你！”

单红英说：“你知错就对了，用得着这样吗？”

赵大年说：“我知道错了，可是这回你一定要救救我！”

单红英知道出大事了，不然赵大年是不会在她面前下跪的。

“你起来说，又出啥事了？”

赵大年说：“你先说答不答应我？你答应了我才起来。”

单红英说：“你起来吧，只要不是叫我去死，啥事我都答应。”

赵大年见单红英答应了，心里暗暗高兴，这一次的难关又要渡过了。赵大年站起身，把单红英紧紧地抱住。

单红英推开赵大年，说：“你说，到底出了啥事？”

赵大年吞吞吐吐地把发生的事情说了一遍。

原来赵大年把单红英输给了一个叫于金山的人。赵大年和于金山及其小兄弟打麻将，钱输光了，于金山就借钱给他，日子长了，累得多了，于金山叫他还，赵大年说他没钱，求于金山缓缓，说于大哥，这段时间运气不好，没整（偷盗）着，等整到了，保证一次还清。于金山说，那咋个得行？我急着用钱！赵大年说，于大哥，请宽限几天，现在我实在没法。于金山说，没法，我帮你想个法。赵大年说啥法，于金山说，你的老婆……赵大年说，上次她都把钱拿给我了，现在她手上也没有钱。于金山说，我不是说她手上的钱，我是说她的人……于金山第一次在范老大的酒店里见到单红英时已经把单红英看上了，碍于范老大的情面（单红英是范老大的表妹）才没下手，后来得知单红英是赵大年的老婆，于是就大把大把地借钱给赵大年，他要叫赵大年自己把老婆送到他的床上，现在时机到了，他要叫赵大年拿老婆顶账。赵大年没听懂，眼睛望着于金山，于金山重复道，我不是说你老婆手上的钱，我是说你老婆这个人，用你老婆顶账，懂没懂？赵大年一听，两眼一瞪，想发作又不敢。于金山说，你瞪啥眼？有本事这阵把钱还了，没钱，今晚把你老婆送来，让你老婆跟我睡一夜，咱俩的账一笔勾销，怎么样？赵大年不说行也不说不行。把老婆让给别人睡，赵大年的心里还是通不过，可是不答应又从哪里弄那么多钱？于金山见赵大年不说话，说，给你一天时间，考虑好后告诉我。一天很快过去了，赵大年还是没拿定主意，舍不得老婆，也弄不到钱。于金山催问，赵大年要求宽限几天。于金山说，不行，是黑是白，今天必须了断，不然的话，咱按规矩办。赵大年明白了于金山的意思，于金山是要取他的手指。赵大年的两只手不停地搓着，好像一个手指就要离他而去，他害怕了。疼是一回事，问题是缺了一个手指打麻将就没那么方便了。不打麻将，他输的钱怎么赢得回来？不行，手指绝对不能叫他取！于金山看出了赵大年的心思，说，别再揉了，指头和婆娘，看你舍哪头。指头掉了不能再长，你老婆就是跟我睡一百回还是老样子，别说只有一夜。你看着办！赵大年经过权衡，答应了于金山的条件，他要求于金山把欠条交给他。于金山说，不行，买卖的规矩是先货后款，没拿到货就给钱，没有哪个傻瓜会干。你回去跟你婆娘说，就今天晚上，事后我把你的借条交给你婆娘。

单红英听了，泪水夺眶而出。赵大年急忙给单红英擦眼泪，单红英把他的手推到了一边。

“亏你还是个男人！连自己的老婆都可以让给别人，不知道你还有没有脸?!”

赵大年哭丧着脸说：“你实在不愿意那我就送给他一根手指头。”

赵大年边说边慢慢地往外走。

单红英大吼一声：“回来!”

赵大年本来就没打算再往前走，所以立即停住了脚步，转身进屋，两眼望着妻子，等待着她的下文。

“欠多少？还他!”

赵大年一听，呆了，因为他跟于金山说好了，单红英跟他睡一夜，他不但把他欠的四千块全部抵销，而且还要倒给他一千，他拿这一千再到麻将桌上去翻本。现在单红英说还钱，这是他没想到的。

“我不是跟你说了，五千。”

“就五千?”

“就五千。”

“你等着，我去借，今天就还他。但有一条，今后你不准再去赌。”

赵大年点点头。

单红英出门了，可她心里犯愁，五千块，这可不是个小数目啊！她想到了天香，可是天香已经随军了，不在这座城里，远水解不了近渴。单红英先到干妈家，而后去找同学和同事，跑了十几家，终于凑够了五千块。

单红英把钱往赵大年面前一扔，说：“去吧，还给他，叫那个臭男人闭上他的臭嘴，不要再放臭屁!”

赵大年二话没说，拿着钱就走。单红英想想没对，还是她当面把钱还给那个臭男人，亲手把他的臭嘴打上封条，以免以后他再喷粪。

单红英急忙出门，可是赵大年已经走远了，于是大声说：“赵大年，你等等!”

听到喊声，赵大年心里咯噔了一下，停住脚步，说：“你跟来弄啥?”

“我要亲眼见识见识那个臭男人!”

赵大年一听，急了，说：“你别去，你去了会惹麻烦的。”

“惹啥麻烦?”

“那人本来就不想要钱……”

“越是这样我越要见见他，看他是不是长了三只胳膊六条腿?!”

“何必呢？我把钱还给他不就行了。”

赵大年不想叫妻子去，一来怕暴露虚报的那一千块，二来他也确实不愿意叫于金山见到他老婆，因为于金山是个出了名的色鬼，他怕妻子去了于金山不接这钱。

“你怕我去?”

“我不是怕你去，是怕你去了惹麻烦。”

“你不叫我去我偏要去，我不相信马王爷才三只眼他能长出六只眼来!”

赵大年无奈，只好让妻子跟他一起去。

单红英是在一个宾馆的房间里见到于金山的。于金山满脸横肉，大腹便便，坐在沙发上，跷着二郎腿，手指钳着烟，怡然自得地吸着。单红英一见，觉得这人面熟，好像以前在哪里见过。

于金山见单红英来了，咧着嘴笑了笑，两眼色眯眯地望着单红英，说：“哎呀，可把你等来了。妹子，还认识我吗?”

单红英摇摇头。

于金山很久没有到范老板的酒店去了，加上今天他刻意打扮了一番，单红英一下子没认出来。

于金山说：“我倒认识你，范老大的表妹。”

于金山这一说，单红英想起来了，他不就是那四个酒鬼中的老大吗?他还欠酒店两万多块钱呢。

单红英本想告诉于金山她不是范老大的表妹，但想到这话是范老大为保护她而亲口说的，所以没有说。

单红英说：“哦，想起来了，你以前是我们酒店的常客。”

赵大年心里不自在了，单红英怎么成了范老大的表妹？酒店是范老大的，怎么变成了“他们”的了？赵大年更加怀疑范老大与单红英的关系。

“哦，原来你们认识?”赵大年说。

“当然了，不然我怎么会……”于金山没有把话说完。

于金山是跟赵大年说好了的，赵大年把单红英送到房间后就离开，单红英在这里跟他过夜。

赵大年急忙说：“于大哥，我把钱给你送来了。”

于金山说：“送来了就好，送来了就好。我就知道老弟不会食言的。”

于金山说的“钱”是单红英。

于金山摆摆手，示意赵大年离开。

单红英把钱从包里取出，说：“钱在这里，借条拿来。”

于金山见单红英掏出了钱，深感意外，心中烈烈燃烧的欲火突然被泼了一盆冷水，差点把他的肺气炸，他呼地站起，牙齿咯嘣响了一声，向赵大年举起了手。就在拳头即将落在赵大年身上时，于金山改变了主意，他不能打赵大年，赵大年是他麻将桌上的菜，打了他不就少了一盘菜？菜没了，是他的损失，但他损失的不仅仅是今后无法赢赵大年的钱，更重要的是失去了得到赵大年身边这个女人的机会。眨眼间，于金山把拳头变成了巴掌，轻轻地落在赵大年的肩上，刚才那凶神恶煞的面孔变成了弥勒佛的笑脸。

于金山用手摇着赵大年的肩膀说：“你来就行了，还叫妹子陪着来，不好意思，不好意思。”转而对单红英说：“妹子，钱你先留着，我又不缺那几个钱，何必着急呢？”

单红英从于金山瞬间转怒为笑中发现这是个不简单的人物，于是装着毫不知情的样子，说：“于大哥，我这个人有两个毛病，一是欠不得账，欠了别人的钱总睡不着；二是欠不得情，欠了人情不但睡不着而且也吃不下饭，所以这钱今天无论如何要还给你。”单红英说着把钱递了过去。

于金山推让不过，说：“为了不使妹子吃不下饭睡不着觉，这钱我先收下，妹子哪天要用来拿就是了。”于金山没有数，顺手把钱丢在沙发上。

单红英说：“于大哥，借条呢？”

赵大年见妻子向于金山要借条，心里不免有些紧张。于金山从包里掏出借条，说：“不好意思，不好意思，忘了。”

单红英接过借条，看了一眼，说：“是不是还有一张？”

于金山不明其意，说：“没了。”

单红英说：“于大哥，你把钱数一下，我给你的是五千，借条是四千。”

没等于金山说话，赵大年接上了嘴：“还有一千于大哥没让我打借条。”

于金山突然想起他答应过赵大年，单红英跟他睡一夜抵五千，说："哦，那一千你不说我都搞忘了，赵老弟真是个君子。"

单红英说："谢谢于大哥对他的夸赞，也谢谢于大哥对他的信任。于大哥，以前的账了清了吧？"

于金山说："了清了，了清了。"

单红英说："了清了，现在谁也不欠谁的，从现在起，我希望你以后不要再跟赵大年打麻将。"

于金山说："为什么？"

单红英说："这个你还不明白？他没有工作，没有收入，哪里有钱？要是今后他再给你打借条，我只有叫你到派出所去要钱了。"

单红英说完，转身走了。

赵大年见妻子离去，说："于大哥，我走了。"

单红英在前，赵大年在后，一直走到家，俩人一句话也没说。

进屋后，单红英说："赵大年，你和于金山的戏演得好！"

"我和于金山演啥戏了？"

"用不着我说，你心里明白。"

赵大年心虚，说："我不明白。"

"不明白？那我问你，你到底欠于金山多少钱？"

"五千。"

"五千？像于金山这种人借给你一千块钱能不要借条？鬼才相信！"

"是有一千他没要借条。"

"骗鬼！"

"信不信由你！"赵大年一甩手走了。

夜很深了，赵大年还没回来。单红英躺在床上，翻来覆去睡不着。天快亮了，赵大年才回来。

单红英没好气地问："又去赌了？"

"赌？嫖婆娘！"

"有本事就住在外面，回来弄啥？"

"回来弄啥？想叫我把这半边床让给范老大？没那么好的事！"

"放屁！"

"放屁？昨晚可是于金山当着你的面说你是范老大的'表妹'，还不认账？”

单红英气得说不出话来。

赵大年以为单红英心虚了，说：“表妹？啥意思？你以为我不懂嗦？”

“随你咋说！身正不怕影子斜！”

“没那么便宜，叫范老大拿钱来！我不能叫他白跟你睡！”

“不要脸！”

“我不要脸还是你不要脸？告诉你，我不会白戴这顶绿帽子！”

“随你的便！”

“好，这可是你说的！”赵大年咬着牙说。

单红英敢说硬话，是因为她清白。赵大年是条烂龙，他肯定要去敲诈范老大。

“赵大年，我劝你不要抓屎糊脸，你不要脸我还要脸！”

“怎么？害怕了？没做亏心事还怕鬼敲门？好，看在夫妻的分上，我给你留个面子，我不去找他，但你必须找他要钱。”

“我凭什么找人家要钱？”

“他嫖了你，哪有嫖婆娘不给钱的？”

“赵大年，我不想跟你吵架，你实在这么认为，我们就离婚！”

“离婚？你想嫁给范老大？没那么便宜！”

“离婚了我想嫁给谁就嫁给谁，你管不着！”

“我叫你嫁不出去！”

“你以为天底下就你一个男人？到时候你看我嫁得出去嫁不出去！”

“要离婚，我先划破你的脸，再弄折你的腿，看谁还要你？”

“你敢！”

“我说得出做得出，你看我敢不敢？”

单红英害怕了。

2

范老大的酒店失火了，火灾发生在夜里，虽然消防队很快赶到，将火扑灭，但酒店已被烧得面目全非。范老大、陈佳和单红英面对被烧毁的酒店，一个个泪流满面。

陈佳说："范老板，只有重新装修了。"

范老大摇摇头。

单红英说："你不打算开了?"

范老大点点头。

单红英和陈佳一时无语。范老大关掉酒店，也就意味着她们又要失业了，她俩的心情有些沉重。

三个人默默地站在那里，像站在灵堂前为逝者默哀。

过了一会儿，范老大说："你俩也不要伤心，其实我早就不想开了。表面上，咱这酒店红红火火，人来客去，生意不错，"范老大苦笑了一下，"其实是驴屎蛋外面光。以前我没有跟你们说，看账面月月盈利，其实月月亏损。"单红英和陈佳有些惊讶。范老大接着说，"也不算亏损，是欠账收不回来。外面欠咱十几万，于金山一个人就欠咱两万多。"

提到于金山，单红英气不打一处来，但她无法跟范老大和陈佳说。

"找他收!"单红英说。

"你不了解这些人，"范老大望着单红英说，"他们都是些烂龙，不好惹。你找他收钱，他一句话就把你打整了，没钱。催急了，又怕他们砸我们的摊摊。"

"他敢?!"单红英说。

"你说他不敢?你太小看他们了。上上个月，给大家发工资，钱凑不够，我去找于金山，说，于大哥，我这两天手头紧，周转不过来，还没说问他要钱，他的眼睛就鼓起来了，问我是不是找他要账，我赔着笑说，于大哥，说哪儿的话，我是想向你借两个，过两天就还你。你们想都想不到他咋说，他说，范老大，你不是不知道，我的钱从来不借给别人。于金山这样说，我就没法说了。那天下午，老四跑来了——老四你俩都见过——他说，范老板，我大哥说了，你这几年在这里开酒店，要不是我大哥经常在你这里吃饭，你的酒店早被人砸了。我们不收你的保护费就不错了，你还不知好歹，想收饭钱!我告诉你，咱们谁也不欠谁的。老四说完扭头走了。"

"那，这火会不会是他们放的?"陈佳说。

"唉，只有天知道了。"范老大叹了口气。

“告他去！”单红英愤怒地说。

“怎么告，凭啥去告？咱又没有证据。”范老大无奈地说。

“他们欠咱们的饭钱总是事实！”单红英说。

“他们既没写欠条，又没在菜单上签字，是我记的账。”范老大说，“别说咱没法告，就是有法告，说不定咱还没把他们告下，他们就把咱们收拾了。”

“你的意思是把这口气咽了？”陈佳说。

“不咽也得咽。”范老大说。

“你打算怎么办？”单红英问。

“惹不起躲得起。”范老大说。

“那太便宜他们了。”单红英说。

“舍财免灾。”范老大说，“只有这样想了。”

“你不干了？”单红英说。

“不干了。还是回去种我的地。”

“那这酒店？”陈佳问。

“赔人家点损失，把房子退了。”范老大说，“不过，我这样做有点对不起你们。这样吧，外面欠咱的钱，你俩去收，收几个算几个，就算我对你俩的补偿。”

“不，那是你的钱，我俩不要。”单红英和陈佳同时说。

“别这样说，没有你俩的支持，也许这个店早就开不下去了。”

单红英和陈佳仍不答应。

范老大说：“这样吧，钱是我的，我拜托你俩帮我收一下，我实在不愿意在这里待下去了，看到酒店我就伤心。”

单红英望着陈佳，说：“姐，你说呢？”

陈佳说：“既然范老板拜托咱俩帮忙，那咱俩就尽力而为吧。”

不久，陈佳到广东打工去了，帮范老大收账的事落在了单红英一个人身上。

单红英跑了一天，累得啥似的，只收到了一百多块钱，她不知道这些人为什么那么不要脸，面对自己的欠账单却厚颜无耻地赖账。这些人连良心都没有了，哪里还有什么诚信？单红英边走边想，不知不觉到了家门前。

儿子站在门口。

“帅帅，天黑了你咋站在外面？”

“我等你。”

“你爸没在家？”

“走了。”

“到哪儿去了？”

“不知道。是阿姨来叫他的。”

“你认识那个阿姨吗？”

“认识，就是上次来咱家的那个。”

单红英的头嗡地响了一声，急忙用手捂住额颅。

那个女人是赵大年在外面网的，她上班时赵大年经常把那个女人带到家里来。一天，赵大年与那女人的丑行被儿子看见了，儿子对她说爸爸跟一个阿姨在床上打架，爸爸把阿姨压在身下……他问赵大年，赵大年矢口否认，后来被单红英碰到了，赵大年还是不认账，为这事她和赵大年没少吵架。

夜深了，儿子睡着了，单红英睡不着。

赵大年回来了，单红英没好气地说：“你咋不在外面过夜？”

赵大年听单红英口气不对，来了个先发制人，说：“你不是到范老大那里去了？我以为你要跟他在一起过夜呢。”

“放屁！像你，在外面嫖了不说，还把婊子带到家里，不要脸！”

“是我不要脸还是你不要脸？连农二哥都瞧得起，下贱！”

“赵大年，你不要满嘴喷粪，拿事实来！”

“事实？还要什么事实？他的酒店被烧了你哭啥？”

“我是那里的职工，店没了我没地方挣钱。”

“不会吧？恐怕是舍不得你那老板。”

单红英见赵大年扯烂筋，心一横说：“你愿意咋说就咋说！”

赵大年嘿嘿冷笑了两声，说：“老子早就知道你们两个撩起了，说你你还不认账，我警告过你，我这绿帽子不会叫他白戴，我要叫他付出代价！怎么样？老子一把火把他的店烧了，他不就滚回去了？有胆量你撵到他家里去呀！”

赵大年越说越得意，竟把他放火的事说出来了。单红英吃了一惊，她万万没想到这伤天害理的事是他干的。

“你凶！难道你就不怕遭报应？”

“这是他应得的报应！有本事你去跟他说呀。”

儿子被惊醒了，两只小眼睛惊恐地望着爸爸妈妈。

3

范老大锄完地，坐在田边，见有人向他走来，他一看，认出了来人，起身迎了上去。

“单红英！”范老大惊喜地喊道。

单红英答应了一声。

“果真是你呀，我还以为看花了眼呢。你怎么找到这里的？”

“下了汽车，边走边问，没想到还没到你们村就把你给找着了。”

“走，回家吧。”范老大拿起放在地上的锄头说。

“就在这树下坐吧，这里凉快。”单红英虽然下过农村，但离开农村久了，再到农村还是有一种新鲜感。蓝蓝的天，白白的云，圆圆的太阳，空旷的田野，绿油油的庄稼，郁郁葱葱的树木，自由飞翔的鸟儿，蹦来蹦去的蚂蚱……眼前这一切使单红英的心情一下子好了起来。

“你喜欢在这里坐，也行。”范老大放下锄头，顺手在桐树上摘下几片叶子垫在地上，说，“坐这上面。”

单红英坐在树叶上，范老大坐在地上。

“你不垫？”

“垫啥？农村人是从泥土里长出来的，一天不沾泥土就心慌，就像城里人一天不洗澡就睡不着一样。”

“这块地是你的？”

“这里有一块，那边还有一块。”范老大指着远处说。

“你这庄稼长得不错，没想到你种庄稼还是一把好手。”

“庄稼活，农村哪个人都会做。”范老大说，“你咋突然想起到这里来了？”

“我来给你交差。”

“给我交啥差?”

“你忘了你托我和陈佳办的事了?”

“啥事?”范老大一时没想起来。

“收账。”

“哎呀，你莫说我还真的忘了。”

“你忘了我可没忘。”单红英说，“受人之托，终人之事，我把钱给你送来了。”

单红英从口袋里掏出钱和剩下的欠账单，并告诉范老大那些人都想赖账。

范老大听了，有些生气，说：“那些人长得人模狗样，穿得周吴郑王，没想到会是这种东西！管他的，收几个算几个，多少也算我对你和陈佳的补偿。”

“我和陈姐上班时你是给了工资的，这钱是你的，我们不要。”

“开始我就说清楚了，是给你和陈佳的补偿。你拿回去。”

范老大不接钱，只接了欠账单，他一张一张地看，越看越生气，牙齿咯嘣响了一声，嗞啦嗞啦，把欠条撕得粉碎，手一扬抛向空中，说：“就算喂狗了！”

提起于金山，范老大的气不打一处来，他说，那个人的心太黑了，我只找他要过一次账，他觉得我没给他面子，竟下毒手烧了我的店……说起酒店，范老大伤心得几乎要落泪了。看着范老大伤心的样子，单红英心里也有些难受，她毕竟在酒店上了那么久的班，对酒店有很深的感情，特别是那些姐妹们，一下子散了，她真的舍不得。单红英虽然恨于金山，但范老大一口咬定酒店是于金山烧的，她觉得于金山还是有些冤枉。

“于金山是坏，但酒店不是他烧的。”

“你怎么知道?”范老大吃惊地问。

“听人说的。”

“谁烧的?”

“反正不是于金山。”

“那是谁?”

单红英没有回答，她在想到底告不告诉范老大。

“是谁？告诉我。”范老大急于知道。

单红英还是没有说。

范老大见单红英不说，没再追问，他不想难为单红英，于是自言自语道："我在城里没有仇人，又没得罪过哪个，他为什么下此毒手，烧毁我的酒店……"

范老大从地上捡起一个鸡蛋大小的石头狠狠地扔向前方，好像烧他酒店的人就站在那里，他要用石头砸烂那个人的狗头。

"范老板，这钱……"

"你拿回去。"

"这是你的钱，我们说什么也不能要，何况陈姐已经到广东去了。"

"陈佳到广东去了，那就算我还你的账吧。"

"你又不欠我的钱。"

"欠，而且欠很多，这点钱远远不够。"

单红英不解地望着范老大，范老大说了他骑车撞单红英父亲的事。

"阴险！他太阴险了！"单红英说。

回家的路上，单红英想了很多，赵大年的恶行一幕幕地出现在她的大脑里：偷王婆婆的鸡；用尿充当五粮液送给天香她爸；指使范老大撞伤她父亲；强奸幼女；出狱后不思悔改，乱网女人；赌场上把她输给于金山；火烧范老大酒店……可恶，实在是太可恶了！

离婚！单红英终于做出了久思未决的决定。

大老远，单红英看见她爸妈坐在她门口，她不知道爸妈为啥到这里来。赵大年从班房回来，不务正业，爸妈不想看到他，从未到她家里来过，现在到她家来，肯定有要紧事。单红英加快了脚步，还未到爸妈跟前，爸爸就说话了。

"你到哪儿去了？这阵才回来！"单之林满脸不高兴。

"爸，有啥事？"单红英望着爸妈不大好看的脸说。

"赵帅，他……"爸爸话刚出口，眼泪就流出来了。

妈妈也在流泪。

"帅帅怎么了？"她急切地问。

"掉河里了。"爸爸说。

"咋样？"她说。

"没了，孩子没了。"爸爸说。

单红英一听，身子一歪倒在了地上。

那天，赵大年身上没钱了，没去打麻将，他要出去耍，儿子闹着要去，赵大年不带，儿子大哭。赵大年的父母看不过去，说，你一天不上班，连娃儿也不带，去，带娃儿去耍一会儿。赵大年无奈，带着儿子出门了。上了河堤，赵大年见江边有人钓鱼，于是把儿子带到了江边。草地上有四个人在打扑克，有很多人围在那里看，赵大年也跑去了，伸着脖子，看得入迷，儿子跑了他都不知道。“娃儿落水了！娃儿落水了！”喊声从不远处传来，他才想起自己的娃儿，看看身边，没见娃儿，这才急火火地往娃儿落水的地方跑，跑那里时，娃儿已经被人救上了岸，可是已经没气了……

儿子不在了，单红英恨死了赵大年，以前天香和陈佳劝她跟赵大年离婚，她之所以没离，主要是想给儿子一个完整的家，现在儿子没了，她的顾虑也就没了……她不想看到赵大年，于是写了一张字条放在枕头上。

“赵大年，咱俩是怎么走到一起的，你比我清楚。我和我爸被你欺骗了这么多年，现在该结束了。以前我看在儿子的分上，一直忍着，现在儿子不在了，我跟你在一起已毫无意义，我俩好聚好散，和平分手，这样你也不会太难堪，不然你将会再次进去（仅你放火一事就足够了，且不说你偷盗、赌博、指使人撞伤我爸），我只希望你和我一起平静地走进民政局，当然，你实在不愿意，我们只有在法庭上见了，上法庭的后果我想不用我说你也知道……”

赵大年拿着字条，呆呆地站在屋里，脑子里一片空白。他没想到单红英把他做的恶事弄得这么清楚。唉，他叹了一口气，啪地扇了自己一个耳光……

第十八章　迎来真爱

单红英离婚了，回到了爸爸妈妈的家。

“红英，帅帅不在了，但还是应该去感谢一下救帅帅的人。”单之林说。

这事，单红英想过，只是这段时间她一直沉浸在痛苦中，没心思去做这个事，还有她不知道救她儿子的人是谁。

“爸，要不是那个人，帅帅就被江水冲走了，我连最后一面也见不着，是得去谢谢人家，可是我又不知道救帅帅的人是谁，家住哪里……”单红英说。

单之林从抽屉里拿出一张报纸交给女儿，说：“这张报纸我一直留着，你看看，报纸上有。”

单红英接过，这是一张一个多月前的《前进日报》，在第一版醒目的位置上刊登了救她儿子那个人的事迹：“……艾贵生是汽车38队修理车间主任，星期天，他在涪江边散步，忽然听到有人喊孩子落水，他不顾一切地朝那个方向跑去……面对汹涌的江水，他没有犹豫，一跃跳入江中……孩子虽然失去了生命，但他这种舍己救人的精神值得人们学习……”

那天晚上，单红英用大红纸写了一封感谢信，第二天，她和爸妈一起到了汽车38队，把感谢信交给了车队领导，并要求见一下艾贵生，当面向他致谢。不大一会儿，一个穿着油腻工作服的人走进了队长办公室，说，队长，你找我？队长说，不是我找你，是他们。艾贵生这才把目光转向站在队长旁边的三个人身上，当他看到单红英时，心里咯噔了一下，微笑着说：“你们找我？”

单红英点点头，说：“我和我爸爸妈妈是来感谢你的，谢谢你救我的儿子。”单红英说着向艾贵生伸出了手。

艾贵生想握，可是他的手上沾满了油污，两手一摊，说：“不好意思，我的手太脏了。”

单红英没有犹豫，一把抓住了艾贵生的手。

单之林说：“小艾，你是个大好人，我一辈子就爱跟心好的人打交道。明天是星期天，你到我们家里吃饭，把你爱人和孩子也带来。”

艾贵生还没说话，队长先笑了，说：“他还没结婚呢！”

单之林说：“小艾，明天一定来啊！”

艾贵生点了点头，这是他求之不得的。这样他就可以问一下单红英，以解开心中那个至今无法解开的一直困扰着他的谜。

“明天我叫红英来接你，不然你找不到地方。”单之林说。

“不用了大叔，我自己去。”艾贵生说。

“穿过马路，不远处有条小巷，你顺着小巷往前走，几分钟就到了。”单之林说。

“知道了大叔。”艾贵生说。

那夜，艾贵生没有睡好，虽然不是去相亲，但比相亲还紧张。他不知道单红英的男人会不会欢迎他，如果她男人是个醋坛子，不给他好脸色，那多尴尬……他犹豫了，他怕遭白眼，可是不去心又不甘……早晨，他醒时已经八点多了，于是急忙起床，穿上了只有休息时才穿的衣裳和皮鞋，对着镜子梳了下头发，觉得并无不妥，这才出门。走出大门，往街对面看了一眼，见单红英站在那里，眼睛望着他们单位的大门，心里一阵激动，急忙跑了过去。

“你咋在这里？”艾贵生喘着气说。

“我来接你。”单红英脸色微红地说。

“不是说好了我自己去？”

“怕你找不着家。”

走进小巷，艾贵生的心比刚才跳得还快，说：“他呢？”

“谁？”

“你那个人。”

“死了。”

艾贵生松了口气，心跳得没那么快了，可是他不知道她的话是不是真的，说：“啥时死的？”

“早死了，他在我心里早就死了。”

艾贵生搞不懂，说：“你们……”

“离了。”

“他现在在哪里？”

“班房里。”

“犯了啥事？”

“偷东西。”

“啥时？”

“没几天。”

“是不是偷百货商店？”百货商店被盗是前几天夜里发生的事，很多人都知道。

“就是。”单红英是听她干妈说的，干妈说被抓的还有经常跟赵大年一起赌博的于金山及其一伙，那是个盗窃集团。

艾贵生彻底放心了，跟着单红英到了她家里。

单之林老两口非常热情，做了一桌菜，招待艾贵生。他们边吃饭边说话。

单之林说：“小艾，听口音你不是四川人。”

艾贵生说：“我老家是上海的，我是下乡知青，后来被招在成都一个厂里，前几年调到绵阳的……”

“哦。”单之林说，“你爸妈没在绵阳？”

“没有，他们在上海。”艾贵生说。

“你一个人在绵阳，空了常来家里耍。”单之林说。

艾贵生点点头，看了单红英一眼，他想和单红英说说话，可是在家里没法说，于是说：“大叔，阿姨，我走了。”

“这么早走了干啥？”单之林说，“就在这里耍，吃了晚饭再走。”

“不了大叔，”艾贵生望着单红英说，“我想去南山寺看看，听说那里有个郭玉读书台。”

单之林说：“你没到那里去过？”

艾贵生说：“没去过，那边的路不熟。”

单之林说：“那叫红英陪你去。红英，你陪小艾去一下，免得他走冤枉路。”

单红英说："好，我也好久没到那里去了。"

二人穿过东街，走过南街，跨过吊桥，向南山走去。

上山的路很陡，单红英有些吃力，没爬多远就上气不接下气，艾贵生停下脚步，把手伸向她，她没有犹豫，将手放进了艾贵生的手里，艾贵生拉着单红英，一同爬到了山上。

"累了吧？"艾贵生说。

"有点。"

"那坐这里歇歇。"

单红英点点头，二人面朝涪江坐下。

"这地方真美！"艾贵生说，"山上有树，江里有船……"

"所以你才调到了这里的，是吗？"

"不，我调到这里之前并不知道这里有这么美。"

"那你为啥调到这里？"

"我是为了一个人。"

"哪个？"

"你。"

"我？"

"对。"

"你可真会开玩笑。"

"我说的是真的，没跟你开玩笑。"

"为我，我俩认都不认识……"

"你不认识我，可我认识你。"

"你又开玩笑了，以前我们连面都没见过。"

"你想想，我俩到底见没见过面？"

"不用想，绝对没见过。"

"你敢肯定？"

"我敢肯定。"

"你记不记得有一次在火车上有人向你借报纸？"

单红英摇摇头。

"你是在德阳上的车。当时你扎了两条小辫子，穿了件格子花衣服，背了个马桶包……"

“下乡时，我经常穿格子花衣服，马桶包我倒是有一个，每次坐火车我都背着，而且在德阳我坐过好几次火车。”

“火车急刹，你扑到了一个人的身上……”

“哦，想起来了，那天真不好意思……”

“后来我向你借了报纸。”

单红英点点头。

“下车后你看没看报纸？”

“没看。”

“唉。”艾贵生叹了一口气，说，“我在上面给你写了一段话……”

“写的啥？”

“给你留的地址。”艾贵生说，“你把报纸弄哪儿去了？”

“带回家了。”

“这就怪了。我真不明白这到底是咋回事，我写给你的那几句话咋到了另一个女娃子的手里？”

“你咋知道的？”

“那个女娃子给我写了信，我以为是你给我写的，接到信我就从上海往回赶，结果到火车站接我的不是你，你不知道那天弄得有多尴尬，还被叫到了派出所……”艾贵生说，“我给你买的衣服现在还放在箱子里……”

单红英听了，眼睛潮湿了，她不想叫艾贵生看见，把脸扭到了一边，抹了一下眼睛，说：“谢谢你。”

“后来，为了找你，我到绵阳来了好多次，大街小巷跑遍了也没找到你。那天，我走累了，站在东方红大桥头，失望地望着滔滔的江水、来来往往的船只和顺水而下的木筏，小火车开到了我身边我都不知道，要不是它那声尖叫，我可能就被小火车轧到了。我迅速退了几步，看了一眼小火车，车上装的是煤。煤卸完后，小火车开走了，我顺着小铁路无精打采地往前走，到哪里去，我也不知道，我想我是来找人的，走哪儿都一样，因为我不知道我要找的那个人会出现在哪里。我边走边看，不知不觉走到一个十字路口，我站在那里，四处张望，看见街对面有一幢红砖楼房，大门上方有四个大字：红旗宾馆。于是我向宾馆走去，想到那里找个地方坐坐。刚到门口，我看到墙上有一张小广告，走近一看，原来是一则对调工作的启事，绵阳汽车38队一个工人想调回成都，寻找对调对象。我灵机一动，决定与那个人对调，于是转身向38队跑去。那天运气挺好，到那里就找到了那个人，几句话就把事情说定了。没多久，手续办下来了，我坐上了开往绵阳的火车。那天，我心情非常激动，见人就想说话，叫别人分享我的喜悦。

“德阳车站上了几个人，有一个身穿绿色军衣的小伙子站在了我身边。车上人太多，过道里都站满了，车一开，小伙子就站不稳了，身子一会儿偏到这边，一会儿偏到那边，有一次差点倒在我身上。我见小伙子那么难受，屁股往里边挪了挪，叫他跟我挤着坐。小伙子问我到哪里，我说绵阳。小伙子说他也是到绵阳的。他问我是不是在绵阳工作，我说了我调动工作的事，连调到哪个单位都告诉了他。他说他是绵阳的知青，下在德阳，父亲是老红军，他们家住在红军院。听说是老红军的儿子，我把身子又往里边挤了挤，给他让出了更多地方。我问他姓啥，他说姓劳，还给了我个电话号码，说有啥需要帮忙的可以去找他，还说电话号码是保密的，叫我不要告诉别人。火车过了皂角铺，我往车厢门口走，小劳跟在我身后。在绵阳下车的人很多，都拥在过道里。我的包包动了一下，我以为是被挤的，没在意，再说我的包里除了一个牛皮纸信封和一条香烟，别的啥也没有。信封里是我的户口迁移证、粮食关系和报到通知，这东西对我重要，对别人一点用没有，所以我想小偷也不会偷。快到车厢门口了，人没那么挤了，我把包从背后移到胸前，这时发现包被人打开了，我伸手一摸，惊了一跳，包里的信封不在了，于是大声喊，谁偷了我的信封？那里面没有钱，是我的工作调动手续！我喊了之后，没人开腔。我问小劳看没看到是哪个偷的，小劳说没看到。我想他不说也许是不敢说，他怕小偷报复他。小劳是知情人，我不能让他走，他走了，线索就没了。于是我抓住小劳的手，说走，下去给我帮个忙。小劳说了他在绵阳下车，不好不下去。下车后，我没松手，说兄弟，我信封里装的是我的户口、粮食关系和报到通知，丢了我就成黑人黑户了，工作也没了。你告诉我是哪个偷的，我把身上的钱全给你。小劳抠了一下脑壳，说他看见一个人往洗脸间里丢了一样东西……我一听，转身往车厢门口跑，可是车厢门已经关闭，我疯了似的追着火车大喊大叫……我怕小劳跑，拉着他去找警察，对警察说了我东西被偷的事，小劳说他看见有人往洗脸间丢东西。警察走进广播室，拿起电话，直接打给马角坝车站派出所，请求他们上车帮忙寻找。我和小劳到派出所等候消息，不一会儿，警察接到电话，说我的东西找到了，叫我第二天上午到派出所领取。第二天我到了派出所，警察把一个湿润的牛皮纸信封交到我手上时，我的眼泪唰地流了下来……”

“好玄。多亏你发现得早，不然后果不堪设想。”单红英说，“你说会不会是那个老红军的儿子偷的？”

“啥子老红军的儿子？纯粹是个小偷！”

“你去找过他？”

“找过。红军院根本没有姓劳的红军。”艾贵生说，“为了找到你，我买了一辆自行车，一有空就骑着在街上转，找了几年，还是没找到你，可是我没有放弃……”

“这么多年了，没找到我，你为啥不找一个？”

“自从火车上见到你，我就认准了，你是我这辈子的唯一。”

“那要是找不到我呢？”

“打光棍，打一辈子光棍。”

“可是……”

“可是什么？”

“我配不上你。”

“你这话啥意思？”

“我结过婚，还生过娃。”

“这些，我不在意，我在意的是你是否爱我。”

单红英没说话，紧紧地抓住了艾贵生的手，身子斜靠在他的怀里。

结婚证办了，单红英不想举办婚礼，艾贵生不同意，他找了这么多年，好不容易才找到她，悄悄扯了结婚证，悄悄搬到一起住，不但对不起单红英，而且同事们也会笑话。

艾贵生说：“我觉得还是应该办。”

单红英说：“婚礼只是个形式，何必花那钱？”

单红英不是怕花钱，是顾忌艾贵生的面子，怕别人酸艾贵生，说他找了个二婚嫂。

“这是该花的钱，我看还是办。”艾贵生说。

“不办。”单红英说，“我不图那个形式。再说，我现在连工作都没有，能节约就节约。”

“我有钱。”

“有钱也不办。”单红英说，“你实在觉得面子上过不去，你请个假，我跟你到上海，就说父母叫我们回上海结婚。”

“好，我们到上海举办婚礼。”

“到上海也不办。”

“不办，父母绝不会同意。”

“就说我们在绵阳已经举办了婚礼，请亲戚们吃顿饭就行了。”

“这……恐怕不好吧？”

“有啥不好？又没人知道。”

“好，依你。”

二人商量定，艾贵生请了假，带着单红英回了上海。假期没满，俩人就回来了。单红英提着水果糖，艾贵生拿着烟，从办公室到车间挨个儿给大家散。他俩走进队长的办公室，队长站起身，笑着说，你们这么快就回来了？艾贵生说，我们回到家，父母把啥都准备好了，举行了个仪式，走了一下亲戚，在家待着没事，还不如回来上班。艾贵生给队长点燃烟，单红英给队长递上糖，队长说了几句祝贺的话，接着从抽屉里取出了两把钥匙，说，贵生，这是你的新房，赶快把新娘子接进去吧！艾贵生接过钥匙，激动得眼泪都要流出来了，嘴唇微微颤抖，一句话也说不出来，双手拉着队长的手，久久没有松开。队长说，去吧，趁你还有假，把家搬了。单红英说，谢谢队长，谢谢队长！从队长办公室出来，艾贵生擦了一下眼睛，拉着单红英向车间走去。

原来，队长给艾贵生批了假后，通知办公室给艾贵生安排房子。队长之所以这样做，是因为艾贵生既是队里的中层干部，又是晚婚，按照政策，对晚婚晚育的人是要给予奖励的，所以队长给艾贵生安排了一套房子，虽然是旧的，但粉刷之后跟新房没啥两样。

散完糖，艾贵生和单红英来到家属区，打开房门，看到雪白的墙壁、洁净的地面，二人激动异常，情不自禁地抱在了一起。

“好了，这下好了，我们有自己的家了！”单红英说，“有厨房，有厕所，还有床……”

“走，搬家！”艾贵生说。

不一会儿，俩人就把铺盖衣服搬进来了，正要出门买锅碗瓢勺，来了一群同事，把手上的东西一一放进屋里，有脸盆、水瓶、钢精锅，还有枕头枕巾和床单……艾贵生知道这是同事们凑钱给他们买的，当时结婚通行这个，不管哪个办喜事，大家都凑份子钱，这个三块，那个两块，最多的也就五六块，凑在一起，给新郎新娘买几样实用的生活用品。屋子小，也没凳子，大家没处坐，就站着，说着吉祥的祝福话。有两个年轻人跟艾贵生和单红英开起了玩笑，叫他俩鼓足干劲，早点生娃。艾贵生给大家递烟，单红英给那两个开玩笑的年轻人嘴里塞进了水果糖……

没多久，单红英就怀上了，第二年，他们的女儿出生了，取名艾小莉。女儿的出生给一家带来快乐。艾小莉自幼聪明，长得又乖，圆脸，双眼皮，大眼睛，更为难得的是脸上那两个圆圆的酒窝。酒窝是遗传艾贵生的，眼睛是遗传单红英的，她的长相取了父母的优点。

单之林和白羽灵非常喜欢外孙女，简直把她当成了宝贝，一天不见就心慌，老两口天天跑去看。艾小莉三岁那年夏天，大雨连降，数日不断，涪江上游，洪水裹挟着泥沙滚滚而来，绵阳遭遇了百年不遇的特大洪水。尽管抗洪抢险队不停地用沙袋加高河堤，但无情的洪水还是漫过了江堤冲向铁牛街。洪水之后，为长久计，政府决定铁牛街的居民全部搬迁，并投入了大量人力物力修筑江堤，单之林被安置在涪江对岸新建的小区，那里离女儿家远，来回跑着不方便，为了能天天看到外孙女，他们把外孙女接到了自己家里。

单红英是个闲不住的人，女儿被外公外婆接走后，她到处找工作，那天她正在成绵路看墙上的招聘信息，方永亮从那里路过，问她看啥，她说想找份工作，方永亮说汽车配件公司新开了个门市，正在招人，问她去不去，她说去，方永亮就把她带去了。方永亮在汽车大修厂当采购员时，常到配件公司购买汽车零配件，跟配件公司的人熟，当了材料室主任后，跟配件公司的领导也熟了，他跟配件公司的经理一说，经理一口答应了，一来配件公司确实需要人，二来配件公司怕失去大修厂这个大客户。就这样，单红英到配件公司的门市部上班了。

铁牛街修好了，昔日只能过板板车的江堤变成了宽阔亮丽的滨江广场，破旧的铁牛街变成了美丽的铁牛广场。单之林常到那里转悠，那天，他站在大铁牛旁，呆呆地望着广场、高楼、泗王庙、大喷泉出神……

“爸，你在看啥?”

单之林一看，不知啥时女儿女婿站在了他身后，说："我在看房子。"

单红英和艾贵生明白了爸的意思，知道爸留恋这里，毕竟爸妈在这里住了几十年，跟这里有着深厚的感情。

"爸，想不想搬回来?"艾贵生说。

"搬回来？咋个搬得回来哟?"

"咋搬不回来?"艾贵生说。

"这房价，搬不起。"

"爸，先不说房价，只说想不想搬回来。"艾贵生说。

"唉，老了，恋旧。在这里住了几十年……"

"爸，搬回来吧，我和红英都希望你和妈搬回来住，这里离我们近，相互有个照应。"艾贵生说。

"搬回来，好是好，就是……"

"爸，你别管。"艾贵生说。

没多久，艾贵生把一套住房钥匙送到了岳父手里。艾贵生这几年挣了些钱，企业改革，实行内部承包，他技术好，把修理车间承包了，除了修本单位的汽车，还开展了对外修车业务，由于价格便宜，生意特别好。工人们的收入增加了，干起活来劲头也大了，再不像吃大锅饭那阵子。艾贵生比工人们挣得多，几年下来，已小有积蓄，他又找朋友借了点，在铁牛公寓给岳父岳母买了一套房子。外孙女在成绵路小学上学，接送孙女成了老两口的乐趣……

第十九章　钱包情

1

“妈，我上班去了。”艾小莉拿着包准备出门。

“把垃圾带出去。”单红英说。

小区外面有一个垃圾桶，艾小莉丢垃圾时见垃圾桶里有一个钱包，于是捡了出来，打开一看，里面有一张身份证、一张名片，除此而外，别无他物。身份证是范一平的，陕西宝鸡的人。她想把钱包交到派出所去，可是这里离派出所太远了，她怕丢钱包的人着急，于是拨通了名片上的电话，问范一平在哪儿，那人说他与范一平是在火车上认识的，范一平在绵阳下的车，具体在哪儿他不知道，他有范一平的电话。那人把范一平的电话告诉了艾小莉，艾小莉拨通范一平的电话。

“喂，你是范一平吗?”

“是，我是范一平。”

“你的钱包是不是丢了?”

“是，是。”范一平声音激动。

“你在哪里?”

“公园，绵阳人民公园。”

“你到纪念碑下等我，我把钱包给你送去。”

“好，好。”范一平快步向纪念碑走去。

不大一会儿，一个姑娘匆匆向他走来，他神情激动，快步迎上。

“你是……”

“范一平，范一平。”

姑娘从手袋里掏出钱包，递给了他。

“谢谢，谢谢。”范一平说，“你是怎么知道我电话的？”

“你的钱包里有一张名片……”

“哦……”范一平想起来了，那张名片是他在火车上认识的一个人给他的，他没有名片，给那人留了他的电话。“这钱包……”

“我在垃圾桶里捡的。”

范一平接过钱包，本想打开，可是他觉得那样做对姑娘不太礼貌，所以捏在手上没有动。

“你看看里面东西少没少。”艾小莉说。

范一平这才打开，一看，脸色大变。

“东西丢了？”艾小莉说。

“钱没了。”范一平说。

姑娘的手伸进了包里。这时，姑娘的手机响了，手机里传来了急促的声音。

“姐，你在哪儿？”

“公园。”

“快点来！经理找你。”

艾小莉掏出一百元钱递给范一平，范一平不接，艾小莉把钱塞进他的手里，转身走了，边走边说：“好，好。马上，马上。”说着小跑起来。

范一平不知道发生了什么事，呆呆地望着渐渐远去的姑娘，突然，他想起了什么，跑步向姑娘追去，眼看要追上了，姑娘钻进了出租车。他喂了两声，姑娘没有听见。出租车开了，很快融入车流，他望着跑得飞快的出租车，无可奈何地叹了一口气……接着，他笑了，笑自己笨，他的手机里不是有姑娘的电话吗？他掏出手机看了看，但没有拨打，他知道姑娘肯定是遇到了急事，不然她不会走得那么急……他不想去科技馆了，他没了那个心情，还有他包里没钱了，在这里住一夜，他就没钱买火车票了。他决定回去，回去之后再与姑娘联系。他用姑娘给他的钱买了一张返程车票。

回家之后，范一平想了很久，终于鼓起勇气拨打了姑娘的电话，他对姑娘说了很多感激的话，之后问起了姑娘的姓名和住址，说他要把一百元钱给姑娘寄去。姑娘说不用了，你的钱丢了，帮一下是应该的。姑娘不叫他还钱，自然没有告诉他姓名和地址。姑娘不告诉他，他越觉得姑娘是一位难得的好人。

那天夜里，他做了个梦，他给姑娘打通了电话，姑娘甜甜的、略带羞涩的声音给他留下了深刻的印象。梦醒之后，他与姑娘见面的情景再次出现在眼前：他站在纪念碑下，四处张望，缓慢流动的人群中出现了一位与众不同的姑娘，步履匆匆，目视前方……姑娘离纪念碑越近，他的心跳得越快，好像有一只小鹿在撞击他的胸膛。他仔细地打量着姑娘，姑娘身材苗条，眉目清秀……不知为什么，他有些紧张。也许是写生练就的功夫，他的大脑变成了一台高速而敏感的自动照相机，只要他想记下的物体，眼睛一眨就记下了。他望着姑娘，眼睛眨了又眨，姑娘的音容笑貌变成了一张张清晰的照片存储在了他的大脑里。姑娘走上纪念碑平台，他快步向姑娘走去……

范一平拿起手机，刚想拨打，忽然发现天还黑着，他叹了口气，翻了个身，手不停地摆弄着手机，直到天亮。

“平儿，起这么早干啥?”在厨房里做早饭的妈妈说。

“睡不着。”范一平伸了个懒腰。

妈妈走到他身边，说：“你哪里不舒服?”

“没有。”

“是不是还在想丢钱的事?”

“没有。”

“没有就好，”妈妈说，“又没几个钱。”

范一平的家庭条件比较好，爸爸是公务员，妈妈是老师，工资说不上高，但家里从来不缺钱花，所以妈妈不在乎他丢的那几个钱。

门开了，范一平的爸爸回来了，见儿子在跟妈妈说话，笑着说：“咦，今天日头从西边出来了。”

“你这话啥意思?”妻子问。

“咱儿子终于起了个早!”老范拍了一下儿子的肩膀说，“儿子，以后就这样，早点起床，跟爸爸一起去锻炼身体。”

老范是部队转业干部，到地方后，在部队养成的习惯一点也没有改变，一年四季，春夏秋冬，无论天冷天热，他都是按照部队的作息时间进行的，该睡觉睡觉，该起床起床，他的生物钟永远定格在部队的号声上。

“看你脸上的汗，快去洗一下！”妻子说。

老范去洗脸，边走边说：“出点汗好，出点汗好，汗水可以排毒。”

早饭之后，范一平想给远方的姑娘打电话，他几次拿起手机又几次放下，他不知道该跟姑娘说什么，还钱，他已经说过了……他走进画室，面对画板，姑娘的音容笑貌立刻浮现在他的大脑里。画下来，把她画下来，这样他就可以天天看到她，时时看到她，想啥时看就啥时看。他拿起画笔，神情专注，一笔，两笔……不大一会儿，心目中的姑娘从他的脑海里走到了画纸上。他退后几步，看了又看，仔细地与他大脑的姑娘进行比对，他觉得画上的姑娘没有他大脑里的姑娘漂亮。是哪里没画对？他认真看，反复看，看了不知多少遍，终于发现了问题，原来是双眼皮没有画好，脸上的酒窝也画浅了，还有眼神没有那么灵动……范一平开始修改，从眼皮、眼神到酒窝，一直改到他满意。画了一幅，第二天又画，每天他都为姑娘画一幅像……画了十几幅后，他选了一幅最满意的挂在卧室的墙上。晚上，他坐在床上，久久地望着姑娘的画像，直到眼皮打架他才闭眼。刚睡着就梦见了姑娘，姑娘瘦了，脸没有那么圆了，眼睛望着他，神情忧伤……

范一平醒后，心里老想着那个梦，她怎么了？病了？还是遇到啥难事？不然他咋会做这样的梦？他得给姑娘打电话……他没想到的是，手机里传来了一个机械的干巴巴的声音：“您所拨打的电话已停机。”他的头嗡地响了一声，把手机移至眼前，呆呆地望着……没有错，这号码是他存在手机里的，以前他打过，而且是打通了的。他怀疑他的手机出了毛病，于是与他记在电话本上的号码对了一遍……难道她真的停机了？为什么？为什么？他又拨了一次，手机里传来的还是那个声音：“您所拨打的电话已停机。”他不相信姑娘会停机，于是不停地拨打，一连拨了十几次，反馈给他的依然是“您所拨打的电话已停机”。范一平不死心，坚持天天打，他想用他的执着感动那条该死的线路，将他想听到的声音传送给他。一天，两天，三天……电话里传来的声音一直没有变。范一平失望了，将手机狠狠地扔在床上，好像电话不通是他的手机造成的。范一平仍不死心，他要换个手机继续打。他走出了卧室。

爸爸上班去了，只有他和妈妈在家，妈妈是老师，和他一样享受寒暑假。妈妈坐在客厅里，手捧《白鹿原》，看得入神。他听妈妈说过，她最喜欢的作家是陈忠实，不是因为陈忠实是她的老乡，而是陈忠实的小说写得好看。妈妈劝他多看陈忠实的小说，尤其是《白鹿原》，可是他一直没有看，因为他的时间都用在了画画上。

“妈，我手机坏了。”

“坏了去买一个。”妈妈说。

“把你的手机给我，我打个电话。”他说。

“在床头柜上。”说这话时，妈妈的眼睛没有离开书。

他走进妈妈的卧室，把妈妈的手机拿进了自己屋里。可是妈妈的手机里传来的也是那个令他厌恶的声音。

“妈，你的手机也坏了。”

“你说啥?”妈妈抬起头，望着他。

“你的手机也坏了。”他重复道。

“我的手机也坏了?”妈妈不相信，说，“拿来我看。”

范一平把手机交给妈妈，妈妈拨了一个号码。

范一平的卧室里传来了手机响声，他冲进卧室，抓起手机一看，随手甩到了床上。

“妈，你打我的电话干啥?”

“我试一下手机，看坏没坏。”妈妈说，“我的手机没坏，你的手机也没坏。”

“没坏，没坏……”

范一平坐也不是，站也不是，像热锅上的蚂蚁在屋里走来走去。他想念姑娘，吃不下饭，睡不着觉，没几天，眼皮肿了，脸上的颜色也变得不那么周正。妈妈以为他病了，要带他去医院。

“我好好的，去医院干啥?”他说。

“你病了。”妈妈说。

“我没病。”

“你对着镜子照照，看看你的脸，看看你的眼，就知道病没病。”

“我没病，用不着照。”他说，“我要去写生。”范一平是西安美术学院的学生。

“去哪儿写生?”

“秦岭。”

“跟谁去？”妈妈不放心。

“我一个人。”

“不行。”

“咋不行？”

“那里不安全。”

“有啥不安全？”

“有野兽。”

“那我约几个同学，一起去。”

“都快开学了。”

“我去不了几天。”

妈妈将就儿子惯了，见儿子如此坚决，知道拦不住，只好答应。

范一平离开家，直奔火车站。到了绵阳，他来到人民公园，坐在纪念碑下，神情专注地望着来来往往的游人，他要在游人中寻找他日思夜想的姑娘。他一坐就是几个小时，渴了喝一口“农夫山泉”，饿了啃一口干饼子……

范一平眼睛忙碌着，心也没闲，他回忆着上次到绵的情景。

上次来绵阳，是为了实现他的梦想，为科学家树碑立传。他走时，爷爷对他说，绵阳我也想去，可是我老了，走不动了，他问爷爷去绵阳有啥事，爷爷说寻根，他的根在四川绵阳一个叫丰谷的地方，叫他一定帮他把根找到，他答应了，答应帮爷爷圆梦。

范一平之所以要为科学家树碑立传，源于他对科学家的崇拜，在他的心目中，科学家是世界上最值得敬仰的人，可是科学家大多是默默奉献，不为人知，有很多是在他们离世后人们才有所耳闻。保密固然是一个原因，但更重要的是当下人们的价值观被扭曲了。电视机里，娱乐节目霸屏，唱歌比赛，小品相声竞技，还有养眼不养心的那些选美选秀……获了奖，一夜名扬天下，钱像流水一样流进了这些人的包里。很多青少年受此影响，把当“明星”作为一生最大的追求、最大的梦想。对此，范一平很看不惯，特别是上了大学后，就更看不惯了，他觉得真正值得崇拜的人是科学家而非所谓的明星！所以他立志为科学家树碑立传，让人们记住他们，记住他们的丰功伟绩和无私奉献。他从电视里得知，绵阳是中国唯一的科技城，科技城有许多著名的科学家，特别是两弹元勋邓稼先生前在那里工作，于是产生了到绵阳一睹科学家光辉形象的想法。刚放暑假，他独自一人踏上了到绵阳的行程。走出火车站，一个巨大的电子屏幕出现他在眼前，上面闪耀着十个大字："李白出生地，中国科技城"。他望着屏幕，肃然起敬。啊！这座城市不仅是科技名城，而且是一座有着悠久历史的文化名城，中国最伟大的诗人李白出生在这里！屏幕上的画面不断地变换：李白塑像，邓稼先广场，纪念碑，假山，人工湖，奔腾的江河，飞翔的群鸟，满载游客的游船，越王楼，富乐阁，刘备、刘璋、五虎上将，子云亭，青山绿水间的金丝猴，憨态可掬的大熊猫……他想起来了，《三国演义》里"涪城会"就是写的这里，刘备、刘璋在这里会面，这里是涪城！他决定先去邓稼先广场，拜谒这位为中国科技发展做出巨大贡献的伟大科学家。他打听地址之后，坐上了10路公共汽车。他眼望窗外，一座座高楼一闪而过。进了人民公园，一块巨石像一位历经沧桑而慈祥的老人微笑着站在他的面前，石头上刻着几个龙飞凤舞的大字："川西北第一公园"。他在路牌的指引下来到邓稼先广场，望着在阳光下熠熠闪光的邓稼先铜像，一种肃穆之感油然而生，他掏出本子，拿出了画笔……画完之后，他向邓稼先铜像恭恭敬敬地鞠了三个躬，接着向人打听绵阳哪里还有科学家塑像。有人说科学家公园，有人说九院科技博物馆。九院是邓稼先工作过的地方，他决定到九院去。他来到兴力达广场，上了公共汽车，一摸口袋，顿时大惊，钱包没了，无奈，只好下车。他呆呆地站在那里，不知所措。站了一阵，他返回公园，沿着原路低着头匆匆地走着，他想碰碰运气，看能不能找到他丢失的钱包。突然，他的手机响了……

范一平之所以坐在纪念碑下，是因为那里是姑娘给他送钱包的地方。一天过去了，他没有见到那位姑娘的身影。

2

一辆出租车在涪美旅游公司门口停下，一位姑娘从车上下来，脚还没站稳，就听见有人在喊：

"小莉姐，快去，叶经理叫你。"

“你知道啥事吗，寒星？”艾小莉说。

“叫你去顶班。”郝寒星说。

艾小莉三步并作两步，匆匆走进叶经理的办公室。

“咋这阵才来？”叶经理望着墙上的挂钟，说，“你看看几点了？”

艾小莉看了一眼挂钟，这时她才知道自己迟到了半小时，这是她参加工作以来第一次迟到，不好意思地说：“叶经理，我……”

“不说了。”叶经理说，“今天你去带一下团，城周一日游。”

“这个团不是李静在带吗？”艾小莉说。

“李静出事了。”叶经理说。

“出啥事了？”

“遭汽车撞了。”

艾小莉一听，吃了一惊，说：“啥时候？”

“刚刚。”叶经理说，“不然我也不会打电话催你。”

李静上下班都是骑自行车，她曾提醒过李静，上下班时人多，叫她慢点，没想到今天却遭遇了不幸。

“伤得重不重？”

“不重。”叶经理说，“方经理在医院里，刚才我打电话过去，方经理说李静是腿部受伤，没伤着骨头。”

“阿弥陀佛！”艾小莉双手合十，随口说了一句佛语，“那我去了，叶经理。”

叶经理点点头，说：“老年团，注意安全。”

从叶经理办公室出来，艾小莉长长地舒了口气。

游涪城的团艾小莉经常带，老年旅游团她也带过多次。现在富裕了，老年人手里有钱了，不像他们年轻那阵，上有老下有小，工资低，没闲钱。现在不一样了，赶上了好时代，手上有积蓄，退休了有时间，于是到广场健身、到风景区旅游成了老年人的时尚。艾小莉带这个团是成都来的，大多是六十岁以上的老人，是真正的夕阳红团。虽然大多头发花白，但身板一个比一个直，精神一个比一个好。艾小莉举着小旗，他们跟在后面。走进人民公园，艾小莉介绍道：“这是人民公园，又叫川西北第一公园，坐落于涪城区中心。我首先向大家介绍一下绵阳行政区划的变迁。绵阳建城有2200多年，历史上有过很多名字，主要有涪县、绵州、涪城、绵阳县、市中区等，1990年，绵阳城区以涪江为界，一分为二，江左边为游仙区，江右边为涪城区。至于人民公园为什么叫川西北第一公园，这里面还有故事，还得从民国说起……”艾小莉正讲着，电话突然响了，她掏出一看，立即掐断，接着说，“人民公园建于1931年，是由当时驻绵阳的最高军政行政长官、国民革命军二十九军副军长、川西北屯殖军司令孙震下令修建的（此人解放前夕跟随蒋介石逃到台湾）。园内有图书馆，后改建为大礼堂、绵阳县图书馆。1992年，图书馆迁入新址，改建为两弹元勋邓稼先广场……”艾小莉的电话又响了，她瞟了一眼，跟着又掐断了。“下面，请大家随我一同逐个参观景点。”艾小莉带着大家参观了人工湖、邓稼先广场、解放纪念碑，之后到了铁牛广场。

游客们站在广场中央，面向泗王庙，艾小莉向大家介绍着铁牛街和泗王庙的由来，她用甜润的声讲述着铁牛街的传说，比她爷爷讲得动听多了，不但游客们听得入迷，还吸引了很多散客。人们听了，啧啧称奇，先后走进泗王庙，有的烧香，有的磕头，有的作揖，有的观看墙上的画面……

“走了，请大家随我到滨江广场去。”艾小莉说。

众人拾级而上，不多时站在了滨江广场的大铁牛旁。

艾小莉说：“这尊大铁牛是修建滨江广场时铸造的，不是用来镇水，因为它镇不住水，而是为了让人们记住历史上这里曾经有一尊镇水的铁牛。”

游客们围着铁牛转了一圈，而后站在铁牛前照相留念。

艾小莉说：“走，我们到江对岸那几个景点去。”

艾小莉举着小旗走在前面，游客们紧随其后。走到桥头，艾小莉停下脚步，指着大桥说：“这座大桥叫东方红大桥，1967年7月1日通车。这条路叫川陕公路，没修桥时，过往车辆全靠轮渡。古时候，从陕西到四川只有这一条路，所以绵阳的地理位置十分重要，被称为川西北重镇、蜀道咽喉。”过了东方红大桥，艾小莉说：“请大家往这边看，这是越王楼，中国的四大名楼之一，与岳阳楼、黄鹤楼、滕王阁齐名，为唐朝皇帝李世民第八子李贞所建，因李贞被李世民封为越王，所以此楼叫越王楼。至于为什么修建，这里面还有故事。据说，李世民去世后，吐蕃军攻入四川，占领松潘等地，唐王朝为防吐蕃军北侵，派越王李贞任绵州刺史，刚才我已经说过，这里是蜀道咽喉，派李贞任刺史，目的是要扼住咽喉，守住通道。至于越王楼，上面有详解，大家可以上去看看。这边是游仙区。”一位游客说：“游仙区，这个区的名字是不是跟神仙有关?”艾小莉说这个区的名字还真的与神仙有关。大家听说游仙区的名字与神仙有关，准备上越王楼的人也止住了脚步，呼啦，围在了艾小莉的身边。艾小莉讲起了游仙的故事。

艾小莉说，据葛洪《神仙传》记载，被称作游仙的人叫李意期，他是四川人，生于汉文帝时期，到三国时（年过数百）仍然健在。他年轻时遍游全国名山大川，最后选定绵州东山（富乐山）作为他的修炼之地，若干年后，得道成仙。关羽走麦城后，刘备要讨伐东吴，替关羽报仇，但不知是否能胜，于是派人请来李意期，向他请教攻打东吴的吉凶。李意期一句话没说，画了一幅数十万兵马的画，在刘备面前晃了晃，随即撕碎。接着又画了一个人，这个人他画得很大，又在刘备面前晃了晃，然后走到宫外，在花园里挖了个坑，把画埋在坑里，转身走了。刘备虽不高兴，但见李意期走路脚不沾地，知道他是神仙，也不敢追赶，眼睁睁地看着他离去。刘备报仇心切，没有细思李意期的画意，亲率大军攻打东吴，结果遭到惨败，数十万大军丧命，逃回者寥寥无几。刘备气愤交加，病于奉节。躺在病床上，他想起了李意期画的那两幅画：满纸兵马那幅，李意期把它撕了，不就是指他数十万大军丧生？画大人的那幅，李意期把它埋了……由此刘备想到了他命不长久，于是急召诸葛亮到身边托付后事，末了对诸葛亮说李意期是神仙，今后遇到拿不准的事可请教于他……刘备说到这里，两眼一闭，再也没有睁开。后来，诸葛亮要北伐，出征前亲自去找李意期，可是李意期是个游仙，是个居无定所之神，找遍了蜀汉也没找到……李意期成仙于绵州东山，被称为游仙，所以这里建区时取名游仙区。游客们听后无不赞叹绵阳厚重的历史文化。

游览越王楼、碧水寺之后，游客们登上了富乐山，当爬上富乐阁时，绵阳城尽收眼中。艾小莉说，富乐山就用不着说了，凡是看过《三国演义》的，都知道书中和电视剧里的“涪城会”，写的就是这里。当年刘备与刘璋在这里相会，酒足饭饱后，二人登高望远，刘备见两条河流（涪江、安昌江）交汇于此，如一个巨大的托盘将涪城这座美丽而富饶的城市稳稳托起，心中感慨万千，说“富哉，今日此乐乎!”后人就把这座山

（东山）叫“富乐山”了，为了纪念“二刘”相会，还修了一座楼阁，叫富乐阁，现在的富乐阁是在原来富乐阁的原址上修建的，自然比传说中的富乐阁高大得多……

送走旅游团，艾小莉返回公司，还未到门口，大老远看见江水屯站在那里。

第二十章　适得其反

1

江水屯是艾小莉的同学，读书时成绩好，经常得到老师的表扬。艾小莉是班花，男同学都想接近她。江水屯也不例外，可是他不敢，他觉得他配不上艾小莉，不光是长相，还有家庭。他家里穷。他怕那些优越感十足的男生骂他癞蛤蟆想吃天鹅肉。因为这，他没有主动跟艾小莉说过话，他怕艾小莉不理他。有男生跟艾小莉说话时，他心里会莫名地产生一种不舒服感而白上那男生一眼。他这不易被人察觉的表情被艾小莉发现了，艾小莉不但没反感，反而主动接近他，不过，艾小莉跟他说的都是学习上的事。尽管没说别的，还是引起了那些对艾小莉有想法的男生的不满，有的会在他俩说话时冷不防地扔去一个小纸团，有的会做一个诡异的动作或扮一个鬼脸。这时就有人跟着起哄。俩人接触久了，慢慢地有了感情。高中毕业，江水屯没考上大学，跟父亲做生意去了。艾小莉大学毕业，到旅游公司工作。那年，江水屯的父亲不知发了一笔啥财，一夜间跃入了富人的行列，又是买房，又是买车，成了涪城尽人皆知的暴发户。江水屯家里有钱了，没多久，一家人搬到省城去了。几个月后，江水屯从省城回来，样子变了，一头微卷的黄发，一副深色墨镜，一身名牌西服，脖子上拴着一条狗链子（金项链），屁股下一辆小汽车，猛然一看，跟香港的黑老大似的。为了显摆，江水屯召集了一次同学会，在高级酒店摆了三四桌，菜是高档的，酒是名牌的，吃饱了喝足了，醉醺醺地跑进了歌舞厅。

歌舞厅是江水屯包的，他一进去就大声吆喝：“老板，上饮料、水果、瓜子、红塔山……同学们尽情地吃，尽情地喝，尽情地唱，尽情地跳！”很快，有的同学进入了癫狂状态。艾小莉悄悄地离开了，她看不惯江水屯的土豪样。

“水屯，水屯，来，这首《真的好想你》你与小莉两个唱。”一个男生把话筒递给江水屯。

江水屯接过话筒，大声喊：“小莉，小莉！人呢？”

“刚才还在这里。”一个女生说。

艾小莉没在，江水屯的酒一下子醒了，那天的聚会，他在同学面前显摆固然是一个原因，更重要的是他想趁这次聚会，当着同学们的面挑明他与艾小莉的关系。艾小莉走了，一台好戏没了主角，他产生了一种极大的失落感，边喊边向外跑去……过了一会儿，江水屯回到歌舞厅，蔫搭搭地坐在沙发上，处于癫狂状态的同学们早已把他忘记。一个女同学悄悄走到江水屯身边，说：“老同学，来，咱俩跳一曲。”江水屯好像没听见，也许他真的没听见，因为刺耳的音乐声和那不着调的歌声把他的耳朵堵得连声音也钻不进去。女同学见江水屯没反应，拉了一下他胳膊，“来，跳一曲。”江水屯看了女同学一眼，说：“我喝多了，不舒服，你跳吧。”江水屯没给女同学面子，那位女同学立即拉着另一位男同学摇摆起来……

江水屯回绵阳，没达到目的，所以他不想回省城，不想在省城过锦衣夜行的生活。他住在外婆家，没日没夜地耍，直到父亲给他打来电话。父亲叫他回去，他说婆婆病了（婆婆正好有点小感冒），他要在绵阳照顾几天。说到婆婆，老江不好开腔，把目光投向老婆。老江不是怕老婆，而是他不能忘记丈母娘对他的恩情。当年，他向老婆求婚时，老丈人嫌他穷，不愿意，丈母娘没有嫌弃他，坚持把女儿嫁给他，为这事，老两口没少扯筋。老丈人扯不过丈母娘，举手投降，他才娶到了这个贤惠的妻子。还有一件事，也使老江终生难忘。那年他刚开始做生意，手头没钱，他跟丈母娘一说，丈母娘不但拿出了她的全部积蓄，还把她的金耳环金戒指卖了，把钱交给他，那笔生意他赚了，他要给丈母娘买金耳环金戒指，丈母娘不叫买，叫他把钱拿去做生意。他有钱了，往省城搬家时，叫丈母娘和他们一同搬到省城住，丈母娘说她在绵阳住惯了，不想到人生地不熟的地方去。现在丈母娘生病了，身边虽然还有别的亲人，但他和老婆没在绵阳，儿子照顾婆婆也是代他们尽孝。老婆见男人望着他，知道男人的意思，说那就叫屯儿在绵阳照顾他婆婆。老江点点头。头是点了，可老江并不放心，拿起电话嘱咐儿子好好照顾婆婆，要守本分，不要在外面惹事。江水屯说，老爸，你放心，我二十多岁的人了，知道分寸。江水屯在绵阳待了几天，和艾小莉见了两次面，但每次见面，艾小莉都带着一个女娃子，那个女娃子叫郝寒星，艾小莉说是她的表妹。有郝寒星在场，江水屯没法说想说的话。

江水屯回成都不到一个月，又回绵阳了，这次回来，比上次回来时还阔气，汽车换了辆新的，啥牌子艾小莉不知道，她看到车上有四个亮闪闪的有点晃眼的圈圈。

“你咋不接我的电话?”江水屯说。

“不好意思，我在带团，没听见。”艾小莉说。

江水屯知道艾小莉说的是假话，电话明明是被她掐断的，她却说没听见，他假装不知，笑着说：“辛苦了，辛苦了。”

“啥时回来的?”

“刚刚。”

艾小莉见不得江水屯那副打扮，她不愿意在门口跟他多说话，更不愿意叫江水屯到她办公室去，说：“我有事，我得回办公室去。”

江水屯说：“我没事，我到你办公室等你。”

艾小莉往楼上走，江水屯跟在后面。

“姐，回来了?”郝寒星站起身，见江水屯跟在后面，对着她伸了一下舌头。

艾小莉点了下头，挤了下眼。

“坐吧。”郝寒星不冷不热地说。

江水屯坐下了。

办公室里还有两个同事，他们看了江水屯一眼，没有说话。几个人各自忙着，没人搭理江水屯。江水屯有些不自在，站起，坐下，又站起，然后拿了一张报纸，翻了翻，丢下，看了一眼艾小莉，又看了一眼手表，说：“小莉，我回去看一下婆婆，等会儿来接你。”

艾小莉说：“用不着，我有自行车。”

江水屯走了，那两个姐妹跟艾小莉开起了玩笑。

“小莉，怪不得你这个看不起，那个看不上，原来你找了个大款。”

“别瞎说，他是我的同学。”艾小莉说。

“啥子同学？明明是……”

“真的是同学，不惑你们。”

“老实交代，啥时要的？”

“没要，真的没要，你们多心了。”

“都带到办公室里来了，还说没要？说吧，啥时吃糖？”

“现在。”艾小莉掏出一把水果糖放在桌子上，说，“来吃，快来吃。”

几个姐妹边吃糖边嘻嘻哈哈地说笑。

“小莉，说老实话，这个小伙子不错，是个有钱人。”

“你咋知道？”

“我咋知道？他脖上的金项链、手腕上的金镏子告诉我的。”

“小莉有福气哟！”

几个姐妹你一言她一语说个不停，艾小莉像没听见，一言不发。

“不说了，莉姐，走，下班喽！”郝寒星说。

几个姐妹嘻嘻哈哈地走下楼，早已等候在那里的江水屯打开了车门，说：“小莉……”

“快去，小莉，专车在等你呢！”

“小莉，拜拜！”

“谁跟你拜拜？”艾小莉说，“走，骑自行车！”

江水屯见艾小莉不坐他的车，急忙去拉艾小莉，艾小莉甩了下手，江水屯讨了个没趣。江水屯本来是来显摆的，没想到会是这个结局，于是砰地关上车门，望着奋力向姐妹们追去的艾小莉。

艾小莉刚到家门口，江水屯把门打开了，说：“叫你坐车你不坐，出了一身汗，这下安逸了。”

“我愿意。”

“你今天咋子啦？我又没惹你。”

“你看看你那身打扮，跟黑老大有啥区别？不就是有两个钱，显摆啥！”

“我显摆啥了？”

“你显摆啥你知道，用得着我说？”艾小莉说，“你没听听人家咋说你！”

“咋说我？”

“黑老大！”

“哪个这么说？老子去找他！”

“满大街的人都这么说，你去找吧！”艾小莉说。

“小莉，你俩在争啥？吃饭，吃饭。”艾小莉的妈妈单红英说。

“阿姨，我们出去吃，饭都订好了，在绵州酒店。”江水屯说。

“就在家里吃，不破费那钱。吃饭。”单红英说。

“急啥？我爸还没回来呢！”艾小莉说。

“你爸不回来，他有应酬。”单红英说。

江水屯听说艾叔叔不回来吃饭，心里有些凉。他本来是要在艾叔叔面前显摆的，所以早早地在绵州酒店订了一个雅间，用他的豪华轿车把一家拉去……他之所以要在艾叔叔面前显摆，是因为艾叔叔一直不看好他，没想到艾叔叔却不回来吃饭。

“阿姨，艾叔叔不回来，咱三个人去吃，明天艾叔叔空了我再去订一桌。”江水屯说。

“不要显摆了，你不觉得恶心吗？”艾小莉不耐烦地说。

“小莉，你咋这样跟小江说话？”单红英说。

“我们俩没耍了。”艾小莉说。

“咋没耍？我俩一直在耍。”江水屯说。

“那天我已经跟你说了，我俩不合适。”

“咋不合适？”

“不是一路人。”艾小莉说，“希望你别再来打扰我。”

第二天，艾小莉把电话卡换了。

2

这几天，江水屯过得很恼火，艾小莉的电话打不通，他到旅游公司的楼下去了好几次，也没见到艾小莉。下班时间到了，江水屯像前几次一样，站在旅游公司对面，望着楼道出口，有两个姑娘出来了，他心里为之一动，不由自主地往前挪了两步，虽然他没见到艾小莉，但他打听到了艾小莉的去向，艾小莉到外地学习去了，啥时回来没人知道。他决定去见艾小莉的爸妈，于是买了两瓶茅台、两盒脑白金、两斤明前茶和一口袋护肤防晒品，提着向艾小莉家走去。

艾小莉家的灯亮着，屋里传出了歌声："滚滚长江东逝水，浪水淘尽英雄，是非成败转头空，青山依旧在，几度夕阳红……"

"单阿姨——"江水屯在门口喊了一声。

单红英打开门，见是江水屯，说："小江，来，进来。贵生，小江来了。"单红英对着里屋说。

艾贵生正在看书，听到老婆叫他，从里屋出来。

"艾叔叔……"

艾贵生点了下头，算作答应。

江水屯坐下，单红英端来一杯茶。

"阿姨也喜欢看《三国演义》?"

"我哪喜欢看这打打杀杀的，是你艾叔叔喜欢看，节目刚开始，你艾叔叔正要出来。"单红英望着江水屯放在茶几上的东西说，"你来就来吧，买这么多东西弄啥?"

单红英的话是说给丈夫听的。

"我来看叔叔阿姨，没啥买的……"江水屯说，"酒和茶叶是给艾叔叔买的，脑白金是给阿姨买的，护肤防晒霜是给小莉买的……"

"我不喝酒。"艾贵生说。

"你还不喝？前天我才给你买了两瓶，只是没有小江买的酒好。"单红英边说边向丈夫挤眼睛。

"我都戒几年了，啥时叫你给我买过酒?"艾贵生装着没看见老婆给他的眼神。

单红英急了，用脚轻轻踢了一下丈夫的脚。

艾贵生并不理会，两眼望着电视机，此时，电视里正在播放《草船借箭》，自言自语道："诸葛亮神！太神了!"

单红英有些生气，心里暗暗埋怨，人家好心好意买着东西来看你，你一点面子也不给，你以为人家是来巴结你？人家是来看咱女儿的!

"小江，你来得不巧，小莉到深圳去了，去那里学习，全市只有一个名额，市旅游局把她派去了。"单红英说，"这事你不知道?"

“知道，知道。”江水屯说，“我是专门来看叔叔阿姨的。”

“谢谢你，小莉回来我一定告诉她。”

“谢谢阿姨。”

“小江，你别跟小莉一般见识，别看她二十多了，还是个小娃子脾气，脾气来了，啥话都说得出来，不管别人受得了受不了，气过了啥事没有。”

“她的话，我没往心里去，我知道她说的是气话。阿姨，这不怪她，怪我，我身上有很多毛病，为了小莉，我一定改。”

“人，没有十全十美的，今后你跟小莉在一起，你要多担待她，这话我也会跟她说，叫她也担待你，俩人互相担待，才能过到一起。”

江水屯连连点头，他心里有数了，单阿姨的态度没变……他的目的达到了，于是起身告辞。

“慢走，空了来耍。”单红英站起身。

艾贵生两眼望着电视，身子没动。

江水屯走了，单红英抱怨道：“你也是，小江好心好意来看你，你连话都不跟人家说一句。”

“看我？哼！”艾贵生说。

“你哼啥？”

“我哼啥你知道。”

“我不知道。”单红英装傻。

在女儿耍朋友的事上，两口子意见不合。艾贵生看重人品，单红英看重金钱。为这事两人争论了无数次，而且多次脸红，最终谁也没把谁说服。艾贵生悄悄问女儿，你觉得江水屯咋样？女儿说不咋样。艾贵生说，我也觉得不咋样。这事你可要拿定主意。对象找好了，幸福一生，找不好，痛苦一辈子。这事你妈本来是有教训的，但她好像忘了，你可不能犯你妈犯过的错误。艾小莉知道妈妈跟赵大年的事，但妈妈不是情愿的，是外公外婆叫妈妈嫁给赵大年的。妈妈嫁给赵大年，妈妈也不是一点没有责任，妈妈的责任是她没有坚持自己的意见。现在她要找对象了，她决定自己拿主意。可是她还是想听听爸爸的意见，说，爸，我想听听你的意见。艾贵生说，我女儿这么聪明，我相信你的眼力。你要听爸的意见，爸还是那句话，人品第一。但你妈的意见跟我不一样。艾小莉说，我知道，我妈看重的是这个。艾小莉做了数钱的动作。艾贵生说，当然，人品好，又有钱，那就更好了，只是这种两全其美的事不容易遇到。有钱，还要看钱的来路。江水屯的钱是他爸妈挣的，用爸妈的钱，说好听点，是啃老，说不好听点，是寄生虫。人，有本事，才靠得住……艾小莉听了爸爸的话，与江水屯断绝了关系。为这，单红英对女儿发了一顿气，说，我不知道你是咋想的，拒绝江水屯，你会后悔一辈子，不信你看！现在你不觉得，今后就知道了。找个有钱人家，你生活的起点大不一样，你要是在起跑线上输了，你永远也赶不上别人，我劝你好好想想，最好还是跟小江……艾小莉没有听妈妈的话。

“我看不上这娃。”艾贵生说。

“你看不上，我看得上。”单红英说。

“算了，我不跟你争了，没意思。”

“我也不想跟你争，你的思想跟不上。”

“跟不上啥？”

“时代。”单红英说，“现在啥年代，你以为还是我们那个年代？现在找对象哪个不说钱？”

“不说了！不说了！看电视。”

单红英见丈夫不说话，知道她的话说重了，心里有点过意不去。丈夫为了她，放弃了大城市的生活，只身来到绵阳，除了她和女儿，在这里别无亲人。

《草船借箭》播放完了，艾贵生伸了个懒腰，与妻子说起了刚才没说完的话。

“刚才看电视，我俩没把话说完。你说现在找对象都说钱，这话我不同意，我认为找对象是找人不是找钱，找人就要先看人品，人品不好的绝对不能找！”艾贵生说。

“人品再好，没有钱，拿啥去对女儿好？”

“有钱，要看钱是哪里来的！自己挣不来，靠妈老汉，这叫啥人？寄生虫！”

“靠妈老汉，人家靠得到，嫁给一个家庭条件好的，一辈子不缺钱花，哪一点不好？”

“妈老汉能靠一辈子？自己没本事，妈老汉一死，要不了多久就会变成穷光蛋！何况他的人品……”

"那件事你都说一百次了，我耳朵都起老茧了，你还在说，你再不说那时他小不懂事。"

单红英说的那件事是丈夫第一次见到江水屯那天跟她说的。那天，江水屯第一次到他们家，丈夫老盯着江水屯看，看得江水屯把头都低下了，没坐多大一会儿就走了。江水屯走后，丈夫问这娃来弄啥，她说来找莉莉。丈夫问他咋认识莉莉的，她说他是莉莉的同学。丈夫说，以后不要叫他到咱家来，也不准莉莉跟他接触。她问为啥，丈夫说以前他在派出所里碰见过他，是被警察带到派出所去的，当时脸上还有血。和江水屯一起到派出所的还有一个娃，那娃一直捂着脑袋。警察问他们叫啥名字，一个说叫江水屯，一个说叫胡二娃。警察问俩人为啥打架，胡二娃说江水屯欠他的钱，他问江水屯要，江水屯不给，他多说了两句，江水屯就动手打他。警察问江水屯为啥欠钱不还，江水屯说，我这两天手里没钱，跟他说有钱了就还他，他不听，非要我马上还，我一时又借不到，他当着那么多人说我说话不算数，是个不讲信用的人，不但毛了我面子，还败坏了我的名声，我才打他的，而且他也打了我。胡二娃说，你不是借不到，是你不去借，你是存心不想还。两个人打架的原因弄清楚了，是因为赌债……

艾贵生说："小？从小看大，三岁看老！现在他还小？"

单红英说："现在他已经改好了，你不要老拿老眼光看人，拿过去的事说事。"

"改好了？你知不知道他们家为啥搬到成都去？"

"知道。"单红英说，"他家有钱了，想去大城市。"

"你说错了。"

"我说错了？现在很多有钱人往国外跑，不往国外跑的就往大城市跑，这叫人往高处走。"

"江水屯家并不是你所说的人往高处走，而是不敢在绵阳住了，不得已才搬到成都去的。"

"我不信。"

"不信你去问问他们邻居。"

"我不去。"

"你不去，那我告诉你，我已经问过了。邻居说江水屯不但赌博，还网女娃子，欠了很多烂账，债主到他家里讨账，去了一伙人，不给钱不走，他爸没法，要报警，那些人叫他爸报，说，我们进去了你儿子也跑不脱。他爸听了，不敢报警，拿了十几万才把那伙人打发走。除了到他家要账的，还经常有女娃子去找他……他们家搬到成都，是躲避那些不三不四的人，怕再在绵阳待下去他们儿子被弄进去。你说，这种人，咱咋敢把女儿交给他?”

单红英没有说话。

第二十一章　挂在凉粉车上的画像

1

人民公园是绵阳人休闲游乐的地方。跳舞的，打太极拳的，吹拉弹唱的，喝茶的，放鸟的，打麻将的……全在那里。人工湖里，小船悠悠，儿童游乐场里欢声笑语，小树林里鸟儿歌唱，茶园里低声浅语……公园也是各种艺人展示才艺的地方，吹糖人的，捏泥人的，画像的，设计名字的……应有尽有。范一平无心观看，快步穿过邓稼先广场，径直来到纪念碑下，全然不顾游人和舞者，掏出报纸往地上一铺，一屁股坐了下去，之后，把他要找的那位姑娘的画像端端正正地摆在面前。游人，有人驻足，有人匆匆。几个人站在那里，小声地说话：

“画得不错。”

“还可以。”

“比那边那个人画得好。”

“爸，你画一张。”

“不画，画那弄啥。”

“那次在丰谷井赶场，你就想画，我嫌那个人画得不好，没让你画。这个画师的手艺比那个画师好。画一张，爸。”

“不画了，走吧。”老人说。

“咋不画?”中年男子说。

“不画就是不画，还问咋不画，走。”

“爷爷，你画一张嘛。”一个小姑娘拽着老人的腿说，“你看他画的这个阿姨多好看!”

“阿姨年轻，咋画都好看。爷爷老了，咋画都不好看。”老人说。

“爷爷没老。”小姑娘说。

“在孙女眼里，爷爷没老，在别人眼里，爷爷就是个老妖怪了。不画，走吧，爷爷带你去吃窝窝店。”

“吃窝窝店!吃窝窝店!”小女孩高兴得直拍手。

中午，太阳火辣辣的，水泥地面晒得烫屁股，好在公园里的人少了，原来坐满游人的椅子上有了空位子。范一平挪到了树荫下的椅子上。屁股舒服了，腿也没有那么难受了，可是肚子饿了。

“凉粉凉面，凉面凉粉……”一个五十多岁的老人推着一辆小车边走边吆喝，在范一平面前停下，老人好像知道他饿了，说：“来一碗不?”

范一平看了一眼，说：“多少钱一碗?”

“一个价，都是两块。”

“一样来一碗。”老人拌了一碗凉面递到范一平手上。

凉粉还没拌好，范一平的凉面已经吃完了。又吃了一碗凉粉，肚里好像还是空的。

“还要不?”

“再来一碗凉粉。”

第二碗凉粉吃完，范一平又要了一碗。他一连吃了三碗凉粉，连声说：“好吃，好吃。凉粉好吃。”

老人说：“这是我们这里的名小吃，到这里来耍的人都喜欢吃这个。”

“名小吃?”

“是啊，这是席凉粉。”

席凉粉，范一平不知道了，他吃过红薯凉粉、豌豆凉粉，席凉粉他还是第一次听说，他不知道“席”是啥东西，做出的凉粉这么好吃，说：“啥叫席凉粉?”

“这席凉粉，说起来话就长了……”

“来，大叔，坐，坐下说。”范一平把屁股往一边挪了挪，给大叔让出地方。

大叔四下看了一眼，见周围无人，于是坐下，说：“这席凉粉可是有来头的哦。”

“啥来头？”

“嘿！来头大了。别的不说，就说这年旬，有我三个年龄这么大，一百多年。”

范一平没听懂，说：“大叔说的是做凉粉的人？还是这席？”范一平把“席”当成了一种植物。

“一回事，一回事。做凉粉的人姓席，不是用席做的凉粉。我没说清楚，我没说清楚。”

两个年轻人走了过来。

“凉粉凉面！”大叔吆喝了一声，两个年轻人看了一眼，没停步。大叔接着说：“这姓席的，新中国成立前住在老东门外城墙边，十五岁学做凉粉，他的凉粉有两种：米凉粉和豌豆凉粉。他的工序是头天泡米泡豆，二天鸡叫磨浆，煮熟后盛入盆中，放凉即成。挑到街上，有人买时，用镟子一镟，凉粉成丝，抓一把放进碗里，加上各种佐料，即成美食。他的凉粉卖出了名，人们就叫他席凉粉，叫得久了，人们把他的真名搞忘了，到现在也没哪个知道他的真名叫啥。”

“大叔跟那个人学过？”

“学过啥？”老人说，“我才五十出头，他要活着，都一百……一百五六十了，我还没出生，他就到天上去喽。”

“那你是跟哪个学的？”

“我呀，在席凉粉店里打过工。”

“席凉粉还有店？”

“有，在棉花街。我在那里打工时把手艺学到的。”

“棉花街在哪儿？”

“棉花街没了。”

“一条街咋会没了？”

“城市改造，那条街全是老房子，拆了，全拆了，凉粉店也就没了。街宽了，地上铺的是大理石，两边修的是高楼，名字也不叫棉花街了，叫步行街。好是好，可是没了以前的味道。凉粉店被拆后，我就自己整了，自己做自己卖，从那以后，一直卖到现在。这里的人都认我的凉粉，说我这凉粉正宗。”

“大叔，你该开个店。”

“开店，我也想过，可是算了一下账，算不过来，也就没再想了。”

“啥账算不过来？”

“门面太贵，租不起。再说，这种小吃也不适合在店里卖，用车推着，哪里人多往哪里推，你看，我十点钟才出来，在公园里转了一圈，就剩这点点了。”

“大叔家在城里？”

“看咋说。说城里也叫城里，说不是城里也不是城里。”

“这话咋说？”

“我住在御营坝，那里以前是农村，我种过地，进城担过大粪（给庄稼施肥），到馆子里挑过潲水（喂猪）。也就是挑潲水时认识了席凉粉店的人，我才到凉粉店打工的。改革开放了，城市扩大了，我们大队的土地被征用了，那里修了电厂，建了学校……全大队都变成了高楼大厦。我们的地没了，年轻人进了工厂，成工人了，老年人都在家里闲着，队里给发生活费，日子比种庄稼时还好过。有些年纪大的，干惯活了，一下子闲下来，总觉得不自在，好像变成了废人，没用了。再说，人得动，人跟机器一样，不动就生锈了，生锈了就坏了，很多人的病就是闲出来的。老年人怕闲出病，就自己找事做，卖菜，卖水果，收破烂，打短工，踩三轮，当保姆，做啥的都有。他们也不全是为了钱，有事做，心里踏实。我也闲不住，就卖起了凉粉。”

“大叔贵姓？”

“免贵姓许。”

范一平笑了笑，说：“许大叔，你以后也就成许凉粉了。”

许大叔说：“不敢，我哪敢跟席凉粉比？”

“来，许大叔，我给你画张像。”

“你会画像？”

“学过。”范一平为了证明自己会画，拿出了姑娘的像，“许大叔，你看，这是我画的。”

许大叔一看，一脸的惊讶，说：“你是画家？了不起，了不起，这么年轻就成画家了！而且画得这么好。看不出来，看不出来！”

“许大叔，我是初学，画家，不敢当！”

“那我就不客气了，给我画一张！”

“许大叔，你起来，站在车子旁边。”

许大叔起身站在手推车旁，不大一会儿，范一平就把许大叔画出来了，而且连车上的凉粉也画下来了，画下方还写了一行字：“绵阳席凉粉传人许凉粉”。

范一平给许大叔画像时，有很多人围在那里看，像画好后，都说画得好，当范一平写下那行字时，大家把目光投到了许大叔身上，他们没想到这个老汉是席凉粉的传人，于是都想亲口尝一下真正的席凉粉。

“我来一碗!”

“我也来一碗!”

不大一会儿，凉粉卖完了，还有好几个人没有吃到。

“莫来头，莫来头，我天天在这里卖，想吃，明天来。”许大叔说。

吃到凉粉的人走了，没吃到的人也遗憾地离开了。

车边还有一个小伙子，站在那里，望着许大叔，脸色微红地说：“许叔叔，我想给你当徒弟。”

小伙子的诚实、羞涩，许大叔无法拒绝，说：“这没啥学头，你想做，咱俩一块儿做。”许大叔说了他的地址，小伙子才走的。

“哎哟，想不到你给我画了一张像，凉粉一下子就好卖了。哎，画家，你叫啥？家是哪里的?”

“我叫范一平，家是陕西宝鸡的，我是西安美术学院的学生。”范一平说。

“你出来画像?”

“不是，我是到这里找人的。”

“找哪个?”

“这个人。”范一平指着姑娘的画像说。

“你的妹妹?”

“不是。”范一平摇摇头，“她是这里的人。”

“你的同学?”

“也不是，她是我在这里遇到的一个好人，她帮过我。”范一平说了姑娘帮助他的事。“许大叔，你见过这个人没有?”

许大叔仔细看了一下画像，摇了下头，说：“没见过。”

范一平叹了口气。

“小范，不要急，住下来慢慢找，总有一天会找到的。”

“可是……”

“你要不嫌弃，就住到我家里。”

“再有几天我就开学了。”

“开学了你再回去，这个姑娘我帮你找。”

范一平答应了，他不是住不起宾馆，而是想结识许大叔这家人，有了熟人，他就可以托熟人帮他找了。他跟着许大叔朝御营坝走，许大叔边走边说这条街叫涪城路，这条街是油房街。以前，油房街是条小街，街上有个油房，所以叫油房街。这里是大西门。上了饮马大桥，许大叔说这条河叫安昌河，以前没有这座大桥，是一个平桥，叫小浮桥，夏天一涨水，桥就被淹了。那时河水大，现在修了大桥，河水反而小了。走到大桥头，许大叔指着对面远处的小山说，那座山叫黄土梁，从这里到黄土梁，以前整个坝子全是庄稼地，现在都成楼房了。来到十字口，一条宽阔的街道横在面前，许大叔说这条路叫长虹大道，往右走，通江油，也就是李白出生的地方，往左走，通三台，所以也叫绵三路。哎，绿灯了，走，我们可以过了。穿过马路，没走多远，拐了弯就到了许大叔的家。许大叔家是一幢三层小楼，房子收拾得干干净净，许大叔说这房子是他和儿子盖的，一楼是客厅、厨房和凉粉作坊，他住二楼，儿子一家住三楼，小两口长年在深圳打工，连孙子也带去了，他们在那里买了房子，很少回来，他连孙子也看不到，想他们了，就打个电话说说话……

“大婶呢?”

“出去耍去了。”许大叔说，“早上把凉粉凉面做了，她就没事了，跟队上的人到处耍，有时打麻将，有时跳广场舞……”

许大叔泡了一杯茶递给范一平，自己也泡了一杯，两人边喝边说话。

“许大叔，绵阳除了席凉粉，还有啥好吃的?”

“好吃的多了，有窝窝店包子、谭豆花、张醪糟、鲜花饼、蜘蛛抱蛋、挂炉烤鸭、五香豆腐干、吕凉粉、抓油饼子、米粉、油茶、匹二黄……”许大叔摸了一下头，“记不清了，多得很。”

“啥叫匹二黄?”

“匹二黄是一种烤饼，饼子两面烤得焦黄，所以叫匹二黄，这种饼子吃着可香了。”

“哦。哪天我去尝尝。”

“应该去尝尝。啥时去，我带你，不然你找不到地方。”

“谢谢大叔。”范一平说，“吕凉粉也在街上卖？”

“没有。这家子在丰谷井，早年间在大西街摆过摊，后来不知为啥没来了，也许是路太远了吧，离这里有二十多里呢。”

“丰谷井？”范一平说，“离这里那么远？”

“不算远，现在交通方便，坐汽车一会儿就到了。”

“这回是去不成了，下次来我要到那里去一趟。”

“你去吃吕凉粉？”

“不是，我去那里寻根。”

“寻根？寻啥根？”

“我爷爷说我们的祖先是那里的人。”

“哦，那得去。人啥都可以忘，就是根不能忘。”

“许大叔，这里的名小吃，除了席凉粉，哪个最好吃？”

“都好吃。”许大叔笑着说，“各是各的味道，就看各人的口味了。”

“哪家生意最好？”

“窝窝店包子，吃的人最多，每天都排多长队，有时去晚了还买不到。明天，明天我带你去吃一盘。”

“明天你要去吃啥？”一个女人的声音传进了屋里。

“吃啥？吃好吃的。”许大叔说，“家里来客人了，快来，认识一下。”

说话的人笑着走进屋，范一平急忙起身，喊了声大婶。

“这是我老伴。”许大叔说，“这是远方（陕西）来的客人小范，今天在公园里认识的，是个画家。”

听说是画家，许大婶不禁肃然起敬，说：“我听出来了，是远地方来的。”

“你咋听出来的？”许大叔说。

“他叫我大婶，咱这里没人这样叫，都叫孃孃、阿姨。”许大婶说，“小小年纪就当画家了，不简单，不简单！”

范一平有些不好意思，说：“许大婶，我不是画家，我还在美院上学。”

“现在是大学生，毕业了就是画家，都一样，都一样。”许大婶说。

“你看，这是小范给我画的像。”许大叔指着他的像，把范一平给他画像和凉粉被一抢而光的事说了一遍，末了说：“画得好不？”

“画得好！画得好！”许大婶把目光从画像上转到许大叔脸上，看了看，一本正经地说，“你长得没有他画的好看。”

“长得好看不好看，是你找的，现在后悔还不晚。”许大叔得意地说。

“当年要不是你扭得紧，哼！”许大婶撇了撇嘴说，“我才不会嫁给一个卖凉粉的。”

范一平笑了，他看出这老两口关系不是一般的好。

“咋着？要不叫小范也给你画一张？”许大叔说，“不然你老是嫉妒我。”

“画就画，我这脸拿到哪里都比你好看。”许大婶说，“小范，把我画漂亮点，气气他！”

“好，好。我把大婶画得比大叔漂亮。”范一平边说边笑。

“对，小范，给你孃孃画漂亮点，我拿着她的像去卖凉粉，我说凉粉是她做的，吃的人肯定更多。”许大叔转向老伴，说：“记住，明天你可要多做点凉粉哦，不然不够卖，凉面少做点莫来头。”

晚饭后，范一平要给许大婶画像，许大婶笑了，说：“画啥子哦，我是说着耍的，你看我这张老脸，上面的萝卜丝一抓一大把，还有头发，都快白完了，画出来寒碜人。”

范一平说：“许大婶，画一张。人都要老，老有老的风采。你看中央电视台的主持人，就是主持《话说长江》的那个，叫陈铎，还有电影演员田华，不都是满头白发？你在电视上肯定看到过，多有味道，多有风采！”

许大婶说：“你说那个陈、陈铎，我看没看到过，倒是记不得了，田华，她演的电影多，她还是女娃子的时候演过白毛女，我爱看她演的电影，前不久我在电视上还看到过她，头发全白了，但白得好看。可我，头发白得难看，不画，不画。”

“小范说给你画就画一张，再说，遇到一个画家不容易。画，画。”许大叔劝道。

“那咱俩一起画。”

“你一个人画。”

“两人一起画，不然我就不画。”

“对，大叔大婶，你俩一起画，来，坐这边。”范一平说。

许大叔和老伴坐到了一根条凳上……

范一平在纪念碑下坐了几天，他不记得了。几天来，他天天中午吃许大叔的凉粉，许大叔叫他吃饭，改改口味，他说他喜欢吃凉粉。许大叔怕他凉粉吃久了伤胃，那天专门给他买了两个饼子，做了两个凉粉夹馍。

范一平正在吃，电话响了，他以为是那位姑娘打来的，心里一阵激动，掏出电话一看，是妈妈给他打的。

“平平，你在哪儿？”

“我在、在秦岭啊，我不是跟你说了？”

“啥时候回来？”

“我还有一幅画没画完，画完了就回去。”

“哦。你可要注意身体，别累着了。”

“我知道。”

“这里下雨了，那里下没下？”

“没有。妈……”

“要下雨就跑快点，小心发大水。”

“妈，我知道。我要画画了，不说了。”

“那你抓紧画，画完了赶快回来，要开学了。”

“好，好。”

放下电话，范一平叹了口气，时间过得太快了，一眨眼又要开学了，要不是妈妈提醒他，他差点搞忘了。

“小范，你妈给你打的电话？”许大叔说。

“是，我妈。”

“你这娃，不是大叔说你，你咋跟你妈说假话？”

“许大叔，我没跟我妈说我到这里来，所以……”

“小范啊，儿行千里母担忧，妈妈的心永远都在儿女身上，儿女走一步，妈妈都牵挂，想知道他在哪儿，在干啥，好不好，知道了才会放心。你现在年龄小，体会不到，所以理解不了当妈妈的心情，等你有了孩子，就理解了。你妈催你回去？”

“要开学了。”

“那你得赶快回去，学可耽误不得。”

范一平要走了，许大叔有点舍不得，拉着范一平的手久久没有松开，范一平望着许大叔，眼睛潮湿了。

“许大叔，我想拜托你个事……”范一平欲言又止。

“说吧，有啥只管说，只要大叔做得到。”

“请你帮我留意一下……”

“得行，得行。”许大叔说，“你能不能把姑娘的像留给我？”

范一平犹豫了，把姑娘的像留在这里，他怕弄脏，还有，姑娘知道了会不会生气，说他侵犯她的肖像权……

“你不愿意放在这里也行，姑娘的长相我记住了。我的意思是有她的像好找些，我可以把像挂在我的车上，像我的像一样。”

“许大叔，不是我不愿意把她的像留给你，因为肖像权是受法律保护的，不经本人同意不能挂，挂就违法了。我担心的是这。”

“哦……这个还有法律管着？”

“是。”

“那这样吧，你留下，我带在身上，见到长得像的女娃子，我悄悄拿出比对一下。”

范一平点了点头，说：“许大叔，你等等，我到那边去一下。”

不大一会儿，范一平回来了，把一张过了塑的画像交给了许大叔，说：“许大叔，这样带着方便，可以卷，不怕打湿，也不会揉皱。”

范一平走了。

许大叔卖凉粉时，天天带着姑娘的画像。

2

许大叔的凉粉车上，一边挂着一幅画像，一张是他的，一张是范一平委托他找的那位姑娘。凉粉车前更热闹了，除了吃凉粉的，还有专门站在那里看姑娘像的。

“这女娃子长得好看。”

“是真人吗？”

“不是。”

“废话！我知道这是像，不是真人。我是说这像是不是比着真人画的？”

“说不定，也许是，也许不是。”

“又是废话。”

“你要想知道，问问这老头不就对了？”

“喂，卖凉粉的，这像画的是哪个？”

许大叔看了问话的小伙子一眼，见小伙子不像正经人，说：“我也不知道，是别人送给我的。”

“你挂这像弄啥？”

“不弄啥，我觉得好看。”许大叔说。

“画上这姑娘我好像在哪里见过。”一位中年妇女说。

许大叔看了中年妇女一眼，说：“你见过这姑娘？”

中年妇女说：“好像。”

“她在哪里？”

中年妇女说：“一时想不起来了。”

“你好好想想。”许大叔说。

“记性不好，想不起来了。”中年妇女说。

“大妹子，你早晚想起来早晚跟我说一声，我天天在这里卖凉粉。”

“你这老头，刚才你说你不认识这女娃子，像是别人送给你的，现在又说你认识，到底哪句话是真的？”

“你啥意思？”

“你知不知道挂别人的像违法？”

“违啥法？这是我闺女！我找我闺女也违法？”许大叔理直气壮地说。

“这是你闺女？长得好漂亮哟！”中年妇女说，“她去哪儿了，你找不着？”

“她说去打工，一去就没回来，也没给家里打过电话。唉……”

“那得赶紧找。”中年妇女本想说会不会是被人贩子拐跑了，可是她怕把许大叔吓着，说，“实在不行报警啊！”

许大叔说：“先找找看，实在找不着再说。”

“大叔，”一个黄头发小伙子看了一眼许大叔的画像，说，“你姓许呀？”

许大叔说："姓许。"

"我也姓许，咱是一个姓呢。"黄头发说，"许大叔，你家住在哪儿？"

"御营坝。"许大叔说。

"那咱住得不远。"黄头发说，"我住在大西门，跟你只隔一条河。一个姓是一家子，你有啥事需要我帮忙，跟我说一声。"

许大叔看了黄头发一眼，心想这两句话说得还中听，对黄头发也不那么反感了，不反感是对他这几句话，但对他的黄头发还是看不惯，"找你帮忙？我遇到再大的难处都不会找你！"许大叔心里想，可是他嘴上说出的却是"谢谢，谢谢"。

"不客气，许大叔。"黄头发说，"你的凉粉做得好，能不能收我做徒弟？"

许大叔摇摇头，说："这个苦你吃不了。"

"我吃得了，"黄头发说，"我有的是力气。"

"力气，我知道你有，我说的是熬更受夜。"

"你是白天卖，熬啥子夜？"

"夜里不做，白天卖啥？"

"我不怕，熬夜我也不怕。"黄头发说，"大叔，你收了我吧！"

"没法，我是小作坊，确实没法。"许大叔说。

许大叔和黄头发正说着，一个小伙子走了过来，说："师父，我来晚了。"

许大叔看了小伙子一眼，这是那天他答应收的那个徒弟，叫刘火，许大叔说："今天来晚了，以后早点来。"

刘火说："我妈头痛，我陪我妈去看了下病。"

许大叔说："你今天就不该来，回去照顾你妈。老年人……"

刘火说："没啥，我妈感冒了，拿了药了。"

黄头发见许大叔有徒弟，顿生醋意，把刘火从头到脚打量了一遍，觉得刘火并不咋个，决定挤走刘火，于是又纠缠起了许大叔。

"许大叔，你带徒弟，一个是带，两个也是带，多带一个有啥？收下我吧，许大叔。"黄头发说。

许大叔只顾卖凉粉，没有回答。

黄头发扑通跪下了，说："师父，师父……"

旁边的人劝起了许大叔。

“许师傅，收下这娃吧，这娃心诚。”

“就是，这娃心诚。”

“拜师礼都行了，不收咋个要得?”

听到这句话，黄头发说：“师父，你不答应，我就不起来……”

许凉粉无奈，说：“小黄，起来吧，我答应你。”

黄头发磕了三个头，站起身，说：“师父，我不姓黄，姓许，跟你一个姓。”

许大叔望着小许的头发，笑着说：“我把你的头发当成你的姓了。”

周围的人都笑了。

“许师傅这下该洋盘了，带了一个外国徒弟。”

黄头发听了，也不生气，把头发往后一抹，说：“我可不是外国人，我是地地道道的中国人!”

许凉粉答应收黄头发为徒弟，但他没当真，他只不过是给黄头发一个台阶下。黄头发也没当真，他只是想结识许凉粉的“女儿”，他很少到许凉粉的作坊去，凉粉咋做，他并不关心，他关心的是许凉粉的“女儿”回没回来。

第二十二章　有心人，天不负

1

范一平到绵阳来了，他是接到许大叔的电话匆匆赶来的，许大叔在电话里告诉他，一个中年妇女说她见过画像上的姑娘，范一平就匆匆赶来了。

“许大叔，有没有消息？”这是范一平见到许大叔时的第一句话。

“没有，暂时还没有。”许大叔有些歉意，“那天，我听那个妇女说她见过这位姑娘，我一激动，就给你打了电话。”

“那人住在哪儿？”

“嘿！我搞忘问了。”许大叔说。

“后来你又见过她没有？”

“没有。”许大叔有些自责，“怪我，都怪我……”

“没关系，许大叔。也许她没想起来，想起来了肯定会来跟你说的。”范一平安慰道。

刘火推着车，许大叔和范一平跟在后面。进了人民公园，许大叔卖凉粉去了，范一平像上次一样坐在纪念碑下。还没到中午，许大叔给范一平端来了两碗凉粉。

“小范，吃凉粉。”许大叔说。

“我还没饿。”范一平说。

“这又不胀人，吃吧。”

范一平接过，放在身边，说：“卖得咋样？”

“卖完了，已经卖完了。”许大叔说，“自从你给我画了那张像，生意一天比一天好，以前三天也没有现在一天卖得多，还有人端着盆子拿着碗到我家里去买呢。”

“许大叔，你的凉粉好卖，不是因为我给你画的那张像，是你做的凉粉好吃，还有这分量……”范一平指了指碗里的凉粉。

“这两碗要不是我事先留着，今天中午你就吃不成了。”许大叔笑着说，“时间还早，你吃凉粉，我回去再拉点来。”

许大叔走了。范一平望着许大叔渐渐远去的背影，视线模糊了。

“画家，你在看啥？”

听到有人说话，范一平转过头，抹了一下眼，见面前站着一个面相斯文、戴着眼镜的中年男子，说：“没看啥。”

中年男子蹲下身，说：“你从事这行道多久了？”

范一平说：“我是个学生，还没参加工作。”

“你是哪个学校的？”

“西美。”

“哦，怪不得呢，画得这么好。”

“不好，画得不好。”范一平谦虚地说。

“你啥时毕业？”

“下个月。”

“毕业后打算做啥？”

“还没想好。”

“想不想当老师？”

“当老师，当然想，就看有没有这个运气。”

“运气肯定有，就看你愿不愿意去。”

“在哪儿？”

“这里。”

“绵阳？”

“是。”

范一平一听，心里一阵激动，他梦寐以求的就是在绵阳找一份工作，边上班，边寻找他心中的姑娘。

“愿意。”

“你先不忙答应，我给说一下情况。”那人说，“我叫易常力，毕业于川美，毕业后我跑了很多地方，一边旅游，一边画画，一边选择我扎根的地方，几年下来，我跑了二十几个城市，比较再三，最后选择了绵阳。我之所以选择绵阳，是这个城市有许多独特的地方，一是气候好，冬天没那么冷，夏天没那么热。二是环境好。不知道你看了没有，这里有山有水，可以说是山水融合，风景如画。三是历史悠久，建城长达2200多年。四是文化积淀深厚。古代、近代、现代有很多文人墨客在这里聚集，诗仙李白出生在江油，大文豪欧阳修、红学家孙桐生出生在涪城。在这里生活过的文人就更多了，如诗圣杜甫、文学家扬雄……纪念李白、杜甫的有李杜祠，纪念扬雄的有子云亭，有一句话流传得很广，叫南阳诸葛庐，西蜀子云亭。在绵阳活动过的政治家、军事家也有很多，有唐太宗李世民第八子李贞，龟山上的越王楼是他建的；有三国的刘备、刘璋、庞统、蒋琬，还有近代的抗日名将宋哲元……五是这座城市文明程度高，社会秩序好。”

易常力一席话，更加坚定了范一平定居绵阳的决心，说：“我啥时可以来?”

易常力说：“毕业了你就来，我给你留个联系方式，来时提前给我打个电话。”易常力掏出了一张名片。

范一平一看，名片上印着“涪城美术学校”，不禁肃然起敬，说：“易校长，谢谢你，谢谢你，我一定来，一定来!”

“好，咱一言为定!”言罢，二人击掌。易常力接着说：“你若有时间，愿意的话可以先到学校看一下。”

“我这就跟你去。”范一平说着站起身。

“走，我就喜欢你这样的性格。”

二人在兴力达广场上了公共汽车。下车之后，易常力告诉范一平：“这里是老火车站，当年是一个非常热闹的地方，火车客站搬走之后，这里变得冷清了。你看，”易常力指着山上一座宏伟的建筑说，“那就是子云亭，是绵阳长虹厂捐建的。长虹厂是全国有名的生产电视机的大企业，有一句话叫‘天上彩虹，人间长虹’，这句话可以说是家喻户晓，人人皆知。走这边，这里有地道。”

二人穿过地道，来到西山公园，易常力指着右边半山腰一个小亭子说：“那是老子云亭，是扬雄读书的地方，亭下有洗墨池，再往前走有个玉女泉，那里有一眼清泉，长年水流不断，崖壁上还有宋代石刻，走，去看看。这就是洗墨池。古时候的人，凡是有名气的文人都有专门洗笔的地方，现在的文人只有干咱这一行的还得洗笔。”

玉女泉哗唧唧的水声传进了他们的耳朵，二人朝发出水声的地方走去。出玉女泉，来到蒋琬墓，坟冢前立着一块一人多高的石碑，上面刻着“蒋恭侯之墓”几大苍劲有力的大字，望着这几个大字，仿佛看到了蜀汉宰相的身影……

“走吧，到新建的子云亭去看看。”易常力说。

登上子云亭，一座高楼林立的繁华城市出现在他们眼前。

“呀，这座城市真美!”范一平发出了一声由衷的赞叹。

“你看，人民公园在那个位置，那座高楼的旁边。”易常力指着绵州酒店说，“那边，那座小山上的那片楼房，是中国物理工程研究院，就是通常说的九院。”

“哦，是邓稼先工作过的地方。”

“邓稼先没在那里工作，他工作的地方在梓潼，离这里还有几十公里，那里是山区，住的是红砖小房，比这里艰苦得多，九院是后来搬到这里来的。”

“我一定要到那里去看看。”

“应该。那里是革命传统教育基地，红色旅游区，去的人很多。”

离开子云亭，穿过小树林，拐了几个弯，一个幽静的小院出现眼前，小巧的石拱门，门楣上挂着一块漆黑的匾额，上书金色大字：“涪城美术学校”。字体清秀隽永，一看就是出自书法名家之手。

“易校长，这是哪位大家题的字，连款都没落?”

“这是无名之辈所书，怕人耻笑，故没落款。”易常力笑着说。

范一平摇摇头，说：“不对，一定是名家所书。我虽不懂书法，但西安碑林我还是去过很多次。”

“走，进去坐。”易常力说。

小院，确实是小院，几间青砖青瓦的平房，大的那间也只能容下十几二十个人，讲台上有黑板，有画架……两边的两间，一间是卧室，另一间是书房。易常力把范一平带进书房，范一平的目光落在了摆满书的书架上，走近一看，大多是书画类的书籍。易常力端来茶，二人边喝边聊，古今中外，无所不及。

“绵阳是一座移民城市。历史上有湖广填四川之说，其实这话不完全对，据我所知，明末清初，从山西陕西也迁过来不少人，我去过山西洪洞县，那里有个移民纪念馆，移到各地的人都有记载，其中也有四川。新中国成立后，全国各地有很多人迁到这里，一是三线建设时，迁来了大批外地工人及家属；二是改革开放，许多外地商人来到了这里；三是九十年代，九院由梓潼、剑阁搬入；四是修建三峡工程，从库区迁来了一些人。包括我，也不是这里的原住民，我的祖籍在河南。这里有各省的人，他们带来了各地的文化……”

“有人从陕西迁过来，这是肯定的，绵阳有个大老板，他老家，也就是他的祖宗是我们宝鸡的，每年清明节，他都带着家人回去祭祖。据说他的先人是在清朝康熙年间迁到这里的，他的先人会酿酒，说是迁到了一个叫丰谷的地方……”

“对，丰谷，原来叫丰谷井，现在叫丰谷镇，离这里有二十多里。”

俩人说话时，范一平心里一直在想，学校咋这么点点大?

易常力看出了范一平的疑惑，说：“这里是我的工作室，一年只办几期书画培训班，为了方便招生，挂了个美术学校的牌子。生源还可以，收入也不错。开班了，老师就来，平时老师们各做各的事情。”易常力说了老师的待遇，“你考虑一下。”

范一平想来绵阳，急需找一份工作，还有他喜欢自由，这个工作很适合他，于是一口答应了。

2

范一平来到了绵阳，在涪城美术学校任教。空了他照样到人民公园的纪念碑下，等待那位不知姓名的姑娘。

许大叔端来了一碗凉粉，说：“小范，吃一碗。”

离吃饭时间还早，范一平没饿，可是一闻到凉粉的味道，嘴里就涌出了口水，说：“许大叔，我本来没有饿，但见了你的凉粉我就饿了。”

范一平正在吃凉粉，许大叔的徒弟黄毛许跑了过来，拿着一张百元大钞，说：“师父，给人家找钱。”

范一平没见过黄毛许，他只见过许大叔那个徒弟，所以他多看了黄毛许一眼，他觉得这个人打扮得有些特别，除了一头黄发，还有他汗衫上印的那个人头像。

许大叔撩起围裙，从口袋里掏出一把零钱递给黄毛许，说：“你拿去找。”

黄毛许接过钱，点点头，转身走了，范一平看到他背上也印着一个和胸前一模一样的人头像。

“许大叔，你啥时又收了个徒弟?”

“上次你走之后。”许大叔见范一平尽到看黄毛许，说，“你是不是看不惯他的黄头发?”

“不，不是。”范一平说，“我觉得他的汗衫好看。”

“哦。”许大叔说，“你别看他打扮得怪，黄头发，绿衣服，花短裤，白球鞋，其实人还是蛮好的。跟你说实话，起先我看不惯他的打扮，也看不惯他吊儿郎当的样子，不想收他，他当着很多人给我跪下，没法，我才收的。我原以为他吃不了苦，来不了几天，没想到他坚持下来了。后来我发现这小伙子脑瓜子好用，做事活泛，现在我还喜欢上他了。”

“那个徒弟呢?”

“你说刘火？在，在车子那边。那娃肯吃苦，人老实。”许大叔说。

“人各有所长。”范一平正说着，黄毛许的声音传了过来：“凉粉，凉粉，许凉粉，正宗的席凉粉，两块钱一碗，两块钱一碗……”

范一平朝凉粉车看了一眼，几个人闻声朝凉粉车走去，说：“许大叔，这小伙子是个做生意的料。”

“我也觉得。”许大叔说，“小范，你天天在这里坐着也不是办法，天这么热。”

“没事，坐在这里也不觉得。”

过了几天，范一平又出现在纪念碑下，许大叔给他送凉粉时，见范一平穿一件洁白的汗衫，上面印着女娃子的头像，不由自主地摇了下头，心想：他怎么学起了黄毛许？他跟他可不是一路人啊！许大叔走到范一平跟前，仔细一看，原来他汗衫上印的是他要找的那个女娃子的像。

“这个办法好！小范。”许大叔指着范一平的汗衫说。

范一平笑了，不好意思地说：“许大叔，这个办法是你二徒弟教我的。”

“有了这件汗衫，你就用不着坐在这里了，走哪儿人都看得见。”

那天之后，范一平没在纪念碑下坐了，空了，在公园里，大街上到处转，像个看热闹的孩子，哪里人多往哪里去。

“小范，吃碗凉粉。”范一平路过许大叔面前时，许大叔叫住了他。

范一平接过许大叔递来的凉粉，吃完之后，转身走了。

“吃凉粉的，还没给钱。”黄毛许说。

范一平笑了，说：“我的钱给不出去，许大叔不收。”

黄毛许不解地望着师父，那天，师父给这人送凉粉，他以为师父是卖给他的。许大叔见黄毛许一脸蒙相，笑着说：“他的钱我不收。”

“为啥?”黄毛许说。

许大叔指了指挂在车上的画像，说：“我的像是他给我画的，许凉粉的名字也是他给我取的，他不要我的钱，我还能要他的钱?”

黄毛许看了范一平一眼，似乎有些不信，他觉得面前这个年轻人画不出这么好看的像，说：“这像真是你画的?”

范一平点点头。

黄毛许向范一平伸出了大拇指，说：“有本事！有本事！佩服！佩服！师父，你女儿的像也是他画的?”

许大叔点点头。

“你咋不挂了呢?”黄毛许说。

“我女儿爱干净，天天挂在车上，灰尘老大……”

“哦，我说呢，你咋挂了两天就不挂了。”黄毛许说。

这时，范一平才知道，他走之后，许大叔把姑娘的像挂出来过。

“哎，师父，你看他汗衫上这图像很像你的女儿。”黄毛许指着范一平说。

许大叔看了一眼，说：“像，有点像。乍一看像，仔细一看又不太像，唉，世界这么大，肯定有长得像的人。”

“哎，兄弟，你画得这么好，啥时也给我画一张?”黄毛许说。

“等我空了给你画。”范一平说。

“还要给我和师父两个人画一张，写上师父与徒弟，一起挂到车上。”

黄毛许说。

“小许，”许大叔看了一眼只顾做事的徒弟刘火，说，“我又不是只有你一个徒弟。”

“哎，对了对了，我把刘师兄给搞忘了。那就把我们三个人画在一起，师父在中间，我和刘师兄站两边。咋样？”黄毛许说。

刘火没说话。

许大叔说：“以后再说，以后再说。”

“听许大叔的，许大叔叫我啥时画我就啥时画，”范一平说，“许大叔，我到那边去转转。”

范一平朝邓稼先广场走去。

3

范一平把一幅画挂在画板上，说：“同学们，今天我们继续学习素描，重点讲一下人物面部表情。表情是人的情绪表现与外表的一种复杂的心理活动……面部表情主要集中在两个区域，”范一平指着画说，“第一表情区是眉眼之间，包括皱眉肌、眉毛、眼睑和眼轮匝肌等；第二表情区是口鼻之间，包括鼻唇沟、嘴唇、口轮匝肌等。所以抓面部表情，首先要在这两个区域上下功夫。面部表情大致可概括为快乐、愤怒、悲痛、恐惧四种，这是人类最基本的或最原始的情绪。”范一平讲了一阵，问同学们听明白没有，同学们都说听明白了。

下课后，一个学生跑到范一平面前，说：“范老师，这张像好像我们隔壁的艾阿姨哟。”

范一平说：“你说什么？”

“我说这画上的人跟我们隔壁的艾阿姨长得一模一样。”

“是吗？”

“是。”

“一模一样？”

学生点点头。

“你叫黄玉琼？”

“是。”

“你家在哪里？”

“铁牛广场。”

铁牛广场，范一平去过，广场很大，楼房很多，除了泗王庙，周围都是高楼大厦。广场中间放着一尊巨型铜鼎，广场周围有许多树木和花草。树下，喝坝坝茶的，打纸牌的，下象棋的，理发的，掏耳朵洗眼睛的，治疗灰指甲腰腿痛的，取痣的，算命的，卖二手货的……应有尽有。喝茶的人一边喝一边冲壳子，天上地下，古今中外，啥都冲。当然，也有人看书，也有人闭目养神。打纸牌的人，讲究的，自带桌凳；不讲究的，坐在花园边或蹲在地上。广场中央是跳舞的地方，交谊舞，自由舞，民族舞，各跳各的，偶尔有吹拉弹唱的艺人在那里扯场子。喷泉边的路上，有两位身背水箱手执巨笔的老人，神情专注地在光滑的地砖上展示着他们的书法……

范一平不解的是，他多次到铁牛广场去，咋没碰到过那个他日思夜想的姑娘？

“铁牛广场哪个地方？”范一平说。

“勇拓洋楼。”

放学后，学生们到西山公园外乘坐公共汽车，范一平跟在他们身后。

一个学生问：“范老师你去哪儿？”

“铁牛广场。”

“你去铁牛广场跳舞？”

“不是，去教一个学生画画。”

“你去当家教？”

“我去辅导一位学生。”

“范老师，你也给我辅导一下嘛。”

“范老师，到俺家教教我。”

“到俺家！”

“到俺家！”

几个学生争了起来，黄玉琼也跟着争。

“同学们，别争，今天我到铁牛广场，哪个家离那个同学家近，我给那个同学辅导后就去哪个家。”

家没在铁牛广场的同学不开腔了，黄玉琼说：“我家在勇拓洋楼。”

“好，完了我到你家。”

范一平在铁牛广场附近一家小食店里吃了一碗米粉，之后上了滨江广场。广场上散步的人很多，陪老人的，携儿童的，手牵手的情侣……三三两两，悠闲地漫步在广场上。健身的队伍出现了，几个摊摊几乎同时打开了音响，优美舒缓的旋律和铿锵有力的节奏交织在一起，形成了一种独特的声音，在广场上空飘荡。随着音乐声，跳舞的，打太极拳的，舞剑的，练棍的……各展风采。范一平边走边看，不时驻足。看了一阵，他走到涪江方向，手扶栏杆，眼望江面，江水清清，无声流动。江边绿茵铺地，游人络绎不绝。草地上，有人拉响簧，有人放风筝，有人盘膝而坐，有人躺在地上……他们尽情地享受着绿草的味道和不知从何处飘来的花香。范一平把目光移向对岸，一座形似黄鹤楼的高大楼阁进入眼帘，他仔细一看，上面有三个大字：越王楼。接着目光右移，他看到了一座山，山上也有一座楼阁，因距离太远，看不大清，但楼阁的形状他还是看出来了，那座楼阁是圆的，形状与越王楼不同。他问身边一个人，那是什么地方，那人说是富乐山，那座楼阁叫富乐阁，是刘备、刘璋相会的地方。啊，他明白了，《三国演义》中的“涪城会”就是写的那里。天色变暗，富乐阁披上了一层薄纱，少女似的，变得羞涩、朦胧而神秘。唰，夜灯亮了，远山近水，五光十色，涪江两岸灯光辉煌。一座座高楼上，夜明珠闪动，跑马灯似的你追我赶。下游方向那座桥像一道彩虹横跨于涪江之上，上游方向的桥梁上挂着时黄时绿、时红时蓝，不断变换色彩的宽幅雨帘，如瀑布飞流直下，与桥上的彩灯交相辉映。两座大桥相互呼应，与两岸的灯光共同构成了一幅美丽的画面。嘀——！一艘游船从下游方向的桥下穿过，逆水而上，缓慢地进入画中……啊！这夜景太美了，一点也不逊色于香港维多利亚港湾！范一平正看得入神，手机响了。

“喂，范老师，我是黄玉琼，你啥时到我们家来？”

“哦，马上，马上。”

“范老师，你找不到地方，我到铁牛那里等你。”

滨江广场上的大铁牛，是广场上的地标，等人，那里是最好的地方。

“好的。”范一平快步向铁牛走去。

“范老师!”范一平还未走拢，黄玉琼就迎了上来，说，“这里的夜景咋样?”

“美，太美了!”

“范老师，你把它画下来。”

“画下来？好，我一定把它画下来!”

二人边说边走，沿梯阶而下。

“范老师，你看这喷泉……”

范一平从喷泉边过了好几次，虽然不止一次遇到喷泉开放，但他的心不在景上，所以从未认真看过。此时，听黄玉琼一说，他才认真地看了起来，喷泉时而如万箭齐发，时而如莲花盛开，时而如泉水外涌……

“范老师，这是我们绵阳的第二大喷泉。”

“第二大喷泉？那第一大喷泉在哪儿?”

“人民公园。”

“哦，人民公园。”

不大一会儿，范一平到了黄玉琼的家。

“范老师，你坐，我去叫艾阿姨。”黄玉琼说。

黄玉琼敲响艾小莉家的门，屋里传出了艾小莉的声音：“哪个?”

“我，艾阿姨，我是黄玉琼。”

艾小莉打开门，说：“琼琼，有事?”

“我们老师找你。”

“你们老师?”

黄玉琼点点头。

“在哪儿?”

“我们家。”

艾小莉以为黄玉琼的老师找她联系夏令营的事，于是牵着黄玉琼的手走进了黄玉琼的家。

黄玉琼的妈说：“小莉，快来坐。”

艾小莉坐下，眼睛落在范一平身上，她觉得这人面熟，在哪里见过，一时想不起来，她可以肯定的是，这位老师没有和她联系过业务。

“这是范老师。”黄玉琼的妈说。

“哦。你好，范老师。”艾小莉说。

“你还认识我吗?”范一平说。

"认识?"艾小莉摇摇头。

范一平有些失望，说："你还记得你捡到钱包的事吗?"

"捡钱包?"艾小莉说，"我捡到过几次钱包，记不得哪个是哪个了。"

"你给那人送钱包时还给了他一百块钱。"

"哦，是你！想起来了。"艾小莉略显惊讶，"你后来给我打过电话，说还我钱。"

"对，对。"范一平说，"当时你不让还，后来我又给你打电话，你的手机打不通，这几年我一直在找你。"

"对不起，我的手机换号了。"艾小莉说，"为了一百块钱，不值得。你在绵阳当老师?"

"暂时在涪城美术学校教画画。"范一平说着站起身，掏出一张名片递给艾小莉，这是他专门为艾小莉制作的。

艾小莉的眼睛睁大了，她不是在看名片，而且在看范一平身上的汗衫，他怎么会把她的头像印在他的汗衫上？但转念一想，可能是她想多了，汗衫上的图案也许是厂家设计的。她把目光转到了名片上，名片上印的也是她的头像，不，不是她的头像，是名片上的头像跟他汗衫的图案一个样，是他汗衫上图像的缩小版。接着她看了名片的另一面，上面写着：范一平。电话……艾小莉似乎明白了，脸上一阵发热。为了掩饰自己，她说："你的汗衫挺好看。"

"艾阿姨，范老师最喜欢这件汗衫了，他天天都穿这件。"黄玉琼说。

"的确我喜欢，因为'她'好看。"范一平说。

"艾阿姨，范老师有一张画，跟他汗衫上的画一模一样，他把画挂在教室里，叫我们照着画，我说范老师，这张画画的是我艾阿姨，范老师把我看了又看，说是吗，我点点头。范老师很激动，叫我带他来见你。"黄玉琼说。

艾小莉的脸红了。

黄玉琼和艾小莉说话时，黄玉琼的妈妈看了一眼范一平汗衫上的图像，又看了一眼艾小莉，点着头说："小莉，就是你，就是你，琼琼没说，我还没注意。那天我在人民公园吃凉粉，凉粉车上挂了两张像，一张是卖凉粉老汉的，另一张是一位姑娘的，我觉着眼熟，多看了几眼，我越看越觉得像你，可是我不敢肯定，再说你的像咋会挂在凉粉车上？我问卖凉粉的老汉这是哪个的像，卖凉粉的老汉说是他女儿的，所以我没跟你说。”

艾小莉越听越离奇，她想知道这是咋回事，两眼望着范一平。

“妈，明天你带我去看一下。”黄玉琼说。

“明天我上班，叫你爸带你去。”黄玉琼的妈说。

“不用去了，”范一平说，“那张画像你已经看到了。”

“没有，范老师，”黄玉琼说，“我没去吃过凉粉，没看到。”

“你不但看到了，而且还照着画了。”范一平说，“凉粉车上挂的那张就是教室里挂的那张。”

“范老师，这是咋回事？”黄玉琼说。

范一平把他找艾小莉的前前后后说了一遍。

艾小莉听了，心里激动，眼睛发酸，为了掩饰自己，她走到窗前，抹了一下眼睛，说：“琼琼，你过来，你看今晚越王楼上的灯光是不是比往天亮？”

黄玉琼跑过去，与艾小莉站在一起。

范一平的话，不但感动了艾小莉，也感动了黄玉琼的妈妈。

“小艾，你能给我留个电话吗？”

第二十三章　转　变

1

艾小莉躲着不见江水屯，江水屯不停地往艾小莉家里跑。那天晚上，大黄昏了，江水屯还在艾小莉的家里。艾小莉走到门口，听见江水屯在跟妈妈说话，她没开门，转身往回走。这么晚了，往哪里去呢？到郝寒星家？可是她又怕影响人家休息……无奈，她只好站在铁牛广场看跳舞。没多大一会儿，跳舞的收场了，打牌的人也渐渐离去。此时只有泗王庙两边的亭子里还坐着几个人，长廊的条椅上有三个人躺在那里。一辆面包车开过来了，停在泗王庙前，车上下来两个人，把睡在条椅上的人叫了起来，不知跟他们说了些什么，三个人上车了，面包车从她面前过时，她看见车门上有“民政救助”字样。她也该走了，不能在广场上转了，这么晚，一个年轻女娃子在广场上转悠，别人会乱想的，说不定说她是不三不四的女人。她刚走几步，电话响了，是妈妈打来的，妈问她在哪里，她说在郝寒星家，妈说，快回来，小江在等你。她说，你叫他走吧，我还有事。妈说，你不要回来得太晚了，她说，我知道。

艾小莉走到楼下，见江水屯从楼道里出来，急忙躲在一边，江水屯走远了，她才慢慢地往家里走。

“去哪儿了？耍这么大一夜。”妈妈有点不高兴。

“我跟你说了，在表妹家。”

“不管在哪儿，也不能尽到耍。”妈妈说，“吃了晚饭，小江就来了，人家等了你一大夜……”

“我又没叫他等!”

“你没叫他等……” 单红英气得说不出话来。

“我是没叫他等! 我不跟他耍了，他还跑来弄啥!”

“他喜欢你。”

“稀奇他喜欢! 我看到他就恶心!”

“你也不要这样说人家，人家对你是真心的。你嫌人家染黄头发，人家现在没染了，你嫌人家打麻将打游戏，人家现在没打了，你说人家游手好闲不干正事，人家现在在帮家里打理生意，你说人家乱花钱，人家也没乱花了……你想想，他的这些改变不都是为了你? 一个男人能为一个女人改变自己，要不是真心喜欢能做到吗? 小莉，我还是那句话，你不要输在起跑线上，找个有钱的和找个没钱的大不一样。现在人们都在说，啥都可以缺，就是不能缺钱……”

“妈，别说了! 一天到晚嘴上就是钱钱钱! 就知道钱!”

“我说钱? 没钱你试试? 你是没过过没钱的日子! 当年你婆婆为了挣钱，寒冬腊月拖着有病的身子给人家洗衣服。一天，我饿了，你婆婆叫我去买个饼子吃，没有钱，给我拿了四个酒瓶子叫我去卖……我们单位垮了，为了挣钱，我织过手套，打过毛衣，糊过纸袋，到酒店里打过工……”说到这里，单红英的眼圈红了，她说不下去了。

艾小莉见妈妈落泪，心里有些难受，边给妈妈擦眼泪边说:“妈，别伤心，苦日子已经过去，以后再也不会有那种日子了。”

“过是过去了，可是我忘不了啊!” 单红英叹了口气，说，“所以妈把钱看得很重，妈是害怕那种苦日子落到你身上。”

“不会，妈，现在的政策这么好，只要勤快，吃得苦，哪里都挣得到钱。”

“钱是比过去好挣，可你是个女娃子……” 单红英说，所以，小江的事，你还是要好好考虑考虑。”

“没啥考虑的。” 艾小莉推开了妈妈的手，“妈，以后你就别再提他了，他再有钱我也不会跟他。”

“你……” 单红英劝不下女儿，气又来了，说，“你真是榆木脑袋，咋说都不开窍，我看你是要把我气死!”

“妈，不是我气你，是你自己气自己!”

“我自己气自己？我有病？”单红英说，“反正我是看上小江了，你要是跟别个耍，就别认我这个妈！”

“不认……”艾小莉本想说不认就不认，可是她怕把妈气着了，话到嘴边变成了：“不认？为啥不认？你生了我就永远是我妈，这事谁也无法改变！”

“你认我不认！”单红英见女儿软了，她反而硬了，说，“你要认我这个妈，就必须听我的话，你不听我的话，就别认我这个妈！”

吱扭，门开了，艾贵生回来了，说：“我还没进门，就听到了你俩的声音，又在争啥？”

“爸，”艾小莉见到爸爸，像见到了救星，说，“我妈不要我了。”

“不是我不要你，是你不要我！”单红英气冲冲地说。

“我咋不要你了？是你叫我不认你的！”艾小莉噘着嘴说。

“别说了，别说了，这么晚了，有啥明天说。”艾贵生说。

艾小莉刚站起，单红英说话了。

“坐下！坐下！都坐下！今晚不把话说清楚，都别想睡！”

“有啥不得了的事，值得发那么大的气？”艾贵生说。

“叫她说！叫你的宝贝女儿说！”单红英说。

艾贵生坐下，说：“小莉，坐下，有啥好好跟你妈说。”

艾小莉坐到了爸爸身边。

“说吧小莉，啥事把你妈气到了？”

“我没气她，是她自己气自己！”

“你还没气我？我的话你一句都不听，还没气我？”

“除了你说那个江……我啥事没听你？你不要冤枉人！”

“哪个江？”艾贵生装糊涂。

“还有哪个江？小江！”单红英说，“人家都来了好几次了，她躲着不见人家，刚才我说了她两句，她就跟我杠起来了，你说她把没把我当妈？”

“我为啥要见他？他是我啥人？”

“他在跟你耍朋友！”

“跟我耍朋友？我答应他了？”

“你没答应他会来？他咋没去别人家里？没去找别的女娃子？”

母女俩越吵越凶，艾贵生哪个都不敢说，特别是他老婆，一句话没说对，或者不合她的意，她就会蹦起来，没完没了地跟他吵，比她更年期时还恼火。他不知道他老婆为啥，也许是才退休，闲得心烦。他看了老婆一眼，又看了女儿一眼，悄悄给女儿递了个眼神，叫女儿去睡觉。艾小莉懂了，站起身，说："我瞌睡来了。"

"瞌睡来了就去睡，"艾贵生说，"明天你还要上班。"

艾小莉刚进卧室，妈妈的话就从门缝里钻进来了："上班有啥不得了？好像别人都没上过班！"

艾小莉没开腔，把门关严了。

"都是你惯的！你看看，今后哪个还敢说她？"单红英说，"本来我是为她好，她把我的好心当成了驴肝肺！你说小江哪一点不好？有钱有车有房子，这种条件，打着灯笼都找不到，她还不愿意！"

"不说了，睡吧。"艾贵生说。

"我睡得着吗？她都快把我气死了，我不睡，要睡你去睡！"

单红英不去睡，艾贵生也只好陪着，他不想惹老婆生气，老婆真的不容易，遭受的折磨太多了……"

"去呀，你咋不去睡？"

"我也没了瞌睡，坐这里陪你。少是夫妻老是伴，现在老了，我要给你当好伴儿。"艾贵生说着搂住了妻子的脖子，妻子靠在了他的肩上。

艾贵生在妻子的脸上吻了一下，单红英眼里淌下了泪水。

"睡吧，咱也去睡吧。"单红英说。

艾贵生微笑着点了下头，拉着妻子走进了卧室。

灯熄了。单红英躺在丈夫的怀里，仿佛回到了他们结婚的那天夜里。

"你该去上老年大学，那里都是同龄人……"

单红英点点头，说："我也想过，但我不知道该学啥。"

"跳舞，学跳舞。你看咱楼下，老年人白天跳，晚上跳，他们生活得多快乐！那天我看到了天香，她也在跳。"

"她叫过我，我不会跳，不好意思去。"

天香随军后很少回来，那些年，联系靠写信，刚分开那阵，月月都有一封信，不是天香给她写，就是她给天香写，后来她有了娃，天香也有了娃，俩人的信就少了。再后来有了电话，不用写信了，想说话就打个电话。电话方便是方便，就是话费太贵，她家里没有电话，要打电话得跑到铁牛街口那个小卖部去，小卖部里有公用电话，打长途，一分钟一块，本地电话一分钟五角。天香在新疆，是长途，说几句话就是一块，她心疼，所以没有要紧事她也舍不得打。天香比她好过，家里有电话，所以，天香给她打得多，也是打到公用电话上，公用电话接话也收钱，而且也是一分钟一块，所以她听到小卖部的人喊她接电话时，跑得噔噔的，生怕耽误了时间，时间就是金钱，她耽误不起。铁牛街路不平，有一次，她跑得太快，绊了一跤，膝盖都磕破了。她拿起听筒，喘着大气，说，天香，叫你等久了。天香说，没啥没啥，你咋了？说话上气不接下气？她说，我家离电话这里远，我是跑着来的……后来，天香用手机了，他们家也安了电话，她就不用再往外跑了。有了电话，她也舍不得多打，能节约尽量节约。再后来，唐援朝转业了，安排在公安局工作，天香安到了人民医院，也就是她随军前工作的地方，俩人离得近了，两家来往得多了，空了常在一起耍。她退休时，天香没有退。因为她是企业职工，天香是事业单位人员，比她退得晚。天香还没退休，晚上就到铁牛广场跳舞了，天香叫她去，她说她不会，所以没去。现在丈夫叫她去老年大学学跳舞，她心动了。

“不会跳可以去学，老年大学有人教。”

“好，那我去上老年大学。”

单红英在老年大学里结识了很多新朋友，除了学跳舞，还学唱歌。老年大学没课时，她跟歌友舞友们结伴到公园、到农家乐去耍，没多久，她的性格变了，变得开朗了，每天都是乐哈哈的，不再跟丈夫和女儿扯筋了。艾贵生高兴，艾小莉更高兴，因为妈妈没在她面前提江水屯的事了。

2

艾小莉正跟妈妈说话，突然有人敲门。

“哪个？”单红英问。

“阿姨，是我。”门外的人说。

“哦，小江，你等一下。”单红英说。

艾小莉把妈妈拉进里屋，悄声说：“我不想见他，你就说我不在家。”

单红英点了点头。

艾小莉把卧室门关了。

单红英打开门，说："进来，进来。"

江水屯见家里只有单阿姨一个人，看了一眼艾小莉的卧室，说："阿姨，你一个人在家?"

"嗯，我一个人在家。"单红英说。

"小莉呢?"

"出去了。"

"到哪儿去了?"

"她没跟我说。"

江水屯的心一下子凉了。

"这一向是旅游旺季，她经常加班。"单红英说，"我也忙，没问她。"

"阿姨不是退休了?"

"退是退了，可退了比不退还忙。"

"阿姨又去上班了?"

"班倒没上，上学去了。"

江水屯有点蒙，说："上啥学?"

"老年大学。"

"哦，那是，那是。天天都得上。"江水屯想到他上学的事。

"不是天天上，但比天天上还忙。"

"阿姨还做了别的事?"

"没有，是跟舞友歌友们一起耍。"单红英说到这里，手机响了，她看了一眼，"这不，姐妹们又约我了。喂，晓云?"

"英姐，今晚不到铁牛广场，到五一广场。"

"为啥?"

"要在那里商量个事。"

"商量啥事?"

"红苹果商场开业，请我们腰鼓队……"

"哦。"

"你早点来啊，七点，商量完了好跳舞。"

"好，好。"接完电话，单红英说，"你看，天天都有事，不是这里参加庆典，就是那里参加比赛。"

“比啥赛?”

“唱歌，跳舞，拉响簧…… 比赛用的时间不长，但赛前得练好几个月。”

“那是那是。”江水屯说，“阿姨，小莉……”

“小莉，”单红英打断了江水屯的话，说，“你们两个人的事你们自己谈，恋爱自由，不该我管的我也不管了。”

江水屯一听，知道单红英的态度变了，说：“那是那是。阿姨，那我去找一下小莉。”

“好，我就不留你了，我也要出去了。”

江水屯站起身。

“小江，你把东西带回去。”

“没啥东西，是几盒营养品，我专门给阿姨和叔叔买的。”

“我现在锻炼了，身体挺好，营养品用不上了，你带回去交给你婆婆。”

“不，不。阿姨，你留着，我给婆婆买的有。”

江水屯不拿，单红英只好留下，说：“那你慢走，我收拾一下，马上也要出去了。”

单红英刚把门关上，艾小莉笑着走出卧室，一把抱住了妈妈，说：“妈妈，你真好!”

“妈妈不好。”单红英态度的转变，得益于姐妹们的劝说和爸爸妈妈那天对她的道歉。她上老年大学后，经常跟姐妹们一起耍，听了很多因父母干涉儿女恋爱而导致的悲剧，有不满父母干涉而离家出走的，有气成神经病的，有跳楼的，也有私奔的，还有出家当和尚尼姑的……单红英听了，害怕了，那天回到家，心里很乱，丈夫没在家，女儿没回来，一个人憨憨地坐在沙发上，想象着那些可怕的事情，她怕女儿也做出傻事……这时，爸爸妈妈来了，问她咋啦，她说她在想小莉的事。爸爸说，有啥想的，小莉的事叫她自己做主，你千万不要犯我和你妈犯过的错，当年要不是我和你妈干涉你的婚姻，你也不会遭受那么多的痛苦，现在我和你妈还在后悔，你的幸福是被我们毁的，我们对不起你……单红英决定不再干涉女儿的恋爱，所以刚才对江水屯说了那番话。单红英说：“妈妈不该干涉你的事……”

单红英落泪了，艾小莉的眼睛也潮湿了，她用纸巾轻轻地擦着妈妈的泪水。

第二十四章　情敌现身

1

江水屯还在梦中，被手机的响声惊醒了，他不想接，可是他怕错过艾小莉的电话，刚才他梦见了艾小莉的妈妈，艾小莉的妈妈对他说小莉回心转意了……想到艾小莉，他一下子来了精神。

“喂！”他有些兴奋。

“屯屯，快回来，你爸……”电话是他妈妈打来的，妈妈说话带着哭腔。

“我爸怎么了？”

“你爸病了。”

江水屯的头嗡地响了一声，呼地坐起。

“不要告诉你婆婆。赶快回来！川医，我们在川医！”

江水屯急忙起床，驾车直奔成都。

江水屯是在病房里见到他爸的，他爸头裹白纱，白纱上有隐隐的血迹，他刚要开口，妈妈示意他不要说话，他点了下头。妈妈扯了下他的衣服，他跟着妈妈走出了病房。

“爸得的啥病？”

“脑出血。”

“脑出血？在哪儿发的？”

“进货的路上。刚做完手术。”

“手术咋样？”

“医生说很成功。说多亏送得及时，要晚几分钟，恐怕……”

“哪个送的？”

“过路的人打的120，警车开道送到医院的。”

江水屯的父亲瘫痪了。家里遭遇了一场变故，江水屯一下子长大了，他和妈妈一起撑起了父亲开的超市。父亲虽然行动不便，但脑子还清醒，给他们出出主意，偶尔也坐着轮椅到超市里看看。

江水屯没法回绵阳了，他得帮助父亲打理生意。江水屯见不到艾小莉，心里很难受，他给艾小莉打电话，艾小莉不接；给艾小莉的妈妈打电话，艾小莉的妈妈老是那句话，你给小莉打，有啥你俩说。那天绵阳有个业务，父亲叫他去办，他非常高兴，他可以利用这个机会去见一下艾小莉。回到绵阳，他去找艾小莉，艾小莉带团去江油了，他这才去把业务办了。晚上，他提了一大包东西，跑到艾小莉家。艾小莉的母亲表面上没有太大变化，对他还是那么热情。艾小莉的父亲和以前一样，态度不冷不热。

单红英说：“我跟你说了，叫你不要买东西。”

江水屯说：“我没买，这是我在自家超市里拿的。”

单红英说：“你爸妈好吗？”

“好，挺好。”江水屯边说眼睛边往里屋瞧。

“你爸恢复得咋样？”单红英说。

“还行。”江水屯说。

“你妈身体咋样？”单红英说。

“我妈身体好，天天都在超市里。”江水屯说。

单红英找不到话说了，说：“喝水，喝水。”

江水屯喝了一口，说：“小莉呢？”

“学画画去了。”单红英说。

艾贵生望着电视，一直没说话。

女儿去学画画，单红英也是才知道。这段时间，不知为啥，女儿天天晚上往外跑，她不放心，问女儿去干啥，女儿说学画画。女儿这话，她信。女儿从小就喜欢画画，上幼儿园时，女儿的画还贴到过墙上，六一节，老师给女儿发了一张奖状，说女儿是个小画家。上学了，功课忙，女儿就没时间画画了，她还为女儿惋惜过。现在女儿又把画画捡起来了，她觉得应该支持。她问女儿在哪儿学，女儿说工会。工会，城里有两个，一个是涪城区总工会，一个是市总工会。她本想问在哪个工会，又怕问得太细了女儿反感，于是说，好，好，你小时候就喜欢画画，上幼儿园时还被评为小画家，你给爸爸画了一张，还给妈妈画了一张，这两张画妈妈现在还放在柜子里的，我怕弄脏，还用塑料袋装了。听到这话，小莉很感动，她知道妈妈很爱她。艾小莉没有跟妈妈说假话，她是在学画画，她的老师是范一平。那次她见到范一平，得知范一平为找她不但拒绝了父母给他安排的教师岗位，而且背井离乡只身到这里找她，他的寻找办法更使她感动，她深深地爱上了这个为她做出巨大牺牲的男人，她愿意把她的工余时间全部交给这个深深爱她的人。范一平为了多挣点钱，找了几份工作，美术学校、老年大学、总工会，几个地方轮流上课，忙是忙了点，但钱挣得多。他晚上到工会上课，艾小莉为了跟他在一起，所以到工会学画画。

“她去学画画？”江水屯有些不解。

“是。她从小就喜欢画画。”

电视机里开始播报晚间新闻，艾小莉还没回来。江水屯瞅了一眼墙上的挂钟，说：“阿姨，小莉啥时回来？”

“快了，也许快了。”

“我去接她。”

江水屯话音刚落，门外传来了艾小莉的声音：“回去吧，路上小心。”

“再见！”一个男人的声音。

江水屯心里咯噔了一下。

门开了。满脸堆笑的艾小莉瞬间变换了一副面孔，脸上没了笑容。

“回来了。”江水屯说。

“嗯。”艾小莉答。

“我八点钟就来了，阿姨说你学画画去了。”

“嗯。”

“在哪儿学？”

“工会。”

“天天晚上去学？”

“嗯。”

江水屯听见有男人送艾小莉回来，心里就不舒服，现在艾小莉连着用了三个“嗯”回答他的话，心里更不舒服，他想质问艾小莉，可是又不敢，因为他现在是把一心要与他分手的艾小莉往回拉，他只能用软的，不能来硬的，他话说重了就崩盘了，这一点他很清楚，说：“晚上学这么晚？”

“嗯。”

沉默了一阵，江水屯说：“你明天有没有空？”

“没有。”

“晚上呢？”

“没有。”

“你能不能请一天假？”

“不能。”

“请半天。”

“不能。”

“有个金店开业，我们去看看。”

“不看。”

“我想给你买副手镯。”

“不要。”

江水屯没话说了，只好走了。

2

天还没黑，江水屯来到了铁牛广场，他站在远处，望着勇拓洋楼的出口，他要拦下艾小莉，不叫她去画画。

艾小莉出来了，一个男人迎了上去，艾小莉很高兴，不知说了句啥，二人并肩朝滨江广场走去。妈的！真不是个东西！难怪要甩老子，原来她已经找好了！他想冲过去，告诉那个男人，艾小莉是他的女朋友，叫他爬开，不要当第三者。可是他刚往前走了两步，就停下了，他想象着他这样做的后果。他找那男人理论，艾小莉肯定站在那男人一边，俩人怼他一个，他是占不到便宜的。还有他不了解那男人，万一是个二球货，跟他动手，引来路人围观……现在的人都喜欢看热闹，尤其爱看男人跟女人扯筋，总想从中打探点别人的隐私，作为茶余饭后的谈资。这种情况他遇见过，而且也看过。一群人，男男女女，把闹架的人围在中间，伸着脖子，竖着耳朵，生怕哪句话听漏了，那种聚精会神的样子，火烧到屁股也不会知道。他要是与艾小莉和那男人争吵，围观的人肯定更多，因为他们年轻，因为艾小莉漂亮，因为这阵散步的人多。出现这种情况他就被当猴看了，而且是只占下风的猴。围观的人还会指责他，说他是第三者……想到这儿，他决定不跟他们闹，他要用别的办法把艾小莉拉回到他的身边。先去跟踪他们，弄清那男人的底细，然后寻找突破口，击败那男人。江水屯悄悄地跟在艾小莉和那男人的身后。上了滨江广场，走到铁牛旁，景观灯唰地亮了，涪江两岸变成了灯的海洋。艾小莉一会儿手指涪江对岸，一会儿手指涪江三桥，不知跟那个男人说什么。人太多了，像赶场一样，江水屯慢慢向他们靠近，终于听到了他们的声音。

“小莉，我在这里转过几次，这里的风景，尤其是夜景，真的很迷人。只是我不是这里的人，不了解这里的历史文化。”

狗日的，原来是个老陕。

“不了解，我给你找两本绵阳历史文化方面的书，你看看就知道了。”艾小莉的声音。

“书我慢慢看，你先跟我说说江对面的那座楼。”那男人指着越王楼说，“那座楼叫越王楼，这名字是咋来的?”

“越王楼，凡到绵阳旅游的人，都会问起它。”艾小莉说，“这座楼是唐太宗李世民第八子李贞修建的，因为李贞是越王，所以叫越王楼。”

“哦。他咋会跑到这里修座楼?”

“李世民在世时，吐蕃（西藏）首领松赞干布经常出兵骚扰，攻打州县，李世民采取和亲政策，把文成公主嫁给松赞干布，松赞干布成了李世民的女婿，也就没再派兵骚扰了。贞观二十三年，也就是公元649年，松赞干布去世，莽伦莽赞继位，他又开始向东扩张。吐蕃军异常凶猛，唐军抵敌不住，松潘、茂汶、凉山告急。危急关头，继位不久的唐高宗李治派李贞到绵州任刺史，镇守蜀道咽喉，以防不测。李贞到达绵州后，在州衙里理事，州衙太小，而且年久失修，很多人觉得李贞在那里理事太过寒碜，于是建议选龙脉宝地修建王府，作为李贞的理事之所。李贞采纳建议，报告朝廷，朝廷拨银支持。李贞命属下选址，属下找来绵州最有名的风水先生，看遍绵州风水，最后选址于龟山，也就是对面那座山。风水先生说，龟山背靠绵山，西临涪江，是一块风水宝地。王府依山取势，建于龟山上，既可彰显帝王至高无上的权力，又可扬大威于域外，使吐蕃望而却步。李贞觉得风水先生言之有理，于是下令修建，于是龟山上出现了一座红色屋脊、绿色彩釉瓦的百尺高楼，加之脊上有龙虎神兽，不但气派，而且威严。在古代，越王楼是很有名气的，与黄鹤楼、岳阳楼、滕王阁齐名，并称中国古代四大名楼。越王楼建起后，天下的文人墨客没少到越王楼来，他们留下了很多赞美越王楼的诗篇，其中唐代诗人樊宗师曾写下'危楼倚天门，如闯星辰宫'的诗句，由此可见越王楼之高，高到耸入星空之中了。耸入星空，太过夸张，但至少说明越王楼很高很高。后来，武则天把唐中宗李显（她的亲儿子）废了，自立为帝，将越王调离绵州。越王为恢复李家朝廷，联络李氏宗亲，企图推翻武则天，后兵败自杀。越王楼是怎么被毁的，历史上没有记载，所以无人知晓。现在的越王楼是在原址上修建的，已成为绵阳的一大景观。"

艾小莉介绍越王楼时，身子紧挨着那个男人，江水屯妒火中烧，恨不得冲过去揍那老陕一顿。这时，男人的声音传了过来：

"你知道得真多。"

"我们搞旅游的，这是必修课。"

"走吧，该上课了。"

"走。"

二人说着向东方红大桥方向走去。江水屯望着二人的背影，牙齿咯嘣响了一声。

第二十五章　选　择

1

星期天，范一平早早地来到了铁牛广场，广场边上的坝坝茶还没摆起，打牌的人也还没来，只有广场中间健身的大爷大妈们在轻歌中曼舞。范一平站在跳舞队伍旁，眼睛望着艾小莉家的阳台。他俩说好了，九点钟在广场上会面。范一平心急，想早点见到艾小莉，所以八点钟就到了。范一平只顾往楼上看，突然背上被拍了一掌，他惊了一跳，转身一看，激动得差点跳起来。

“你……”范一平笑着去拉艾小莉的手。

艾小莉没让拉，手指了指她家的阳台。

范一平说：“你在指啥?”

“我们家阳台。”

范一平明白了，艾小莉怕她妈看见，说：“走吧。”

“去哪儿?”艾小莉问。

“去吃好东西。”

“吃啥?”

“你先别问，跟着我走就是了。”

“咱先说好，大馆子我可不去。”

“为啥?”

“太贵。”

范一平听了，心里很感动，情不自禁地拉住了艾小莉的手。

二人走进人民公园，来到纪念碑前，这里是他们每次进公园必到的地方，因为他俩是在这里相识的，到这里来有着特殊的意义。

“先在这里坐一会儿。”范一平说，“我每次到这里都感到亲切，都会想起你给我送钱包的事。”范一平说着拉住了艾小莉的手。

“那么个小事，你都说一百遍了。”

“对我来说，这可不是小事。”范一平说，“没有那件事我就认不到你。那天你那么忙，还亲自把钱包给我送来，而且还给了我钱……”

“这有啥，很多人都会这样做的。”

“哎，那天你跟我说偷我钱包的人被抓到了，是咋回事？你没说完。”

“你丢钱包的第二天，我到派出所去办事，派出所抓到了一个小偷，警察问他在绵阳还偷过别的东西没有，他说还偷过一个钱包，警察问他在哪儿偷的，他说在公共汽车上。警察问他钱包里多少钱，他说一千多。警察问他钱包在哪里，他说放在垃圾箱里了。警察问他为啥放在垃圾箱里，他说钱包里有一张身份证和一张名片，他想出门在外的人离不得身份证，所以他把钱包放到了垃圾箱的面上。警察问他记不记得身份证上的名字，他想了很久才说那人姓范，好像叫范一平。他还说范一平是他们老大在火车上盯上的，老大叫他跟踪，那人在绵阳下火车，他也跟着下来了……”

“哦，原来是这样。”范一平说，“那个小偷肯定是外地的，是流窜作案。”

“听口音，不像四川人。”

“那个小偷还不算坏，我要是见到他，还要谢谢他。”

“谢谢他？谢谢他偷了你的钱包？”

“是。没有他，我就认不到你。”

“又来了。”艾小莉捏了一下范一平的手，说，“那天你说你到绵阳是为了给科学家画像？”

“是。我崇拜科学家，打小就崇拜，并立志当科学家，可是我数理化不行，不怕你笑话，我的理化从来没考及格过，没法了才学的文科，考了个美院。”

“美院好啊，你画得那么好，课也讲得好，学员们很崇拜你呢。说你这么年轻就画得那么好，将来一定是个大画家。”

范一平笑了，说：“等到年龄大了就是大画家了，老了就是老画家了。”

艾小莉拍了范一平一掌，说：“我跟你说正经话……”

“我上了美院，当不成科学家了，但我要为科学家树碑立传，他们活着的时候，隐姓埋名，默默无闻，我要让大家都知道他们，记住他们的名字，记住他们的长相，记住他们的丰功伟绩，记住他们为国家做出的牺牲和无私奉献！”说到这里，范一平情绪激动，“现在有些年轻人，一天就知道追星，今天追这个，明天追那个，他们知道什么叫星吗？在他们心里，唱支歌就是星，演个小品演个电影就是星！我要告诉他们，战争年代，那些奋不顾身英勇杀敌的战士，为民族独立、人民解放事业献出生命的英雄才是星！和平时期，科学家，劳动模范才是星！他们是真正的星！没有他们，哪有新中国？没有他们，哪有国家的强盛？没有他们，哪有人民的幸福？我到绵阳来的目的就是追星，追我心中的星、梦中的星、崇拜的星！因为绵阳是中国唯一的科技城，这里星多啊！”

听了范一平一席话，艾小莉简直惊呆了，她看了一眼范一平，觉得他突然变得高大了，要不是她亲耳听到，说啥她也不会相信这些铿锵有力的话语出自一个刚出大学校门的青年之口。其实，她对年轻人追星的看法跟范一平一样，心里反感但说不出，更说不出这些高大上的话，此时她像听了一堂生动的政治课，深有感触地说：“你说得对，说得太对了！我和你的看法一样，只是我嘴笨说不出来。”

范一平说：“我来追星，还意外地收获了一份甜蜜的爱情，这是我没想到的，是上帝送给我的最最珍贵的礼物，大概上帝也和我一样崇拜科学家，我心中的星。小莉，你说呢？”

“不知道。”

“跟你说实话，第一次见到你，我就喜欢上你了，是喜欢上了你的美丽与善良。通过这段时间的接触，我更喜欢你了，不，是爱上你了，因为我发现你不仅美丽善良，而且是一个浑身充满正能量的人。”范一平捏了一下艾小莉的肩膀，送给了艾小莉一个深情的笑。

“你不是给我戴高帽子吧？”

“戴高帽子？”范一平说，“我这人从来不给别人戴高帽子，也不讨好别人，我的话是发自内心的。”

“真的？”

“真的!”

艾小莉陶醉了，沉浸在甜蜜中。过了一阵，说：“你到这里还有没有别的事?”

“有，寻根。”

“寻根?”

“这是我爷爷交给我的事，我爷爷说我们的祖先是这里的，在一个叫丰谷井的地方，这个地方你知道吗?”

“知道。哪天我带你去。”

“太好了。”范一平说，“先陪我去看科技馆，然后去丰谷井。”

“好。”艾小莉说。

“凉粉！许凉粉!”许大叔的声音传了过来。

“走!”范一平拉了一下艾小莉。

“去哪儿?”

“吃东西。”

“吃啥?”

“凉粉。”

许大叔刚吆喝了一声，凉粉车前就围满了人，徒弟刘火和黄毛许忙着张罗，许大叔忙着收钱，范一平和艾小莉走到跟前，他们都没看见。

“许大叔。”范一平喊了一声。

自从范一平到涪城美术学校上班后，许大叔就没见过范一平。现在见到范一平，略显惊讶，说：“小范，你今天休息?”

范一平点点头。

“给小范浇碗凉粉。”许大叔说。

“等一会儿，许大叔，等你忙过了。”范一平说。

许大叔说：“好。”

许大叔只顾忙，把站在范一平身边的艾小莉当成买凉粉的。收了两碗凉粉钱后，他把目光投向艾小莉，本想问艾小莉是吃凉面还是吃凉粉，忽然发现这女娃子有点面熟，好像在哪里见过，他蹙了一下眉，没想起，艾小莉没开腔，他也不好问。吃凉粉的人少了，黄毛许不忙了，刚把头抬起，见一位漂亮的姑娘站在面前，心里咯噔了一下，眼睛在姑娘身上就收不回去了。就是她，师父的干女儿！跟那张画像一模一样！不，比画像上还漂亮！为了见到她，认识她，最终得到她，他拜许凉粉为师，吃苦受累，讨好师父，等了几个月，今天终于见到她了！

“师父，你女儿……”黄毛许激动得声音颤抖。

黄毛许一说，许大叔才想起，难怪面熟，原来是她！许大叔把一碗调好的凉粉递到姑娘面前，笑着说：“闺女，吃凉粉。”

艾小莉没伸手，两眼望着范一平。

“吃吧，许大叔亲手给你调的，正宗的许凉粉。”范一平说，“谢谢你，许大叔。”

艾小莉对许大叔笑了笑，伸手接过，吃了一口，连声说：“味道好，味道好。”

艾小莉边吃边想，范一平咋会跟他们这么熟？

黄毛许看看艾小莉，又看看范一平，心想，这两个人咋会在一起？

艾小莉吃了两碗，范一平吃了三碗。艾小莉付钱，许大叔不收。艾小莉弄不懂，卖凉粉，小本生意，这老汉为啥对他们如此大方？黄毛许更弄不懂了，师父的女儿咋会替范一平付钱？

“小范，走吧，到家里去。”许大叔说，“叫姑娘去认认家门。”

黄毛许一头雾水。路上，他一会儿看师父的女儿，一会儿看范一平，一会儿看他师父，他实在弄不明白这三个人之间的关系。到了家，坐在客厅里，许大婶端来茶水，大家边喝边说话。

“大叔，大婶，我先给你们介绍一下，这是我的女朋友艾小莉。”范一平说，“小莉，这是许大叔、许大婶，这两位是许大叔的徒弟，他叫刘火，他叫许……”

“许多，许多。”黄毛许笑着说，眼睛望着艾小莉。

艾小莉对大家点点头，算是打招呼。

黄毛许忍不住了，说：“师父，你不是说小莉是你的干女儿吗？”

这话一出，轮到许大婶和艾小莉发蒙了，连范一平也睁大了眼睛。

许大叔笑了，说：“那是我想认小莉做我的干女儿，才这么说的。”

“师父，你认都不认识，见都没见过，咋说得上认干女儿？”黄毛许说。

“我咋没见过？你们都见过。”许大叔说。

“我没见过。”许大婶说。

“我也没见过。”黄毛许说。

刘火没说话，摇了摇头。

“看你们啥记性？小范给小莉画的像在凉粉车上挂了好几天，你们都忘了？”许大叔说，“许多，你说未经本人同意不能挂，挂了是侵犯肖像权，我说这是我的干女儿，侵犯啥，你忘了？”

“没忘，没忘，这话我没忘。”黄毛许说，“小莉，我师父想认你做干女儿，你愿意不？”

艾小莉看了范一平一眼，没有回答。

“不要难为小莉。”许大叔说，“小莉是城里人，我是农村人……”

范一平用腿轻轻碰了艾小莉一下，艾小莉会意，说：“我愿意，我愿意给许大叔、许大婶当干女儿。许大叔说我是城里人，其实我们家以前也是农村的，而且我爷爷的家就在御营坝。”

“你爷爷是御营坝人？”许大叔一听，满脸惊讶，说，“你爷爷叫啥？”

“单之林。”

“我认识，我认识你爷爷，你爷爷的家在黄土梁脚下，跟我们家离得不远。”许大叔说，“你爷爷是个好人。”

“我爷爷新中国成立前就离开家了，许大叔是咋认识我爷爷的？”艾小莉说。

“这话我都不好意思说。”许大叔摸了一下脸，“说起来都脸红。”许大叔没往下说。

几个人都望着许大叔。

“为啥？你倒是说呀！”许大婶催促道。

“是这样的，”许大叔说，“很多年前，我母亲得了重病，四处求医都没治好，后来听说铁牛街一个人的老婆得的病跟我母亲得的病一样，他老婆治好了，我找人打听他是咋把他老婆治好的，这才知道他在桃花岛捉到了一条鱼，那条鱼的肚子里有一块布，他把那块布放在水里煮（据说是神仙告诉他的），他老婆喝了那水，病就好了。那块布被水煮后，上面出现了一个白胡子老人，据说那白胡子老人是神仙，啥病都能治。为了给我母亲治病，我想找他要，怕他不给，于是我半夜里到他家里去偷，被他发现了，我赶忙跑，结果在街上绊倒了，我被抓住了，他问我为啥偷他的布，我说给我母亲治病，他一听，把我往家里拉，我怕他打我，更怕他把我送到公安局……可是他没有，他给我包了腿上的伤，说小伙子，这块布不能治病，它只是药引子，而且只能用一次，要能治病我就给你了……他问我是哪里的，我说御营坝，他说他也是御营坝的，叫单之林。他问我父亲叫啥，我说了，他说他小时候经常跟我父亲一起到黄土梁割猪草……我是这样认识你爷爷的，我一直把你爷爷叫单叔叔。”后来发生的事，也就是许大叔赶走齐步加的事，他没有说。

“这是缘分。”许大婶说，“你不去偷单叔叔的东西，你也认不到单叔叔，单叔叔也认不到你。我们认到小范是缘分，小范带来了小莉，更是缘分，你们说是不是？”

大家都说是。

艾小莉答应做许大叔和许大婶的干女儿，许大叔和许大婶笑得合不拢嘴。

“小莉，你愿意，就得拜一下干爹干妈，给干爹干妈行个礼。”黄毛许说。

艾小莉乜了黄毛许一眼，她本来就看不惯黄毛许，看见黄毛许就想起江水屯，他比江水屯还烦，不但染黄发，还穿花衣裳，打扮得瓜眉日眼，说话油腔滑调，还有那一双眯眯眼老在她身上瞧……黄毛许的话，难住了艾小莉。

范一平又碰了一下艾小莉，艾小莉看了范一平一眼，范一平点了下头，示意她下跪。艾小莉明白了，心里虽不乐意，但也没法，她不行礼，干爹干妈就下不了台。艾小莉站起身，正要下跪，许大叔、许大婶拉住了她。

“使不得，使不得。”许大叔说。

“得拜，得拜，一定得拜。”艾小莉坚持要跪。

“女儿，你坐下，等等，等等。”许大婶到楼上去了。

不一会儿，许大婶从楼上下来了，手上拿着一个叠得方方正正的新被子，放在地上说：“女儿，要跪就跪在这上面。”

艾小莉感动得差点落泪，扑通跪下，声音颤抖地喊了声干爹干妈，而后磕了三个头。

许大叔和许大婶把艾小莉扶起，许大婶从包里掏出一个红布包，里面包着一枚金灿灿的戒指，说：“女儿，来，干妈给你戴上。”

这枚金戒指是许大叔送给她的婚戒。

艾小莉谢过干爹干妈，扶干爹干妈坐下，自己坐在干爹干妈中间。

黄毛许拍了拍手，说：“师父，师母，从现在起小莉就是我的妹妹了。”

艾小莉又乜了黄毛许一眼。

“小范在这里不熟，今后你们要多关照妹妹。”许大婶说。

刘火点头。

“妹儿，你有啥摆不平的只管跟我说，我帮你摆平。”黄毛许说。

艾小莉点点头。

“师父，今天你认了个漂亮的干女儿，我们要庆贺一下，明天我请客!”黄毛许说。

“这客你就不用请了，明天中午都来家里吃饭。”许大婶说。

“要得!”大家一致赞同。

“干妈，听你的口音，好像是……”艾小莉说。她早就听出许大婶不是绵阳本地人。

“我老家是巴中的，挨到陕西，来绵阳二十多年了，口音还是没改过来。”许大婶说。

“哦，怪不得。原来师娘老家离这里这么远。师娘，你是咋认识我师父的?”黄毛许说。

许大婶望着丈夫，说：“你问他。”

许大叔嘿嘿笑了两声，说：“你说，还是你说，没啥不好意思的。”

“那我就说了哦。”许大婶说，“我是农村人，小时候家里很穷，十六岁就出来打工了，先到的广元，没找到事，就跑绵阳来了。那年端午节，我听说绵阳的席凉粉好吃，一个人跑去吃凉粉，你许大叔在那里端凉粉，他给我端时胳膊不知被哪个碰到了，把半碗凉粉倒在了我身上，他吓到了，连声道歉，说对不起，对不起。我还没说话，不知是谁说了一声：对不起就行了?赔人家衣服!他说，好，好，我赔，我赔。他像一个犯了错误的小孩，吓得不知所措——他那样子现在我想起来都想笑——我说算了，用不着赔，我回去洗一下就行了。他说了声谢谢。吃完凉粉，我走了，他跟了出来，说，同志，我问你一句话，你在哪儿上班?姓啥?我说，我姓胡，在洗脚房上班，他问哪一家洗脚房，我说成绵路那一家。当天晚上他就到洗脚房来了，那时我刚好在大厅里，他说，小胡，我、我来洗个脚。他的话使我感到意外，来洗脚的人都是有钱人，这地方咋是他来的？我说，你来洗脚？他点点头。他是我的熟人，自然由我给他洗。洗脚时，他又向我道歉，说他把我衣服弄脏了，他是来赔我衣服的，说着掏出了一把零钱，我没要，我知道他不比我好过。他说他家在御营坝，他在凉粉店打工。他问我家是哪里的，我照实说了。后来，每个月他都要到洗脚房来一次，借洗脚的机会跟我说说话。有一天，我突然接到家里的电报，说我父亲病了，当天我就走了，我回去照顾我爸，后来就没再到绵阳打工了，没多久我结婚了，跟一个煤矿工人。后来煤矿出事了，他被埋到了地下……”许大婶说到这里，眼圈发红，声音哽咽。“他不在后，我到绵阳来找他，看他能不能帮我找点事做，可是棉花街变了，由小街变成了大街，凉粉店也没了。没法，我跑到御营坝，御营坝到处在盖楼房，还在修大烟囱。我在御营坝转了一天，没找着人。回去后，我给他写了一封信，地址写的绵阳御营坝，信寄出后，我天天盼着回信，结果信被退回来了，理由是收信人地址不详。但我还是没死心……”

许大叔接过话，说：“人，一辈子有很多事说不清，也许是缘分吧，后来我俩又遇见了，这要感谢互联网，感谢发明 QQ 的人。”许大叔停了一会儿，说，“我老伴去世后，我心里难受，天天把自己关在屋里，连门也不出。我娃和儿媳妇在热电厂上班——热电厂占了我们的地，把他俩招去当工人了——他俩一上班，家里就我一个人，我娃怕我闷出病，叫我去打麻将，跟队里的人一起耍，我不去，娃就给我买了一台电脑，教我打游戏解闷。开始我不学，媳妇也来劝，我才学的。游戏打久了，觉得没意思，娃又教我上网聊天，给我办了个 QQ 号，加了 QQ 好友，还入了 QQ 群，群里摆龙门阵的人很多，跟坐在茶馆里一样，啥话都可以说，自己不想说就不开腔，睁着眼看别人说，我觉得这个好耍，于是就天天上网跟那些认不到也见不着面的人摆龙门阵。有一天，我看到了一个叫‘远方的思念’的人，我觉得这个人的名字很有意思，于是就请求加他为好友，他同意了。我也不知道他是男是女，俩人就摆起了龙门阵。我问他是哪里人，他说巴中。听到这个地名，我感到亲切，接着问他是巴中哪里的，他说巴山。我一听，一下子兴奋起来。我说我认识你们巴山一个人，他问哪个，我说姓胡，叫胡晓华，对方也兴奋了，说她就是胡晓华。听说她是胡晓华，我激动得心里怦怦直跳，简直不敢相信我的眼睛，我揉了揉眼，仔细一看，屏幕上确实写的是胡晓华三个字，我说胡晓华，我可找到你了！她说你是哪个，我说我叫许新，是绵阳的。她说，许新，我也在找你，我到绵阳去过，棉花街变成了步行街，御营坝的房子全拆了，到处在盖楼房，我没法找啊！你说你们家那里有口机井，我找人问，人家给我指了一下，说机井早就填了，我又问轧花厂，人家说拆了，在修热电厂。无奈，我只好走了……接着，她问我过得咋样，我对她说了，她说那我俩一样，我也是一个人过。就这样我俩走到了一起。我说对没有？”

“说对了，说对了。”胡晓华说，“缘分管着的。”

“没想到师父和师娘还这么浪漫！”黄毛许说。

“浪漫，简直可以写成小说了。”范一平说，“而且是一篇非常精彩的小说！”

“小范，你把他写出来。”黄毛许说。

“你写。”范一平说，“我给许大叔许大婶画了像，他们的浪漫故事就该你写了。”

艾小莉往墙上看了一眼，那里挂着许大叔和许大婶的画像。

“我写不出来。我不怕你笑话，我读书时作文从来没及格过。”黄毛许把脸转向艾小莉，说，“小莉，你写。写出来再把小范给师父师娘画的像配上，那不摆了！”

“我是学旅游的，写文章是我的短板，还是你写吧！”艾小莉对黄毛许说。

“那就叫刘师兄写。”黄毛许说。

“我？”刘火说，“你烧人嗦？明明知道我只上了几年学，叫我写。”

“算了算了，你们都不写，我……”黄毛许说，“我找人写。反正跟了师父一趟，我还是要为师父做点事嘛！”

2

江水屯回到成都，心里一直憋着气，那个不知姓名的男人像一只苍蝇在他心里爬，恶心得难受。一个男人，心爱的女人被人夺去了，这是奇耻大辱，不出这口气还叫啥男人？他一定要出，不然他会憋死。怎么出，他想过很多办法，如决斗，像俄国、法国的男人那样，为了争夺一个心爱的女人而手持利剑到一个没有人的地方一决高下。这种办法痛快是痛快，可是行不通，那是违法的。再说了，决斗风险太大，赢了，对手死了，你得偿人家命，输了呢，自己的命照样丢了，输赢都是一死，决斗没有赢家。他忽然觉得外国人有点傻，用这种办法去争夺女人，是天底下最大最大的傻瓜，就是允许决斗，他也决不会选择这种办法，因为一个人的命比啥都重要。不决斗，他要用他占绝对优势而且绝对能取胜的办法打败那个挖他墙脚的男人。他的优势是什么？钱！和那个男人比钱，看谁的钱多！钱没有人不爱，不然哪有“人为财死，鸟为食亡”这句话？他敢肯定艾小莉也爱钱，她经常加班不就是为了多挣几个钱？以前他没有把真金白银摆到艾小莉面前，现在他要摆了，叫艾小莉在他和那个男人之间做出选择。

江水屯在存折上存了一百万，这是他击倒对手的子弹——想到子弹，江水屯笑了，麻将桌上，赌友们都把钱称子弹，包里钱不多了，说我子弹快打光了，没钱了说借点子弹——他要让那个男人在他的子弹面前倒下。江水屯在想象着那个胜利而有趣的场面：他和那男人把各自的存折往桌子上一放，说小莉你选吧，你拿哪个的存折就跟哪个，这个公平，哪个也不伤害。艾小莉看了一眼，拿起了他的存折，那个男人灰溜溜地走了，他和艾小莉手挽手地走在那个男人的身后……

江水屯准备妥当后，走进了理发店，他要好好打理一下自己的头发，把头发上了一层黑油，黑得发亮——艾小莉不喜欢他染黄头发——光得蚂蚁拄拐棍也爬不上去。然后穿上当时最时髦的西服，站在穿衣镜前照了又照，直到觉得无可挑剔才出的门。

江水屯兴冲冲地来到艾小莉的家。

“叔叔，阿姨，”江水屯说，“我来看看你们……”

艾贵生知道江水屯又来纠缠他女儿，他不想听他说话，说：“我有点事，出去一下。”

“早点回来。”单红英说。

艾贵生装着没听见，没有回答。

艾贵生的离开，江水屯不但没生气，反而很高兴，没有他在场，他可以放开说话：“阿姨，我今天来，一是来看看阿姨，二是想见见小莉……”

“怎么？你上次回来没见到她？”

“我见到她了，她没见到我。”

“咋回事？”

“阿姨，”江水屯说，“我见她跟一个男人……”

“跟哪个？”

“我认不到。”

“你在哪里看到的？”

“滨江广场。”

“长得啥样？”

“个子比我高，戴了副眼镜。”

“哦。”单红英说，“那是教她画画的老师，我听她说过。他俩没的啥。”

“阿姨，他俩很亲热，还拉了手的。”

“那我问问她。”单红英说，“我上次跟你说过，你俩的事你俩谈……”

“阿姨，小莉老躲着我，没法谈，你跟她说说，叫她见见我，我跟她好好谈谈，她愿跟我耍我俩就耍，实在不愿意我也不扭她，主要是我要给我爸妈一句话，因为我爸妈老催我，叫我赶快定下来……我爸妈给了我一百万……”江水屯掏出存折递到单红英面前，说，“这钱是我爸给我结婚用的。”

单红英没有接，说：“你拿给小莉看。”

“我见不到小莉。”

“下午我叫她请半天假……”

单红英叫小莉请假，小莉答应了，她知道白天若不跟江水屯见面，晚上他还会来，这样无休止地纠缠下去也不是办法，她必须跟他做一个了断，叫他彻底死了那条心。江水屯叫艾小莉到咖啡厅去，艾小莉坚持到茶馆，江水屯没法，只好依艾小莉。

二人来到茶馆，刚坐下艾小莉就说话了，她说得很直接：“你说吧，有啥抓紧说。”

“急啥？”

“我怕你说不完。”

“说完？”江水屯嬉皮笑脸地说，“我跟你，话永远也说不完。”

“说吧。直接点，我晚上还要去学画画。”

艾小莉的话像一根刺戳到江水屯的心上，他很不高兴，但仍然装出一副笑脸，说：“咱俩这么久没见面了，我不知道你对咱俩的事到底咋想。”

“我已经跟你说过了，咱俩不合适。”

“哪里不合适？”

“哪里都不合适。”

“我知道，你又找了。”

“找了又咋个？与你啥关系？”

“与我啥关系？我俩在耍，你就不能找！”

“我已经跟你断了！”

“难道你就这么绝情？一点都不考虑我的感受？小莉，你不知道我心里有多难受，你不跟我耍，我活着还有啥意思？自从你跟我说了那话，夜里我就没睡好过，一闭眼就梦见你……”

艾小莉不说话，她在想妈妈的话。出门前，妈妈说，小莉，你的事你做主，我不干涉，但你要想好，小江对你是真心的，他把结婚的钱都带来了，一百万……当然，同不同意是你的事，就是你不同意，也要好好跟他说，别闹得像仇人似的……

艾小莉没说话，江水屯以为艾小莉被他的话打动了，接着说：“我爸给我们准备了一百万，叫我们结婚用，这是存折……”

艾小莉没有看，眼睛望着墙壁。

“你找的那个人，我打听过了，是个画画的，也就是你说的你的老师。他家是宝鸡的，在绵阳啥也没有，现在在南河坝租了间房子，可以说是个居无定所的穷光蛋。你跟他，我坚决不同意，我不能让你受苦，不能眼睁睁地看着你往火坑里跳。你怕伤他的面子，不好拒绝，我跟他说。”

艾小莉仍不说话。

“你不想叫我说，我有个办法，哪个的面子都不伤。但我要先见见他，跟他谈谈，我保证不欺负他，最后由你做出选择。”

“你说话算数？”

“算数！”

“这可是你说的。”

“我对天发誓！”

“好。”艾小莉说，“你啥时候、在哪里跟他见面？”

“当然是越早越好。地点，你说在哪里就在哪里。”

“明天上午十点，还在这里。”

“一言为定。”

“一言为定。”

走出茶馆，艾小莉就后悔了，让范一平跟江水屯见面，万一两个人打起来咋办？她不放心，她怕范一平吃亏。

“小范，不去算了。”艾小莉说。

“为啥？”范一平说。

“我怕他跟你动手。”

“他敢！”

“你不去，我就说你有事，叫黄毛许去跟他谈。”

“用不着，我去！”

“他可是个二货……”

“二货咋了？我难道怕他？”

艾小莉劝范一平不下，叮嘱范一平一定要小心，不要跟他发生争吵。范一平走后，艾小莉给黄毛许打了个电话，叫黄毛许十点钟到茶馆去，暗中保护范一平。黄毛许没有犹豫，一口答应了。黄毛许听说江水屯爱染黄发，特意到理发店把黄头发又上了一次黄油，提前来到茶馆，喊了一杯北川绿，坐在那里慢慢地喝着。十点钟，一个矮胖的黑发青年走进茶馆，刚坐下，范一平跟着进来了。二人找了个角落坐下，各自要了一杯茶。

“你叫范一平？”江水屯跷着二郎腿，脚不停地抖着，仰着脸说。

“我叫范一平，你呢？”范一平说。

“我？小莉的男朋友。”

“你没名字？”

“江——水——屯。”

“小莉跟我说过，你是她的同学。”

“不光是同学，我们是朋友，她是我的女朋友，我是她的男朋友。”

“那咱俩一样，我也是小莉的男朋友。”

“你啥时跟她耍的？”

“看咋算。”

“啥咋算?”

“时间。”

“不管你咋算，你也是在我后头。”

“我知道。”

“既然你知道，为啥还要找她?”

“我喜欢她。”

“你……不要脸!”

“你说啥?”

“我说你不要脸！破坏我和小莉的关系!”

“你嘴放干净点，去漱了口再来跟我说话。”

“你才嘴臭!”

“你才嘴臭!”

“你再说？再说老子收拾你!”

“你敢!”

“你看我敢不敢?”江水屯说着站起身，捏紧了拳头。

范一平也站了起来。

江水屯刚把拳头举起，黄毛许走了过来，伸手抓住了江水屯的手腕。

“你干啥?”江水屯看了一眼黄毛许，见他的头发和自己以前的头发一模一样，知道是个混社会的，但不知道他是哪路神仙，是范一平带的帮手，还是来打抱不平的?

“我叫你把手放下。”黄毛许声音不大，但口气很硬。

江水屯说：“与你啥事?”

黄毛许说：“这是我兄弟。”

“你兄弟?”江水屯看了黄毛许一眼，说，“拉倒吧，唬哪个？一个四川，一个老陕，你以为我瓜嗦?”

“算了，许哥，用不着跟他一般见识。”范一平说。

黄毛许说：“听我兄弟的。你有啥，坐下跟我兄弟好好说，别动不动就捏拳头，拳头是不能解决问题的，知道不？你俩说吧，我还是去喝我的茶。”

黄毛许回到了自己的座位。

江水屯坐下了，心想这个黄毛也不是个好惹的货，他手上的力气他已经感觉到了，算了，好汉不吃眼前亏……于是说："既然你知道我跟小莉在先，你就应该退出，不要当第三者。"

范一平说："我要是不退出呢？"

"不退出……"江水屯的手指又捏在了一起，可是很快松开了，说，"你实在不退出，我说一个办法，咱俩公平竞争……"

范一平说："咋竞争，你说吧！"

"明天，还是这个时候，你把你的存折带上，还在这里……"

"带存折？"范一平不解，说，"你啥意思？"

"没啥意思，我也把存折带上，咱俩把存折放在桌子上，叫小莉选，她拿哪个的存折，她就跟哪个。"

"行。"范一平说。

艾小莉、范一平、江水屯如约来到茶馆，气氛有点紧张。

江水屯掏出存折，往桌子上一放，"啪"地拍了一下，说："我折子上一百万。"

范一平吓了一跳，这狗日的哪来那么多钱？他看了一眼艾小莉，掏出存折，轻轻地放在桌子上，说："我折子上一百……"

这下轮到江水屯吃惊了，一百万？豁老子嗦？他把自己的存折翻开，又拍了一下，推到艾小莉面前，说："小莉，你看。"

艾小莉瞟了一眼。

范一平也翻开存折，推到艾小莉面前，说："小莉，这是我的。"

艾小莉看了一眼。

江水屯凑近范一平的存折一看，哈哈大笑，说："一杯茶钱，好意思拿出来！"

范一平乜了江水屯一眼，没有说话。

江水屯说："就你这样，能给小莉幸福？"

范一平又乜了江水屯一眼，平静地说："幸福，各人有各人的理解。你认为有钱就是幸福，我认为快乐才是幸福。"

"没钱能快乐？哼！没听说过！"江水屯说。

"有钱就能快乐？为什么有的有钱人会跳楼？"范一平说。

"我懒得跟你说！"江水屯把目光转向艾小莉，说，"小莉，你选吧，你拿哪个的存折，你就跟哪个，拿我的，他离开；拿他的，我走人！"

艾小莉的手慢慢地伸向江水屯的存折，江水屯心里一阵激动，站起身说：“小莉，我知道你会选我。”

范一平的心提到了嗓子眼上，他低着头，不敢看艾小莉。他不愿意受到江水屯的侮辱，慢慢站起身，准备离开。

艾小莉双手把江水屯的存折递到他面前，说：“对不起。”

江水屯没有接，不解地望着艾小莉。

“对不起。”艾小莉重复道，然后放下江水屯的存折，拿起了范一平的存折，说，“一平，走。”

江水屯徒然坐下，双手抱头趴在桌子上。

“小莉，”在茶馆外等候的黄毛许迎了上来，说，“我知道你不会选那个江、江、江……”

艾小莉说：“其实他人不坏，只是素质差了些。我不喜财大气粗目空一切的人，我喜欢人身上的文化味。”

“小莉，昨天我还是有些担心，从茶馆里出来，我把我的钱拿出来，跑去跟师父说了，师父把他的钱也从银行取出来了，加上刘师兄的钱，七凑八凑，凑了不到三万，我跑去送给小范，说咱不能输给那个人，不能在他面前丢脸，拿去，存个折子。小范说用不着……这下好了，走，师父叫咱们去吃饭。”

第二十六章　寻　根

1

“下车吧!”艾小莉说，“这里就是九院，很多大科学家在这里工作过。”

“这里环境真好。”范一平望着绿树掩映的山坡和散落在绿林中的房子说，“科学家就应该生活在这种美丽而幽静的地方。”

“你看，这就是科技馆，参观之后你就了解了科学家的真实生活。走吧，进去。”

科技馆里，每一张图片范一平都阅读了好几遍，实物看得更加仔细……走出科技馆，他说：“震撼，简直震撼！没想到，简直没想到，科学家们在那么艰苦的环境中，用那样落后的设备研发出了原子弹、氢弹……”邓稼先、于敏、王淦昌等科学家的名字深深地印在了他的大脑里。“几十年，他们隐姓埋名，不为人知，连家人都不知道他们去了哪里，在干什么……他们自力更生，艰苦奋斗，创造出了一个又一个惊世奇迹，书写了草庐炼丹、九次运算、百日会战等一个个经典故事，他们崇高的品质和勇于牺牲的精神凝聚成了国人引以为傲的两弹精神……伟大，伟大，他们太伟大了!”范一平一直沉浸在刚才看到的那些令人震撼的画面中。

“有一篇文章不知道你看过没有，那篇文章非常感人。”

“啥文章?”

“是关于杨振宁看望邓稼先的文章。”

“没看过。”

“有一次，杨振宁去看望邓稼先，杨振宁问邓稼先研究出两弹政府给了他多少奖金，邓稼先说原子弹十元，氢弹十元。杨振宁听了，十分诧异，他获诺贝尔奖得了几十万美元，邓稼先在极其艰苦的条件下研究出了原子弹氢弹，仅奖了他二十元钱！更为感人的是，1979 年的那次氢弹爆炸试验，巨响的余音还在空中回荡，为了获取第一手资料，身为总指挥的他不顾安危第一个冲进现场，也就是那次，他受到了严重的核辐射。邓稼先为了研究“两弹”，隐姓埋名，与妻子分别二十八年，直到他病危的那天，妻子才知道他失踪这二十八年在干什么，邓稼先的名字才为世人所知。邓稼先去世前对妻子说，如果有来世，他还会选择我们的祖国，选择核武器事业，选择他的妻子……妻子感动得热泪长流，紧紧握着他的手，默默地点头。他们是多么伟大！一平，你一定要把他们画出来，不但要让中国人知道他们，而且要让全世界的人都知道他们！”

范一平点点头。

“走吧，现在还早，我们到丰谷去。”

丰谷也是范一平想去的地方，他要到那里寻根。

离开科技馆，汽车在一个叫五里堆的地方停下，那里有人上车。

范一平看了一眼站牌，说：“这个站名好奇怪！”

“奇怪？这站名是有来历的。”艾小莉说，“三国时，蜀汉猛将张飞在这里点过兵，你看，那个土疙瘩就是点将台。堆，指的是那堆土，五里指的是这里离当时的涪城五里远，所以后人把这里叫五里堆。”

“哦，原来这土里土气的地名还蕴藏着这么深的文化……”范一平说。

汽车开动了，不一会儿上了绵三公路。

艾小莉说：“现在你去丰谷寻根，我给你讲一个你们范家的故事，看你今天能不能打听到那个人。”

“哪个？”

“你们的先人。”

“也在丰谷？”

“是。”

范一平一听，来了精神。艾小莉讲起范太章的故事。

唐朝，绵州书生范太章赴京赶考，一举金榜题名，高中进士。洞房花烛夜，金榜题名时，这是人生最大的快事。范太章兴奋得一夜未睡。第二天与好友饮酒庆贺，遍游京城，那种高兴劲儿没法说。眼看日头西斜，同伴们先后离去，范太章游兴未尽，一人沿着大街漫无目的地走着，边走边看。店铺里货物琳琅满目，街边小摊一个挨一个，游人来来往往，脚步声与小贩们高一声低一声的吆喝声搅和在一起，在耳际回响。范太章不觉得嘈杂，反而觉得好听，好像这是向他发出的祝贺声。不知走了多久，来到一条沟渠边，那里是野草闲花的家园，行人无几。他驻足细看，渠水清清，汩汩奔流，几条小鱼儿自由自在地畅游于水中。他喜欢鱼儿，于是蹲下身，欣赏着鱼儿的欢快。这时，水面上漂来一片红叶，鱼儿见了，以为是什么怪物，吓得四下奔逃，为了不使鱼儿受到惊吓，他伸手捞起红叶，发现红叶上密密麻麻写满了字，于是拿至眼前，仔细一看，上面是一首诗："流水何太急，深宫尽日闲。殷勤谢红叶，好去到人间。红泪染红叶，愁思载几千。年华似流水，白首何人怜？"范太章觉得这是一个女子，而且是一个宫中女子发自内心的幽怨，他不禁对题诗人产生了一丝怜悯。可是他不知道这红叶是从何处漂来。他正纳闷，见一位老人向这边走来，于是起身，向老人作了一揖，说，大爷，请问这渠水从何而来？老人说渠水是从皇宫里流出来的，这是条御沟。范太章谢过老人，闻了闻红叶，红叶上散发出一股淡淡的幽香。他把目光投向沟渠上游，出神地望着，仿佛看到一个女子顺着沟渠向他快步走来，他迎了上去，女子嫣然一笑，挽住了他的手，沿着沟渠慢慢向前走去……想到这里，他笑了，笑自己荒唐，笑自己痴情。也许那女子是故意戏弄宫外之人，他居然信以为真。罢了，罢了。他又看了一眼红叶，又闻了一次，也许是他喜欢那片红叶，也许是他喜欢红叶上的诗，也许是他喜欢在红叶上题诗的人，也许是他喜欢红叶上散发出的那种味道……他没有丢，把红叶装进了贴身的口袋里。范太章在长安等待封官的日子里，忽一日长安城里大乱，杀人放火，拦路抢劫，人们惊慌逃窜，连皇宫里的人也跑出来了。范太章不知道发生了什么事，也跟着那些人跑，跑出长安，翻过秦岭，人们仍惊魂未定。范太章觉得奇怪，啥事把人吓成这样？于是向一同逃难的人打听，这才知道山东的王仙芝、黄巢发动了农民起义，起义军势如破竹，已经打到了潼关。王仙芝战死，黄巢任冲天大将军，率大军直逼长安，官军抵挡不住，所以弃城而逃。说话的人往前面一指，说你看皇帝（唐僖宗）的车辇，骑马的大官，跑得比兔子还快。范太章叹了口气。穿过剑门，景色与秦岭北面大不相同，道路崎岖，满目皆绿，青松葱郁，翠柏成林……逃难的人无心观看，在他们眼里那不是美景，而是夺命的鬼魂！起风了，是突然起的，而且很大，呜呜地叫着，吹得小树弯腰，大树摇头，飞沙走石，鸟儿惊飞……逃难的人迎风而进，一点也没有要停下来的意思。范太章是读书人，心里不乏浪漫，遇有形状古怪的树木，总要停下来多看一眼，他知道这些树是三国时蜀汉猛将张飞所栽，名叫张飞柏。望着这些树，范太章对张飞产生了一种敬仰之情。不知走了多久，来到一座大山上，那座山叫七曲山，山上有一座庙，名文昌庙。皇帝在庙里住下，车辇人马占了大半个山。避乱的百姓无处可居，只有顺道前行。下山之后，范太章又困又乏，饥渴难耐，于是走进了一户人家，他想讨口水喝。刚进院，见屋檐下坐着一个愁眉苦脸的女子，从穿着上看，这女子不是一般农家女，即如是出身农家，也是大户人家，于是向前施礼道："小姐，我乃过路之人，擅自闯入，惊扰了，惊扰了。我没有别的事，只求赏口水喝。"女子见范太章文质彬彬，言语得当，知是读书之人，伸手指了指水缸，说，公子，我也是逃难的，进来歇脚，未见家中之人，故在此小坐。那缸里有水。范太章喝了水，说，小姐，你满脸愁容，敢问有何为难之事？女子说，我本宫中女，名字叫秀云，随娘娘出逃，因兵荒马乱，与宫中的人走散了，现只身一人，不知咋办，所以发愁。范太章听说女子是宫中侍女，想起了他在御沟里捡到的那片红叶，于是从口袋里取出，说，小姐是皇宫里的，请问是否认识这位红叶题诗之人？秀云接过一看，眼泪夺眶而出，说公子，实不相瞒，这红叶上的诗是我写的。说着泪水流得更快。范太章明白了，这女子不是与宫中之人走散，而是趁乱逃跑，说，姑娘，你受苦了。听了范太章的话，姑娘号啕大哭。范太章说姑娘别哭，外面有官兵。姑娘立即由号啕变为啜泣。范太章说，我捡到这片红叶，就是想找到红叶的主人，所以一直藏在身上，没想到在此相遇，这是天意，是缘分。实话跟你说，我是今科进士，在京候官，没想到黄巢造反，官军败退，皇上出逃……不如这样，我俩一同逃难，路上也好有个照应。这话说到了秀云的心里，秀云连连点头。为了防止被官兵发现，范太章在这家人的屋里找了身农妇的衣裳，让秀云穿上，将宫女的绣衣留给这户人家。路上，俩人以兄妹相称，沿路前行。秀云给范太章讲了很多皇宫里的事，说宫里等级森严，条律苛刻，如果触犯，轻则挨打挨骂，重则坐牢杀头。有一次，她给一妃子端水洗脸，因水热了点，即遭到责罚，至今身上还留有伤疤。她亲眼看到一个宫女被活活打死，所以想逃出那看似富丽堂皇而实为魔窟的皇宫，于是她在红叶上写了那首诗。红叶丢进御沟后，她天天盼，夜夜盼，盼着捡到红叶人的消息，可是一直没有盼到。幸好黄巢造反，杀到京城，她跟随皇宫里的人逃了出来，路上她一直在寻找逃跑的机会，可是没有找到。到了大庙山，宦官们忙着给皇上和娘娘张罗住处，她才趁机逃出，她怕被抓到，所以躲进了农家院，没想到在这里遇到了哥哥……范太章说，你打算咋办？秀云说，我就跟着哥哥，哥哥去哪儿我就去哪儿。范太章一听，十分感动，说，那我俩就终生相伴，永不分离。俩人边走边说，范太章给秀云讲了很多故事，听故事走路，不觉得累。走到一个半山腰，范太章回头看了一眼那座长满翠柏的大山，隐约可见庙宇屋脊，说，秀云，你知道那座庙里供奉的是哪位神仙？秀云摇摇头，说妹妹不知，还请哥哥讲给妹妹听。范太章说好，只要妹妹愿听，哥哥就说。范太章说那座庙叫文昌庙，供奉的是文昌帝君。文昌帝君又称文星神，是掌管士人功名禄位的神。据说文昌帝君叫张亚子，自小与父母住在七曲山，常与父母挖药打柴，闲来无事，与动物玩耍，将老虎当马骑。一天他对父母说他要去长安读书，父亲说这里到长安路途遥远且有大山大河阻隔，劝他放下这不切实际的幻想。他说，我不翻大山也不过大河，我从地下钻过去。他父亲说，净说空话，别说你没那本事，神仙也没那本事。他说，父亲有所不知，咱屋后有个洞可以直通那里。父亲知道那个洞，冬天他还在洞里储藏过蔬菜红薯和野果子，但里面很窄，有多深，他不知道。现在儿子说这个山洞可以直通长安，说啥他也不信，说娃嘞，不可能，这洞不可能通长安，再说洞中黑暗，说不定还有蛇蝎怪兽，就是通长安，你也去不得。张亚子说，这些我不怕，它们伤不到我，它们见了我都要躲避，何况我用不到一天就到了。母亲说，儿呀，一千多里，你就是有翅膀一天也飞不到，别瞎想了。他说，娘有所不知，我有一匹千里马叫白特，它跑得飞快，比鸟飞得快多了，尤其是在洞里。父亲说，娃嘞，别胡思乱想了，跟我去挖药吧。张亚子说，爹，我今天就得去，晚了就赶不上上课了。娘说，娃又在说胡话，快去，跟你爹挖药去。张亚子说，不行，我要走了，白特已等不及了，在催我呢！父亲说，你的白特在哪里？张亚子拿来一根竹竿，说，这就是我的白特。娘说，娃疯了，赶快带他去看病！父亲说走，去找大夫。张亚子说，我没疯，我不是说着耍的，我走了。说着把竹竿夹在两腿间，用手拍了一下，说，走！竹竿就朝洞里钻去，张亚子回头说，父母保重，儿学成即归。父母往洞里一看，只见洞里有一道白光，瞬间消失得无影无踪……三年后，张亚子归来，用他学到的医术为百姓治病，那年遇到了瘟疫，这里的百姓无一人死亡。百年之后，人们为了纪念张亚子，在七曲山修了这座庙……秀云听了，啧啧称奇，说哥哥知道得真多。哥哥，这条路通哪里？范太章说通绵州。秀云说，这里到绵州还有多远？范太章说，不远了，还有几十里。你累了吗？累了咱坐下歇歇。秀云说，不累。这路平，好走，哥哥讲故事，我边走边听，一点也不觉得累。哥哥，你接着讲故事，我听着会走得更快。范太章说，好，那我就讲讲这条路。秀云说，这条路也有故事？范太章说有，而且这条路的故事还很神奇。古时候，蜀国的国王叫蚕丛，这个国王很有名气，治国有方，百姓富庶。纣王垂涎蜀国的财富，有心灭蜀，但中原与蜀国无路可通，故而无法进兵，于是向谋士问计，谋士说可以这样……于是纣王派了一个外号叫猴子的人携带他的亲笔信到蜀国拜见蜀王。猴子瘦而灵活，他根本不找路，逢山攀崖，遇林上树，用了不到一个月时间就到了蜀国，把纣王的书信交给蜀王。蚕丛看后，面露喜色，说本王不日即派人开路，迎接纣王所赠之礼。原来纣王在信中说他要送蜀王一头能拉金子的牛和五个绝色美女，纣王派人送至边界，请蜀王派人去接。蜀王贪财，也恋美色，于是派人修路，路通之后，派了五个力大无比的壮士前往迎接美女和金牛。接到美女和金牛后，他们晓行夜宿，不日到了七曲山，离都城越来越近了，五个壮士难以抑制心中的兴奋，边走边唱，因为蜀王向他们许诺，完成任务后重赏他们。到了山下，没走多远，突然从密林中蹿出一条大蟒，金牛见了，吓得狂奔，壮士们急忙追赶，金牛钻进了山洞，他们抓住牛尾，用力外拉，结果把牛尾巴拉断了，金牛一直往山洞深处钻，结果把大山钻崩了，五个壮士和五个美女全被压在山石下，那座崩塌的大山变成了五个岭。自此，巴蜀与商国之间才有了路，也就是我们走的这条路，所以这条路叫金牛道。后来有个诗人感叹其事，作了一首诗："不见娇娇商五女，只见南来北往人。花容化作蜀五岭，青娥红粉何处寻？"秀云听罢，叹了口气，说，这五个商女也太倒霉了。范太章说，也许这是命吧。

二人说说话话，不知不觉到了绵州，刚进城，遇见一个骑着高头大马的人，秀云一见，浑身哆嗦，垂首立于道旁。秀云的举动引起了那人的注意，喝问道：“你怎么在这里？”秀云说：“路上人太多，我跟大家走散了，顺着路一直走就走到了这里。”那人说：“你的衣服呢？”秀云说：“路上遇到了强盗，被抢去了，一位大娘见我可怜，送了我一身衣裳。”那人用马鞭一指，说：“这个男人是谁？”秀云说：“在路上遇到的，也是逃难的。”那人吼道：“大胆！竟敢违犯宫中律条，私通外人！”话音未落，一鞭子向秀云抽去，秀云脸上立刻起了一道血印子。范太章说，你怎么打人？那人眼睛一瞪，说，你勾引宫女，已犯下死罪，还敢多嘴！说着举起鞭子抽打范太章。秀云一见，扑了过去，这一鞭又抽在了秀云身上，秀云立即跪地，说：“王公公，我错了……”这时范太章才知道那人是宦官头儿，他是来追寻逃跑的宦官，无意中碰到了秀云。“跟我回宫！”王公公对秀云吼道。秀云跟着王公公走了。秀云走了几步，回头望了范太章一眼，满含泪水的眼睛向范太章传递出不舍之情。范太章跑了几步，想对秀云说句话，可是怕王公公打她，嘴张了张，没发出声音。范太章流着泪，望着秀云渐渐远去的身影。那晚，范太章住在客栈里，辗转反侧不能入睡，在他迷迷糊糊的时候，听见客栈老板在叫他：“范公子，范公子，有人找。”范太章开门，见是秀云，激动地拉着她的手，说，快进屋，快进屋！秀云进屋，范太章问她是怎么跑出来的，秀云说她跟王公公没走多远，遇到了一群拦路抢劫的人，那些人有的拿刀，有的拿棒，王公公一见，奔逃而去，那些人去追王公公，她乘机跑了，东问西问才找到这里。范太章听了，十分感动，说，你被带走后，我死的心都有了，我在涪江边坐了很久，想投江了结生命，可是想到你在宫中遭受折磨，我不设法搭救而自寻短见实在算不上一个男人，更不配做当朝进士，于是我打算回京候官，等当官后再设法见你，即如是不能娶你为妻，看你一眼心也足了，所以我放弃了死的念头。现在你回来了，我也不想当官了，不如回老家安安稳稳地过老百姓的日子。秀云见范太章为她甘愿放弃前程，心里不忍，说，哥哥，你还是去当官，不去当既对不起父母，也对不起那十年寒窗。至于我，你用不着担心，我到你老家种地……范太章说，不行，我老家那里很穷，你到那里会不习惯的。更重要的是，我当了官，咱俩的事要是被发现了，我就犯了欺君之罪，那是要灭九族的，到那时，不但我会被杀头，你也会被杀头，还有我的父母兄弟姐妹也会被杀头。秀云说，那咋办？范太章说，我去找一个范姓人集中的地方隐居，跟他们住在一起就安全了。秀云说，你不认识人家，人家会让你住？范太章说会，他们会接收我的。秀云问为啥，范太章说，天下姓范的是一家。我们姓范的人家都有家谱，见了面叙一下家谱就知道了。秀云说，你还带了家谱？范太章说没有。秀云说，没有家谱咋个相认？范太章说用名字。秀云说，用名字咋个得行？范太章说，我们的祖先聪明得很，为了防止战乱、饥荒、移民等造成范姓人家离散而无法相认，制定了一个辈分排序表，每一辈人取名时中间用同一个字，这样即使在天涯海角，只要是一个姓的，说一下名字就知道是不是同宗同族的。我们这一族人的排序是："士石学科明，治金文荣廷，元太发万贵，玉合秀林峰……"我叫范太章，是太字辈。秀云说，你们的祖先真聪明，我依哥哥，哥哥到哪里我就到哪里。范太章说，那走吧，我们到附近打听一下，看哪里有姓范的人家。走，去码头，那里有船，还有那么多坐船的人，去问问他们。于是二人朝码头走去。船家以为他们坐船，说，客官，坐船吗？范太章说，老大，我问个事，哪里居住的有范姓人家？船老大说，客官打听这干啥？范太章说，我姓范，想找同宗。船老大说，我也姓范，不知客官啥辈分？范太章说，我叫范太章，太字辈。船老大说，我叫范太和，也是太字辈。兄弟，咱们是一家子，请上船，我带你到我们村，我们村的人全姓范，村名叫范家村。范太章和秀云上了船，小船顺江而下，不多时到了一个小码头，船老大说，这个地方叫丰谷，下船吧，我带你到村里去。遇到了同宗，船老大高兴，生意也不做了，把范太章和秀云带到了一个只有十几户人家的小村子，说，这就是范家村，先到我家里坐坐吧。村里人听说范太章是个读书人，对他无比热情，争相请他到家里吃饭。后来在船老大的帮助下，范太章和秀云就在那里落了户，过起日出而作日落而息的生活。范太章除了劳作，还教娃娃们读书。夫妻二人恩恩爱爱，俩人都活了近百岁……

"没了？"范一平问。

"没了。"艾小莉说。

"这个故事很感人。"范一平说，"他们为了爱情，可以放弃高官厚禄，放弃皇宫里的生活。"

"你不觉得可惜了吗？"

"可惜啥？"

“高官厚禄。”

“不觉得。和爱情比，其他的都不重要。”

丰谷到了，二人下车，向镇里走去。

2

丰谷镇不大，那天不逢场，街上没多少人。二人顺着街边走边看，很快到了街的尽头。一条大河出现在他们眼前，河面宽阔，水流缓慢，岸边有个码头，停靠着几条小船。有人上船了，小船悠悠地划向对岸。

“这条河是啥河？”范一平问。

“涪江。”艾小莉说。

“哦，涪江流到这里了。”范一平说，“没想到我们的祖先生活的地方这么美，有山有水……”

范一平很小的时候就听说他们的祖先是蜀国人，当年商纣王昏庸无道，荒淫至极，为了享乐，在首都朝歌建造了千尺鹿台。为建鹿台，把方圆几十里内的百姓全都赶走了。鹿台工程浩大，修了十几年才修起，仅工匠就死伤千人之多，搞得家破人亡的不计其数，老百姓怨声载道。纣王不但充耳不闻，还在宫中建造酒池肉林，选了很多美女供其淫乐。百姓由怨生恨，但也只能仰天长叹，暗自祈祷上天惩罚无道昏君。武王深知民心，顺从民意，拍案而起，他要替天行道，推翻纣王，解百姓于水火。可是武王兵力有限，虽有雄心，但面对纣王的虎狼之师不敢贸然行动。为寻求人才，武王遍访民间，遇到了姜子牙。武王问姜子牙如何才能推翻纣王，姜子牙说纣王残暴，民怨沸腾，百姓恨不得食其肉寝其皮。推翻纣王，下合民心，上合天意，只是纣王兵强马壮，人数众多，要想灭他，必须联合各路诸侯，使之齐心协力共同讨伐。但这还不够。为了稳妥起见，还要请求蜀王出兵相助，形成内外夹击，方可打败纣王。武王采纳了姜子牙的建议，派人携带他的亲笔书信面见蜀王，求其相助。蜀王应允，令镇守蜀道咽喉（绵州）的大将宋震率军前往，并告之宋震要打出国威，让蜀军名扬天下。宋震领命，率兵出征。姜子牙亲自到秦岭迎接，武王在军中设宴款待。在伐纣战争中，蜀军数战皆捷。纣王被推翻了，武王改国号为周。蜀军要回国了，周武王请求蜀王将宋震留给他，蜀王沉思不语。宋震是蜀国名将，所率队伍乃蜀军之精锐，怎舍得让他留在那里？不答应武王，必将得罪于他，于是答应留下部分将士。在留下的将士中，有一名叫范虎的小将，他是绵州丰谷人，在伐纣战争中屡建奇功，为了奖赏范虎，周武王赏他土地数百亩，那块土地在宝鸡西北方，范虎年迈解甲，在此居住。现在，那里有一个最大的村庄叫范家村，据说是当年范虎住过的地方。那一带有很多人姓范，每年清明节都有大批的范姓人到范家村祭祖。祭祖时，长辈们都会把这个故事讲给晚辈们听，范一平就是到那里祭祖时听到这个故事的。听到这个故事后，范一平萌发了寻根的想法，这也是爷爷多年的愿望。现在，爷爷年纪大了，催促他快快成行，所以他才来到丰谷。

“到不到农村去看看？”

“去，最好找一户姓范的人家。”

“走，往那边。”

走出丰谷镇，路边的地里有一个干活的老汉，艾小莉走过去，说，大叔，这附近哪里有姓范的人家？老汉停下锄头，看了他们一眼，见是两个城里人，知道他们在这一带不熟，说：“姓范的，我们村的人大多姓范，村名就叫范家村。你们找姓范的干啥？”

艾小莉指着范一平说：“他想找一家子的聊聊。大叔，你贵姓？”

“我姓范。”

“太好了。一平，你跟大叔聊吧！”

“大叔，是这样，我是陕西的，我们的祖先是这里的人。”

“哦，我们是一家子，走，回家说，回家说！”

“范大叔，这里到你们村有多远？”艾小莉说。

“不远，不远。”范大叔指着山上说，“在山那边，翻过山就是。走吧。”

艾小莉说：“谢谢范大叔，欢迎你到城里耍。”

范大叔说：“要得。只是城里的地方太大了……”

“范大叔，我们家住在铁牛广场，好找得很。等一会儿我给你留个电话，你到城里就给我打。”

“铁牛广场？”范大叔说，“我向你打听个人，看你认得到不？”

“范大叔，你说，我帮你打听。”

“单红英。”

“单红英？多大岁数？”

“具体多大，我不知道，大概跟我年龄差不多。”

艾小莉心里咯噔了一下，说：“她家都有啥人，你知道不？”

“她男人叫赵大年，她娃儿叫赵帅，她父亲叫单之林。”

“范大叔，你要找的人是我妈。”艾小莉有些激动，说，“你咋认识我妈的？”

“我先认识你爸，唉，不说了。”范大叔说，“后来你妈到我的酒店帮过我。”

“我知道了，范叔叔，我妈说过，你叫……”

范大叔说：“我叫范老大。你妈跟你说过我？”

“说过。”艾小莉说，“我妈说你对人可好了。”

范老大摇摇头，说：“不好，我对不起你外公。你外公还好吗？”

“好。八十多了，还天天到公园里去耍。”

“那就好，那就好。你爸呢？赵大年……”

“赵大年不是我爸，我爸叫艾贵生。”

“哦。”范老大明白了，说，“你哥呢？”

“我哥？我没有哥。”

“你没有哥？”范老大被弄糊涂了，他想也许单红英跟赵大年离婚后把娃儿交给赵大年了。

“没有。”

“那也许……慢点，慢点，这里有点陡。来，闺女，我拉你。”

“范叔叔，不用，我下得去。”

“范叔叔，你年龄大，慢点，我拉她。”范一平拉住了艾小莉的手。

范老大明白了两个小青年的关系。

“你俩看，”范老大指着不远处的一个村子说，“那就是我们村。”

范家村在山湾湾里，周围长满了树，不注意看，很难发现这里有村庄。范老大直接把他们带到了家里。范老大家是两层小楼，墙上贴了瓷砖，很有点别墅的味道。

“范叔叔，你家的房子修得真好！”艾小莉说。

“都是现在的政策好，农村人也有钱了，才盖得起好房子。”范老大说，“当家的，来客了，泡茶。”

范老大的老婆从屋里出来，见来了两个穿戴干净的年轻人，知道是城里人，说：“稀客，稀客，快坐，快坐。”

“这是你们嬢嬢，姓宋。”范老大说，“坐屋里吧。”

“宋阿姨好。”艾小莉和范一平同时喊了一声。

“范叔叔，宋阿姨，就坐院里吧。”艾小莉指着葡萄架说，“那下面坐着安逸。”

葡萄架下有一个方方正正的贴了瓷砖的水泥桌，葡萄藤蔓遮盖了半个院子。宋阿姨把茶水放在桌子上，转身进厨房去了。

“范叔叔，家里就你和阿姨两个人？”艾小莉问。

“就我俩。”范老大说，“那几年，计划生育，只准生一胎，所以我只养了一个娃。娃考上了北京大学，毕业后留在了北京，娶了个北京媳妇，他们有了娃后，很少回来。年轻人，跟你们一样，工作忙。”说到儿子，范老大有一种自豪感。

“范叔叔，丰谷这里出人才啊！古时候这里出过几个特别能打仗的人，我的祖先就是打商纣王时到陕西的，后来在陕西扎根了。”范一平的话也带有夸赞范老大儿子的意思。

“你说的是范虎。这事是很早很早以前的事了，范虎，我们这里大人娃儿都知道。范虎小时候不叫范虎，叫范代江，后来他打死了一只老虎，就跟武松打虎一样，啥也没用，用拳头打死的，这之后，人们就叫他范虎，叫得久了，叫惯了，他原来的名字被人们忘记了。”

“范叔叔，范虎打虎是咋回事？”范一平问。

“这事说来话长。”范老大喝了一口茶，说，“喝茶喝茶。说范虎打虎，还得从他娘说起。范虎他娘是个苦命人，生在穷人家里，很小的时候就采桑喂蚕，大家都叫她蚕姑娘。蚕姑娘十四五岁时，就像快熟的葡萄，一天一个样，越长越好看，有很多人上门提亲，她一个也没答应。过了两年，蚕姑娘变得更好看了，像熟透的葡萄，小伙子见了直流口水，可是她没有一个上心的。一天，蚕姑娘在近处没采到桑叶，冒着胆子去了石人山。说她冒着胆子，是因为石人山上有个大坟，坟前立了几个石人，石人山的名字就是这样来的。石人山上有坟墓不说，可怕的是有人说石人会走动，要是惹了他，他还会打人，所以很多人都不敢到那里去。那里的桑叶没人采，所以长得好。蚕姑娘走进桑园，为了采摘方便，她把背篼挂在了石人的脖子上，边采边往背篼里丢，很快采了一背篼，高高兴兴地回了家。那天夜里，蚕姑娘做了个梦，梦见石人到她家里来娶她，她仔细一看，就是给她挂背篼的那个石人。蚕姑娘不同意，石人说，你白天已经向我求婚了，怎能反悔？她说，我啥时向你求婚了？石人说，你把花环挂在我的脖子上就是向我求婚。她说，我哪里给你脖子上挂花环了？我挂的是背篼！石人说在我们石人族，不管往脖子上挂啥，都叫花环。女人往男人的脖子上挂花环就是向男人求婚，男人若不答应，就是不尊重女人，族长就会把那个男人处死，所以今天你必须跟我结婚，不然族长以为是我不同意你的求婚而将我处死，我死了不说，你也活不成，因为我们的族规里有一条规定，男人死了，挨过那男人身子的女人必须给那个男人陪葬，你挨过我的身子，所以你得为我陪葬。蚕姑娘听了，只好嫁给了那个石人。梦醒之后，蚕姑娘怀孕了，后来生了一个儿子，儿子没有爸，也就没有姓。蚕姑娘姓范，所以给儿子取名范代江。范代江没有爸，经常受别的孩子欺负。一天，范代江去割猪草，一个比他大的孩子两腿一叉，拦住了去路，说，范代江，你要想从这里过，必须告诉我谁是你爸爸。范代江说，我很小的时候，爸爸从军去了，后来跟坏人打仗，被坏人打死了。这话是妈妈跟他说的。那个小孩说，你胡说，你根本就没有爸爸，你是野种，知道不？范代江受到侮辱，骂道，你才是野种！那个小孩冲过来打他，他跟那个小孩扭打在一起。由于范代江年小力弱，被那个孩子摔倒了，那个孩子说，有本事再来！范代江从地上爬起，扑向那个孩子，结果又被那个孩子摔倒了，打几次范代江输几次……太阳落山了，范代江鼻青脸肿地回到家，妈妈问他咋啦，他说了他跟别人打架的事，妈妈把他拉进怀里，泪水滴在了他的脖子上。他抬起头，望着妈妈，轻轻地擦着妈妈的脸，说，妈，别哭，我长大了一定找他们报仇。妈妈说，你长大了，只要别人不惹你，你也不要惹别人。他点点头，但他心里还是憋着一股气。为了不被别人欺负，为了今后报仇，他开始练气力。他找了一块石条子，空了就举，天长日久，练出了一身力气。十四岁那年，他去给一个大户人家放羊，成了一个放羊娃。范代江常去放羊的那座山叫谷峰山，是丰谷最高的山，不但山高，而且林密，草也长得茂盛。每天一早他就赶羊上山，太阳落山时才赶羊回家。放羊四年，他连一只也没丢过，东家对他十分满意，年底还给他粮食作为奖赏。他放羊的第五个年头，一天下午，突然一股怪风从密林中钻出，接着一只老虎蹿了出来，箭一般扑向羊群。羊们受到惊吓，四处逃窜，尽管它们跑得很快，还是没跑过老虎。一只大羊被咬死了，老虎大口大口地吃着。范代江一见，怒从心起，飞快地冲过去，一只手揪住老虎的耳朵，一只手抓住老虎的尾巴，提着老虎转了几十圈，老虎被转晕了，他把老虎甩在地上，照着老虎脑壳狠狠地踢了一脚，那一脚正好踢在老虎的眼睛上，老虎大叫一声，欲起身，他急忙把脚踩在老虎的脖子上，举起拳头一阵猛打，直到老虎不再动弹。范代江空手打死老虎的事很快传开了，不但丰谷的人知道，整个绵州城的人都知道了。镇守绵州的将领得知此事，亲自召见范代江，见范代江虎背熊腰，气宇轩昂，很是喜欢，留范代江在营中饮酒。席间，将领劝范代江参军，范代江爽快地答应了，就这样范代江成了一名军人。后来这支队伍受蜀王之命出川作战，据说是协助武王攻打纣王，范代江一去没再回来。人们为了纪念范代江，将他放羊的谷峰山改为放羊山……”

范一平简直听呆了，原来他们的祖先是神人的后代，怪不得打起仗来那么神勇。同时他也明白了范家村周围为什么栽那么多桑树。范一平“哦”了一声。

范老大接着说：“不光你们陕西有来这里寻根的，这里也有人去陕西寻根。”

“这里有人去陕西寻根，我听说过，但不知道是咋回事。”范一平说。

范老大说：“是这么回事，清朝康熙当皇帝时，陕西来了一些做盐生意的人，他们走到游仙，听说丰谷也有盐，于是有人主张到自贡——自贡的盐名气大——有人主张到丰谷，争来争去，只有一个人来到丰谷，这个人叫范天成，他脑子好使，见丰谷的盐好，盐井不多，于是留在丰谷，雇人凿井制盐。他凿了几口井，井井出盐。丰谷的盐井多了，盐工们在涪江边修房盖屋，很快形成了村落，村落周围都是盐井，所以取名丰谷井，后来改成了丰谷镇，但现在还有人把丰谷镇叫丰谷井。范天成的生意越做越大，有了钱，他在丰谷井修了客栈，接待过往客商。人就是这样，运气来了，挡都挡不住，范天成在凿新井时凿到了一口与众不同的井，水是甜的，而且非常清亮，舀一盆放在那里可当镜子使。范天成在陕西老家酿过酒，深知酒酿得好不好关键在于水，于是他开了一家烧房，专门酿酒。果不其然，酒酿出后，味道超出了他的想象，抿一口，满嘴香，比他陕西老家的酒还好喝。范天成酿出了好酒，取名丰谷烧酒，消息传到绵州城，城里的达官贵人争相购买，以喝到范天成酿造的丰谷烧酒为荣。一时间，喝丰谷烧酒成了一种时尚，也成了身份的象征。达官贵人喝，富人喝，普通老百姓也喝，于是，丰谷烧酒供不应求。范天成一边制盐，一边酿酒，成为丰谷井的大富豪。丰谷井繁华了，绵州州判衙门由绵州城搬到了丰谷井。州判叫李云中，是个贪官，一到丰谷井就盼着范天成给他送银子，可是几个月过去了，住在街对面的范天成既未登门拜访，也未派人送银子，心里十分不悦，他想收拾范天成。咋个收拾，李云中很是动了一番脑筋。李云中懂风水，深知每个人的发迹都与祖坟、住宅有着密不可分的关系，要整哪个人，可以不动声色，只需暗中把他家祖坟、住宅的风水弄坏，这家人就败了，轻则破产，重则死人，更严重的，两大灾难会同时降临。范天成的祖坟不在这里，李云中没法看到，更没法破坏，现在他能做的就只有破坏范天成住宅的风水。那天，李云中站在衙门外，仔细观察范天成的住宅，看了半天，也没看出啥名堂。夜里，李云中睡不着，又跑到衙门外，望着范天成的住宅发呆，忽然他看见范天成住宅后面的山上有两个红灯笼，忽明忽暗，对着范天成的住宅不停地眨眼，他不明白这到底是咋回事。深更半夜，山上是不会有人的，难道是鬼火？是传说中的鬼灯笼？想到鬼，李云中有些害怕，身子不由自主地颤抖了一下。可是转念一想，鬼生来是害人的，不可能保佑人。既然不是鬼，那就是神了。为了弄清楚到底是啥，李云中决定天亮之后到山上去看看。那天，李云中带着师爷来到那座山上，走过来走过去，走了好几个来回，除了发现两个相距一丈多远的圆圆的白石头外，别的没看到啥，他断定夜里发光的就是那两块圆石头。为了做出进一步的判断，他来到那座山对面的山上，远观山形，这才有了新的发现。那座山的形状像财神爷的帽子，而且有一道紫气射向范天成的住宅。李云中认定，范天成之所以财运亨通，是因为他的住宅正好坐在这座山的地气上。他要破范天成的财，必须先破了这座山。如何破这座山，他又想了半天，说扩建衙门需要石料而挖掉那座山上的两块白石头？他摇摇头，自言自语道：不行，不行，那样会惹怒财神爷，财神爷一发怒，祸事可能会落到他头上……要想范天成遭祸事，就得叫范天成自己去挖那座山，自己坏掉自家的风水。于是李云中叫自己的心腹假扮风水先生，告知范天成，说那座山的地下有丰富的盐水，而且土层不厚，可尽快开采，千万不要叫别人抢了先。范天成说，我知道，我以前找人看过，说这座山是镇水之山，涪江的水之所以越不过码头，完全得益于这座山，如果在这座山上凿井，地气就会顺着井筒子跑出来，这座山就失去了镇水功能，丰谷井就会被涪江淹没，而且还会给这里的人带来无尽的灾难。就是这座山里有金子，我也不会去挖，而且我还要劝别人不要开采。假风水先生没说动范天成，无功而返。没多久，李云中突患暴疾，不治而亡，所以这座山一直没遭到破坏，范天成的生意也就没受到影响。范天成扎根在丰谷井，他的子子孙孙也就成了丰谷井的人，这里姓范的有很多是他的后人，所以姓范的有到陕西去寻根的。"

"范叔叔，你知道得可真多!"范一平说，"范叔叔肯定看过很多书。"

说到看书，范老大显得很兴奋，说："我们这一代人不能跟你们比，你们该读书时在读书，我们那时生活贫困，没上几年学。"范老大说了他为了给妹妹交学费偷别人家的鸡拿到城里卖而结识赵大年的事，"唉，现在想起来还有些心酸。正因为小时候没读到书，大了就特别想读书，可是往哪里找书呢，买又买不起，找又找不到，见到有字的东西就看，甚至捡到一张被丢弃的药方也会看半天。后来，村里的范大哥去城里收破烂，有时带两本旧书回来给我看，那时我天天盼着范大哥回来，可是范大哥很少回来。后来土地承包了，范大哥回来了，再后来他跟我说城里有一个熟人的旧书店要关，处理旧书（当时我们的日子已经好过了，手上也有点闲钱），我说大哥，我跟你一起去看看，把书买回来，办个图书室，大人娃儿都可以看。范大哥把我带去了。开书店的是个女人，心肠特别好，范大哥把我的想法一说，人家连钱也没要，把书白送给我了。书拉回来后，我心里过意不去，总想着要补偿人家，所以，每年瓜果蔬菜新粮下来后，我都要给他们送一些，自己种的，她无法拒绝，直到现在我们都还有来往，像亲戚一样走动。"

"范叔叔，听你说的样子，送给你书的人是我表姨，她叫郝萍萍……"艾小莉说。

"对了对了，叫郝萍萍。"范老大说，"她是个好人，自己是个残疾人，还帮助别人，那么多书，她一分钱都没要。"

"我表姨可好了，就是命不好，小时候得了一场病，落下了残疾。她父亲很疼她，可是她父亲死得太早了，她妈，唉，说起来挺心酸的……”艾小莉眼圈红了，没再往下说。

“范叔叔，你的图书在哪里？”范一平想看看图书室。

“在屋里。”

“我看看。”

他们刚起身，一个比范老大年龄大的人抱着一摞书来了。

“老大，家里来客人了？”来人说。

“哎呀，四川人说不得，刚才我还在说你，话音刚落，你就来了，多亏我没说你的坏话。”范老大说，“大哥，我给你介绍一下，这两位是绵阳城里的，姑娘叫艾小莉，她妈是我在城里开酒店时认识的。小伙子叫范一平，是教画画的老师。”范老大的脸转向两个年轻人，“这就是我刚才跟你俩说的范大哥。”

艾小莉和范一平喊了声范伯伯。

“今天我进了趟城，顺便去看看郝萍萍，她叫我把这几本书给你带来，还说谢谢你给她送的瓜果蔬菜。”

“范伯伯是咋个认识我表姨的？”艾小莉说。

“郝萍萍是你表姨？”

艾小莉点点头。

“以前收破烂时认识的。”范伯伯说，“你表姨很能干。”

范老大接过书，走进屋，说：“小范，小艾，进来吧，这就是我的图书室，可以说是我和你范伯伯一起建的。”

“哪里哪里，是你建的。”范伯伯说。

“没有你，我往哪里弄这么多书？房子是我的，书是你的。”范老大说。

艾小莉和范一平进屋一看，三面墙壁都是书架，架上摆满了书，乍一看，墙壁是用书垒的。

“范叔叔，你的书好多啊！”范一平说。

“还有很多借出去了。”范老大说，“不光我们村的人借，好几个村的人都来借。”

范一平仔细看了看，有蔬菜、粮食、中草药种植、果树栽培的书，有鸡鸭鹅鱼、猪马牛羊、蛇蝎土元等养殖的书，有农副产品销售的书，还有小说、诗歌、连环画等。

“还坐外面吧。”范老大说，“叫你们范伯伯给你们讲讲他收荒的故事，他这个故事还获得了文化站举办的故事大赛二等奖呢。”

“我得的是二等奖，你得的一等奖咋不说?”范伯伯说。

“刚才我已经跟他们说了，我说的都是些老掉牙的传说，你说的可是现实生活，比我说的那些有意义。”范老大说。

四个人刚坐到葡萄架下，几个娃娃跑进了图书室。范伯伯未及开口，范老大的老婆已把饭菜端上了桌。

“你们吃吧，我等一会儿来。”范伯伯站起身说。

“哎呀，坐吧坐吧，闹不死你!”范大妈把筷子递到范伯伯手上，说，“你在这里陪陪城里的客人。”

范伯伯坐下了，他们边吃边说话。

范伯伯说：“前不久我进城去耍，顺便去看了郝萍萍，他们的房子被拆了，原来的小平房一间也没了，变成了高楼大厦。我东问西问，好不容易才问到，他们住进了高楼，还是电梯房，我上电梯时还想起了我第一次坐电梯的经历（第一次我吓得不敢坐），我还笑了。这些年，绵阳的变化太大了。我把我收荒时跑过的地方挨个走了一遍，除了储木场、汽车38队、物资局、跃进路那边还有点老房子，其他地方都没了。铁牛街，原来你们家住的地方变成了广场。东河坝，牛奶厂没有了，桑树林没有了，我收破烂时住的地方变成了湿地公园。你们不知道，以前那里有几个收破烂的摊摊，除了卖破烂的，很少有人去那里。改革开放后，开发商把桑树林铲了，栽了些别的树，种了些草，摆了些花，搞成了茶园。江边过去有两艘屯船，船上可以吃饭，可以喝茶，还可以打麻将。现在又变了，变得叫人认不出来了。前不久我去了一次，就像刘姥姥走进了大观园，记忆中的地方连一点痕迹都找不到了。沿江修了绿道，绿道两边全是花草树木，蜂蝶飞来飞去，小鸟啾啾鸣叫，江中黑鸭子成群，还有那大群大群的大白鸟……哎呀，绵阳变化太大了，太大了!”说到城里，范伯伯无比感慨。“这些年，农村变化也不小。你们看你们范叔叔这房子，这不就是你们城里人说的小别墅？我的草房子也变成了两层楼房……”

“我就老两口，用不着那么多房子。”范老大说，“你们去看看范伯伯的房子，跟城里的房子一样，只是没那么高……小范，你不是来寻根吗?

到范家祠堂去看看。”

“好，去看看范家祠堂。”范一平说。

范家村不大，水泥路通到各家各户。路两边都是树。树下停着两辆小汽车。范一平望了一眼田坝，田坝里种的全是油菜，此时正值花开，一眼望去，呈现在眼前的是一片金色的海洋。蜜蜂嗡嗡，蝴蝶翻飞，花香扑鼻。范一平拉了一下艾小莉，指了一下田坝，艾小莉说，这简直是一幅美丽的油画！范一平点点头，说，我一定要把它画下来。范家祠堂在村中央，一眼就能看出是翻修过的，范一平走进去，跪在范虎的牌位前磕了三个头，然后对着范太章的牌位拜了拜……

“走吧。”从祠堂出来，艾小莉说，“我们回去了。”

“急啥？天还早。”范老大说，“吃了夜饭再走。”

“不了，范叔叔。”艾小莉说，“我们空了再来。”

“农村没啥，我给你们扯点菜带回去。”范老大走进菜地，不大工夫，扯了一大箩筐。

“范叔叔，不带了，坐车不方便。”艾小莉说。

“又不叫你们自己拿，范伯伯的孙子开车送你们。”范老大话音刚落，一辆黑色轿车停在了他们身边。

“这是我孙子，他送你们。”范伯伯说。

艾小莉和范一平坐上车，向窗外挥了挥手，小伙子按了两下喇叭，汽车顺着乡村公路飞驰而去。

晚上，单红英叫范一平在家里吃饭，艾小莉说不在家里吃，他们要去吃窝窝店。窝窝店，范一平早就想吃了，但一直没吃成，于是二人出门。

“窝窝店在哪儿?”范一平说。

“马家巷。”艾小莉说

“咋取了这么个店名?”

“不好听?”

“不是，我觉得这店名有点土气。”

“东西好不好不在店名。”艾小莉说，“你莫看店名土，可是个百年老店，而且名字是有来历的。”

“啥来历?”

“店两边的房子修得靠前，包子店的房子靠后，是凹进去的，所以叫窝窝店。创办这个店的人叫洪天亮，是个实在人，他做包子选的都是上等料，加上手巧，包的包子皮薄馅多，好吃，便宜，所以生意特别好。一个恶霸瞧上了他的店，将其霸占。为了生计，洪老板到铁牛街开了个小店，吃惯了洪老板包子的人都撵过来了，恶霸那边，生意一天不如一天。恶霸想叫洪天亮给他当厨师，洪天亮不去，恶霸砸了洪天亮的店，洪天亮气病了，他生病期间，恶霸家里失火了，恶霸被烧死了，窝窝店重新回到了洪天亮的手里……许多年后，洪天亮不在了，他的儿子继承了他的事业，儿子不在了，孙子接着干，一代接一代，把他的手艺传了下来，直到现在，窝窝店的包子依然很有名气，是绵阳的一大名小吃。”

“窝窝店还在?”范一平说。

“你说原来的老店?”

范一平点点头。

“早不在了，很多年前就不在了。”

“咋不在了?”

“旧城改造时拆掉了。”

艾小莉带着范一平直奔马家巷。马家巷里，店铺一个挨一个，卖啥吃的都有，小笼包子刀削面，水饺锅贴热凉粉，过桥米线蛋炒饭，米粉烧烤匹二黄……想吃啥有啥，是涪城出了名的小吃街，所以很多人都喜欢到那里吃饭，特别是年轻人。此时正是吃晚饭时间，马家巷的人特别多，想把步子迈大点都难。范一平和艾小莉手挽手，边走边看，各个店铺座无虚席，包子店的人更多，在店外排队的人站了一长串。俩人正在犹豫，突然听到有人喊:“小莉，到这边来!”

艾小莉一看，见前面一个围着白围裙头戴白帽子的年轻人在向她招手。

“许多，你……”艾小莉走过去，说，“你咋在这里?”

“这是我和朋友开的店。”黄毛许说，“刚接手。”

“哦，不错，不错。”艾小莉说，“几天不见，你当老板了。”

“啥老板?”许多笑着说，“妹妹在嘲笑我。”

“哪个笑你，你是正儿八经的老板。”艾小莉说，“干爹那边呢?”

许多有些不好意思，说:“我没在那边干了。”

“为啥？”

“师父说跟着他没啥前途，叫我出来闯一下，所以我就跟朋友一起干了。”

其实黄毛许是自己离开许大叔的，他给许大叔当徒弟的目的是想接近艾小莉，因为许大叔说画像上的姑娘是他的干女儿，他知道真相后，本想马上离开，可是离开了就见不到艾小莉了，所以又干了一段时间，见艾小莉去许大叔那里少了，就找了个借口离开了。

“干爹是为你好。”艾小莉说，“你咋不卖凉粉呢？”

“想卖，但这里地方太窄了，以后再说吧。”黄毛许说。

有人离开了。

“来，这里坐。”许多说，“尝尝我们这里的味道。”

艾小莉本不想吃烧烤，但黄毛许的热情使她无法拒绝，于是坐了下来。黄毛许拿来了菜单。

“你想吃啥？”艾小莉问范一平。

“我没吃过烧烤，你想吃啥就点啥。”范一平说。

艾小莉点了羊肉串、牛肉串，她知道陕西人爱吃牛羊肉。然后又点了几串素菜。菜上来了，艾小莉一串肉也没吃，只吃素菜。

“吃肉啊。”范一平把一串羊肉递给艾小莉。

“不吃，我不喜欢吃羊肉。”

“那你吃牛肉。”

“牛肉我也不喜欢吃。”

“那你点这么多牛羊肉干啥？”

“给你吃。”艾小莉说，“我到西安去过，你们那里的人都喜欢吃牛羊肉。”

范一平又一次被感动。

吃完后，范一平付钱，艾小莉不让，说：“是我叫你到这里吃的，我给钱。”

范一平抢先把钱交给黄毛许，黄毛许说：“免了，免了，这顿饭我请了，你俩难得来。”

艾小莉说：“要不得，要不得！”说着丢下钱跑了。

走出马家巷，范一平挽住了艾小莉的手，说：“小莉，我俩离得越来越近了。”

“心是近了，可上班的地方还是离得那么远。”

“上班的地方也近了，我俩只隔一条街。”

“你不在西山公园上班了？”

“西山公园升级改造，美术学校的房子要拆，我们明天就搬到人民公园外的楼房里了。”

“好！好！”

第二十七章 催 婚

1

单红英与范一平接触久了，觉得有文化的人跟没文化的就是不一样，范一平衣着朴素，文质彬彬，说话轻言细语，而且极有分寸，不像江水屯，说话粗喉咙大嗓，处处显摆自己。人呀，真是不比不知道，一比自分高下。她对范一平很满意，范一平的父母也跟他们见了面，亲事正式定下来了。为了使儿子早日结婚，范一平的父母在铁牛广场给范一平买了一套婚房。时间过去这么久了，范一平一直没提结婚的事，单红英不免担起心来。

“这娃到底是咋回事？咋老不提结婚?”单红英说。

“你想叫女儿出嫁了?”艾贵生说。

“不是我想叫女儿出嫁，是女儿该出嫁了。”

“我还有点舍不得。”艾贵生说，“女儿出嫁了，家里少了个人，我还不习惯。”

“自私，你太自私了。”单红英说，“不为女儿考虑，只考虑自己。”

“我就是为女儿考虑才不催她，她想啥时候结婚就啥时候结婚，这是她的事，由她自己定。”

“你呀，不是我说你，也太惯使她了，啥事都由着她。你也不想想，她多大了？再拖下去就变成老姑娘了。”

“老姑娘？她又不是没有对象。”

“有对象不结婚，等于没有!”单红英说，“男娃子倒不怕，年龄再大都找得到，女娃子跟男娃子不一样，错过了年龄，就不好找了。”

“你怕那娃变卦?”

单红英点点头。

“放心吧，不会变。”

“你敢肯定?”

“我敢肯定。”

“凭啥?”

“这娃你又不是接触三天两天，这么久了，他是啥人你还看不出来?你放心。”

“会不会变心，你也保证不了。他在教画画，那么多女娃子围着他转，万一他叫哪个女娃子勾走了，到时后悔就晚了。我要问问他们，看他们到底啥打算。”

两口子正说着，女儿回来了，说：“妈，你要问哪个啥打算?”

单红英说：“问哪个? 问你和小范。”

艾小莉说：“问我们啥事?”

“结婚。”

“这事还早。”

单红英说：“还早? 你多大了? 还早!”

艾小莉说：“没过三十都不算大，我离三十还早得很。”

单红英说：“妈知道你离三十还早，可有哪个女娃子到你这个年龄还不结婚?”

“多得很!”

“多得很? 你说两个我听听。”

“我说了你也认不到。”

“认不到我不会去问?”

“妈……”

“妈咋啦? 妈是给你提个醒，要你多长个心眼，怕你遇到只谈恋爱不结婚的男人，要是遇到这种男人就糟了，说句不好听的话，这种男人就是耍女人，耍够了，耍腻了，又去找新鲜的，跟流氓没啥区别!”

艾小莉说：“他不是那种人。”

单红英说：“人心隔肚皮，你咋知道他不是那种人?”

艾小莉说："他背井离乡跑这么远来找我，就凭这一点我就敢肯定。"

单红英说："算了吧，你也不要太自信，只要你们没结婚，啥事都有可能发生。我问你，你下了班跟他在一起都做些啥？"

"我们在做想做的事。"

"想做的事？你别毁了自己！"

"妈，看你说的啥，你想到哪儿去了？"

"不是我想到哪儿去了，你天天一大夜才回来，哪个当妈的会放心！你说，你俩到底在做啥？"

"算了算了，不说了不说了。"艾贵生听不下去了。

"你就知道和稀泥！"单红英说，"你不想听就出去！"

"好，你说你说，我煮饭去了。"艾贵生起身进了厨房。

"等我们把事情做成了再告诉你。"艾小莉说。

"是他的意思还是你的意思？"

"我俩的意思。"

"有啥事见不得人的？连我都不能说？"

"妈，你放心，我俩绝对不会做坏事。"

"吃饭，吃饭。"艾贵生把饭菜端上桌。

吃完饭，艾小莉上班去了。

单红英叹了口气，说："大了……"

艾贵生说："大了你就要给她留点空间，让她存放自己的小秘密。"

单红英说："在妈老汉面前，有啥不可以说的？"

艾贵生说："在妈老汉面前也不是啥都可以说，尤其是女儿。这样吧，你要想知道，叫爸妈问他们一下，也许他们会说。"

单红英对爸妈说了她的担忧，叫爸爸问一下范一平，他跟小莉啥时结婚。单之林答应了，因为他和女儿有着一样的想法。

艾小莉回来了，身后跟着范一平，俩人几乎同时喊了爷爷奶奶爸爸妈妈。

单之林说："来，小范，坐这里。"单之林指着自己身边说。

范一平有点拘束，因为单之林叫他坐在两位老人中间。

艾小莉推了一下范一平，说："你挨到爷爷坐，我挨到奶奶坐。"艾小莉坐下，拉住了奶奶的手。

“小范，你这个老师当得不错。”单之林说，“小莉跟着你学画画，进步很快。那天我闲转，转到了工会，我在工会的书画栏里看到了我孙女的画……”

“爷爷，那幅画是他指导我画的。”艾小莉说。

“对呀，老师是要指导学生嘛!”单之林说，“好好学，争取当个画家。”

“爷爷，我喜欢画画，但当画家我可不敢想。”艾小莉说。

“有啥不敢想的？有小范教你……哎，小范，你啥时娶我孙女？”单之林说。

爷爷突然转变了话题，这是范一平和艾小莉没想到的，爷爷问话，范一平不敢不回答，他望着艾小莉，艾小莉望着他。

“爷爷，现在还不是时候，等……”范一平说，“我跟小莉商量好了，再等两年。”

“为啥？”单之林说。

“爷爷，我们手上还有点事，等做完了，我们就……”艾小莉说。

“你们等得，我可等不得。”单之林说，“我这么大年纪了，想早点抱重孙。”

“爷爷，再给我们两年，不，一年，我们抓紧点，争取一年做完。”范一平说。

“啥事这么要紧，连婚都不能结？”单之林说。

“爷爷，不是不能结，是怕结了婚分散精力。”范一平说。

“你们做啥子，还要保密？”单之林说，“要保密我就不问了。”

“爷爷，不保密，不保密。”范一平看了一眼艾小莉，艾小莉点了下头。“爷爷，我和小莉有个计划，等我把绵阳以邓稼先为代表的一批科学家和爷爷对我们说的涪翁、程高、郭玉等传说中的人物，以及诗仙李白、文学泰斗欧阳修、辞赋家扬雄、红学家孙桐生等画出来，小莉把绵阳的历史传说写出来之后，我俩就结婚。”

“哦。”单之林点点头，看了看女儿女婿，说，“我说呢，原来你俩在做大事。好，好。不过你俩要抓紧，尽量早点做完，早点结婚，不然你们爸妈也放心不下。”

“好，好。”范一平看了一眼艾小莉，说，“我俩一定抓紧。”

2

科技馆，范一平站在科学家的像前默默凝视，用大脑记录下每位科学家的相貌特征和感人事迹。他已经是第十次到这里来了，他要把那些科学家的相貌和生平深深地刻在脑子里，牢牢地记在心目中。现在他在为科学家的画像作最后一次修改，所以观察得格外仔细。

“小莉，你再仔细看看，看哪里没画好。”范一平站在屋中间，望着挂在墙壁上的几十幅画像说。

艾小莉挨个儿看了一遍，说：“这些科学家和李白、欧阳修、扬雄、孙桐生的像都画得很逼真，我比对了从书上和网上找到的照片和画像，觉得几乎一模一样。至于这几个传说中的人物，涪翁、程高、郭玉等，没有可供参考的资料，所以我说不出来。咱把他们的像带到爷爷那里，问一下爷爷，看爷爷梦中的涪翁、程高、郭玉是不是这个样子，你说呢？”

“对，我们带着画去找爷爷。”范一平说。

二人来到单之林家，艾小莉把三幅画像递给单之林，说：“爷爷，你看。”

“哎哟，这是你画的？”单之林惊喜地说。

“不是我画的，爷爷，是他画的。”

“小范画的？画得好！画得好！”单之林说。

“爷爷，”范一平说，“我们是来听你意见的。”

“听我的意见？我又不懂画，能说出个啥？”单之林嘴上这样说，但他还是认真地看了，说，“我只觉得画得好，别的看不出啥。”

“爷爷，你认不认识这三个人？”艾小莉说。

“他们？”单之林摇摇头，说，“孙女，你在考爷爷的视力嗦？爷爷老了，但眼还没花。这三个人都是古人，我咋个认得到？”

“爷爷见过他们没有？”艾小莉说。

“孙女，你又在逗爷爷，他们少说也是几百年前的人了，爷爷咋个会见过他们？”

“梦里你也没见过？”艾小莉说。

单之林摸了一下脑壳，笑了，说：“想起来了，小范画的是涪翁……”

范一平点点头，说：“爷爷，像不像?”

单之林说：“时间太久了，等我想想。”

艾小莉说：“爷爷，这三个人都是根据你描述的样子画的。”

“想起来了。”单之林说，“这张画的是涪翁，这张画的是涪翁的徒弟程高，这张画的是程高的徒弟郭玉，对不对?”

“爷爷记性好，眼力也好。”范一平说，“爷爷一点也没说错。”

“我梦里梦到的就是这个样子。”单之林说。

“那就没的啥修改的了。”艾小莉说。

“就这样定稿。”范一平说。

单之林笑了，说：“离我抱重孙子又近了一步。”

“爷爷……”艾小莉摇着单之林的肩膀撒娇道。

“你那本书呢?”单之林说。

“写完了。”艾小莉说，“修改了五遍，等我装订好了拿给你看。”

“好，好。我孙女能干啊!”单之林说，“抓紧点，将就爷爷还看得见，我要好好看看我孙女写的书。”

过了两天，范一平和艾小莉把《绵阳古今人物画册》和《绵阳故事新编》装订好了，两个人非常高兴，范一平抱着艾小莉使劲地亲了一口，艾小莉脸上漾溢出了幸福的笑。

“走!”范一平拉着艾小莉往外走。

“去哪儿?”艾小莉说。

“民政局。”

“我户口还在家里。”

“回去拿!”范一平说，“把结婚证领了，咱俩的户口就可以上到一起了。”

“走，一起去。”艾小莉说，“咱把《绵阳古今人物画册》和《绵阳故事新编》送给爷爷奶奶和爸爸妈妈，请他们给咱提提意见。”

二人拿着装订成册的书稿回到家，爷爷奶奶正好在那里，爷爷接过《绵阳故事新编》，艾贵生接过《绵阳古今人物画册》。单之林首先翻到欧阳修这一篇：

欧阳修，字永叔，宋真宗景德四年（公元1007年）农历六月二十一日出生于绵州。欧阳修的父亲欧阳观曾任绵州推官，在任时清正廉洁，无一瓦之覆、一垅之植。调离绵州，仅带了上司奖赏的一匹白绢，除此而外，别无他物。

欧阳修四岁时，欧阳观去世，因未留下任何财产，一家人的生活全靠欧阳修的母亲一人维持。家里穷，欧阳修无钱上学，母亲自任老师，教欧阳修写字。写字需要纸笔，没钱买，母亲常常叹气。一天，母亲到河边洗衣，发现沙滩上有很多小脚印，仔细一看，是鸟儿的足迹。母亲抹平沙滩，用手指在上面写下了儿子的名字，沙滩上立即出现了“欧阳修”三个字，这可把她乐坏了，沙滩上可以写字！母亲起身往家里跑，她要把这个发现告诉儿子，可是儿子不在家，她到儿子的玩伴家里去找，当她看到儿子时，眼泪唰地流了下来，原来儿子趴在那个小孩的桌边，看那个小孩写字，边看边用手指蘸着口水在桌面写。她拉起儿子，说，走，母亲带你去写字。欧阳修一听，十分高兴，他以为母亲给他买了纸笔和书，跟着母亲就走。出门后，母亲没有回家，拉着他往河边走，他说，母亲，去哪儿？母亲说，我带你去河边写字。欧阳修说，河边啥都没有，咋写？母亲说，有法，到那里你就知道了。到了沙滩，母亲用手指在沙滩上写下了“欧阳”二字，说，儿子，这是你的姓。接着又写下“修”字，说，这是你的名。欧阳修学着母亲的样子在沙滩上写下了他的名字。欧阳修越写越有劲，把他的名字写了十几遍。母亲看了看儿子的手指，手指不但发红，而且指甲里钻满了沙子，不无心疼地说，儿子，疼不疼？欧阳修说不疼。母亲说不写了，歇歇。欧阳修不歇，仍不停地写着。起风了，河边的荻草发出了沙沙声，母亲折了一根荻秆交给儿子，说用这写，手就不疼了。欧阳修用荻秆一写，说这跟笔一样。母亲说，那咱就用这当笔，每天都到这里写。欧阳修说好。从那天起，母亲每天带欧阳修到沙滩上写字，没写几天，天下雨了，母子俩没法出门，欧阳修就在屋里的地上写，但地上显不出字迹。欧阳修说，母亲，要是咱屋里是沙滩就好了……儿子的话启发了母亲，母亲说，那咱就把沙滩搬到屋里。

欧阳修说，那么大一块沙滩咋搬？母亲说有法。于是母亲在靠窗户的墙边挖了一个坑，从沙滩上挑回沙子填在坑里，在屋里造了一个小沙滩。从此，母亲用荻秆在那张“纸”上教起了儿子写字。欧阳修极其聪明，加之学习刻苦，没多久就认识了很多字，他从小伙伴那里借来书，照书上抄写，写一遍即可背诵。十一二岁时，母亲已经教不了他了，欧阳修决定外出求学，他跟母亲一说，母亲皱起了眉头，半天没说话。他问母亲咋不说话，母亲说，你太小了，走远了母亲放心不下。欧阳修说，母亲，不怕，儿子虽然还不到十二岁，但儿子个儿高，看上去已是大人了。我要到襄阳去，那里读书人多，对儿子学习有好处。母亲见儿子说得有理，没再阻拦。行前，母亲再三叮嘱，说出门在外，要谨慎小心，要讲礼貌，不要与人争论。欧阳修点头应允。那天，一大早，欧阳修背着书袋离开了家，出门之后几乎都在小跑，他要在天黑前赶到襄阳，可是到达襄阳时天已经黑了，城门早已关闭。欧阳修无法进城，站在城楼下，无奈地望着高大的城楼。忽然，守门的老兵出现在城楼上，他急忙拱手施礼，大声说：“老伯，请你给我开一下门，我要进城。”

老兵问：“你是何人？为何现在进城？”

欧阳修说：“老伯，我是到这里求学的学生，因路途遥远，所以现在才赶到这里。如不能进城，我便无处可宿，请老伯行个方便。”

城门啥时开，啥时关，是有规定的，关了以后不准再开。好在官府对读书人有所优待，如果读书人因城门关闭而进不了城，在确定其真实身份之后可以放行。老兵见城外的后生是个懂礼貌的孩子，估计是个读书人，但他必须按规定对他进行考试，以防上当受骗，于是说：“你说你是前来求学的书生，但口说无凭，我得考考你，真是书生，我就放你进来，如果不是，就不要怪老伯了，因为老伯违了例饭碗就保不住了。”

欧阳修说：“老伯，你考吧。”

老兵说：“我考你对对子，这题是管城门的官出的，我考你之后要记录下来存放在这里备查。现在我出上联，你对下联，对得出，放你进来，对不出，老伯也不敢违犯规定。”

欧阳修说：“依老伯的。”

老兵说：“开关早关关迟放过客过关。”

欧阳修略一思忖，即对出了下联：“出对易对对难请先生先对。”老兵一听，果然是个书生，于是开了城门。

欧阳修在襄阳学了两年，诗词歌赋无所不能，已小有名气。那天他离开襄阳，回家看望母亲，半路上遇一富家子弟，边走边摇头晃脑，嘴里哼哼唧唧，欧阳修仔细一听，原来那人在作诗。他走到欧阳修身边，说：“你认识欧阳修吗？”

欧阳修不知那人何意，没有回答，反问道：“你认识吗？”

那人摇摇头，说：“不认识。”

欧阳修说：“你要找欧阳修？”

那人说：“正是。”

欧阳修说：“你找他何事？”

那人说：“我要与他比试比试。”

欧阳修说：“你要与他比试什么？”

那人说：“作诗。”

欧阳修说：“你为什么要与他比试？”

那人说：“很多人都说欧阳修诗作得好，我不服气，我把欧阳修比下去了，我的名声会更大。”

原来，那人是个秀才，家里有权势，在当地是出了名的纨绔子弟，虽无才思，却以“才子”自命，常在人前吟诗卖弄自己，人们虽不以为然，但表面上还不得不恭维，夸赞他才思敏捷，出口成诗。私下里，人们给他取了个外号，叫“酸秀才”。酸秀才经大家一夸，以为他真的是一位大诗人了，对谁都不服气。后来听人说欧阳修是个才子，他的诗无人能比，于是酸秀才决定与欧阳修比试比试，所以去找欧阳修。现在遇到了一个小后生，酸秀才为了显示自己，无论见到啥，都用诗表达。这时他见路边有一棵枯树，说：“远看一枯树，两个干树丫。”

欧阳修听了，暗自发笑，说：“如果你再加两句，这首诗就更有味道了。”

酸秀才抠着脑壳，嘴里嘟囔了半天，半句也没说出。

欧阳修说：“我给你加两句：春来苔是叶，冬至雪作花。”

酸秀才一听，有些吃惊，说：“你也会作诗?”

欧阳修说：“才学，才学，望兄不要见笑。”

又走了一阵，一棵枇杷树出现在眼前，酸秀才又作起了诗：“路旁一枇杷，两个大丫杈。”

欧阳修说：“继续。”

酸秀才抓耳挠腮了半天，无法继续。

欧阳修说：“我再给你加两句：未结黄金果，先开白玉花。”

酸秀才赞道：“老弟，这两句加得好!”

酸秀才话音刚落，突然起了一阵风，一堆土灰被风一吹，一团尘雾随之而起，酸秀才用扇子在面前扇了扇，说：“远望一堆灰，近看灰一堆。”

欧阳修接道：“一阵狂风起，满天作雪飞。”

酸秀才说：“对对对，我想的也是这两句。”

欧阳修笑了笑，没有说话。

又走了一阵，前面出现了一条河，有一个人把一群鹅往河里赶，鹅发出了“嘎嘎”的叫声，酸秀才又来了诗兴，说：“岸上一群鹅，被人赶下河。”之后看了一眼欧阳修，说，“老弟，你再续两句?”

欧阳修说：“续两句就续两句：白毛浮绿水，红掌拨清波。”

酸秀才暗想，这个人还有两下子。

二人到了河边，刚登上小船，还未坐下，酸秀才又作起了诗：“二人同登舟，去访欧阳修。”然后望着欧阳修，意在让欧阳修续诗。

欧阳修知其意，说：“修已知道你，你还不知修。”

欧阳修续的两句诗，酸秀才不知其意。船到对岸，有一人走上前，惊奇地说：“欧阳修，你回来了?”酸秀才这才知道与他同路的人是欧阳修，脸上一阵发热，没有下船……

欧阳修是北宋政治家、文学家，官至翰林学士、枢密副使、参知政事。他为政居官，仰不负于天，俯无愧于民。论大道似韩愈，论事似陆贽，记事似司马迁，诗赋似李白，是宋代文坛领袖。

宋庆历五年（公元1045年），欧阳修被贬滁州任太守，一天深夜，一个小偷钻进了他的院子，欧阳修发现了，但他为官清廉，家里没啥值钱的东西，更无金银，所以他不怕被偷。他担心的是小偷碰翻他的兰花，那是他精心养育的，碰翻了他心疼，更担心小偷被他的小黄狗咬伤，于是用诗暗示小偷他已发现了他："细雨蒙蒙夜沉沉，梁上君子进我门。"小偷一听吓了一跳，正欲躲藏，欧阳修又吟道："腹内诗书存万卷，床头金银无半文。"小偷明白了，这是个穷官，赶紧转身，还未抬脚，欧阳修接着吟道："出门休惊黄花犬，越墙莫损兰花盆。"小偷听了非常感激，便小心翼翼地爬墙出去，脚刚着地，身后又传来一个声音："天寒不及披衣送，趁着月色赶豪门。"小偷十分感动，黑暗中对着院子作了一个揖，匆匆消失在夜色中。

后来，欧阳修在一次游山时结识了智仙和尚，智仙和尚告诉他，前不久他的庙里来了一个中年男子，说他要向佛祖忏悔，智仙和尚问他忏悔啥，那人说他有小偷小摸的毛病，自从遇到了一个好官，他决心洗心改面，永不偷窃。他说他万万没想到那个当官的发现了他，不但没抓他，还为他指路，他深受感动，觉得他不配做那个当官的子民，他要继续行窃就是给那个当官的脸上抹黑。欧阳修问那人遇到了哪个当官的，智仙和尚笑着说他说是滁州太守……智仙和尚钦佩欧阳修的为人，为便于欧阳修游览时歇脚，在琅琊山给欧阳修修了一座亭子，欧阳修十分感激，将亭子取名"醉翁亭"，自号"醉翁"，并写下了千古名篇《醉翁亭记》。欧阳修晚年虽体衰多病，但仍极其乐观，自称"六一居士"，朋友问他何为"六一居士"，欧阳修说："我有古录一千卷，藏书一万卷，琴一张，棋一局，酒一壶。"朋友说："这才'五一'，何来'六一'？"欧阳修指着自己说："加上我这一老翁，岂不是'六一'了？"……

"有趣，有趣，这故事写得有趣，就是要这样写才有人看。"单之林说着继续往后翻，只看标题，没看内容，他看到了涪翁、程高、郭玉、李白、孙桐生、扬雄、蒋琬、范太章、范天成、范虎等名字，说，“你写了这么多姓范的，有些爷爷以前都没听说过。”

艾小莉说：“这几位姓范的是一平寻根时搜集到的故事，那些故事很有意思。”

单之林说：“放在这里，爷爷慢慢看。”

范一平说：“爷爷，里面有很多你给小莉讲的故事，如铁牛街的传说、涪翁的传说、程高的传说、郭玉的传说、李意期的传说、桃花岛的传说、张亚子的传说、窝窝店的传说、席凉粉的传说……”

“好，好。”单之林说，“我一定好好看。”单之林把《绵阳故事新编》交给了艾贵生，从艾贵生手上接过了《绵阳古今人物画册》。

“妈，把咱家的户口簿给我。”艾小莉说。

“你要户口簿弄啥?”

“我们去……”

听到艾小莉的话，爷爷奶奶、爸爸妈妈的目光投在了艾小莉身上，他们脸上挂着笑，艾小莉和范一平脸色微微发红。

“我们都盼着这一天呢!”单之林说，“去吧，你们快去办!”

单红英把户口簿交给女儿，说：“办了就回来，晚上在外面吃饭。”

艾小莉点点头，说：“爷爷奶奶，爸爸妈妈，我们去了。”说着拉住范一平的手往外走。

晚饭是在绵州酒店吃的，艾贵生把他储藏了二十多年的一瓶五粮液拿来了，那瓶酒是他与单红英结婚时买的，他留了一瓶作纪念，一直舍不得喝，今天他的女儿领证了，他拿出来庆贺。那顿饭，一家人吃得非常高兴。

吃饭期间，单之林说：“今天你俩走后，我们四个人合计了一下，觉得这两本书合成一本会更好，人物和故事结合在一起看起来更方便，书名我们也帮你们想了一个，叫《绵阳古今名人故事》，只有画像的，你们再编点故事，只有故事的，一平可添上画像，这样会更完美，这是我们的建议，供你俩参考。你们领了证，两个人的名字写在一起了，书上再把你俩的名字写在一起，不是更有意义?”

“要得，要得!”艾小莉望着范一平说，“我俩咋个没想到呢?”

范一平说：“还是爷爷奶奶、爸爸妈妈想得周到，我俩抓紧补充、完善，争取早日出版。”

“好。”单之林说，“那走吧！”

艾贵生说：“爸，妈，今晚还有个安排，事先没跟你们商量……”

单之林说：“还要干啥？”

艾贵生说：“看川戏。”

听说看川戏，单之林一下子来了精神，说：“好啊，看川戏。演啥？”

艾贵生说：“欧阳修。这是你孙女和孙女婿安排的。”

单之林说：“我孙女写了欧阳修，我去看看戏有没有我孙女写得好。走，去看！”

第二十八章　真　　相

1

陈佳从广东回到绵阳，立即给单红英打了电话，约好第二天去看她，单红英激动万分，多年不见的姐妹要见面了，那种心情，除了当事人没人能体会到。第二天，单红英早早地来到铁牛广场，站在事先约好的地方，眼睛望着陈佳来的方向。陈佳出现了，她正想跑过去，忽然发现陈佳身边有一个男人，二人边走边说，样子十分亲密，她不知道那男人是谁，不愿意打破他们亲密的气氛，所以只向前挪了两步，她想用这个动作引起陈佳的注意。陈佳看见她了，边喊“红英！红英!”边向前跑，她答应了一声，也跑了起来，俩人张开双臂，紧紧地抱在了一起。

“多年不见，你还是这样。”单红英说。

“你也没变。”陈佳说，“你看那是谁。”

单红英望着快到跟前的男人，激动地喊道：“凌厂长!”

凌志峰说：“没想到你还认得出我。”

单红英说：“咋认不出，一百年不见也能认出，你根本没变。”

“没变?”凌志峰说，“你看看我这头发，都白成啥样了。”

单红英说：“头发是白了些，但气质一点没变。”

凌志峰说：“时间过得太快了，眨眼都成老人了。”

“啥老人？还年轻着呢!”单红英说，“走吧，凌厂长，先到家里去。”

“远吗?”凌志峰说。

“就这楼上。”单红英指着勇拓洋楼说。

单红英拉着陈佳的手走在前面，凌志峰跟在她俩身后。单红英按了一下门铃，艾贵生打开门，愣了，陈佳和凌志峰也愣了，双方都觉得对方面熟，但在哪里见过，一时都没想起。

“这是凌厂长，这是凌厂长的夫人、我的好姐妹陈佳。”单红英指着艾贵生说，“他叫艾贵生……”

“贵生，原来是你！”凌志峰说，“哎呀，分别四十多年了……”说着拉住了艾贵生的手。

“快进来，快进来！”艾贵生说，“志峰，真没想到……”

进屋坐下，单红英倒茶。

“时间过得太快了，一晃就是几十年。”艾贵生说，“当年下乡，咱俩住在一间屋里，有两年吧？”

“两年多。”

“来招你时，把我羡慕惨了。你走后，我天天想着啥时才能轮到我，在等候招工的那段时间里，日子太难过了。”艾贵生说。

“你是啥时候离开农村的？”凌志峰说。

“你走了一年多，我才进的城。”艾贵生说，“当时我很想找你，但不知你被招到了哪里。”

“绵阳城北街道办事处。”凌志峰说，“刚到单位，事情多，没顾着与你联系，怪我怪我。”

“你在街道办干什么？”

“管街道工业。”

“后来呢？”

“后来，街道工业扩展，缝纫社改成了服装厂，纸袋组改成了纸袋厂……我被派到了服装厂。改革开放没几年，服装厂倒闭了，我就到广东打工去了。你被招到哪个单位的？”

艾贵生和凌志峰说话时，偶尔看了一眼陈佳。陈佳在与单红英说话，不知为什么老是走神。

“成都一家工厂。”艾贵生说。

“你咋个到了绵阳？”

“我们厂一个同事的爱人在绵阳工作，两口子两地分居，她既要带小孩，又要照顾老人，日子过得很艰难，她想把爱人调到成都，但调不进去，她跟我说叫我帮她打听一下，看成都有没有想调到绵阳的，跟她爱人对调……我空了，到处看小广告，几乎天天都往成都火车站跑，那里小广告多，我也把她爱人对调工作的小广告贴到了火车站……可是一直没找到对调对象，这时她妈妈病了，我看她太恼火了，于是说我跟她爱人对调，我也就调到了绵阳……”

“哦，你为了同事而牺牲了自己。”

“也不叫牺牲，我一个人在哪里都一样。”

“从大城市到小城市，你后悔过没有？”

“没有。我觉得绵阳这地方好，比成都还舒服。”艾贵生说，“你来看，我窗外就是一幅风景画，在成都哪找得到这么好的地方？”

“是安逸。”凌志峰望着滨江广场，说，“还真的像一幅美丽的风景画。”

“你要想买这里的房子，我帮你留意一下。”

“现在还不打算买，广东那边不让我走。”凌志峰说，“我要买，到时候少不了麻烦你。”

“凌厂长，”一直没有机会与凌志峰说话的单红英说，“苏科长呢？”

凌志峰说：“回成都了，办了退休手续就回成都了。”

单红英哦了一声，说：“她还是一个人？”

“还是一个人。”凌志峰说，“不知为什么，广东有好几个人追她，她都拒绝了。”

苏科长为什么不再婚，这事只有单红英知道，是苏科长亲口告诉她的。单红英进厂后，第一次见到苏科长，苏科长对她很亲热，拉着她的手说，红英，你长得太像你妈了，不光是皮肤，还有眉眼，活脱脱的白羽灵白阿姨。白阿姨是个好人，给过我很多帮助，以后你有啥事需要我帮忙，说一声就是了。单红英很感动，觉得遇到了好人。后来苏科长给了她很多帮助，不光是工作上，还有个人感情上。

她刚进厂那阵，下班时袁厂长总跟她走在一起，有一天袁厂长不在，苏科长跟她一起走，出了大门，苏科长发现有两个小伙子望着她们，这两个人苏科长从来没见过。她俩走了很远了，苏科长回头看了一眼，说，红英，有两个男人跟着咱。她说，我早都发现了，跟了好久了。苏科长说，那你可要小心点。她说，我不怕。苏科长说，这些人都是街上的混混，得罪不得，得罪了紧防他们使坏。她说，我又没招惹他们，凭啥？苏科长说你还年轻，不懂。你不招惹他们，他们会招惹你。她说，为什么？苏科长说想得到你。听了这句话，她脸上一阵发热。苏科长说，我是过来的人了，我知道男人的心。女人长得太好了，会给自己带来很多麻烦。苏科长停顿了一下，说当然也不能长丑了，丑了没人理，不好找对象。她看了一眼苏科长，苏科长长得好看，三十好几了，还像一朵盛开的白牡丹。她说，苏科长，你这么漂亮，年轻时追你的男人肯定很多。苏科长说，我们那个年代，比现在封建，在爱情上表现得很含蓄，男人追女人，都是写信。她说，苏科长，你肯定收到过很多求爱信。苏科长说是。结婚前一共收到了一百二十八封。她问都是一个人给你写的，苏科长说一个人哪会写那么多，是五十七个。她说那么多，苏科长说这有什么奇怪，从初中到结婚，前前后后七八年，每年才摊多少封。她说，我是说有那么多男人向你求爱，你是多么幸福。苏科长说，红英，你错了，被一个人爱着是幸福的，被很多人爱着是痛苦的。她说，苏科长，我不理解你的话。苏科长说今后你会理解的。她说，今后？苏科长说是的，今后。她问为什么，苏科长说因为你还年轻。她没再问，她知道有些话苏科长不便告诉她。不过后来苏科长还是跟她说了，那是她们接触了一段时间之后。她第一次到苏科长家里耍，苏科长煮了两碗面，一碗递给她，一碗自己端着，说，红英，我的生活就这么简单，晚饭我基本上都是吃面，这样省事。苏科长拌了两下，吃了一口，见她没动筷子，说吃呀，看味道合适不。她吃了一口，说合适，合适。苏科长说，我不知道你喜不喜欢吃面，不喜欢也只有将就了。她急忙说喜欢，喜欢。她嘴里吃着面，心里一直在想，苏科长的男人呢？她的目光搜遍了整个屋子，连一点男人的信息也没找到。屋里没有男人的衣帽，没有男人的鞋袜，没有男人的照片，连烟灰缸也没有……但她相信苏科长的男人一定很帅。她说之所以这样想，理由是苏科长长得漂亮。她没有找到苏科长男人的信息，忍不住问，苏科长，不等一下大哥？苏科长见她问到她男人，停下筷子，笑着说，我忘告诉你了，我是一个人生活。听了这句话，她有些后悔，后悔不该问，她怕苏科长想起不愉快的事情。吃完饭，苏科长讲起了她的过去。苏科长说，你可能不理解我怎么会是一个人生活，实话跟你说，我离婚了。苏科长说这句话时语气很平静，平静得像没有一丝风的湖面。她心里一惊，心想，那个男人是不是吃错药了？苏科长这么漂亮，这么能干，他居然舍得离婚。于是问，他是干啥的？苏科长说县计委主任。她说，陈世美！你咋会遇到这种男人？苏科长说，我与他结合，与我的家庭有关。说到家庭，苏科长叹了口气，说，我父亲被划成右派后，工资少了，我们家的日子就不那么好过了。为了早点工作，我报考了中专，也就是在那所学校里我遇到了他。那时给我写情书的人很多，他是其中的一个。每收到一封情书我都要回信，首先告诉给我写情书的人我父亲是右派，结果有很多男人被吓退了，他没有被吓退，他给我写的那封信虽然打动了我，但当时我没有答应。毕业时，我因右派家庭被分配到一个偏远的小县，他因家庭成分好被分到了省城。当时很多同学都很羡慕他，不料他却向学校递交了一份申请，要求到艰苦的地方去。就这样，他跟我到了一个地方。安顿下来之后，他马上又给我写了一封信，他在信中说，你知道我为什么改变主意吗？我的生活中不能没有你！省城虽好，因无你而失色，小城虽差，因有你而生辉！你理解我吗？我到这里工作就是为了你……我没有回复他。他几乎每天都给我写一封信，收到他第三十六封信时，我答应他了。她说，你家里同意？苏科长说，我们全家没有一个人同意。我爸说，你找不到干部找个家在城里的工人总可以吧？没想到你去找一个家在农村的，你又不是嫁不出去！我说，爸，农民老实，靠得住。我爸说，农民老实？一旦条件发生了变化比谁都变得快！陈世美不就是个农民？我说，爸，那是古代。我爸说，现代人比古代人聪明，比古代人变得更快，不信你看！我说看就看。我妈见我和我爸争吵，对我说，舒静，你少说两句行不行？你爸还不是为你好！我听了妈的话，没再跟爸争了。哥哥弟弟也劝我，叫我一定要慎重。全家人的话我都没听，最终和他结了婚。红英，我不怕你笑话，结婚时我父母连面都没露。她说，后来他怎么变了？苏科长说他很有才华，省报上经常见到他的文章，没多久他就当了股长，后来官运亨通，青云直上，当了县计委主任。这时围着他转的女人多了，尤其是才分配到那里的大中专毕业生，他的心开始花了。当我提醒他时，他说当年那么多男人追你，未必你就说得清楚？当时我的肺都要气炸了，我说，你知道有那么多男人追我，你加进来干什么？他说我不服气，我并不认为他们比我优秀，他们只是家庭条件比我好。我追你，是想证明我的实力，因为你是校花，就像锦标赛上的金牌，谁得到了谁就是最优秀的。这时我如梦方醒，他并不爱我，他只是把我当成一个运动项目的金牌，得到我是为了证明他的实力。我非常伤心，提出了离婚，没想到他居然答应了。我说，咱俩在这里离婚对你影响不好，你大小算得上一个领导，离了，对我倒没啥，对你影响就大了，别人会说你喜新厌旧。如果组织上也这么认为，你再想往上爬就难了。他不说话，大概我的话点到了他的要害。过了一会儿，他说那就不离。我说，不，还是离，不离你就更爬不上去了，因为我爸是右派。我的话说得这么难听，一般男人是无法忍受的，他居然忍受了。我说，不如这样，我先调离这个地方，然后我俩再离婚，那时别人就不会知道我们离婚的原因了，你在这里还可以冠冕堂皇地说我父亲是右派，离婚是为了跟我划清界限。这样不但组织上会说你觉悟高，而且你又可以名正言顺地另觅新欢。这时他说话了，声音很大，他说，你说那么多弄啥？你要走就走，没人拦你！表面上他在发火，其实他说的是心里话。我说，你冷静点，不要发气，我说的是实话。至于我走，你说得太容易了，我想走就能走？你不是不知道调动工作的难度，这得我俩一齐努力。他明白了我的意思，我调离小城还得他帮忙。他在计委，消息灵，关系广，没多久他就给我联系了个单位，就是咱们厂。起初他怕我不同意，是试着跟我说的。他说那个单位虽然是个小企业，但城市比这里大。我说管它啥单位，有地方干活有地方领钱就行。就这样我调离了那个小城，不久我俩就离婚了。为了离婚，我很动了一番脑筋，我怕别人说闲话。当时咱们厂的纪阿姨——就是带你来报到的那位阿姨——问我，你们两口子在一起好好的，干吗调到这里？我悄悄对纪阿姨说，纪阿姨，我有病。纪阿姨一听，十分关心，问我啥病，我说害怕男人。纪阿姨笑了，说，苏妹子，你骗我，你这种年龄，正是离了男人睡不着的时候，还怕男人？我说，纪阿姨，真的，我没骗你。前年我病了一次，不知怎的落下了这个毛病，只要男人一挨我，我就发昏。我咨询过医生，医生说这是男性过敏症，无药可医。纪阿姨，你想，他那么年轻，一年多没沾过我的身，他心里是啥滋味？如果我不和他离婚，他难受，我也害怕，所以我俩才离了的。纪阿姨，这是我的秘密，你千万不要告别人。纪阿姨答应了，但她还是把我的秘密告诉了别人。她说，苏姐，你这样说就不怕影响你找对象？苏科长说，自从有了离婚的念头，我就没打算这辈子再找。你莫说，男人们知道我有这病，离婚后没有一个男人找过我，所以我才过得这样清静。她说，苏姐，我问句不该问的话，你为什么不想找男人？苏科长说，因为男人伤了我的心，所以我不想找男人。你现在年轻，一定要吸取我的教训，找对象不能只听男人的花言巧语，更不能光看长相，一定要看他的心好不好，这一条最重要……

单红英正在回忆往事，陈佳的话打断了她的思绪。

“志峰，走得了吧？”陈佳说。

“走啥？晚上我们一起吃饭。”单红英两口子挽留。

“不吃了吧，这阵我们还要去看一个朋友。”陈佳说。

凌志峰看了陈佳一眼，陈佳向他使了个眼色，于是说：“改天吧，改天我们一起吃。

陈佳和凌志峰走了，单红英和艾贵生一直把他们送到滨江广场。

返回的路上，单红英说：“陈佳好像有啥事，跟我说话时老是走神。”

“他们要去看朋友，可能怕在咱这里耽误久了。”艾贵生嘴上这么说，心里明白陈佳为什么急着走。陈佳刚到他们家，他就发现陈佳太像陈秀蓉了，他偷偷地看了几次，有一次刚好与陈佳的目光相遇，陈佳迅速躲开，而且神色有些慌乱。他已断定她就是陈秀蓉，可是他不知道她为什么改名。

“也许吧。”单红英说。

回到家，艾贵生坐在沙发上，眼睛眯着，不知在想啥。

单红英说：“睡着了？”

艾贵生睁开眼，说：“你莫说，我还真有点困了。”

“困了快去睡。”

“眼睛睁开了，瞌睡又没了。”艾贵说，“你那个姐妹，陈佳，在哪里工作？”

“广东中山。”

“她以前在哪里工作？”

“和我在一起，给范老板打工。”

“这之前呢？”

“之前在涪城饭店。”

“她有没有别的名字？”

“不知道。你问这干啥？”

“不干啥。”

“不干啥，你打听这么细弄啥?”

“她跟我们单位一个人长得特别像，我看她们是不是两姊妹。”

“你们队上?”

“不是，是成都那个单位。”

“那你刚才咋不问她?”

“咋问? 初次见面，又不熟，咋能问人家这些?”

“咱们还要请他们吃饭，到时候问她一下。”

艾贵生点点头，接着眯上了眼，火车站的那一幕像电影一样浮现在大脑里……

2

凌志峰和陈佳顺着滨江广场往前走，陈佳心事重重，一句话也不说。

凌志峰说:“现在去哪儿?”

陈佳说:“回家。”

凌志峰说:“刚才你不是说要去看哪个?”

陈佳说:“我头痛，不好说，才那么说的。”

二人回到家，陈佳借故头痛而躺到了床上，那件她一直没弄明白的事再次出现在眼前:

那年，她在涪城饭店上班，有一天晚上，下班后她在围裙的口袋里发现了一张字条，字条上写了这样一段话:“我叫艾贵生，是成都市某某厂的技术员。二十五岁，单身。现在回上海探望父母，今天见到你，顿生爱意，如蒙不弃，请给我写信，寄上海市某某路某某号。”她看了字条，激动得一夜没有睡着，极力回想着那天她遇到的每一个人，可是到饭店吃饭的人太多了，她想了一夜也没想出个所以然，但她还是按照字条上留的地址给他写了一封信，她也不知道当时她为什么那么做，也许是出于好奇，也许是不想错过缘分，因为人世上的事说不清。信寄出后，她就后悔了，她想，万一是骗子呢? 万一是个无聊的人的恶作剧呢? 万一遇到流氓呢? 那几天她心里一直忐忑不安。没想到的是，他给她回了一封电报，说他马上要回四川，很快就可以与她见面，还问她需要什么东西。她给他回了电报，说啥也不要，叫他把乘坐的火车车次和车厢告诉她，他很快给她回了电报。那天她到车站去接他，可是那个人不认识她……那个人叫艾贵生，他也叫艾贵生，不但名字一样，而且长得也一样，脸上都有两个酒窝，而且都是上海人……他肯定也认出她了，不然眼睛为什么老看她？也许是她的名字把他弄糊涂了，那时她不叫陈佳，叫陈秀蓉，她之所以改名，是因为她和那个通缉犯同名同姓。那天，她从派出所回到饭店，心里老想着那张字条的事，魂不守舍，把一碗滚烫的骨头汤倒在了一个客人的头上，客人的脸被烫伤了，饭店赔了客人二百块钱。她不但受了批评，还挨了处分，工资被降了一级。她把自己走霉运的事怪在了那个被通缉的女人身上，为了摆脱厄运，她不但辞了职，而且改了名……

第二天，单红英请陈佳吃饭，陈佳说，我们要回广东，那边在催凌志峰回去，这几天还有些事要办……你也忙，下次回来再聚。

凌志峰不解地望着陈佳，说："你为啥拒绝人家？"

陈佳说："不想麻烦他们。"

3

赵大年出班房后，很少出门，那天天气好，他想出去转转，走过五一广场，顺着江边绿道往前走，一直走到滨江广场。忽然他发现前面有一个熟悉的身影，与她同路的还有一个人，是个男人，他想看看那男人是不是范老大，于是加快脚步走到那两个人前面，刚把脸车过来，就认出了女人是他的前妻单红英，那男人他没见过。

"红英！"一个女人边喊边向单红英跑来。

"天香！"单红英迎了上去，说，"援朝呢？"

"在后面，跟方永亮一路。"

"方永亮那口子没来？"

"来了，遇到一个熟人在说话。"天香说，"贵生呢？"

"那不，站在那里。"单红英说，"贵生，快过来，天香在喊你呢！"

艾贵生刚到天香跟前，唐援朝和方永亮也到了。他们互相打着招呼，看得出他们经常见面。

“朝风咋还没来？”天香说。

“谁知道？见个熟人话就说不完。”方永亮说。

“快去把你老婆叫过来，别的同学肯定都到了。”唐援朝说。

方永亮转身往回走。

“援朝，我就不去了。”艾贵生说。

“为啥？”唐援朝说。

“你们同学聚会，我又不是你们同学，我去了你们放不开。”艾贵生说。

“不行，必须去，说了可以带家属。”唐援朝说。

“贵生，有啥不好意思，同学们都想听你和红英姐的浪漫故事呢。”天香说。

“有啥浪漫的？都过去那么久了。”艾贵生说。

“还不浪漫？你写在红英姐报纸上那段情话咋到了另一个女娃子手里，而且还引起了警察的怀疑，今天说一下，叫大家帮你分析分析到底是咋回事，免得你老想这事。”天香说。

“不好意思，叫你们等久了。”一个女人气喘吁吁地跑过来，一手拉着天香，一手拉着单红英，说，“走吧！”

几个人朝铁牛广场方向走去。

赵大年望着他们的背影，心里有一种说不出的滋味。狗日的，单红英还是被他找到了，他怀疑单红英是为了这个男人才跟他离婚的。你们分析，谅你们也没有那个本事能弄清那件事情的真相！想到那个男人和单红英被他捉弄，赵大年脸上露出了一丝得意的笑。那件事他做得太绝了，绝到神不知鬼不觉，只要他不说，神仙也不会知道。

那次，他和单红英一起回绵阳，火车上人太多，他到处找座位也没找到连座的空位子，于是各寻座位坐下。为了能看到单红英，他选了个离单红英最近的位子。单红英的对面坐着一个男人，他见那男人老看单红英，心里有些不舒服，所以他的眼睛一直盯着那男人。不知单红英是为了躲避那男人的目光还是为啥，她拿出了一张报纸，把脸遮住，他这才松了口气。火车突然急刹，单红英没坐稳，身子扑到了那个男人的怀里。他怕那个男人占单红英的便宜，急忙站起，这时单红英已经坐直了身子。车过皂角铺，那男人向单红英借报纸，单红英给他了，那男人拿着报纸向车厢一头走去。他的目光追随着那男人，那男人进了厕所。过了一阵，那男人出来了，把报纸还给了单红英，单红英没有看，顺手塞进了马桶包里。下车时，单红英走在前面，他跟在后面，趁单红英没注意，他从马桶包里抽出报纸，一看，果然不出他所料，那男人在报角上写了一段很肉麻的话，他把那段话撕下来，把报纸塞进了单红英的包里。他做的这些，单红英一点也不知道。出站后，他叫单红英到馆子里吃饭，偷偷把那张字条塞进了一个他认为长得不那么好看的女服务员口袋里……

后　记

写这部小说的想法由来已久，为什么想写，是因为我深深地爱着这座城市。我十八岁参军，来到这里，此后一直在这里工作和生活，目睹了她五十年的发展变化。刚来时，城里的交通工具是马车，如今却成为中国唯一的科技城。作为城市变化的亲历者，我产生了用小说的形式写出她巨变的想法。这座城有2200多年的历史，宋代文学泰斗欧阳修出生在这里，三国时刘备、刘璋在此相会，城内有中国四大名楼之一的越王楼，有与“南阳诸葛庐”齐名的“西蜀子云亭”，有传说中的神医、江边垂钓的涪翁……文化底蕴如此厚重的城市，想用一部小说表现她，实在太难，所以迟迟没有动笔。长期思之，偶然得之。去年五一，灵感突来，于是我把构思多年的一个带有传奇色彩的爱情故事放在了这座美丽的城市里，让虚构的故事、虚构的人物生活在真实的环境中，用他们的生活反映这座城市突飞猛进的发展。为了表现城市的变化，我选择了铁牛街、御营坝、丰谷镇范家村（虚构）作为小说中人物活动的空间，写出了“美丽的城市，古老的传说，浪漫的爱情，动人的故事”——《天作之合》。本书的创作得到了绵阳市涪城区文联的大力支持，在此向他们表示衷心的感谢！

作　者

2020年5月20日

图书在版编目(CIP)数据

天作之合／董新芳著. －－北京：中国文史出版社，2021.3
（跨度小说文库）
ISBN 978－7－5205－2400－1

Ⅰ. ①天… Ⅱ. ①董… Ⅲ. ①长篇小说－中国－当代 Ⅳ. ①I247.5

中国版本图书馆 CIP 数据核字(2020)第 203218 号

责任编辑：薛媛媛

出版发行：**中国文史出版社**
社　　址：北京市海淀区西八里庄路 69 号院　邮编：100142
电　　话：010－81136606　81136602　81136603（发行部）
传　　真：010－81136655
印　　装：北京新华印刷有限公司
经　　销：全国新华书店
开　　本：720×1020　1/16
印　　张：21.25　　　字数：330 千字
版　　次：2021 年 3 月第 1 版
印　　次：2021 年 3 月第 1 次印刷
定　　价：69.80 元